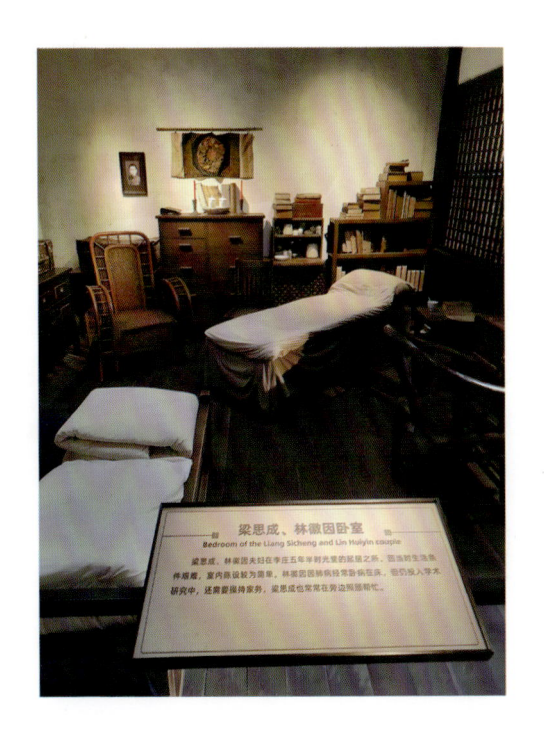

梁思成、林徽因夫妇在四川李庄的卧室照片，他们在这里度过了五年半的时光

旋螺殿,又名文昌宫,梁思成将其誉为李庄"四绝"之一

抗战时期中华全国文艺界抗敌协会(文协)旧址

作家张庆国到卢沟桥现场考察

卢沟桥的石狮，面部刀削一般，像老石匠专注的脸

侵华日军南京大屠杀遇难同胞纪念馆外的雕像

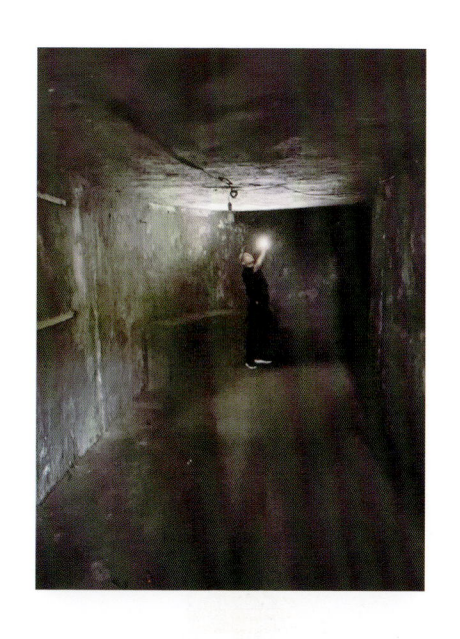

乐山安谷的一处山洞，这是抗战时期部分故宫南迁文物的最后藏匿地

抗战时期浙江大学最后迁移到贵州，一部分师生住在湄潭县的永兴镇

浙江大学在江西省吉安市浙江大学西迁陈列馆中的一角

乐山安谷，故宫文物南迁史料陈列馆外矗立的"功侔鲁壁"纪念碑

北京宣传文化引导基金资助项目

绿色的火焰

张庆国 著

北京出版集团
北京十月文艺出版社

绿色的火焰在草上摇曳

他渴求着拥抱你,花朵。

———穆旦

目录

1　第一部　思想

89　第二部　声音

157　第三部　杏坛

255　第四部　光亮

297　第五部　歌唱

331　第六部　舞台

377　第七部　秘密

492　跋：非虚构文学写作的实证原则

497　参考书目

第一部　思想

一　活下去，为了写一部书

非军事人员在战争中流亡迁徙，是为了躲避危险，躲避的目的是活命，大多数人要想活命必须工作，工作又只是为了活命。文人与艺术家不同，他们中的有些人在战争年代既要保存生命，也要工作，但他们的工作超越了生死。有的文人活着是为了完成一部书稿，开创某种成就，梁思成和林徽因就是其中的两位。

七七事变是中国和世界的不幸，事件爆发不久，梁思成从山西赶回北平，战乱让他害怕。他从美国留学回国这几年，中国一直不太平，九一八事变后中日军事冲突太多，打一阵就停下来，不断谈判。这次不同，规模很大。七七事变爆发之后十天，1937年7月17日，蒋介石在庐山发表了《对卢沟桥事件之严正声明》。

梁思成此趟出行带回一大堆资料，包括笔记、图画和照片。他沉浸在发现一幢唐代古建筑的兴奋中，慌乱地整理资料，不知所措，心乱如麻。1937年7月底北平沦陷，有神秘人物给他送来日方的"请柬"，不用看就知道要邀他做汉奸。必须出逃。1937年8月7日南京国防会议确定了"正式抗战，全面抗战"的战略方针，敌我性质已定，梁思成9月4日晚连夜赶往天津，此后全家逃亡，先去长沙，后去到陌生的昆明。

2024年10月17日我从四川乐山坐高铁去宜宾，寻访梁思成的身影。当年，他带着中国营造学社在昆明工作，因为日军飞机接连轰炸，工作难以开展，他又带着全家迁往了四川宜宾的李庄。从一个省搬迁到另一个省，带着妻儿、岳母、全家的行李、大堆图书资料和工作器材。交通极其落后，吃不好睡不足，体力消耗大，焦虑烦躁，水土不服，环境潮湿阴冷，坚持到最后，林徽因肺病发作，卧病在床，就睡在可以灵活移动的行军床上，把行军床搬到书架边，帮梁思成查资料。梁思成颈骨无力，用花瓶支着下巴，日以继夜地绘图，在打字机前写作。

那天天气太热，阳光刺眼，宜宾朋友来车站接我，开车载我参观老城区。宜宾是一个地理和文化的巨大出口，江水汇聚，浩荡前行，水路可入中原，到达东部沿海，中国西南部与整个中国的物质和思想也在这里长期交流，古迹很多。当晚我入住三十公里外的李庄，酒店是中式古典设计，木房子石阶梯和石板路，平房，白墙高大，房梁暴露，头顶落下古人的低语。夜深人静，窗外的一丝晃动灯火中传来歌声，我想入非非，隐约看到梁思成从房间的木窗外走过。

人类在地上画一根线，表明从一个山洞出发，可以到达另一个山洞，这就是地图，它是行走的方向标记，包含了情感和思想。后来地图上的线条越来越长，越来越密集，还画出了国界，写上文字，表明人类的行动复杂化，思想和情感更复杂化，混杂了怀疑、决断、等待、欢乐和绝望等。梁思成和林徽因面对地图也曾一度绝望，标注在地图上的昆明，被日军飞机反复轰炸，他们想找到一个地图上没标注出来的小地方，可以安静地研究和写作，于是李庄出现，他们搬迁了过去。

他们并不是孤独地迁来李庄，1940年冬梁思成带着中国营造学社来到四川宜宾的李庄，从昆明一同迁来李庄的机构还有同济大学、中央博物院、中央研究院史语所。先有同济大学的寻找和联络，后才有文人队伍大批进入李庄的历史事件。

李庄是宜宾下辖的一个小镇，古代的四川人从故乡出发，向中国大地前进，最重要的水路出口就是宜宾，从这里进入长江，是较为常见且便捷的水路出川路线。宜宾汇聚了云南流出的金沙江以及乐山流出的岷江，水路运输四通八达，人口流动大，物资交流多，商业的发达势所必然。

李庄也在江边，坐船可去到宜宾，李庄镇上店铺林立，那是一个隐秘的富饶之地。同济大学的校长周均时，无路可走之际，向四川的同济校友求助询问，消息被宜宾的李庄镇获得，立即有了真情相助的坚定响应。广为传颂的著名十六字电文就这样进入了中国抗战史，那就是李庄镇长罗南陔向国立同济大学发出的"同大迁川，李庄欢迎，一切需要，地方供给"。那不是十六个汉字，是十六下向文化致敬的钟声。

李庄镇上只有三千人，全镇最高峰时收留了一万两千名外来文化人。同济大学从1940年10月开始迁移，到1942年，附中和高级工业职业学校才全部迁完，住进李庄。李庄有很多富人家的大宅院，镇上有很多宗族祠堂，可再多的房屋也无法容纳超过全镇几倍的外来人口。镇上的居民把殿堂庙宇的菩萨小心抬走，用什么办法搬移？移去哪里保管？我无法想象，我只知道挪移神像是为了腾出更宽的地盘。同济大学的本部设在李庄禹王宫，工学院在东岳庙，理学院在南华宫，医学院进驻祖师殿，高级工业职业学校设在罗家祠堂。师生住宿租用镇上的民房。中央研究院、中央博物院、中国营造学社也迁来李庄，一批中国顶尖学者入住了栗峰山庄。

我在李庄住下，次日早晨去寻访中央研究院史语所旧址，汽车载着我离开热闹的镇街子，在公路上忽然转弯，拐进村路，一直开到路尽头的水田边停下。没有人，我面前是一堵围墙，有石阶和高大的门洞，门洞的石门框两边刻了对联，字不太看得清，只能认出门头的横批：清高门第。拒不见人的感觉。

一边是积满水的农田，映出早晨灰色的天光，一边是寂然无声的古老大院。那就是栗峰山庄的老院之一，抗战时中央研究院的史语所在里面工作。栗峰山庄不是一个院子，是一处宅院群，位于李庄镇西南约五公里处一座状似犀牛望月的小山坡上，山上原有一棵生长数百年的板栗树，本地村民叫此地"板栗坳"。

栗峰山庄主人姓张，张家祖上很富足，当年从湖广入川，为防途中遭劫，把银子藏在了棺材里，躲过兵匪骚扰，运送到了李庄。富足来自勤劳和坚定，还来自聪明，聪明就有思想，擅长思考和分析，能寻找到通往财富的道路。财富多了就盖房子，这是中国古人的传统动作。张家建造的栗峰山庄占地面积八千平方米，建筑面积四千平方米，这座山庄形似一本书，由七处自成一体并彼此相通的四合院组成。

七个四合院始建于清代乾隆年间，七个大院子像一座城池，容纳了张家一百年来繁衍壮大的全部人口。民间流传的七个大院名称是"牌坊头""老房子""摇钱树""田边上""坡高头""新房子""桂花坳"。整个山庄共一百零八道门，暗合了道教的三十六天罡星、七十二地煞星之数。

张氏宗族栗峰山庄的一百零八道门，接收了中国顶级的学者，也就获得了中国文化的天地灵气，这是何等自豪的事。史语所全称是中央研究院历史语言研究所，其中机构有历史组、语言组、考古组和人类学组。人员有陈寅恪和赵元任，他们也同时在西南联大任教，是清华国学四大导师中的两位。另有大名鼎鼎的历史学者傅斯年，甲骨文专家董作宾，以及音韵学和汉语方言专家罗常培。中国营造学社的经费依靠中央研究院史语所支持，梁思成和林徽因也跟着迁来。

二　个人与世界

大师跟普通学者的区别，不仅在于知识的多寡，而且在于对世界的看法。普通学者把知识当作谋生的工具，大师掌握知识，是为了对世界有用。他们与众不同的思想，能照亮战争年代的黑暗世界，帮助人们看到黑暗尽头的光明。

栗峰山庄住进了一群中国的大师，是李庄的荣幸，也是大师们的幸运，更是梁思成的幸运。他跟最典型的川南民居不期而遇，画下了张家栗峰山庄七个院子复杂工整的建筑结构图，拍下很多照片，收入了自己的《中国建筑史》。八十年后李庄重新被中国关注，修复栗峰山庄，梁思成的书是学术指导资料，我也因此有幸看到山庄的原貌。那山庄宽大幽深，古木大树肃立，木柱和石板地面沉思不响，院里的几棵榕树垂下在空中悬吊的密集气生根，像长胡须。让我想起洛阳城中发生过的孔子入周问礼事件，我面前几棵长满长胡须的大树相向而立，就是孔子与老子作揖会见的现场。

中国宅院无论大小，院中总要种树，自然要引入居室，离人很近；西方古堡，居室只是居室，院子在外面，树也生长在外面，自然跟人保持着距离。中西方还有一个区别是，中国从城市到乡村，都有专门的场域祭拜文人，城市有大型文庙，供奉孔子和他的弟子，乡村有文昌宫一类小楼，供奉持笔的神像。

我离开栗峰山庄，再去旋螺殿，要看的就是一个文昌宫。李庄有两个国家级文物保护单位，一个是中国营造学社旧址，另一个就是旋螺殿。这座殿是一幢乡间小塔楼，原名文昌宫，在李庄镇南约两公里半的石牛山上，由张氏族人于1596年建成。张家有了钱，如果不祭拜文化，有钱的日子就长不了，也会被人看不起。

有文化的人建文昌宫，就另有讲究，旋螺殿塔楼为全木穿斗结构，外形是三重檐八角攒尖顶，高约二十五米，进深和面阔均约八米，每一个角上有一个走兽雕像，代表道家八个方位。外面看是三层，里面是两层。它的与众不同之处是，采用"抬梁支柱法"，用四根井口柱直贯二层，井口柱间施抬梁、穿枋、角梁连接，形成一个梁架骨干。这种结构，比同类古建筑层层爬梁叠砌而上精简得多。梁思成认为，这座小塔楼，是研究中国明代建筑的好教材。他的解释与定位，使后人知道了旋螺殿的价值。

那天我们的车驶进旋螺殿前的空场子停下，场边水泥台上有一个中年男子蹲在水管边洗衣，另有一个男人跟他低声说话，不见其他人。面前有几级台阶，左右是茂盛大树，台阶前方静静地站着赤褐色的旋螺殿，正面的殿门被一把红色自行车软锁锁紧。带我去参观的当地朋友赶紧打电话，空场子边的寂静空气中飞出刀郎的歌声，洗东西的中年男子从水泥台上跳下来，掏出手机张望，守殿人正是他。

此人姓熊，六十岁，看着像四十，头发很短，皮肤黝黑，脑袋像铁蛋，瘦而结实，眼睛明亮，家在离旋螺殿一公里处的村子。他友好地笑着上前，打开了旋螺殿门的软锁，我们跨进去，四面的窗孔透进雕刻成方形的小块阳光，殿里空空荡荡，本应供奉的文昌帝君塑像不见了，只有一团空气。

文昌宫里面供奉的神像各有不同，有的是魁星，左手拿斗，以示"魁"字中间的"斗"字，表明其身份，右手拿笔，意谓用笔点定科考上榜者的姓名。更大的文昌宫内供奉文昌帝君，那是掌管士人功名禄位之神。文昌帝君骑一头白驴，身旁伴有天聋、地哑二童，有人认为这二童意在提醒人们科举考试不得泄密，也有人认为天聋、地哑象征修行境界，世界纷乱，文人不为所动，将生死置之度外，才能专心思考和著述。

我从外部的亮处走进暗淡的旋螺殿，殿内光线太弱，以致产生了视觉错误，看到顶上的斗拱是蓝色，很多木枋巧妙穿插，像绳子一样打结，密集而强壮地撑在殿顶。我暗暗吃惊，心想古人造一座殿，竟然颜色出奇，顶上的木枋染成蓝色，跟印度神庙相近。回到酒店看手机照片，才发现不是蓝色，殿里外全是赤褐色。

那天上午我从旋螺殿内出来，绕着殿外低矮的石围栏矮墙走了一圈，看到石墙上默默生长着厚实青苔，伸手摸了一下，有非常柔软的棉花感觉，赶紧收回手，担心把藏在青苔下面的时间惊醒。

费正清1942年年底来到四川宜宾的李庄，看望梁思成与林徽因一家。他是著名的中国文化研究专家，时任美国驻华大使馆新闻处主任，从华盛顿来到重庆。他曾于20世纪30年代抗战爆发前来到中国，在清华大学任教，结识了梁思成和林徽因夫妇。费正清这个中国名字，就是梁思成替他取的，两人是好友，长期有书信往来，费正清的夫人费慰梅与林徽因也是好友。

费正清来到李庄时，林徽因身患肺结核，卧床不起，梁思成穿着铁马甲支撑身体，用瓷瓶放在下巴上支撑脑袋，以方便自己读书和绘图。回到重庆，费正清向夫人费慰梅讲述了梁思成和林徽因的情况。费慰梅后来回忆道，当时梁思成的体重只有四十七公斤，为写《中国建筑史》，他每天和林徽因工作到半夜，十分疲惫。

但梁思成青年时代身体很好，上大学时是跳高冠军，大姐梁思顺还曾从菲律宾买了一辆摩托车送他，让他十分激动。1923年5月7日，北京的大学生为"五七"国耻日举行游行，二十二岁的梁思成和弟弟梁思永去晚了，就骑着摩托车追赶游行队伍。他们骑车转到长安街，侧面驶来一辆汽车，摩托车被撞翻，梁思成被压在摩托车下，重伤昏迷，送到医院时，已经耽误了最佳治疗时间。梁思成动了五次手术，才把左腿完全接合上，从此终身有后遗症。

无论疾病或艰难的生活，对梁思成的开创性研究工作热情毫无阻挡。老友费正清在李庄看到梁思成和林徽因，感动地说，他们已成半残的病人，仍在极端艰苦的条件下不顾一切地做学术工作。

抗战爆发，美国的一些大学和博物馆，曾来信邀请梁思成去做访问学者和讲学。那次在李庄见面后，费正清和不少美国的朋友也力劝梁思成夫妇出国工作和治疗。梁思成拒绝了，说，我的祖国正在灾难中，我不能离开她。假使我必须死在刺刀或炸弹下，我要死在祖国的土地上。

三 发现之发现

梁思成是梁启超的儿子，梁启超是中国近代著名政治家与思想家，戊戌变法的领袖之一。1898年戊戌变法失败，梁启超逃亡日本，十四年后自日本返回中国，梁思成在父亲逃亡海外时出生于日本。他1915年考入清华学校，九年后与林徽因一起赴美留学，先在康奈尔大学学习，后转到宾夕法尼亚大学修建筑学，获得学士学位和硕士学位。1927年从宾夕法尼亚大学建筑系毕业后，梁思成转去哈佛大学美术研究生院学习，研究世界建筑史。他计划完成名为《中国宫殿史》的博士论文，为了实地调查和收集资料，他选择回国，最终没获得哈佛大学的博士学位。

早在梁思成在宾夕法尼亚大学建筑系读书时，他就收到了父亲梁启超寄来的《营造法式》影印本。这是一部重要资料，由朱启钤发现。朱启钤也是非凡之人，他曾担任北洋政府交通部和内务部总长等职，对中国传统的建筑学很关注，早与中国建筑工匠多有接触，了解并收集了大量中国古代建筑文献。朱启钤1919年退出政坛，在江南图书馆发现了北宋的官方建筑专书《营造法式》抄本，大为惊讶。那本书年代久远、文字古奥，朱启钤组织版本学专家校勘、整理、注释和配图，出版了校勘版的《营造法式》。

朱启钤提出了一个思想，他认为中国的"营造"是一个比"建筑"更大的概念，决定筹办中国营造学社，开展对中国传统建筑及与之相关的彩绘、雕塑、染织、髹漆等工艺美术的调查，并对中国建筑背后的信仰、传说、仪文、乐歌等民俗和思想文化进行研究。他这个理念很宽阔和深刻，确定了营造学社广泛的研究范围和独特的学术视角。

梁思成1928年回国，受邀去沈阳的东北大学任建筑系主任，妻子林徽因也在东北大学主讲美术与建筑设计。1929年，朱启钤筹办成立中国营造学社，去到沈阳，邀请梁思成加入，出任中国营造学社的法式部主任。梁思成未答应，只想教书。1930年冬天林徽因肺病复发，从东北回北平休养。1931年梁思成辞去东北的教职，回北平加入了中国营造学社的工作。把家安在了北平的北总布胡同3号，距离营造学社办公室很近，只有三公里。

梁思成加入中国营造学社的工作有几个原因。一是方便照顾家庭，因为林徽因已回北平养病。二是他在美国哈佛学建筑史，对中国古建筑有很大兴趣，在美国时就计划写作有关中国宫殿建筑史的博士论文。三是中国营造学社有中华教育基金董事会的资助，资金充足，相反，沈阳的东北大学因时局不稳，经费和发展前景都受影响。四是，也是最重要的原因，东北爆发了九一八事变，局势动荡，居无宁日。

中国营造学社的成立，是一个开天辟地式的创造，这是中国第一个专门从事古建筑文化遗产研究的学术机构，这个机构因《营造法式》这本书的发现而成立，成立后开始了更大规模的发现研究工作，对中国各地的古建筑、文物进行实地调查、勘测，并着手编纂汇刊、图册等资料，展开了系统整理和研究中国古代建筑文化遗产的工作。梁思成是学社骨干，任法式部主任，与林徽因等学社成员一起，开启了大规模的中国古建筑野外调查及文献典籍整理工作。

梁思成是"发现之发现"的最重要执行者，也是最初对北京地区的古建筑进行测绘、制图、分析和鉴定的中国学者。1931年9月到1932年3月，梁思成以古建筑为实物，拜老木匠为师，逐步弄懂了宋代的《营造法式》和清代的《工程做法则例》两部建筑古籍中的各种术语，再把自己的学习心得整理成教科书式的《清式营造则例》和《营造算例》二书，这是他做的基础工程。梁思成也提出了自己的思想，他说，弄清楚传统营造技术的法则，相当于识字并学会了文法，之后才能读懂中国建筑。

1932年春天，梁思成对北平地区清代宫室的调查告一段落，计划走出北平，在全国范围寻找不同朝代遗留的建筑，通过测量、绘图、摄影等方法，尽快对各种典型建筑实物做出系统记录。他认为古建筑的命运处于危险中，调查和破坏，是两种力量，各向一个方向前进，正在竞赛，我们要取胜，就要尽量前往多地，采访到更多实例，做出学术研究，促进社会对这些建筑的保护。

1932年4月，梁思成开始了北平之外的第一次野外调查，来到河北蓟县的独乐寺。独乐寺始建于唐代，梁思成考察分析后认为,这座寺有"承唐启宋"的意义,是中国建筑史上罕见的宝物和重要资料。他对独乐寺做了详细调查和测绘,在林徽因协助下,写成《蓟县独乐寺观音阁山门考》一文。1932年6月,此文发表在《中国营造学社汇刊》第三卷第二期"独乐寺专号"上,产生重大影响,梁思成在学界一举成名,中国营造学社的研究从此受到中外学者瞩目。

但是,要获得更远和偏僻之地的中国古建筑信息,梁思成面临一个不可能突破的巨大困难。中国古建筑研究缺乏系统记录和整理,史书、方志、游记等古籍文献中的中国古建筑资料零散破碎,不成系统,从中查寻到的中国各地建筑史和古建筑地理方位,以及一些金石碑刻等实物上记录的古建筑历史沿革、修建年代、修缮记录等信息显示,古建筑所在地区十分散乱,很难实地调查落实。

好在中国营造学社成员众多,来自不同地区,大家会提供一些各地的古建筑信息。梁思成还与各地政府、教育和文化团体联络,搜集古建筑信息,当地在文物普查中发现的古建筑线索,也会分享给梁思成。他也带队去可能有古建筑的地区,深入乡村,通过口头调查,搜寻村民们口口相传的当地古老建筑、庙宇、塔等信息,因此也寻找到一些乡村古祠堂和古庙。野外调查途中,发现有疑似古建筑的形态或遗迹,还会做进一步考察，以求发现新线索。

但是，这些信息只是信息，梁思成无法去到每一处现场，亲自测量并拍摄照片。且不说当时中国的交通相当落后，即使今天，要去大量的偏僻山乡寻找各种历史遗存的古建筑，同样无比困难。不能去到，有几幅实物照片资料也好，可以汇编，做一些初步的分析。

于是，一个充满戏剧性的故事出现了。据说梁思成为了大量获得中国各地的古建筑信息，曾给全国各县的邮政局局长写信，说明自己正在考察和保护中国古建筑，请求当地的局长帮忙，把本县境内的古建筑拍成照片寄给他，他在信中附上了一小笔钱，以作摄影费用。大部分的邮政局局长都积极响应，在最短时间内完成了任务，很多人甚至把钱退了回来。梁思成大获成功，收集到了很多古建筑照片，也搜寻到了众多全国古建筑分布状况的线索。

有人质疑这个故事的可信度，认为这件事即使存在，从常理上讲也有演绎或夸大的成分。但必须承认，这个美丽的传说之所以广泛流传，有其逻辑的合理性。当时的中国每个县都设有邮政局，邮政局局长对当地地理环境和交通状况很熟悉，容易找到本县境内的古建筑并进行拍摄，他们是官方机构负责人，有一定公信力，也许会认真对待梁思成的请求。

既然是拍摄，梁思成为何不找当地照相师傅来做这个事？道理很简单，照相是现代技术，相馆师傅主要分布在城镇，对偏远地区的古建筑少有知晓，难以保证他们对梁思成来信的重视，也难以保证他们会认真完成任务。何况，请相馆师傅拍摄是一项工作，报酬会高，还要额外承担交通住宿支出，需要很多资金。请各地邮政局局长帮自己拍照片，很合理并具有可行性，符合梁思成大胆和喜欢别出心裁的性格。

四　身体的奇迹

1931年起中国北方局势越来越糟，日军挑起九一八事变后，侵略中国的步伐加快。先是挑起上海的一·二八大规模军事冲突，接着策划建立伪满洲国。1933年3月攻占热河及长城各口，4月进攻秦皇岛，5月占领密云并到达香河。

同年夏天，梁思成带人去到河北省正定县，对那里的宋代古建筑隆兴寺进行考察和测绘。在寺里工作时，他从报上获知滦东形势紧张。滦是河北省的滦河，也指滦县。梁思成告诉同行的中国营造学社同事，测量隆兴寺的工作要加快，日程必须缩短，要赶紧完工返回北平，以防更坏的事件发生，导致他们回不了北平，或者北平的家遭受严重破坏。

很不幸，战争一路狂奔，局势的恶化速度远超梁思成的预料。梁思成返回北平后再次出发，前往山西省的五台县，寻找一座叫作佛光寺的古建筑。这是一座保存完好的唐代木构建筑。

早有日本学者宣称，中国已经没有唐代及唐代以前的木构建筑，梁思成不服，苦苦查找线索，终于有了眉目。山西佛光寺的调查线索，是梁思成从敦煌第六一窟的《五台山图》中获得的，那幅图描绘了五台山的山川风貌，图中有"大佛光之寺"。资料表明，佛光寺可能是唐宋五台山的一处名刹，梁思成很激动，1937年6月，梁思成、林徽因、莫宗江、纪玉堂四人组成调查队，并出发前往山西省五台山寻找佛光寺。

他们从北平出发，先走平汉铁路到河北正定，再转正太铁路到达太原。6月26日离开太原前往五台山。交通不便，他们行进缓慢，尝试了各种交通方式，包括骑骡和用马驮运器材进山。山路陡峻，狭窄弯曲、崎岖不平，山中寂静得只有虫声鸟鸣，不知危险藏于何处。黄昏时分，他们终于到达现场，见到了山坡上隐约露出寺顶的佛光寺。

暮色从地面升起，佛光寺的轮廓笼罩在金色的光照中，仿佛包裹了神秘的佛光。但梁思成第一眼看见佛光寺，并不兴奋，相反有些迟疑。那寺东大殿仅一层，有着粗壮、强健、简单明了的斗拱和很长的幽深屋檐，用料和造型的奇异浩大，显出了其年代久远，但梁思成无法确定佛光寺是否比之前自己发现的古老木构建筑存世时间更久远。他们开始对屋顶梁架进行研究，梁架上部结构被顶板隐藏，斜坡殿顶下黑暗无光，他们只能从檐下空隙攀爬进去工作。

佛光寺的阁楼里住着几千只蝙蝠，它们聚集在木脊上，挤压成团悬挂着，使他们无法查找到写在梁架上的日期。木材中还有成千上万专食蝙蝠血的臭虫，那些臭虫在顶棚上部覆盖着的厚厚一层灰土中快速穿梭爬动，有风干的蝙蝠尸体躺在灰土中，像从什么生命体中溜出来，藏到寺顶木梁上歇息的小小的精灵。

他们戴着厚厚的口罩，在一团漆黑和恶臭的环境中测量、画图并拍照。工作好几个小时后钻出屋檐，下到地上，呼吸新鲜空气时，发现背包里爬满了成群结队的臭虫。

他们在寺顶工作时，惊喜地发现了古代的"叉手"做法。叉手做法指中国古代建筑中平梁上支撑脊檩的木构做法，两根方木，下端分别交于平梁的两头，上端交于脊檩，形成斜向承重构件，也称为"斜柱"。叉手是中国古建筑特有的构件，通常设置在立柱和横梁的交接处，用于支撑和承接庞大屋顶，将其重量直接或经过额枋间接地传递到柱础上。在梁思成的年代，能够看到的叉手图像非常有限。

在大殿工作的第三天，林徽因发现一根梁底部有模糊的墨迹，仔细辨认和进一步对阶前经幢上姓名做检查，他们确认了"佛殿主上都送供女弟子宁公遇"的字样。经幢上的纪年为"唐大中十一年"，即857年，确证了佛光寺东大殿的建造年代为唐代。

中国古代建筑的用料基本都是木材，这使它们难以长久保存，加之战争和各种争斗中双方都喜欢火攻，很多古建筑毁于战火。佛光寺得以保留，极不容易。梁思成等人对佛光寺的发现和考察，推翻了日本学者的断言。佛光寺东大殿是我国现存最早、最完整的殿堂式木构建筑。梁思成把佛光寺东大殿的唐代木构，殿内保存的唐代塑像、壁画、题记称为"四绝"，把佛光寺称为"中国建筑第一瑰宝"。

不幸的是，梁思成和他的中国营造学社同事刚结束考察抵达代县，就从报纸上获知卢沟桥事变爆发，他预感到中国可能要遭遇重大变化，因此和林徽因迅速赶往北平的家中。中国军队的抵抗决心一度令他振奋，战壕挖到他家不远处，没让他害怕，反让他心中升起豪情，愿与守城士兵同生死。他在家中储藏了大量罐头和米面，准备长期坚守。

可是，一夜之间枪声减弱，爆破声变得遥远和稀薄，顽强抵抗的中国军队撤走了，北平被日本人占领。梁思成先是不解，后是伤心，再是痛苦。他必须马上做出走或留的抉择。留在北平，坚持住在他家的北总布胡同3号院，小日子不会差，那是梁思成租的一处小四合院，两进院，两个院子之间有连廊，正中一个垂花门，院中有高大的马缨花和散发着幽香的丁香树。

谁也不愿轻易弃家逃亡，梁思成同样舍不得。他家的院子，已成为北平最有才华和理想的一代中国青年学者之家，众多好友周末常来聚会，在他家品酒和喝咖啡，围着他的妻子林徽因畅谈艺术，探讨中国的未来。他们都有共同的留学经历，学有专长，目光远大，多是清华或北大的年轻教授，各自从事着开创性与奠基性的伟大事业。他家是中国近代史上著名的"太太的客厅"，类似巴黎斯泰因女士的沙龙，名人会聚，谈诗论画，各有所得。

但1937年8月日本人送来了请柬，邀他出席活动。9月5日，梁思成抛弃了北总布胡同3号院，抛弃了自己的雪佛兰轿车，带领全家踏上了逃亡之路。他们先到天津，把中国营造学社的许多珍贵照片和重要资料，寄存在一家英国银行的保险库里；再前往长沙，在那里与陆续到达的北大、清华朋友会合。梁思成没想到会继续流亡，前往云南昆明，那地方他从未去过，缺乏相关知识和精神准备。他曾以为北大、清华和南开在长沙成立临时大学后，日子会慢慢安定下来。中国之大，总能找到一间书房。

梁思成一家逃到长沙后，1937年11月下旬的一天下午，天空中出现了密集的飞机。事前没有警报，梁思成以为是中国飞机，还跑到阳台上，以手遮额地观看。看到炸弹落地，爆炸起火，他才明白大事不妙。他第一次看清了飞机投弹并爆炸的全过程，连滚带爬地跑入房中，抱起女儿，大喊快跑，林徽因抱起儿子，搀扶母亲下楼。

爆炸声很近，门窗震垮，满地是玻璃碎片，死神清楚地站在他们面前。跑到楼梯拐角，第二批炸弹落下，他家墙上的砖头向外飞出，抱着小儿子的林徽因被爆炸震得跌下几个梯级，摔到院子的天井中，小儿子失手而出，幸好没有摔伤。他们全家跑到大街上，日机再次俯冲，炸弹第三次呼啸投下，梁思成看清了炸弹，黑色的死神拳头，朝他的脑袋砸来，可是爆炸声没响，那是哑弹。

他们全部撤离，前往云南昆明，途中林徽因多次做梦，梦见敌人投下黑色的炸弹。真正的绝望开始了，他们久居北方，湖南长沙已不适应，前往高原之城的昆明，更加困难。梁思成夫妻带着三个儿女和林徽因的母亲走上了流亡之路，无比痛苦。路越走越远，平原越来越少，坡越来越大。山道扭曲，崎岖不平，搭乘的破卡车不断抛锚。书生们作诗自嘲："一去二三里，抛锚四五回。前行六七步，八九十人推。"

青年教授们呕吐不止，大声叫苦，仿佛生了永远不会痊愈的大病。他们经常停留在荒山野岭，忍饥挨饿，饱受寒冷袭击，梁思成与林徽因一家乘坐的汽车大声喘气，猛烈颤抖着前进，爬一段平路都很困难，爬险峻的高山更是无数次瘫倒。

但他们必须面对，梁思成与林徽因配合，渐渐镇定下来，自如地应付所有意外。每到一地，他们都把行李铺开，疲惫不堪地休息，离开时再把行李敏捷收起，继续上路。他们练得像士兵，能快速把一大包被褥枕头打成一个结实的铺盖卷，用防水油布包严。如果途中幸运地找到了小饭馆，就坐下来吃饭，林徽因还不忘拿出准备好的一小铁盒酒精棉，给碗筷消毒。当时的中国人卫生习惯很差，他们在外出考察古建筑时，培养出了随时消毒的习惯，保证了身体的健康。

但生病还是无法避免，林徽因患有肺结核，不能劳累和颠簸，汽车行驶到湖南与贵州相交的晃县，林徽因的身体报警，发高烧，连续数日不退。那一夜风雪交加，梁思成抱着高烧四十摄氏度的林徽因，坐在冰冷的卡车驾驶室里，找不到可以过夜和避寒的房间。他们来到只有一条泥泞街道的小县城，同行的朋友四处打听，县城仅有的两家小旅店，早住满逃难的旅客。幸好，一批过路的空军航校学员让出一个房间，梁思成才能搀扶着林徽因进去，在房间的床上躺下歇息。

梁思成自己也是重病人，二十二岁那年车祸受伤，造成他左腿骨折和脊椎受伤。逃离北平前，他去了一次医院，医生诊断他脊椎间软组织硬化，设计了一件铁马甲，嘱咐他穿在衬衣里支撑脊骨。一个用铁马甲支撑身体的男子，成了全家的顶梁柱。他要照顾年迈的岳母和幼年的子女，还要照顾生病的妻子。他能坚持下来，送走了艰难的三个月时间，到达昆明，是一个奇迹。

五　爬上去

进入中国营造学社这几年，梁思成他们外出考察，经受过考验，长途旅行依靠火车或汽车，但这些交通工具的覆盖范围有限，车次少车况差。偏远地区没有像样的道路，他们要调查的古建筑大多位于乡村或山区，乡间小路崎岖不平，甚至是羊肠小道。只能依靠骡马等牲畜作为交通工具，速度慢，非常颠簸，乘坐时给身体带来很大不适。他们在四川考察时，道路更比北方复杂，蜀道难，难于上青天，若能坐滑竿，可减轻一点辛苦。

住宿也很简陋，野外考察，经常住小栈、寺庙或者村民家。有一次他们侥幸住进了小旅店，铺上自备的床单，不一会儿就落满灰土，掸去后又落下一层，细看才知是密密麻麻的跳蚤。租住或借住的房间很狭小，阴暗潮湿，床铺不整洁，甚至没有床铺，只能睡在地上。在山西云冈石窟考察，他们住在没有门窗只剩屋顶和四壁的农家厢房，那算一种见识，体验到了苍凉和伤感。

偏远地区物资匮乏，食物种类和数量有限，他们经常吃简单的干粮和咸菜，难以保证营养摄入。有些地方卫生条件差，水源被污染，饮水同样是大问题。中国营造学社创立时由朱启钤个人出资，后由中华教育基金董事会提供资助，维持运转，经费来源单一。国家局势动荡，经费不充足，来源也不稳定，野外调查要购买测绘仪器和摄影设备，这些器材很贵重，花钱不少，外出考察的交通和住宿，就不得不节省开支，加重了辛苦。

长期艰苦的野外工作，使梁思成和林徽因的身体大受伤害，林徽因的肺病经常发作，梁思成也有腿伤，但他们从未中断跋山涉水的野外考察。

在偏僻山乡找到一处重要的古建筑，梁思成和他的队友赶紧拍照，拍照只能记录外观，需要获取建筑的各种结构数据，还要做测绘。他们要从下到上，最终攀爬到屋顶和梁架，对建筑做细致测量。古建筑长久经历雨雪风霜，大多结构不稳固，承重力不强，攀爬有坍塌危险。这些困难，都没能阻止梁思成团队的行动。

中国士人对建筑缺乏关注，认为这是木匠的工作，很少对其进行深入研究。日本明治维新后，中国知识分子接受西方科学训练，明白了建筑的意义，开始对中国的古建筑进行调查，并有了研究成果。1932年，梁思成查阅一份日本考古界的报告，获知山西应县有一座建于11世纪的木塔，立即给应县写信，委托当地照相馆拍来木塔照片。1933年9月，梁思成前往应县，亲眼看到了应县木塔。

那天，梁思成把目光投向落满秋日阳光的应县木塔，连声叫好。应县木塔是我国现存最古老最高大的纯木结构楼阁式建筑，全称为佛宫寺释迦塔，始建于1056年的辽代。塔高约六十八米，底层直径约三十米，外观五层六檐，内部实际有九层。整座木塔全靠斗拱、柱梁镶嵌穿插、吻合连接。经多次地震，仍稳定站立，是中国建筑史上的瑰宝。

那次梁思成在应县连住了七天，把木塔从里到外、从上到下精细测量了一遍。为了测量塔刹的尺寸，梁思成握着冰凉的铁链，两腿悬空，朝刹尖攀爬。塔刹位于塔的顶部，类似于塔的冠冕，是一个小塔的造型，由刹座、刹身、刹顶等部分组成。西安大雁塔的塔刹，就高立在塔身之上，使大雁塔更显庄重和美观。应县木塔高六十八米，近似于现代住宅的二十二层楼高度，木塔最高处的塔刹，刹顶原有八根铁链，分别拴着塔檐的八个屋角，防止大风把塔刹吹走。由于年久失修，铁链垂了下来，梁思成攀爬塔顶的塔刹，必须抓紧铁链。

梁思成早年因车祸手术，左腿比右腿短了一厘米，虽然走路有些跛，但当时他身体尚可，抓紧塔顶的铁链，缓慢爬动，即使非常危险，倒也行动自如。可站在下方的学生看呆了，心悬得比塔还高。很多年后，曾跟随梁思成去应县考察木塔的学生回忆往事，脑袋里仍回响着塔顶呼啸的风声。那人说，我们站在塔的最高一层，感受到了呼呼的大风，上到塔顶，更感到人会被大风刮下去。塔刹还有十几米高，除了几根铁索，没有任何可攀缘的东西。梁先生凭着当年在清华做学生时练就的臂力，硬是握着寒冷刺骨的铁索，两腿悬空地往刹尖攀去。古建筑年久失修，一脚踏下去，完全可能掉落。已九百多岁的古塔，铁索是否已锈蚀和断裂，不知道啊！当时我们在下面望着，不禁两腿瑟瑟发抖。

梁思成为何不让学生爬上去测量，取来数据供自己使用？这就涉及科学考察的可靠性与严谨性问题，只有自己亲自测量，才最能保证数据的真实可信，也最符合自己的专业要求，另外，只有爬到跟前，亲手抚摸和亲眼观看，才能切实明白建筑构造的非同凡响。

于是，梁思成瘦弱的身子，在我的电脑屏幕上浮现，缓慢移动着身子。那是1933年的秋天，梁思成踩牢了我打出的汉字，借助木棍、绳索等力所能及的工具，一步步地爬向了应县木塔的顶部。接近塔刹时，他的手握紧连接塔刹的铁链，衣服下摆被大风猛烈撕扯，身子停顿一下，稍作歇息，继续前进。我盯住他的背影，屏住了呼吸，不敢惊动。早晨的阳光投射过来，梁思成有些晕眩，晃了几下脑袋。木塔旁边大树上的鸟发现人影靠近，咕咕叫几声，拍翅飞走，飞鸟翅膀的振动，使塔顶木格缝隙处的鸟粪和蝙蝠粪掉落，下方的人听到响动，吓得半张着嘴，心冲到了嗓子眼。

六　考察西南

　　中国古代的建筑类别丰富，技术繁复，造诣相当高。有帝王宫殿和贵族府第建筑、防御守卫建筑、纪念性和点缀性建筑、帝王陵寝、皇家和私家园林、祭祀性建筑、桥梁和水利建筑、民居建筑等等。但有些毁于战火，有些藏于深山，有些被拆除损毁，梁思成的志向是，全面实地考察，撰写出第一部现代意义上的中国建筑史。

　　中国建筑有大木作与小木作之别。大木作指木构架建筑的承重部分，由柱、梁、枋、檩等组成，是木建筑比例尺度和形体外观的重要决定因素。小木作是中国古代传统建筑中非承重木构件的制作和安装专业，在《营造法式》中，小木作制作的构件有门、窗、隔断、栏杆、外檐装饰及防护构件、地板、天花和顶棚、楼梯、龛橱、篱墙、井亭等四十二种。清工部的《工程做法》，称小木作为装修作，并把面向室外的小木作称为外檐装修，室内的小木作称为内檐装修。

梁思成的考察研究，主要是建筑的大木作构架。他和林徽因在1932年到1937年的五年时间里，率中国营造学社的同事，去过中国的一百三十七个县市，考察了殿堂建筑一千余座，测绘建筑二百余组，完成图稿近两千张。许多古建筑的建筑学重要价值，包括历史与艺术价值，都是在他们的发现和分析后首次被认识，并第一次被介绍到了世界建筑学界和艺术界，比如山西五台山的佛光寺、应县木塔、大同华严寺，河北蓟县的独乐寺，河北正定的隆兴寺。梁思成当之无愧地成为中国第一个用现代科学方法研究中国古代建筑的学者，他以自己的方式开创了中国建筑史的研究道路。

但梁思成不认为自己的工作已经完成，他认为数据还不够，中国之大，建筑之多之奇，自己远未全部了解。去到昆明，生活暂时安定，他便带着中国营造学社的同事，开始了对中国西南地区古建筑的考察工作。早年他在华北和华东地区考察古建筑，来到中国西南未知的土地，正是好机会，可以收集到陌生之地独特建筑的资料。

西南地区的考察，另有特殊困难。一是这里的多山地貌跟北方平原区别太大。平原一望无际，方向清楚，西南群山连绵，层峦叠嶂，森林茂密，小道在山上的密林中穿行，前途不明，迷路是最大的威胁。森林潮湿，蚊虫猖獗，疟疾横行，是另一个威胁。他们必须背着蚊帐，带着抗疟的奎宁，以防蚊虫伤害。还有一种超级渺小的动物，让他们伤透脑筋，那就是跳蚤。在北方乡村他们多次遭遇跳蚤，在中国西南的山地，这种小动物也很猖獗，叮咬得他们无路可逃。

跳蚤寄生在人身上，它的腿部有非常敏锐的震动感受器，能像小地震仪一样感知人或其他动物在走动和奔跑。它们的触角上还有嗅觉感受器，能敏锐捕捉气味分子，凭嗅觉捕捉人的气味，判断宿主的方位，一跃而上地追击。梁思成和他的同伴每到一处宿营地，做的第一件事是端来一大盆水，人站在水中，用力抖动衣裤，很快，水面上就漂起一层跳蚤的尸体。

但相比西南山地森林中的其他毒虫，跳蚤已是最友好的小生命了。如果他们迷路，误入了无人的森林，就极有可能遭遇众多毒虫，比如蜱虫。这种虫子栖息在草丛、灌木丛和树木上，多在4月至9月活动，会往人体的隐蔽部位钻，如颈部、耳后、肚脐、脚趾缝、大腿内侧等，被蜱虫叮咬可能出现发热、头痛、肌肉酸痛等症状。如果遭遇水蛭，当地人叫蚂蟥，更可怕。蚂蟥喜欢潮湿环境，常躲在石块、土壤、草丛和溪边，爬到人身上吸血，人被咬伤后伤口会流血不止并出现感染。隐翅虫无处不在，也容易碰到，它全身各段都含强酸性毒液，被拍打或压碎，会释放毒液，引起皮肤发炎。红火蚁在公路、房屋等各种场景都会出现，人被其叮咬后会出现水疱和化脓，过敏人群会休克甚至死亡。

他们小心防备，从未停止前进的脚步。在克服山地攀爬、丛林病和猛兽毒虫的困扰后，从1939年9月到1940年2月，梁思成团队的足迹遍及西南川康地区三十五个县，对当地的古建筑、汉阙、崖墓及摩崖石刻等，他们全部做了认真调查和测绘，弥补了中国西南地区建筑资料内容的不足。

最可怕的灾难是战争，日军飞机持续不断地轰炸昆明，给梁思成团队的读书和写作带来严重干扰。1940年冬天，梁思成和中国营造学社同事逃离了昆明，先坐卡车，再乘四川民生公司的轮船，最后坐上狭小的用桨划行的木舟，历经两个星期时间，到达了地图上找不到的长江边的小镇——李庄。

2024年10月18日下午，我在李庄参观了中国营造学社陈列馆，那地方也是老院子，光线阴暗，旧木板、圆木柱、石板地面，石缝和墙角爬出沉默的青苔。陈列室旧院的后方另有一座白墙老院，院门口的水塘，映现阴沉的灰白天光，水塘另一边是农田，没种庄稼，裸露着细碎的褐色泥土，长了些发黄的小草，有种等待被唤醒的感觉。这座白墙小院，才是中国营造学社旧址。院子的白墙很刺眼，在没有阳光直射的阴天，反射出孤零零的光线，小院也是梁思成林徽因在李庄的旧居。

有一个展室据说是根据照片布置的，非常真实，不能进入，只在门口标示出梁思成林徽因卧室的字样。我站在门口默默观察，看到卧室里很显眼的铺着白色床单的双人床和斜靠近墙边书架的灰色行军床，展室布置得非常接近我想象中的原貌，设计严谨，很学术化。房间靠墙的柜子上，摆放了一个仿制的梁思成的铁马甲，他病残的身体里，藏着一颗伟大的心脏。

我的目光在屋内的褐色老家具、架上的图书和柜子上的旧唱机之间移动。房间里模拟展示的东西，哪些是跟着梁思成夫妇从北平迁出，再几千里颠簸辗转搬运到昆明，又搬运上船，顺水而下来到长江边李庄的？

1942年春天，在李庄几间四面透风的农舍里，梁思成召集同事，请来当地木匠，制作了几张简陋的白木绘画桌。他摊开手中的资料，开始了期待已久的文化与精神跋涉，着手写作《中国建筑史》。

有一个重大不幸，给他的写作带来了极大障碍。1939年夏天天津发生特大洪灾，市区百分之八十的区域被水所淹，超过十万间房屋损毁。梁思成逃离北平前，把大部分野外考察获得的古建筑调查资料，存入了天津麦加利银行地下保险库，那批资料在洪水中被浸泡。

梁思成10月在昆明获知资料被淹的消息，失声痛哭，那是他经历战乱打击后第一次掉泪，但他很快恢复清醒，写信托人去天津麦加利银行代取存件，以便抓紧时间进行整理。同时他紧急申请借拨经费，以做整理水淹资料之用。由于行动快速，天津抢救出来的资料，在朱启钤等人的帮助下，部分得到了恢复或复制。

李庄中国营造学社陈列馆正堂的老木板墙上，挂了营造学社创办人朱启钤撰写的一副著名对联：上联"是断是度，是寻是尺"，下联"如切如磋，如琢如磨"。绝妙的对联，最能体现中国文人的情趣、思想与文字表达的智慧。上联介绍了建筑学考察中的测量，下联写的是比较和思考，这副对联，用来介绍梁思成等人的研究和工作，非常准确。

七　大功告成

外出的考察与案头的研究完成，写作开始，值得高兴。但梁思成的工作目标，与外人想象的区别很大，他的研究和写作，是面对整个世界，他要把中国介绍给世界，不是只把中国建筑之美调查、记录和整理出来，讲述给中国人听。他要做的工作量，比别人大了几倍。他跟林徽因一起，先用英文撰写并绘制出一部《图像中国建筑史》，用西方的科学方法，准确全面地介绍了中国古代建筑的奥秘和成就。他每天跟躺在行军床上的林徽因讨论，一边讨论，一边在打字机上噼啪震响地打出一连串激动人心的文字。他又跟助手莫宗江一道，绘制出了大量英汉对照注释的专业插图。

当时，梁思成正饱受颈椎灰质化病的折磨，抬不起头来，这就是费正清看到他用小花瓶撑住下巴的原因，脆弱的颈骨已无法撑起他那颗思想高速运转的脑袋，只有借助外物撑住头，他才能继续绘画和写作。林徽因在身体稍有好转的时候，也会从床上坐起来，翻阅"二十四史"和各种资料，为梁思成正在写作的书稿做各种补充、修改和文字的润色。

有一个重要事实需要介绍，梁思成计划写作的《中国建筑史》，并不是中国人所作的第一部建筑史，在他之前，一个贵州人已经出版过一部《中国建筑史》。那个人名叫乐嘉藻，贵州黄平人，1868年出生，年长梁思成三十三岁，相当于梁思成的父辈。

乐嘉藻也是非凡之人。他1895年参加过"公车上书"，主张维新变法，1904年与友人发起成立贵州最早的资产阶级革命团体"科学会"并担任会长，1907年参与成立"自治学社"，以"学会"之名行"革命"之实，宗旨是"合群救亡"。后加入同盟会，在贵州的辛亥革命中乐嘉藻劝促贵州巡抚宣布独立，之后任贵州军政府枢密院枢密员。

乐嘉藻于1902年创办了贵阳师范学堂，1913年任在天津成立的工商品陈列所所长，茅台酒在巴拿马博览会上获得奖章和奖状，乐嘉藻功不可没。他也是中国建筑史学家，1933年出版的《中国建筑史》一书，具有开创性意义。

梁思成读到乐嘉藻的《中国建筑史》后，写了一篇《读乐嘉藻〈中国建筑史〉辟谬》，发表在《大公报》上，对乐嘉藻的研究做出了批评。乐嘉藻的研究方法较为传统，他是从文献收集、整理以及个人观察的角度来研究中国建筑，系统性和科学性不足，侧重于从历史及文人的角度思考分析。梁思成从结构体系的方向，运用西方现代建筑科学的研究方法，结合中国传统建筑的实际情况，对中国古建筑进行了实地测绘和调查研究，从科学、文化、历史和美学四个层面，向世界证明了中国古代建筑在技术和材料方面的独特优势，并创造性地提出了"建筑的文法"等理念。

一个本质区别是，乐嘉藻的写作是以现成的文献为基本线索，那些线索也有外国人对中国古建筑的研究，但那些研究资料比较零碎和局部，缺乏整体性，无法对中国建筑史做出真正的学术架构，也难以涉及中国建筑研究的本质。

建筑是可见的实物，也是人类生活中不可缺少的居所，即使宫殿庙堂，也与人类的日常生活息息相关。建筑是用最具体实用的材料，经过匠人的手艺，一尺一寸完成的，建筑的研究，也就需要现场一尺一寸地考证。

梁思成是留学美国的新派学者，心怀把中国建筑之美立于世界建筑史的使命，有系统的世界建筑学研究方法的训练，会绘图，会测量，懂结构。他踏遍青山，访遍乡野，攀上爬下，重视实证科学，用大量数据说话。

1927年，梁思成在美国获得宾夕法尼亚大学建筑学硕士学位，次年出游欧洲，考察了希腊、意大利、法国、西班牙等地，看到国外的古建筑受到妥善保护，无限感叹。想到中国大地遍体鳞伤，大量文物流落异邦，很多古建筑任风雨侵蚀，破败损坏，无人理睬。欧洲各国对本国古建筑已有系统的整理和研究，中国却没有自己的建筑史。于是他决定回国，研究中国古建筑，写一部中国的建筑史。

当时乐嘉藻的《中国建筑史》还未出版，梁思成回国后开始做准备，斗转星移，国家动荡，战争爆发，十七年时间从他的生命中流走。在长期搜集和研究《营造法式》等古代文献资料，大量实地勘测，深入细致地进行归纳整理和分析判断，再绘制出一幅幅精美规范的图示后，一部具有世界建筑史眼光的伟大的《中国建筑史》诞生了。

梁思成的《中国建筑史》诞生于"国破山河在"的战火中，诞生于东奔西逃的流亡与病痛折磨的日子里，体现出中国知识分子舍生忘死、立德立言的崇高情怀。这部《中国建筑史》全面、系统和细致地展现了中国古代建筑的博大精深，从理论上为古建筑的保护做出了卓越贡献。这部书不只是中国建筑研究的重大成果，也是世界建筑史上的杰作。梁思成的《中国建筑史》出版后产生重大影响，得到世界建筑学界的广泛认可。1948年，因回国考察古建筑并遭遇战火，未能在美国完成博士学位的梁思成，因《中国建筑史》一书的出版等系列成就，被授予了美国普林斯顿大学荣誉博士学位。

八　江苏人钱穆

梁思成与林徽因夫妇，在北平有一群经常聚会的好友，他家所在的北总布胡同3号也就成了大家的客厅，但有一个人跟梁思成夫妇从未交往过，那就是钱穆。钱穆比梁思成年长六岁，没有代沟，但梁思成夫妇的朋友都有留洋经历，大多获取过博士或硕士学位，钱穆高中没读完，大学没上过，更无留学欧美的经历，两人不在一个圈子情有可原。

今天的钱穆大名鼎鼎，青史留名，可他早年只是小学和中学教师。他因一篇名为《刘向歆父子年谱》的长文在《燕京学报》上发表，引起北方学界的关注，一举成名。那篇文章受到很大关注，一是写得好，有理有据，二是批驳了名士康有为。康有为主张一切古文经都是西汉刘歆伪造，只有今文经才是真正的儒家经典。古文经，是指用先秦古文字写的儒家经典；今文经，是指用汉代通行的隶书书写的儒家经典。康有为认为，今文经是孔子为托古改制所作，康有为醉翁之意不在儒家经典的辨伪，而是为了表达古籍不可信的思想，以推动变法图强的主张。钱穆不服，认为康有为的《新学伪经考》一文有错误，就向他挑战，写了《刘向歆父子年谱》加以批驳。

钱穆的成功，跟一个叫顾颉刚的人有关，他的那篇文章得以在《燕京学报》上发表，原因是顾颉刚是主编。钱穆是江苏人，顾颉刚也是，顾比钱大两岁，算是同龄。顾颉刚1929年从广州中山大学赴北平燕京大学任教，途中回苏州探望父母，经人介绍认识了钱穆。当时顾颉刚名满天下，钱穆还是默默无闻的小地方中学教师。但两人相谈甚欢，钱穆读书之多，给顾颉刚留下了深刻印象。那次相识后，顾颉刚向钱穆约稿，就有了钱穆《刘向歆父子年谱》长文的发表。

钱穆是读书奇才，读得极快极多，超越常人。他因革命爆发、学校停办而辍学，但嗜书如命，古文经典了然于胸。钱穆在认识顾颉刚之时，也巧遇了来苏州中学演讲的胡适。钱穆闻知自己崇敬的名人、学界领袖胡适要来学校演讲，异常激动，早早赶去听演讲。胡适只比钱穆大四岁，两人也算同龄。演讲结束，苏州有人向胡适推荐钱穆，见面时钱穆提出一个古文考据的问题，一下子把胡适难住，闹出了小尴尬，胡适从此记住了钱穆。

1930年秋，经顾颉刚推荐，钱穆赴北平，去燕京大学任教。一年后也是经顾颉刚推荐，钱穆得到傅斯年的认可，去北大任历史学系副教授。那时中国已经不安宁，日本图谋侵略中国的野心越来越暴露。钱穆1931年夏收到北京大学的聘书，这年秋天九一八事变发生，接着就是持续多年的中日政治与军事冲突。

钱穆从苏州远赴北平燕京大学教书时，没把妻子张一贯带去，次年被北大聘用，工作稳定，才把她接来北平团聚。他在北大的讲课风格极为独特，讲课似演说，声音洪亮，情感浓烈，操一口无锡话，旁征博引，深入浅出，很受学生欢迎，逐渐成为与胡适齐名的北大教授。

1937年七七事变爆发，不久，北京大学接到迁移长沙的电令，钱穆只身出走，随校迁移，把妻子张一贯和儿女留在了北平。他的第一任妻子邹氏，是大哥在家乡帮着张罗娶到家的，后因难产妻儿两亡。第二任妻子张一贯，毕业于师范学校，两人是在苏州相识，但钱穆喜欢独自生活，初去北平时他只身赴平，独自生活了一年，自得其乐。北大迁移长沙时钱穆至少已有三个孩子，他把妻儿留在北平，再次选择只身出行，开始了动荡生活，独自生活多年。他是把读书、研究当作全部生活内容的学者，家事总让他感觉受到干扰，太多的人际交往也让他觉得浪费时间。

1937年10月中旬,钱穆与北大的同事汤用彤、贺麟结伴上路。汤用彤是中国著名的哲学家、教育家和国学大师,与陈寅恪、吴宓并称"哈佛三杰"。贺麟是著名哲学家,现代新儒家的倡导者之一,黑格尔研究专家。战火改变了所有学者与大师的命运,他们各自匆匆上路,散落四方,随身行李中最多的就是书,最重的也是书,累得狼狈不堪。

钱穆出发前认真准备,用历史学家严谨的态度,在随身携带的木箱里悄悄安装了一个夹层,外面放上衣物,里面藏匿着他多年来补充修改的讲稿,足有厚厚的六大本。他无法照顾别人,也无法叫别人照顾自己,不知途中会有什么危险。

硝烟四起,前程茫茫,钱穆从北平到天津,再去长沙,一路仓皇迷茫,一路惊吓,只想避开战火。他在中国大地上绕了很大的圈子,用了四个月时间才到达长沙。此时战火又快燃到长沙了,长沙临时大学一个月后停办,北大、清华和南开迁向昆明,准备成立西南联合大学。钱穆再次上路,从湖南衡阳到广西桂林,从桂林到柳州,从柳州到南宁,从南宁到越南河内,从越南河内乘坐滇越铁路的火车,穿越云南南部森林茂密群鸟齐飞的亚热带山谷,先去云南蒙自县,后去到了昆明。

民国时昆明是一座小城,容纳不了北方拥来的几十万流民,住房紧缺。1938年4月底,西南联大的大部分师生到达昆明，校舍不够用，学校决定把文法学院迁至云南南部的蒙自县。蒙自偏远清静，是滇越铁路沿线离越南较近的城市，受法国传来的欧洲文化影响，比其他县城多些小街，有海关旧址等一些建筑可作为校舍，钱穆跟着来到了蒙自小县城生活。

一定有教授对偏远狭小的云南小县城生活感到不适应，可是钱穆深感高兴。蒙自的教授少，人际关系简单，小县城可供消遣的场所不多，正符合钱穆的脾气，他静心读书、研究，自得其乐。

九　写一部赞美传统中国的书

我手边有一本《维特根斯坦私人笔记》，这本书是维特根斯坦在战场上写成的。第一次世界大战爆发时，奥地利人维特根斯坦本可以身体有病为由，暂不参军服役，可他仍然报名加入军队，上了前线。从上前线的第二天起，他就在躲避子弹射击和炮火攻击中紧张地思考，每天做大量笔记，他不仅在笔记本中大骂战友无知，也骂自己愚蠢，为何来前线送死？也许闪躲死神的刺杀能让他更深刻地理解生命，理解生死，也更能让他思考存在的意义。战争结束，他侥幸生还，战场笔记出版，成为至今仍然畅销的哲学图书。

文人在战争爆发时躲避到后方，读书、研究和写作，也不会停歇。即使像维特根斯坦这样上了前线，在没有中弹之前，也不会停止思考，会记下思想，思考存在的意义。我要说的是，战争年代的生死关头，文人坚持读书、研究和写作，当然很崇高，但并非刻意为之，是文人的本能。他必须做这件事，也只能做这件事。

但文人在战争动乱中阅读与写作，会更有紧迫感，也更有参与感，目睹敌国侵略祖国，文人会为保存文化着急，或者想以自己的写作帮助国家抗敌。钱穆就是这样，他受聘为北京大学历史学系副教授后，开设"中国上古史""秦汉史"课程和"中国近三百年学术史"选修课，后在北京大学一人独讲"中国通史"。他不仅讲课方式独特，还常与学生互动，回答现场提问，活跃学生的思维。1938年在云南蒙自西南联大的文法学院教书时，中国面临亡国危机，在陈梦家的鼓励和一再要求下，钱穆计划撰写一部跟别人不一样的中国通史，以解决抗战时中国人面对的精神困难。

钱穆在燕京大学教书时，陈梦家是在校研究生，算起来是钱穆的学生，后来成为钱穆北大的同事。陈梦家是著名的古文字学家、考古学家、新月派后期的代表诗人。他肯定对钱穆有崇敬之心，喜欢钱穆的课，赞同钱穆的史学观，认为钱穆的课应该广泛流传，让更多国人知道，也就力劝钱穆把"中国通史"讲义写成一本通史教科书。

但讲课是一回事，写成书是另一回事，钱穆不敢大意。接受陈梦家的建议后，钱穆开始思考并做准备。蒙自偏远清静，与世无争，钱穆认为避世于此，可以心无旁骛地写出一部好书。正在准备中，半年的蒙自分校生活就要结束，西南联大的昆明校舍全部建成。根据安排，蒙自分校的师生将于1938年8月起结束在当地的学习，乘坐滇越铁路的火车全部搬回昆明，大家高兴，唯独钱穆失落，黯然神伤。他是一个标准的书呆子，认为去到昆明，人太多，交往太杂，喧哗之声会严重干扰自己的读书和写作。

钱穆在北大任教期间，潜心修订和增补过《先秦诸子系年》，获得学界很高的评价。他对中国古代的文献和经典有着深厚的敬意，力求还原和尊重古人的意思，以符合历史事实。他认为中国哲学史是一部"天人合一的历史"，中国的儒家思想是一种"内圣外王的哲学"。他如果要写一部《中国通史》，就要做到言之有据，在这部历史著作中表达一个思想，告诉国人中国传统文化是有价值的，应该继承发展，必须坚持国学传统，必须热爱这个有悠久历史和深厚传统文化的美丽的国家。

这话听起来奇怪，谁不热爱自己的祖国，还用学者来解释？可放在当时，钱穆要做的这件事实在太重要。五四运动以后，大批中国学者反对中国传统，全盘否定中国文化的价值，"打倒孔家店"成为流行的思想。钱穆对此耿耿于怀，并不认同。他早年发表在《燕京学报》上的文章，就是借考据之名，抨击康有为否定中国传统的观点。

钱穆的思考不无道理，当时的中国处于历史转折期，旧的统治退出，新权威未能建立，思想混乱，中国自清末起在西方现代文明的攻击下接连失败，引起国人反省。1915年陈独秀在上海创办《青年杂志》，后改名《新青年》，倡导民主和科学，提倡新道德和新文学，主张用白话文代替文言文，就是文化反省的结果。

《新青年》杂志在大批知识分子中产生重大影响，众人发表文章，对中国传统礼教和历史的旧观念进行猛烈批判，启发了民众的觉悟。鲁迅的《狂人日记》等作品，就是对封建礼教"吃人"本质的揭露。1919年5月4日，因巴黎和会上中国外交的失败，北京青年学生上街大规模示威游行，爆发了著名的五四运动，大力传播了民主与科学精神。

有一种渐渐扩散的现象，让跟钱穆持相同观念的中国学者忧心忡忡，那就是对中国传统文化的全盘否定。他的学生陈梦家就是出于这种担忧，才力劝钱穆把上课的讲义写成一部中国通史的著作。钱穆思考后，确立了将要写作的这部书的主题，那就是通过大量考据，告诉国人中国是历史悠久的和美丽的，一定要热爱这个国家并对它加以保护，要防止敌国侵占中国，防止亡国，要让中国永远傲立于世。

钱穆思考的主题很好，但他能言之凿凿地说服国人吗？胡适1917年1月在《新青年》杂志上发表《文学改良刍议》，打响了新文化运动中倡导文学革命的第一枪。文中提出八个建议：言之有物，不模仿古人，讲求文法，不无病呻吟，去滥调套语，不用典，不讲对仗，不避俗字俗语。文章明确主张将白话文作为中国文学正宗，从形式和内容上否定了旧文学，拉开了白话文运动的序幕，影响非常大。胡适的这个主张，远超出了文学改良的范围。

一批新文化运动的推动者，不仅认为中国传统文化有严重缺陷和弊端，甚至认为西周及以前的历史都是虚构的。"东周以上无信史"，这句话是以顾颉刚为代表的"疑古派"说的，严重贬低了中国古代历史的可信度。顾颉刚是钱穆的恩师，他的这个观点，钱穆也不同意。他要写一部书，用他自己的观点，向国人深情讲述中国历史。

1938年9月，钱穆与吴宓等人一起，搬离云南蒙自县，乘坐滇越铁路火车前往昆明。蒙自县城到昆明的路程约二百六十公里，滇越铁路的火车速度很慢。我在2010年以后去云南河口县调查，听说20世纪60年代，昆河铁路的火车启动后开出一段路，一个怀孕女人跑几步仍可追上火车，拉着把手钻进车厢里。在钱穆的时代，昆河铁路火车时速更慢，平均时速为三十至四十公里，上坡的最慢时速不足二十公里，从蒙自去往昆明，要乘坐数个小时的火车。钱穆注视着车窗外云南南部葱绿苍翠的亚热带群山，恋恋不舍，他的思想也像火车钢轮一样坚定而缓慢地运转。

钱穆拿定主意，要写好这部《中国通史》，他很想在车窗外的群山深处找到一间小屋，闭门读书和思考，不受干扰地写作。这间小屋在哪里？他不知道。几个小时后，火车在离昆明不足六十公里的云南宜良县停车，钱穆与同事坐得很累了，他们纷纷下车，在宜良县城吃饭，找小旅店歇息并四处闲走观光。正是这次下车，让钱穆在宜良县一个寺庙里，找到了读书思考和写作的好地方。

十　隐居寺庙

"宜良"二字，听起来就顺耳，让人信任。这座县城与昆明市区相连，属远郊县，很安静，自得其乐。我2018年去宜良，它已经高楼林立，城外的公路上车流汹涌。但走进县城，我仍感觉这是一座旧城。有些人一听"旧"就认为落后，是不对的，"旧"是个时间概念，跟进步或落后无关，就像"老"跟聪明或愚笨无关。

我说宜良是一座旧城，是指它跟记忆没有断绝联系，绕过现代高楼，就是历史老街，街上的小河还是从前的样子，河堤和石桥的残缺处遍布时间按出的小坑。旧街斜坡一个挂在按摩店外的牌子上，写了一个稀奇的治疗项目：擀肚子。我大为不解，走近店门张望，果然看到一个中年男人躺在小店的床上，正让一个妇人拿一根木棍，在凸起的腹部来回擀动，好像肚皮上铺了一张面皮，擀薄了要下锅煎成葱花饼。

擀肚子的按摩治疗方式一定是宜良本地的草医秘术，或者是乡民中流传的土法。这方法名称朴实,动作笨拙好笑,像闹着玩,但在乡民生活中,恐怕真有疗效。在缺医少药的年代,疾病是人生的大麻烦,腹部胀气,可能是消化不良,也可能因肠胃患疾而导致食物发酵胀气。用棍子擀压,赶出腹中滞气,看似直观,却是笨办法中的好主意。即使不患病,擀压腹部也可以放松身体,有健身康养之效。谁能想到,早年乡下人治病健身的土法,现在被灵机一动的按摩店小老板开发成新项目,公开挂牌揽客。

我在宜良旧城的石桥边参观一座旧院子,出来发现院门口有人靠墙放了几个小矮凳,每个凳上坐了一个男人,有神色凝重的中年女人各对着一个男士,蹲得很低,轻声低语。朋友告诉我,那是算命,那位置是一个算命的小市场。我很快发现不远处一户人家的外墙上,挂了卜卦取名的招牌。那户人家房门敞开,屋里供着神位,神位前的香案上插着香烛,摆着水果和糕点。一个年近五十的男人,跪在香案下的黄色蒲团上,摇着铜铃,念念有词地祷告,正在帮人祛怪除魔,祈求平安。

算命是贩卖人生的愿望,收钱送出几句好话。小时候我的愿望是吃宜良烤鸭,昆明顺城街几家饭馆门口挂出的烤鸭,散发出遥远的稻田气息。我的目光越过烤鸭,看到弯曲的小河,河岸有密集的大树,大树后是阡陌纵横的田野,田埂边插着稻草人。鸟心有不甘地在空中张望，发出惊讶的叫声，小翅膀快速拍击，成群结队地飞来飞去。

那次，2018年秋天，宜良的朋友晚饭后带我去寻找老火车站。那就是半个多世纪前钱穆下车的地方，如今宜良站已经没有火车客运，高速公路从城外穿过，汽车超越了火车，铁轨沉默不语，卧在月光之下。铁路边狭窄的水泥小路上，低矮的道班房亮着灯，屋里有一个人影，屋外蹲着一个人，黑乎乎，一声不响。短途货运还在运转，岁月的尾音萦回不散。道班室侧面的土坡上，原来的铁路职工宿舍残垣断壁，窗子钉死，木门被人撬走，门洞张着漆黑的嘴巴。

剩下的旧房子会连根拔除，时间的证据只留在纸上。宜良火车站早年声名远扬，清朝末年起就是滇越铁路的重要车站。火车从昆明驶出，经宜良驶往远方，穿过亚热带群山，从边境的云南河口进入越南。很多云南人从这条路线出走，不再回来，很多外省人沿这条路线进入云南，落地生根，繁衍子孙，满口云南话。

那天晚上，我看到宜良老火车站还剩一座孤零零立在黑夜中的高大水塔和一幢窄小的法式旧楼，它们在夜色中只是两个黑影，这两个黑影见证了在宜良城里住过的越南人、法国人、革命者、野心家、大商人、战乱流民，他们一个个若有所思，接踵而至，一晃而过，埋在了时间的泥土中。只有钱穆还在，他的名字，至今挂在宜良县城一座著名寺庙的门口。

1938年，宜良县城很小，十几分钟就绕城一周。钱穆和他朋友看到县城安静清幽，山水美丽，十分喜爱。饭后去到宜良县的岩泉寺，他格外惊喜。寺内竹林摇曳，鸟语虫鸣，空气清新，钱穆马上认定自己应该在这里居住。

岩泉寺位于宜良县城西一公里处，寺所在的伏狮山状若卧狮，五峰壁立，岩峭千仞，日夜清泉潺潺，水流声清泠悦耳，山上林木茂密，竹篷轻摇。岩泉寺是一个佛道共用之地，元代的盘龙祖师来宜良县的伏狮山结茅修行，传播佛释，经历数代后建起了殿堂，供奉佛祖菩萨。1929年宜良人募资修缮并新建建筑，大规模作摩崖石刻。后道士发现这里是"风水宝地"，也跻身其间，寺内就同时有了道教的关圣宫和玉皇殿。

宜良县与昆明有滇越铁路相通，交通方便，后经人帮助，钱穆认识了宜良的王县长。县长在岩泉寺有一个别墅，尚未使用，愿意借给钱穆居住。钱穆大喜，天遂人愿，仿佛云南宜良县的寺庙里，早为江苏人钱穆备下了住所。

钱穆回到昆明，继续开始西南联大的教书工作，他每周在昆明上课三天，然后乘火车离开，返回宜良县。钱穆到宜良岩泉寺入住的第一天，有两位同事陪着来到，那就是跟他一路从北平流亡，南行到长沙的学者汤用彤和贺麟。当晚三个人入住王县长家别墅，房内空洞，长久无人居住，也没有家具，三人打地铺睡在地上。次日清晨在窗外的鸟鸣中醒来，两位朋友跟钱穆告别，朋友说，这里读书写作清静，但太寂寞，我们走后你怎么办啊？钱穆说，寂寞正好，我避居此处写成一部书，也就心满意足了，没有别的念头。

两位朋友走后，岩泉寺的方丈来访，跟钱穆商量了伙食问题，每日寺内安排膳食一份，但只是素食，方丈问钱穆能否适应？钱穆说，粗茶淡饭，正好修身养性。钱穆在岩泉寺居住，读书思考，查阅资料，伏案写作，每晚入睡前要看《清史稿》数卷。周日下午或周一上午，他携《陶渊明诗》去岩泉寺东面八里处的温泉洗浴喝茶，再去县城吃午饭，顺便去县立中学访问校长，借阅学校图书室的二十五史等书籍阅读研究。

可日子过下去，钱穆感到吃不消了，寺内的饭太粗劣，无法下咽，吃了总觉得饿，有时又难以消化，腹中鼓胀难受。他只得找方丈，小心商量，希望能吃到肉食。这是一个问题，但也可以解决。解决的办法是，方丈帮忙，为钱穆找到了女佣张妈，请张妈专门为钱穆做饭，每月伙食费国币六元，合新滇币六十元。张妈很尽心，经常炖肉煮鸡，滋补钱穆的身体，再配上豆腐、新鲜青菜和家里做的云南咸菜，钱穆吃得很开心，减少了烦恼。

十一　轰动中国

　　钱穆住在寺内的县长家别墅，并不舒服。那屋说是别墅，其实空荡冷清，过于孤单。他就找寺庙方丈，搬去了岩泉下寺的小屋，方丈给他另外安排的房间至少每天能见到几个和尚，有几分人气。岩泉下寺是佛家寺庙，上寺是道家所在，住了一个道士和小仆，钱穆读书写作累了，去上寺的道观玩赏。道士见西南联大的教授到来，赶紧吩咐小仆泡茶。

　　道士早知道有大教授住进了寺内，想来拜见，又怕打扰。这道士偏爱诗词，在上寺的道观中读书作诗，无人交谈，更无人赏识，十分孤单，忽然钱穆来访，高兴得慌了手脚，接连打破了两只茶盏，让钱穆看了不解。两人坐下，喝茶聊天，相谈甚欢。以后钱穆经常来找道士谈诗论文，道士开心，钱穆自己也很开心。两人成为好友，道士就邀请钱穆搬来上寺，他腾出上寺楼上的房屋给钱穆住，自己住在楼下。上寺很安静，又有人陪伴，读书写作最合适。道士和小仆都温和友好，张妈也跟随着来到上寺，继续做饭，照顾钱穆的生活。

钱穆远离喧闹，常住在昆明远郊的宜良县寺中，全因有滇越铁路，交通方便。他每周坐火车，往返于昆明和宜良县城之间。当时的滇越铁路在昆明有两个站，一个是昆明站，位于城区，一个是昆明北站，位于城北郊外。钱穆回宜良县，从西南联大去到任何一个火车站，只能坐黄包车，或者坐郊外的马车，都要一小时左右，上了火车，再坐两个多小时，下车出站后还要坐马车，才能去到岩泉寺。劳累不用说，但尚能承受。跨进上寺道观的小屋，他就安心了，在床上躺一阵，疲劳消失，坐起来就能读书。

难的是课程安排，他在西南联大担负着重要课程，住在宜良县，为了兼顾教书与写作，他跟学校商量，把课安排在了周四、周五和周六晚上。周四中午他乘火车前往昆明，周日或周一早晨乘火车返回宜良县，有三天时间在岩泉寺道观的小楼上闭门读书写作，他很满足。

星期四他必须很早起床，吃过早饭，坐马车赶去离岩泉寺四公里处的滇越铁路宜良站，火车站旁有一个小咖啡店，钱穆在店中小坐，有时喝一杯咖啡，不久就能上车，坐两个多小时。在车厢的晃荡中，他长久注视窗外的山水田园风景，那风景以极其缓慢的速度后移，让人充满无限眷念。去到昆明，给学生上课后，再返回宜良。

在昆明几天，他住小旅店，抽空应各报馆之约，轮流递交短文。全面抗战爆发，物价飞涨，钱不够用，所幸有云南省政府机关报《云南日报》、国民党云南省党部机关报《云南国民日报》、1938年底迁移至昆明出版的南京《朝报》、泰国归侨在昆创办的《暹华日报》、1939年5月创刊的昆明版《中央日报》等报纸约稿。报纸多，发行量大，用稿量也大，西南联大教授和迁移至昆明的众多学者与作家，大有用武之地。报纸编辑的工作方便了，教授学者多发表稿件，增加收入也能补贴家用。

钱穆在宜良雇用的张妈能干善良，饭菜做得好吃，把钱穆居住的小楼房间打扫得也很干净。缅桂花开放的季节，张妈常摘来白色的缅桂花朵，放在钱穆先生的书桌，或摘一截带花的短枝插在瓶里。很多年后钱穆著文，回忆昆明宜良岩泉寺中孤独写作的生活，立即想起了张妈，闻到空气中飘来往事的香气。

缅桂花香气轻柔，闻之身心舒畅。昆明习俗中，女人爱采摘缅桂花摆放在桌上或用线拴两朵花挂在胸襟。缅桂花一般3月开放，花期很长，持续到7月，从春到夏末树上都能不断开花。昆明女人从两米高的缅桂花树上摘下几朵含苞待放头部溜尖的白花，闻到环绕身子的香气，就忘记了生活的烦恼。张妈采缅桂花送到钱穆的房间，也希望钱穆在道士楼上开心健康。

钱穆长期独自生活，生活不太规律，患有胃病。在宜良岩泉寺整日整夜地读书思考，忧国忧民，很消耗身体。幸运的是有张妈照顾，张妈细心勤快，给钱穆的饮食起居做出很好的安排。钱穆不用操心，早晨和晚饭后出门散步，白天闭门不出，专心读书思考，楼下泉水淙淙，让他想起故乡遥远的水声。

钱穆只身一人在昆明，妻子同样单身一人在北平带着几个孩子，他有教书和写作消除寂寞，妻子孤身操持家务，吃不消，不久就带孩子去了苏州。钱穆想念妻子，只能写信表达情感，继续埋头读书。

历史研究与写作，建立在史料考证梳理的基础上，要搜寻资料，仔细阅读，还要对有争议的历史事件和人物做出判断。可历史资料的一个重要特点，是不完整性和分散性，仅资料的搜集研究，就大费脑筋，如果缺乏资料，工作就更难进行。

战乱时期最大的一个问题，就是书籍的保存和运输受到严重影响，资料特别缺乏，致使钱穆的研究和写作面临巨大困难。离开北平前，钱穆把自己的二十万卷藏书装入二十个大箱子，藏于北平的房中。他与房主约定，如果不另租房离开，藏书就放在房东家，待战事平息后再回来取书。他带着一只在夹层里藏了几卷资料和手稿的木箱出走，流落云南。

撰写一部中国通史，需要查阅和考据很多典籍，在那个信息保存和传播单一的年代，占有图书，就占有了独家资料和大好机会。身边没有书，很头痛。庆幸的是，宜良县中学有一座图书馆，馆内有一些历史资料，可以供他借阅使用。

西南联大的教授陈寅恪、汤用彤、姚从吾、贺麟等人，都来岩泉寺看望过钱穆，在僻静的岩泉寺玩一两天，很惬意。大家喝茶休息、谈书论道。钱穆的侄子钱伟长，当时也在西南联大任教，曾带着新婚妻子来岩泉寺，看望钱穆并住了三个月。陈寅恪欣赏岩泉寺的幽静，但认为长期居住受不了，自己在这里长住，一定会孤独得发疯。陈寅恪被称为清华的四大国学导师之一，读书超级忘我，心无旁骛，也认为自己不能适应岩泉寺的孤独，钱穆却能长久忍受，一声不吭。

历史学著作的撰写，有两种体例，一是断代史，二是通史。钱穆钟情于司马迁的《史记》和司马光的《资治通鉴》，希望在贯通历史的学术叙述中，寻求国家的永久生命之根。当年，钱穆在北大首开了一人独讲中国通史课的先例，在昆明宜良县的岩泉寺，他又采用同一种方法，要写一部贯通几千年的中国史。

1939年6月，钱穆的中国通史写完了，取名为《国史大纲》，全书五十多万字，花费十三个月时间写成。在该书扉页上，钱穆写下这样一行字：本书谨奉献于前线抗战为国牺牲之百万将士！这就是他写作本书的宗旨和目的，他把这本书视为武器，认为是自己为抗战奉献的力量。

钱穆还在《国史大纲》开篇的另一页，郑重写下了："凡读本书请先具下列诸信念。"接着如吼叫一般，写出下列文字："一、当信任何一国之国民，尤其是自称知识在水平线以上之国民，对其本国已往历史，应该略有所知。二、所谓对其本国已往历史略有所知者，尤必附随一种对其本国已往历史之温情与敬意。三、所谓对其本国已往历史有一种温情与敬意者，至少不会对其本国已往历史抱一种偏激的虚无主义。亦至少不会感到现在我们是站在已往历史最高之顶点，而将我们当身种种罪恶与弱点，一切诿卸于古人。四、当信每一个国家必待其国民具备上列诸条件者渐多，其国家乃再有向前发展之希望。"

我曾对钱穆在北大讲课风格如演讲吼叫的传闻表示怀疑，翻开我桌上的《国史大纲》，看到如上的开篇宣言，我相信了，他是富有激情的历史学家。他这部中国通史著作，开篇就写下激情四射的文字，从未见过。

学术著作不能靠感情取胜，他当然知道。钱穆敢发出宣言，是有底气的，他的这部《国史大纲》有理有据，清楚明白，把中国历史断为上古三代、春秋战国、秦汉、魏晋南北朝、隋唐五代、两宋、元明、清代八部分，条理清晰、逻辑严密，独树一帜，对古代中国政治制度变化的研究很完备和成熟，对中国各历史时期政治经济文化的变化和原因，都有归纳和总结，严谨全面，有深刻的思考。

《国史大纲》的创新之处是，钱穆一反以往史书偏重政治介绍的特点，把政治制度、学术思想、社会经济作为三大基本内容，从这三块内容出发，来展开历史梳理，探寻这三大部分内容在不同历史时期的发展与变化。

《国史大纲》出版前，钱穆先撰写一篇"引论"，发表在昆明版的《中央日报》上，马上获得了陈寅恪的称道。1938年，浙江大学教授、中国著名地理学和历史学家张其昀来昆明出席会议，从陈寅恪口中获知钱穆住在寺里，已写成一部具有巨大独创性的《国史大纲》，并在报上发表"引论"引起了关注。张其昀大喜，不顾旅途劳累，乘几小时的滇越铁路火车，去到宜良县，在岩泉寺里拜访了钱穆。二人是多年的老友，见面后分外高兴，彻夜长谈。

1939年暑假，钱穆与汤用彤同行，乘滇越铁路火车去到越南河内，再去到香港，把携带的书稿亲自交给商务印书馆的负责人王云五。1940年6月，《国史大纲》出版，一时轰动,《国史大纲》促使人们反省和重新认识中国历史，激发出中国人强烈的抗日热情，激励了一大批中国青年参军上前线抗日，给中国的抗日将士以极大的精神力量。钱穆的这部《国史大纲》，被称为最通行，最受欢迎，简明扼要的历史新著，不久被教育部指定为大学用书。

十二　费孝通从伦敦归来

有一个青年学者也在1938年来到昆明，那年他二十八岁，刚从英国伦敦政治经济学院毕业，来到昆明的云南大学授课，他就是费孝通。七七事变前的1936年，费孝通在清华大学读社会学和人类学，获硕士学位，之后赴英国读书。

社会学诞生于19世纪中叶，法国哲学家孔德在1838年首次使用"社会学"这个术语，他是社会学的创始人，创立了通过观察、实验、比较等方法探寻社会秩序和社会进步法则的学科，这种学科开辟了一种用自然科学方法研究社会的路径。1890年美国堪萨斯大学首次开设了"社会学元素"课程。

人类学这门学科的起源，可以追溯到古代，古希腊和古罗马时期人类就对自身的起源、种族差异有所思考。15世纪至17世纪的大航海时期，欧洲人在全球殖民扩张，见识到不同文化形态和人群，现代人类学正式形成。1842年伦敦大学率先设立人类学教授职位，1879年，哈佛大学设立了美国第一个人类学系，人类学学科的建立比社会学要早。

早期的社会学突出哲学思辨能力，用理论推测和逻辑演绎形成判断，更关注宏观问题。当代社会学既研究宏观社会结构，也关注微观层面的个体行为、小群体互动等人类社群的交流方式，并注重实证数据。

社会学引入中国很早，汉语的社会学这个名词来自日本，1913年上海圣约翰大学首先在中国开授社会学课。圣约翰大学是美国传教士在上海办的学校，创办于1879年，1952年被撤销，各院系并入复旦和华东师范等大学。1916年，学者康宝忠在北京大学首开社会学班，是中国人在大学讲授社会学的第一人。

但是，把社会学最早引入中国的学者之一是严复，1897年严复着手翻译斯宾塞的《社会学研究》，并于1903年以《群学肄言》为书名出版。这部书系统介绍了西方社会学的基本理论和研究方法，揭开了中国社会学的研究历史。章太炎的社会学译著比严复出版得更早，他1902年翻译了日本学者岸本能武太的《社会学》，在广智书局出版，成为中国最早出版的社会学译著，对社会学在中国的早期传播起到了推动作用。

费孝通1938年在英国伦敦政治经济学院获得博士学位时，抗日战争已在中国全面爆发，硝烟四起。他从法国乘坐远洋轮船的四等舱，去到越南河内，从河内乘坐滇越铁路火车进入云南省。云南是大后方，战火没有烧到这片土地，只在抗战后期的1942年，云南怒江以西地区被日军从缅甸入侵占领过两年，其余大片资源丰富的云南土地，直到抗战结束也没被日军占领。

费孝通来昆明，是为了见他的老师吴文藻，也因为昆明是抗战大后方的一个文化中心，会聚了众多科学家和人文学者。当时中国有几个抗战大后方的文化中心，比如重庆、桂林、昆明。重庆是陪都，资源丰富，危险也很大，日军疯狂轰炸。1939年5月，日军制造的"五三""五四"大轰炸事件，致使重庆市民死亡约四千人，伤者无数，损毁房屋数千幢。桂林相对安全的地理位置和较为宽松的政治环境，吸引了众多中国文化人。这里戏剧演出十分活跃，桂林也是当时中国大后方重要的出版中心之一，但1944年11月，桂林在日军的攻击下沦陷，一部分文化人和艺术家撤到了昆明。

昆明也遭受日军飞机频繁轰炸，但从未沦陷，保存了抗战时期的重要科研力量。西南联大和云南大学，以及迁移到昆明的其他中国著名学校，培养出了很多优秀人才。滇越铁路、滇缅公路、中印公路及"驼峰航线"，也使昆明成为中国对外的重要交通枢纽，保证了抗战时国际战略物资对中国的畅通运输。

费孝通1930年在燕京大学学习社会学，之后在清华大学学习人类学。当时中国社会正处于剧烈变革期，如何改造社会，建设富强中国，成为全社会的热门话题，社会学课程也就成为仅次于经济、政治的第三门最受学生欢迎的主修课。费孝通在燕京大学的导师，是女作家冰心的丈夫吴文藻。吴文藻1917年考入清华学校，1923年赴美国就读于达特茅斯学院社会学系，毕业后获学士学位，1925年就读于哥伦比亚大学研究生院社会学系，获博士学位，回国后在燕京大学做教授，教授家族社会学、西洋社会思想史、人类学等课程。

吴文藻来到云南，在云南大学建立了社会学研究中心，那是燕京大学—云南大学的社会学研究室，有几位年轻的燕京大学社会学家跟着吴文藻来到昆明。费孝通加入吴文藻的团队后，跟他们在一起，做研究室的研究员，同时在云南大学社会学系授课。

之前，1936年秋，费孝通在英国师从马林诺夫斯基完成了人类学博士学业。马林诺夫斯基是英国著名社会人类学家，功能学派的创始人之一，他的最大贡献是提出了新的民族志写作方法。从马林诺夫斯基起，几乎所有人类学家，都必须到自己研究的文化部落住一年半载，实地参与部落生活。

费孝通在燕大学的是社会学，在英国学的是人类学，人类学与社会学，都研究社会结构与人的行为，两者的区别，常让人迷糊，其实差异很明显。人类学是关于人及其文化的学科，主要研究人类的不同文化样式，社会学研究现代社会的运行机制和规律。马林诺夫斯基在非洲做的民族志研究是人类学工作，费孝通1936年去故乡江苏吴江县做调查，是社会学研究。

费孝通曾去江苏吴江县的开弦弓村做调查研究，完成了博士论文《开弦弓，一个中国农村的经济生活》。从英国回到云南昆明一年后，他的博士论文在英国出版成书，当时的书名为《中国农民的生活》，那本书受到导师马林诺夫斯基的称赞。

费孝通受过社会学与人类学两个学科的训练，但他对研究现代社会更有兴趣。他与导师马林诺夫斯基有分歧。西方人类学的传统是关心外国和异族，希望保持该地原有文化，不要改变。马林诺夫斯基数次去新几内亚岛附近的特罗布里恩群岛做调查，在那里居住生活了两年，对那个地区社会的描绘具有世外桃源的诗意，认为那里是乐园。费孝通对遥远地区的岛屿土著居民不感兴趣，他最关心中国，希望了解并改造自己的国家，帮助中国进步。

这就是费孝通读完博士很快返回中国的根本原因。第二次世界大战爆发，局势对整个人类不利，世界多国卷入其中，亚洲也陷入战火，费孝通内心有强烈的故土召唤，中国知识分子的家国情怀促使他回国。国破山河在，他希望尽快回到故土。他相信战争终会结束，日军会被赶走，战后的国家建设需要专家提供意见。社会学者做调查研究，可以帮助国家找到更好的恢复重建的办法。

十三 乡村贫富的真相

费孝通在昆明，跟钱穆有相似之处，同样长期住在乡下，但他在乡下不是闭门读书写作，是做社会学的田野调查。他雄心勃勃，准备写出第二部成功的社会学调查作品。他的一个姨妈杨季威，曾在家乡江苏省的吴江乡村推广现代教育，后做了徐州省立第三女子师范学校的校长，教书之余热衷社会活动。他外祖父的十一个孩子，包括费孝通的母亲，从小都受过良好教育。杨季威是费孝通妈妈杨纫兰的姐姐，杨季威认识费孝通在燕京大学的同学王武科，王武科是云南禄丰县大北厂村人。在杨季威和王武科的一致推荐下，费孝通到达昆明两星期后，就去寻找离昆明约一百公里远的云南禄丰县大北厂村。

燕京大学老师中，对费孝通影响很大的，是吴文藻和美国社会学家派克。派克是燕京大学客座教授，刚从芝加哥大学退休，是一个充满激情并有鼓动性的教授。他对费孝通最大的影响，是把费孝通从埋头读书的图书馆中拖出来，告诉他，要进入活生生的社会，了解人类的实际生活，才能发现真理。

费孝通像小说家一样，在自己的调查文本中，把大北厂村命名为禄村，这不是为了虚构，可以理解为是一个编号。大北厂村获得这个编号后，就成了一个科学观察物，费孝通可以专心调查，准确记录和描述这个村子，更客观地开展研究并做出结论。

1912年，陶孟和与梁宇皋合作出版了《中国城镇与乡村生活》，运用社会学方法对中国社会进行研究，这是中国学者运用社会学理论和方法研究中国社会问题的早期尝试。费孝通的研究方向，与这部《中国城镇与乡村生活》接近，他也想通过自己的社会学调查研究，找到帮助中国社会进步的方法。

费孝通在去吴江做乡村调查前，曾应梁漱溟的邀请，去山东邹平县做过社会调查。那是1933年，他刚从燕京大学毕业，对行动充满兴趣。梁漱溟是著名思想家、教育家和社会活动家，他认为中国是"伦理本位""职业分立"和精神上"调和持中"的社会，面临"文化失调"的困境。乡村是中国社会的基础，在乡村展开恢复法制礼俗和维持社会秩序的运动，可以重建儒家伦理，实现中国社会的改造与复兴。

梁漱溟的乡村建设计划，获得了当时的山东省政府主席支持。梁漱溟组织了一些青年学者，在乡村创办研究院，改革行政机构，让研究院人员深入农村，把自由散漫的农民组织起来，同时在乡村推广教育，设立乡学和村学。在向农民传授文化知识的同时，也教授农业技术，推广新的生活方式，还在农产品经营和乡村金融新模式方面做出了尝试。他的设想和操作，是一个焦急而伟大的梦想，需要大量人手，大学生费孝通因此受到邀请。

但那次经历没给费孝通留下良好记忆，在山东邹平县做的开创性的乡村建设工作，困难重重。当地的乡村小农经济很脆弱，农作物销售困难，农民太穷，人才外流严重，陈规陋习根深蒂固，治理效率低下，加之西方文化冲击，本土文化自信不足，工作难以展开，前景黯淡。费孝通没干多久，就失望离开。

他并不反对梁漱溟的乡村建设理想，但认为改变乡村面貌，提升乡村人口的文化水平和精神素质，需要细致研究，找到正确方法。他的乡村调查，就是为了找到中国社会的问题，研究出解决这些问题的方法。三年后，他对江苏吴江县的开弦弓村做调查，有了第一个成功的调查作品。1938年从英国回到中国，来到云南昆明，他急不可耐，工作之余，迅速赶往云南禄丰县的大北厂村。他跟钱穆不同，他不断前往乡村，却并不常住乡村，他没有乡村生活经验，对城市更感兴趣，也更适应城市的日常生活。城市给了他观察乡村的距离，给了他现代化的思想，也给了他研究、思考和写作的更好的条件。

有燕京大学的同学王武科帮助，费孝通去做调查就容易得多了，王武科是大北厂村人，村里有很多亲戚。1938年11月15日，在李有义的帮助下，费孝通去到禄村。李有义是燕京大学毕业生，也在云南大学社会学研究室工作，费孝通与他共同在乡下住了三十八天。1939年上半年，费孝通回昆明授课，下半年，8月3日，他第二次进入禄村，在学生张子毅和张宗颖的帮助下继续工作，又在禄村住了七十多天。

费孝通的调查方向是经济，云南禄村与江苏吴江的开弦弓村不同，云南禄村没有家庭手工业，只有单纯的农业生产，这是一个重要区别。禄村全村六百余口人，有土地约一千亩，人均不足两亩地。夏天种稻谷，冬天大部分土地种蚕豆。费孝通研究了禄村村民全年的劳动安排，发现冬天农闲时间过长，春秋栽插与收获季节又人力不够，劳动过于紧张和辛苦。

云南禄丰县是产盐之地。明洪武年间，箐深林密人迹罕至的山区，有人常见群猴舔食地上的灰土，觉得不解，后人们学着舔食那个位置，感受到咸味，于是发现了盐。以后若干年，当地人凿井取水煮盐，那产盐地就叫"猴井"。后来，别的山谷中接连发现盐，又开凿了"元兴井""永济井""盐永井""黑井"等盐矿产区。

禄丰县的黑井古镇，是云南四大古镇之一。盐井开凿以后，深山老林变得热闹，马帮络绎不绝，各处盐井聚起成千上万人，成为重要的盐产地和商贸中心。明清时期，云南禄丰县的黑井古镇盐税收入，占云南全省一半以上，成为当地经济的重要支柱和政府财政收入的主要来源。但费孝通做调查后发现，盐业未能给普通农民增加收入。禄村坎坷不平的小路上，每天都有衣不遮体的黄瘦劳力背着大盐包，身体压得严重弯曲，疲惫地走远。他们把盐从山沟中的盐井背到镇上，走一整天的路，只能挣到两角钱，永远贫困。只有一无所有的外来人口才去背盐，盐井的繁华跟资本有关，跟禄村农民无关，也跟外来劳动的苦力无关。

费孝通经过计算，发现一对禄村夫妻，管理约三亩半的土地，从土地上获得的农业产品，售卖后并不能维持全家人的生活。他们需要错开一点耕种时间，在自己的土地上干完活，再在本村再给别人干活，还要去外村人的田地里打工。如此辛苦劳动，才能养活全家。

禄村的小土地所有者，拥有十亩或十几亩土地的人家，常住在本村，自己做出耕种规划并购买种子和工具后，实行雇工经营，雇人来给自己干农活，自己监督劳动效率。他们不像江苏吴江开弦弓村的地主，会完全出租土地，自己去外部世界寻找和创造更多收入机会。在云南禄村，地主把土地完全出租后，收入没有自己雇工经营的多。

他还发现，禄村的族产庙产土地，占全村土地的四分之一，那些族产庙产土地被富有的村民把持，借此剥削牟利。三分之一的家庭没有土地，不平等现象比开弦弓村突出。禄村用经济手段致富的机会不多，许多人通过当军官、做地方官吏和成为收税人等政治手段致富。禄村女人是干活主力，小脚女人也下田干活。禄村三分之一的男人不劳动，女人的农活干不过来，男人也不劳动，宁愿雇工，自己坐茶馆、抽大烟和赌博，有文化的男人画画和写字。

费孝通跟禄村那帮不劳动的男人交朋友，混进他们的队伍，跟他们聊天，展开调查。他曾对这些好吃懒做的男人有反感，长久调查后，费孝通的观点有所改变。村中因壮丁抗战从军,劳动力不足,部分有文化的男人也逐渐脱掉长衫下地干活。但同样不愿多干,增加了一小点收入就满足。费孝通在禄村发现了另一种价值观,那就是欲望较小,知足常乐。他觉得这种价值观未必不好,至少能抵挡一下资本主义无限膨胀的贪欲。

他带着江苏吴江开弦弓村的记忆来云南禄丰县的禄村调查,开弦弓村一半土地的拥有者住在苏州城里,说明城里的资本在投资乡下土地。离城较近的村子,土地肥沃,城里人可以投资,这种情况在东南沿海一带很普遍。但云南禄丰县的禄村不同,禄村离昆明只有一百公里,并不远,可算个远郊村子,土地也肥沃,当地城里的资本却不来购买土地,因为出租土地的收益只有百分之十五,放贷收入有百分之三十。

费孝通就把目光转向了云南易村。易村就是今云南楚雄州禄丰市恐龙山镇的李珍庄村,当时属玉溪易门县所辖,被费孝通命名为易村进行观察研究。禄村没有手工业,易村却有造纸业。造纸业的生产,让易村的投资人赚钱不少,赚钱后他们去外村买地,再把土地出租,成为离乡地主。易村的生产模式让费孝通产生了新的思考。

费孝通在云南乡村调查和研究别人的生活,也改变了自己的生活,他在昆明结婚了。1939年,远在印尼做教师的费孝通大哥费振东,给他介绍了从印尼来昆明的江苏女孩孟吟。孟吟是江苏乡下人，读过书，毕业于江苏省第二女子师范学校，也在印尼做过教师。她因参加当地的华侨爱国运动，被荷兰殖民政府勒令出境，流落昆明。孟吟淳朴善良，有文化，举止间却透出可靠的乡土气息。费孝通单身已久，需要陪伴，很喜欢孟吟，他们很快在昆明结婚，愉快地生活在昆明文化巷租住的小院中。

十四　林中遇难

费孝通与孟吟结婚前有过一段婚姻。那段婚姻结束后，他有四年单身，情绪非常低落，对前妻王同惠的思念一直在他的心中萦绕不散。他的前妻王同惠，也在燕京大学社会学专业读书，比他低三届。他们在学校相识并相爱。1935年夏天，费孝通获得硕士学位后，8月1日两人在燕京大学校园举行了婚礼。四天后，费孝通决定离开北平，前往广西山区，对当地土著居民进行实地调查。新婚妻子王同惠当时读大学三年级，她提出请求，跟费孝通一起去广西，做他的助手，她计划从广西陪伴费孝通做完调查，再回来接着读完大学四年级并取得学位。两人新婚宴尔，感情深厚，又是学同样专业的学生，就这样愉快地双双出行。没料到，他们此行，竟然遭遇到不可弥补的重大伤害。

新娘王同惠是独女，出生于河北省肥乡县一个比较富裕的家庭，父亲大学毕业后担任省议员和县长。她四岁丧母，被外祖母抚养长大后，进入北京的笃志女中，后考入燕京大学。她是一个严肃认真、坦率果断的女生，打扮朴素，不喜欢修饰，好学好问，喜欢辩论。她在燕京大学社会学系读书，导师也是吴文藻。费孝通跟她合作翻译过奥格本的《社会变迁》，但未发表。费孝通决定去广西，她表示也要去，愿当丈夫的助手，她舍不得跟新婚的丈夫分离，也想亲自实践一下社会学调查的乐趣。

费孝通是江苏人，妻子王同惠是河北人，他们从未想过会去南方边远之地广西，到广西再去更远更荒僻的少数民族地区，在那里试行人类学调查工作。但费孝通从清华大学社会学系毕业，急于做实地调查，想要出成果。王同惠很好奇，也就跟着去。

调查不是一件小事，是社会工作，非个人可以完成，需要经费和当地人支持。那项调查是一个名叫张君劢的人安排的。

张君劢做过燕京大学老师，后来出任广西省政府顾问。费孝通通过哥哥费青结识了张君劢，被推荐到广西，为广西教育厅做当地少数民族的调查。费孝通将运用刚学到的人类学方法，为少数民族做身高、体重、胸围的测量，还要做肤色和身体各部位形状等人种体型特征的调查，同时要调查当地少数民族人口的区域分布和流动状态。

三年前，广西那个少数民族地区，发生过一场大暴动。为避免事件重演，广西决定做调查，了解当地人的心理、宗教信仰、社会组织，把他们纳入全省的统一经济体系中，让他们获得经济合作利益。年轻的学生费孝通很愿意做这个工作，自己的调查能对社会有益，帮助当地人获得幸福，他很高兴。他带着妻子王同惠从北平出发，乘火车和轮船，经过无锡、上海、香港、广东，顺便度过了六个星期的蜜月旅行，途中还校对了王同惠翻译的一部书，情感生活和学术工作两不误，十分甜蜜圆满。

他们到达广西省会南宁，见到了教育厅行政官员，决定从柳州以东的象县大藤瑶山开始做调查。10月21日进山，他们见识到了什么叫作山区，也见识到了什么叫作艰难。李白有诗云，蜀道难，难于上青天。他们的体会是，桂道之难，超过了蜀道。那个荒凉的地方没有电和电话，最近的邮局在一百六十多公里之外。山高陡峭,他们走不动,想出钱雇轿子,轿子也上不去,路太湿滑,轿夫无法行走。他们雇挑夫帮自己扛行李,空手步行,还是很困难。幸好他们年轻,身体健康,咬咬牙也能坚持。他们常常手脚并用地在地上爬行,爬得浑身是泥,先是相视而笑,后来叫苦连天,相互鼓励打气。可爬上一段路,不小心又滑了下来,越走越累,越走越后退,好像永远不会到达终点。

他们远远地落在挑夫后边,进入瑶族小山村,住进无窗的土坯房,当天晚上再吃苦头。他们睡在带来的帆布床上,遭遇到了蚊子臭虫的疯狂进攻。成群结队的蚊子,欢快地呼喊着,向他们发动俯冲,撞击他们的身体。臭虫发现目标,迅速爬来,钻进他们的衣服,咬得他们全身起疹,到处痒疼。他们浑身疲惫,累得骨头疼,却难以入眠,新婚蜜月的快乐,一个夜晚就全部扫光。

但调查必须赶快进行,费孝通要尽快取得村民的信任,赶快进入工作状态。他用燕京大学社会学系的俄国教师史禄国教给的方法,用画画跟村民搞好关系,再跟村民一起吸烟饮酒,想办法混熟,打消隔阂。可费孝通不胜酒力,几口酒下肚就翻倒,不省人事。困难实在太多,他们住不习惯,吃不习惯,不会喝酒,不会说瑶族话,不会说广东话,广西官话也说不好。

费孝通花了三周时间去各村做人体测量，村民不理解他为何要测量自己的身子。他反复解释是治病，人家半信半疑，好歹总算给他量了身子。

王同惠留在村子里，用微笑和帮着村民劳动的办法，跟村民拉近关系。她详细地了解了村里人的婚前婚后男女关系，发现这里的婚姻比较稳定，离婚很少。她对村民严格限制生育的生活方式很感兴趣，村里的一般家庭只有两个孩子，他们用堕胎等方法控制家庭人口，人口没有增长，土地也就没有分割。这是一个极特殊的现象，如果不是亲历广西少数民族村子，她不相信早有乡下人如此理性地控制人口。中国的汉族乡村，贫穷的重要原因就是生育太多，不能控制人口。为何汉族没有的理念，在隐秘的少数民族地区，早就已经能自如地运用？

不幸事件在年底的12月降临。那天费孝通和妻子王同惠结束一个村子的调查后，转移到另一个村子，不知不觉在山上迷了路。森林里并没有路，树高草深，人踩出的一些痕迹，很快被他们走过了，他们不知道自己走到了哪里，没看见森林的出口，更看不见村子。森林茂密，苍茫无边，大树和野草遮蔽了视线，林中光线本来就暗，不觉时间流逝，眼前越来越暗，温度也越来越低。草中浓重的水汽，早把他们的鞋子和裤脚浸得透湿。

几小时过后，暮色像大鸟的翅膀，在他们的头顶张开，缓缓降落。天色将黑，他们仍不能走出树林。光线暗淡的前方，出现一个类似竹篱笆门的东西。费孝通大喜，以为在林中找到了人家，急忙赶上去。原来那是一个捕捉老虎的陷阱，山中有虎，他们没遇上虎，已算幸运，可他们遇上了陷阱，又是巨大的不幸。费孝通高兴地冲上前，抬脚踩过去，身下落空，哗啦一声巨响，大堆石头木块从头顶滚落，砸到他的身上。他右腿受重伤，左脚关节脱臼，人压在石头等重物下动弹不得。

那一刻费孝通才明白什么叫作绝望，绝望就是不害怕，但心中空虚，全身发凉，脑袋发晕。他动弹不得，被石头和粗壮的木头压紧，那些东西本是用来压住一只老虎的，现在全部压在了费孝通身上，庆幸的是他没有被砸死，可是他的心已经死了，他连喊叫也不会，只会呻吟，急促地喘气。

可以想象王同惠的绝望，她惊慌失措，在林中大声喊叫。她以为费孝通死了，但死了也要把人背回去。那个夜晚山中无比宽阔空虚，可怜的大学三年级女生，她凄厉的喊叫脱口而出，瞬间消失，被树木和杂草割碎，被巨大的空旷吞没。她毕竟是大学生，很快头脑清醒，明白无人相助，只能自救。她试着探下身子，听到费孝通轻微的呼吸。王同惠大喜，试着伸出了手，想把费孝通身上的石头搬开，可是搬不动，她根本就搬不动。天完全黑定，头顶已有林中的蚊虫在吼叫。王同惠不敢耽误，安慰费孝通后，独自摸索着下山，她要去找人，赶紧来营救费孝通。可是王同惠一去不回，杳无音信。直到费孝通恢复清醒，用自己无法解释的力量，把压在身上的石块和木头一件件搬开，拖着断腿从陷阱中爬出，在次日下午遇上村民获救，妻子仍没有消息。一星期后，村民在一个山洞里找到了已经冰冷的王同惠的尸体。

费孝通的腿伤做了几次手术才治好，新婚妻子匆促离世，与他永久分别。他悲愤欲绝，病房空洞，他的心更空洞。1936年春，他在上海和北平把对广西瑶族的调查整理编辑后交给出版社。5月，他在燕京大学禹贡社做了有关广西调查的报告。6月，那次调查的文本以两人的名义出版成书。

十五　写出了一部经典

云南禄丰是我熟悉的地方，现在有高速公路连通，来去非常方便，从昆明城里开车，一小时就到禄丰市里。我曾应邀去禄丰市里讲文学写作课，也参加过那里的文学活动。有一个在当地出生的云南女作家在市里办了个幼儿园，邀约几个昆明文学界朋友周末去参加幼儿园教师的诗歌活动。我们怀着在市里幼儿教师心中播种诗歌的愿望，走进禄丰市那家五彩缤纷的幼儿园，面对教室里画满小白兔和梅花鹿的黑板，局促地坐在很小的幼儿园椅子上，给朗诵诗歌的幼儿园教师打分。傍晚离开，有人在放假后空荡荡的幼儿园走廊上大声念出一句诗，回声滚动，躥向窗外的大北厂村。

为写这部书，我再次驾车去了一趟禄丰市。昆明城外的绕城高速公路车子很少，公路两边是一成不变的山区风景，群山耸立，绵延不尽。通往禄丰市的公路畅通无阻，像一条灰白的河流伸向远方。导航把我带进大北厂村，我怀疑走错了地方。大北厂村不像村子了，那里靠近市里，房地产商早就进入，盖起了好多楼房，形成了几条整齐的街道，商店七零八落，行人也七零八落，寂静无声。

停车下来，我看到当街的新式高楼后面，躲藏着村民自家盖的楼房。那些楼房东一幢西一幢，各自为政。有的两层，有的孤零零的高达五层。有的用红砖盖成，有的用青砖。有的楼房外墙贴了闪亮光滑的瓷砖，院子安装了厚实漂亮的大铁门。有的裸露着外墙的水泥，院子洞开，只有水泥门框，没有门，像北方夏季裸露上身哈哈大笑的壮汉。

我看到一户人家门口贴着大红喜字，想起费孝通在广西瑶族地区做调查时遭遇的不幸。他失去新婚妻子后，孤独送走四年时光，才经哥哥牵线，在云南与孟吟结婚。此时，他在禄村进行的调查还没有结束。禄村不是少数民族地区，离昆明城近，离禄丰县城也近，生活方便，很安全。

但他的调查仍面临很多困难。当时全国都缺少公路，云南山高坡陡，公路更缺乏。一条滇黔公路通往外省，一条滇缅公路通向云南西部并出境，去到缅甸，此外再无别的公路。费孝通没有钱穆的福气——钱穆每周去宜良县居住，可以坐火车，他去一趟一百公里外的禄丰县城，很不方便。滇缅公路的汽车从昆明前往云南西部，要路过禄丰县，但长途客车很少，十天半月没有一趟。他只能通过老师吴文藻的关系，找到前往云南西部送货的卡车，坐进驾驶室，才能去一趟禄丰县城。

禄村比广西的偏远山区好很多，可毕竟是民国时期的农村，房屋破旧，卫生不好，村中土路坎坷，晴天灰尘扑面，雨天泥泞不堪。虽然是汉族地区，但语言沟通上费孝通也有障碍。云南长期交通受阻，各地和各族群人口交往较少，方言区别很大。禄村村民使用的当地方言，费孝通长久听不明白，影响了调查的效率和深度，要获取准确信息，很有难度。当地独特的风俗习惯和文化传统，费孝通同样要花一定的时间和精力，仔细观察，跟村民友好相处，才能够理解。理解是一种学问，有难度，也有学术乐趣，他能够对付。在村里居住，在乡村的另一种物质和文化环境中生活，他就不太适应，可他每次去禄村，都要住一两个月，吃苦受累少不了。

抗战需要兵力，很多男性村民应征入伍，劳动力短缺问题严重，禄村也不例外，大量青壮年劳动力被征兵或外出务工。费孝通在禄村做调查，面临着难以找到足够多合适对象的苦恼，影响了他对农村生产生活的全面了解。抗战时期社会动荡不安，社会环境复杂，村民人心惶惶，费孝通长期在村子里居住生活，外出行动面临诸多不确定因素，风险必不可少。

但他都挺过来了，还有了很大进步。他一部分时间在云南禄丰县的禄村做调查，或在家研究和分析调查资料，另一部分时间在云南大学授课。禄村的调查在按部就班地进行中，阅读研究和思考也在进行。他的思想逐渐明朗，对禄村的认识越来越清晰。1939年，他出任云南大学社会学系教授。1940年，老师吴文藻调往重庆任职，费孝通接任了燕大—云大的社会学研究室室长。

自从1938年9月日本飞机首开对昆明的轰炸之后，日机的轰炸越来越多，费孝通在多年以后的文章中描述了那段日子，他说在昆明居住，跑警报已成日常功课。为了不被日机轰炸中断工作，他把自己正在做的翻译工作安排在早上，翻译不需要系统思索，随时可以断开再接上，比较随意，适合突袭警报频繁的日子。他很快找出了规律，一般情况下，早上10点左右，昆明最可能响起空袭警报，跑出城外躲警报，要花三四个小时，下午一、两点钟才能回来。这样计算后，他就跟妻子孟吟讨论，取得共识，每到估计会有空袭的日子，早晨起来，吃过早点，妻子孟吟就会接着做中饭，待空袭警报响时，饭已经熟了，把熟饭焖在锅里，跑警报回来吃，非常方便。

费孝通租住的房子，位于昆明北面城墙边的荒草丛生之处，那里荨麻遍地，当年叫荨麻巷。西南联大教授常从那条巷出入，也有一些教授住在巷里。1950年后，荨麻巷改名文化巷。当年费孝通居住在那里，住房靠近街头，有通向城墙门洞的坎坷之路。空袭警报传来，街上行人的嘈杂声就滚滚而来，涌向城门。听到嘈杂声，费孝通赶紧把译稿叠好，到隔壁面包房买面包，预备在跑警报出城后充饥，妻子孟吟去厨房把火灭了，两人立即出门。

荨麻巷通向城墙有一个缺口，他们从那里绕过联大校舍后面起伏的小山冈，如果不愿再跑，就在山后的空地上坐下休息，很多联大和云大的熟人也聚在那里，跑警报成了朋友聚谈的机会。一天,费孝通扶着妻子,照例又在山脚底坐着闲谈,不久,二十几架日机出现,孟吟害怕了,赶紧埋下头,费孝通好奇地抬头张望。远处轰的一声,相当沉重,空气摇颤,震得他发蒙,不知道哪里遭殃了。

警报解除回城,费孝通和妻子孟吟才发现荨麻巷被炸得没有了,到处是破砖塌土和东倒西歪的木头,自家的房子不知埋在了哪里,两人在破砖碎瓦中走来走去,终于找到熟悉的房门。走进家,看到地上有一寸多厚的灰尘和很多破碎的书报,房里的东西都蒙着一层灰。刷去桌上的灰,一沓稿纸好好的,一张不缺,只损失了一个热水瓶。费孝通很高兴,哈哈一笑,忘记了家被炸毁的悲伤。

为躲避轰炸,1940年,费孝通搬到了离昆明城区二十多公里的呈贡县。在战乱的东躲西藏中,费孝通完成了关于云南禄村的调查与研究写作,以《禄村农田》之名出版。这部书是中国社会学调查的经典之作,以细致的调查、丰富的内容、合理的分类、深刻的思想引人注目,一直被众多同行称赞,当年即获得了教育部的奖励。年底,他们租住的呈贡古城村农舍也被炸毁,孟吟怀孕将要临产,费孝通十分着急,在县城边找到一个广东人开的小诊所,送孟吟去生下一个女儿。为纪念前妻王同惠,费孝通给这个独生女取名费宗惠。

费孝通的这部《禄村农田》，后来成为中国现代社会学的名著，他也因此成为中国最重要的社会学家之一。这部书也是他远避于昆明呈贡县魁阁时期的学术代表作《江村经济》的姊妹篇。他把自己的研究焦点从东南沿海转移到云南内地乡村，拓展了中国社会学的研究范围，为后来的中国社会学发展提供了重要的文本基础。

第二部　声音

十六　凝固成石头的诗人

我驾车从北京去到天津南开大学,在陈卫民老师的带领下,找到了校园中的穆旦雕像。他已经凝固成石头,被安放在绿植环抱的花园正中,石雕是土红色的半身像,很写实,与穆旦生活的那个写实时代吻合。他微低着头,避开世界的注视,目光从眼镜片后犹豫地投射出来,落到地上,寻找丢失的诗句。花园边上的一面矮墙上镶了石板,石板上有"穆旦花园"四个字。这个命名是我喜欢的表达,穆旦和他的诗,确实是一座人类的美丽花园,我们应该对他致以遥远而永久的问候。

在那个战乱年代,中国诗人的声音一刻也没有停息。七七事变后抗日战争全面爆发,穆旦当时是清华大学外文系的学生,跟随步行迁徙的师生,穿越散发出悲伤硝烟气味的中国大地,去到了昆明。他在昆明参加了很多的学生诗歌活动,写出了不少杰出的作品。

隔着时间烟尘，穆旦的雕像在我眼前一晃，变成一个远去的少年，穿行在民国的天津街巷。穆旦出生于天津，在南开读中学，姓查，祖籍浙江海宁。查家是世家大族，元代以来海宁人说到大姓，查姓位列第一。海宁的查氏宗祠里，悬挂着清康熙皇帝的亲笔对联：唐宋以来巨族，江南有数人家。查氏人口世代繁衍，出过很多名声远扬的后代，作家金庸就是穆旦的同族叔伯兄弟。金庸原名查良镛，跟原名查良铮的诗人穆旦同属查氏宗族的"良"字辈。

查氏后代有人为官和经商，从故乡出走，来到北方的京津地区安身立命，繁衍出另一个支系，穆旦这颗查氏种子就在天津萌芽并长大。他的父亲毕业于天津法商学院，人老实，爱独处，不吹牛拍马，未谋得好职位，日子过得局促。母亲从江南的余姚嫁来，不识字却好学，每天缠着丈夫教几个字，读完了《红楼梦》、《三国演义》和一些更深奥的文言经典。穆旦的聪明出自父系，他的固执和坚定遗传自母亲。

穆旦读中学时受到南开大力提倡的救国思想感召，对国家危局很敏感，亲身经历了九一八事变和河北事变带来的动荡，心焦如焚。他1935年考入清华大学地质系，后转入外文系，国家受难，穆旦十分痛苦，写成了一首名为《哀国难》的诗歌作品：

一样的青天一样的太阳,

一样的白山黑水铺陈一片大麦场;

可是飞鸟飞过来也得惊呼:

呀!这哪里还是旧时的景象?

我洒着一腔热泪对鸟默然——

我们同忍受这傲红的国旗在空中飘荡!

眼看祖先们的血汗化成了轻烟,

铁鸟击碎了故去英雄们的笑脸!

眼看四千年的光辉一旦塌沉,

铁蹄更翻起了敌人的凶焰;

坟墓里的人也许要急起高呼:

"喂,我们的功绩怎么任人摧残?

你良善的子孙们哟,怎为后人做一个榜样!"

可惜黄土泥塞了他的嘴唇,

哭泣又吞咽了他们的声响。

…………

他早期的诗歌作品就体现出非同寻常的想象,生死穿插,意象独特。南开大学安放他的雕像,缘于他与南开久远的关系。穆旦少年时在南开读中学，抗战胜利后去美国留学，1953年归来，一直在南开大学做教师。他在清华大学读到二年级时，七七事变发生，家国毁灭最让人痛心疾首，大好河山在穆旦的诗歌《赞美》中展现：

> 走不尽的山峦和起伏，河流和草原，
> 数不尽的密密的村庄，鸡鸣和狗吠，
> 接连在原是荒凉的亚洲的土地上，
> 在野草的茫茫中呼啸着干燥的风，
> 在低压的暗云下唱着单调的东流的水，
> 在忧郁的森林里有无数埋藏的年代
> 它们静静地和我拥抱：
> ……………

他的诗有现代性的出色表述，发表后立即引起关注。在诗中他是一只铁鸟，盘旋于正在塌陷的中国山河之间，哀声长鸣。穆旦这个笔名，出自查姓，他把"查"字拆开，木改为穆，与旦连用。后来他创作的诗歌越来越多，在香港《大公报》副刊和昆明《文聚》上发表大量诗作，名气上涨，成为有名的青年诗人。

诗歌是女娲手中的五色石,能把受难后天塌地陷的窟窿补严,给正在经受战争伤害的中国人带来生活勇气。穆旦在《赞美》中倾诉了丧国之痛,也表达了对美丽中国的赞美:

>……………
>
>无尽的呻吟和寒冷,
>
>它歌唱在一片枯槁的树顶上,
>
>它吹过了荒芜的沼泽,芦苇和虫鸣,
>
>一样的是这飞过的乌鸦的声音。
>
>当我走过,站在路上踟蹰,
>
>我踟蹰着为了多年耻辱的历史
>
>仍在这广大的山河中等待,
>
>等待着,我们无言的痛苦是太多了,
>
>然而一个民族已经起来,
>
>然而一个民族已经起来。

十七　黑夜中迅速生长

浙江的查氏后人流转各地，都是读书撰文的高手。穆旦在天津读小学二年级，作文就被报纸的《儿童乐园》专栏刊登，文章很短，百来个字，却有人物刻画和故事情节，似一篇超短小说，显示出其非同龄人可比的文学才华。父亲对儿子的文学才华不以为意，母亲却很惊喜，视穆旦为不可多得的宝贝，格外心疼和照顾，把他的所有天才表现牢记于心，经常向外人夸耀。

1929年，十一岁的穆旦考入南开中学，很快展露出众的诗才。高中时，面对日本侵略东北后继续扩张，在中国步步侵占，京津首当其冲的事实，穆旦写下了宽阔深厚的悲愤诗作《哀国难》等引人瞩目的作品。作品中，他才华横溢，痛心于祖国遭受的侵略，对战争造成的灾难深感焦虑，显示了超出同龄中学生的思想境界和文字掌控能力。1934年在《南开高中生》杂志上发表随笔《梦》时，他首次使用了穆旦这个笔名。

高中毕业后穆旦考取清华大学。七七事变爆发，清华、北大和南开迁到长沙，组成临时大学。穆旦在长沙经常向英国教师燕卜荪请教，这位年轻老师非常羞涩，目光躲闪。他有奇异经历，在西班牙战场上驾驶过救护车，写过大量有关中国抗日战场的十四行诗，对诗歌有敏锐理解并能做出数学般精确的批评。在燕卜荪的指导下，穆旦接触到了英国诗人奥登和布莱克的诗，诗风和技巧大有长进。

初冬来临，地上堆积的落叶像逃离家门的难民，被慌乱踩踏，推搡拥挤。气温急剧下降，人人身体紧绷，手脚冰凉。穆旦和几个同学挤进长沙街边小楼燕卜荪的狭小宿舍，桌上放着酒瓶和香烟，师生围着一张小圆桌交谈，热烈讨论诗歌。

2024年9月，我去长沙寻访抗战遗迹，住在老街的酒店，出门就是小餐馆，辣椒炒肉是看家菜，听上去火爆，吃起来温暖。餐馆上方的住房窗户半开，传出笑声，我恍然看到青年教师燕卜荪正在小楼上与学生聚会的温柔场景。一个浪迹天涯，心无所依的英国青年，脑袋快速运转，身体里奔跑着诗歌的文字，双目迷茫，鼻头通红，脸色苍白，额头冒汗。穆旦和几个同学的到来让他兴奋，他目光低垂，口中嘀咕，慌乱得手足无措。众人在小圆桌边挤着坐下，他从墙边小柜里找出一瓶朗姆酒，再找出两只杯子。

没有了，他抱歉地摊开双手，在小圆桌边嘀咕着坐下说，只有两只杯子，没有再多的了。

穆旦说，好呀，一只杯子就够了，我们可以转着喝。

燕卜荪说，这是朗姆酒，我们也叫它海盗酒，出海远航的人最喜欢喝。

穆旦高兴地说，太好了，大海和海盗啊，这就是诗歌之酒。

燕卜荪上课给学生讲莎士比亚和英国诗歌，没有书，也没有教材，凭记忆脱口而出，穆旦很爱听。看着这个羞涩的年轻英国教师目光越过学生的头顶，投向教室后面的破木板，嘴里喃喃自语，轻声背诵奥登和艾略特的诗句，穆旦很感动。

长沙临时大学的条件很差，充分体现出战乱带来的破坏，上课甚至没有黑板。从北平匆忙撤走，很多教师的参考书没带或带了在半路丢失，去长沙的图书馆借资料，需要的也未必能借到。学生的简陋宿舍里没有电灯，只能用菜油灯照明。油灯摇晃不定的微小光明，更容易让穆旦想起诗歌。他从燕卜荪讲授的英国诗歌课中得到不少启发。

穆旦一度喜欢拜伦和雪莱，也喜欢莎士比亚。燕卜荪向他推荐了英国浪漫主义诗人布莱克，提升了穆旦对诗人与世界关系的理解。他开始明白，一颗伟大的心灵在黑夜中能更强壮有力地跳动。布莱克出身卑微，没受过正规教育，少年时代学绘画，只能给人刻雕版。也许圣像画让他看到的不是生命终点，而是另一个繁华世界的大门。他后来成了伟大的诗人。他的诗《老虎》穆旦最喜欢。那首诗共六节，通过描绘老虎在黑夜森林中燃烧般的明亮形象，探讨了创造与毁灭、力量与美的问题。布莱克作品中有很多对上帝、天使和魔鬼的描绘，想象奇异，预言性的判断令穆旦心惊肉跳，眼界大开。

穆旦在长沙的临时大学里很活跃，他清瘦的身影经常在人群中晃动，或在诗歌活动中公开亮相，站在人群中心朗诵自己刚创作的诗。他敏感而激动，热情真诚，诗才出众，在长沙临时大学外文系小有名气，很多人愿意跟他交朋友。战争的范围在中国大地扩散，时间被炮车碾碎，炸塌的墙壁压住了悲伤。穆旦在长沙的临时大学迎来了初冬，这年的11月，他写了一首诗叫《野兽》，控诉世界的罪恶，呼唤复仇的英雄降临：

> 黑夜里叫出了野性的呼喊，
> 是谁，谁噬咬它受了创伤？
> 在坚实的肉里那些深深的
> 血的沟渠，血的沟渠灌溉了
> 翻白的花，在青铜样的皮上！

是多大的奇迹,从紫色的血泊中
它抖身,它站立,它跃起,
风在鞭挞它痛楚的喘息。

然而,那是一团猛烈的火焰,
是对死亡蕴积的野性的凶残,
在狂暴的原野和荆棘的山谷里,
像一阵怒涛绞着无边的海浪,
它拧起全身的力。
在暗黑中,随着一声凄厉的号叫,
它是以如星的锐利的眼睛,
射出那可怕的复仇的光芒。

他未满二十岁,却显出了过早的成熟。这首诗控诉了战争给人类带来的残害,赞美了反抗黑暗的不屈精神力量。他的诗大部分都很长,最长的有几百行,而这首诗只有十六行,同样震撼人心。

十八　诗歌的宽阔与睿智

日军在上海登陆，攻下南京，后又逼近武汉，华中地区被枪炮声笼罩，长沙不再安全。1938年1月，临时大学举行完期末考试，结束了在长沙的学习生活，奉教育部令分批离开湖南，再迁大后方云南，分三路去往昆明。

一路安排了教师家属和全部女生、一部分男生，先坐火车去广州，再乘船去香港，然后去越南，在海防港上岸，乘坐滇越铁路火车从越南进入中国云南，去到昆明。另有一批走陆路，沿湘桂公路，途经桂林、柳州、南宁，同样前往越南，也乘滇越铁路去到昆明。

最后一部分男生和少数教师步行，成立了步行团。安排步行有几个原因：一是少数学生家庭经济困难，没有出行的路费，学校为他们安排行程；二是磨炼学生意志；三是借此机会让学生体验国土之大并增长沿途的见识。步行团员全部穿军服、打绑腿、戴军帽，有士兵率领和车辆做后勤支援，从湖南长沙出发，过贵州去云南。步行并不是全程徒步行走，有时也乘船或坐车，但绝大部分路途是双脚行走，途中要穿越神秘的少数民族聚居区，见识一些独特的生活场景。

穆旦不算缺乏路费的学生，但他还是毫不犹豫地报名，参加了步行团。他是充满激情的诗人，对陌生世界有极大的好奇，想到步行几千里穿越三个省是从未有过的体验，途中还要进入少有汉人去过的少数民族地区，跟未知的生活打交道，他很兴奋，忘记了辛苦，更忘记了战争的危险。

出发的第一天是乘船行动，夜渡湘江。穆旦在湘江两岸的夜色中寻找稀落的灯火，倾听江水清亮孤独的响动。新月在漆黑的江面投入轻浅月光，大船驶过，月光破碎，诗意在穆旦的胸中涌动，不知如何表达。之后，一天接一天的疲惫和大量奇异经历，很快覆盖了第一天出发的激动，他开始明白什么叫作困难深重。住牛棚住猪厩住破庙，运气好可以住山中野店，但少不了跳蚤和臭虫。他们1月出发时已是隆冬，途中风雪交加，冷风撕扯，幸好发了一件黑色的军大衣，可以就地睡倒。

闻一多作为护送教师，也加入陪学生步行穿越中国的队伍。穆旦很高兴，途中经常跟闻一多靠得很近，给老师提供帮助，也找机会向闻一多请教诗歌写作的技巧。闻一多在中国新诗创作中早有名声，1923年出版第一部诗集《红烛》，接着创作了组诗《七子之歌》，1928年出版第二部诗集《死水》，是著名的新月派代表诗人。他对穆旦的才华很欣赏，师生一路讨论诗歌写作，送走了无数冰冷的冬夜。

步行团安排了摄影、写作、调查、采集等活动，鼓励学生进行社会观察并收集沿途的地方风俗文化。闻一多耐心讲解，指导学生采集和研究地方文化与民歌小曲。穆旦对这些活动很积极，一路观察调查，一路构思自己的作品，并与同学热烈讨论，计划到昆明后立即成立一个诗社，共同创作和讨论诗歌。他跟步行团民谣搜集组的同学一起，收集了很多极富身体与生命质感的朴实民歌。民歌大胆新奇的想象，以及对爱情不加掩饰的执着与向往，给穆旦很多启发：

> 那山没有这山高，
> 两下拉来构新桥。
> 你修桥来我修洞，
> 修起相思路一条。

> 好股凉水出岩脚，
> 太阳出来照不着。

郎变犀牛来吃水，

妹变鲤鱼来会合。

　　步行团的师生到达贵州玉屏县。县城建在山坡上，街道非常狭窄，只够一匹马通过，房屋破旧低矮，没有任何旅店和客栈。县城街上贴了一张墨迹未干的布告，县长写下文字，张榜告示，要求全城各户居民为到达的大学师生提供住宿。穆旦感受到了世间的温暖和人性的美好。坐在那座小县城的山坡，看着滚滚江水、苍茫丛林和连绵不尽的丘陵，看着冰凌从身后的松树尖上掉落，几只鸟叽喳叫着飞过眼前，不远处的驮马滑下山坡，穆旦百感交集，开始酝酿自己的组诗《三千里步行》。

　　步行团从1938年2月夜渡湘江开始，历时六十八天，两个多月后到达昆明。从湖南长沙出发，在今富源县进入云南，行程三千余里。他们少数时间乘船或坐车，实际步行了四十天，徒步行走两千六百里，非常了不起，完成了抗战大后方一次著名的知识分子文化长征。穆旦这次长征有重大收获，酝酿构思的组诗，在到达昆明后写作完成：

原野上走路

——三千里步行之二

我们终于离开了渔网似的城市,
那以窒息的、干燥的、空虚的格子
不断地捞我们到绝望去的城市呵!

而今天,这片自由阔大的原野,
从茫茫的天边把我们拥抱了,
我们简直可以在浓郁的绿海上浮游。

我们泳进了蓝色的海,橙黄的海,棕赤的海……
　哦!我们看见透明的大海拥抱着中国,
一面玻璃圆镜对着鲜艳的水果;
一个半弧形的甘美的皮肤上憩息着村庄,
转动在阳光里,转动在一队蚂蚁的脚下,
到处他们走着,倾听着春天激动的歌唱!
听!他们的血液在和原野的心胸交谈,
(这从未有过的清新的声音说些什么呢?)
　哦!我们说不出是为什么(我们这样年青)

在我们的血里流泻着不尽的欢畅。
我们起伏在波动又波动的油绿的田野,
一条柔软的红色带子投进了另外一条
系着另外一片祖国土地的宽长道路,
…………

穆旦诗歌的高明之处是,他不会把文字停留在事件表面,甚至不会让诗句停留在人们的正常思维层面。他不会描述人所共知的艰难,他的思维比别人更独特,想象力比别人更开阔,思考的方向区别于很多人。他的身体睡在农舍的牛厩乱草中,跳蚤叮咬,臭气熏人,心却与整个世界相连,寻找着人类永恒的爱与美,永恒的欢乐与悲伤。来到昆明一年后,度过了太多日机轰炸的跑警报日子,穆旦亲眼看到学校房屋被炸塌,甚至校长办公室也被炸。战争的残酷对他的心灵产生了一次又一次的猛烈撞击。多次跑警报后,他用叙事与抒情交互的表达,完成了一首五十三行诗作《防空洞里的抒情诗》:

他向我,笑着,这儿倒凉快,
当我擦着汗珠,弹去爬山的土,
当我看见他的瘦弱的身体

战抖,在地下一阵隐隐的风里。

他笑着,你不应该放过这个消遣的时机,

这是上海的申报,唉!这五光十色的新闻,

让我们坐过去,那里有一线暗黄的光。

我想起大街上疯狂的跑着的人们,

那些个残酷的,为死亡恫吓的人们,

像是蜂拥的昆虫,向我们的洞里挤。

…………

他感到愤怒,更感到空虚和孤独,却把诗写得幽默和轻松,从被炸塌的昆明废墟,看到整个中国的混乱。1939年,他创作了长诗《从空虚到充实》:

…………

大风摇过树木,

从我们的日记里摇下露珠,

在旧报纸上汇成了一条细流,

(流不长久也不会流远,)

流过了残酷的两岸,在岸上

我坐着哭泣。

艳丽的歌声流过去了，

祖传的契据流过去了，

茶会后两点钟的雄辩，故园，

黄油面包，家谱，长指甲的手，

道德法规都流去了，无情地，

这样深的根它们向我诉苦。

枯寂的大地让我把住你

在泛滥以前，因为我曾是

你的灵魂，得到你的抚养，

…………

他的诗让有常规思维习惯的人看不懂，或一时发蒙，但确能使人体会到非同寻常的诗歌感染力。他的诗歌创作使正在成长期的中国现代白话诗走向了宽阔和睿智。

十九　野人山死里逃生

从北平撤离之后，从长沙到昆明，在抗战的大后方，面对日军飞机轰炸的干扰和惊吓，穆旦一刻也没有停止对诗歌的思考，一刻也没有停止写作。炮弹炸毁了家园，诗人不能停止发声。人类失去了居所，但不能失去诗歌。抗战大后方昆明的诗歌写作，给中国人重建家园的信念带来了巨大鼓舞。

中国在流血，但抗战时的中国大后方并不慌张，没有停止思想的呼吸，没有停止艺术创造和对人类命运的思考。中国文人坚持文化活动，昆明成为大后方重要的文化区，昆明的诗歌写作引人瞩目。西南联大的师生在战乱中写诗，用诗谴责侵略者，描绘被炮火摧毁的家园，为苦难的人民发声。他们还探讨了中国白话诗的现代性问题，在诗歌的内容、主题和手法等方面做出尝试性的拓展，取得了很大成就，形成了抗战时期的"昆明现代派"诗人群。

当时的昆明现代派诗歌写作，代表诗人是穆旦，其次有郑敏、杜运燮、袁可嘉、王佐良等，他们都是西南联大学生。在朱自清、闻一多、冯至、卞之琳以及燕卜荪等诗人教师的引导下，他们系统接触到了英国现代诗歌和诗歌理论，形成了独树一帜的昆明现代派诗歌小团体，为中国现代诗写作拓展了新路。

1941年底日本偷袭珍珠港，英美对日宣战，日本把战火烧到东南亚，攻击缅甸英军，计划从缅甸入侵云南，直逼重庆。中英美联手与日本作战，在昆明的美国空军飞虎队需要中方英语翻译人才。之后中国成立远征军，准备入缅参战，更需要大量英语翻译，很多西南联大的学生参军。

穆旦已经在西南联大学成毕业，留校做了教师，可是他马上报名，于1942年从军做了英文翻译。他最初在远征军第一路司令长官部杜聿明处做翻译，尽管是上前线的军人，但他跟随杜聿明在后方的指挥部工作，其实很安全。后来他被调到第五军，担任中校英文翻译，去到了前线。1942年，一部分中国军队去到中缅边境，等待英国同意后入缅甸境内参战。英军对中方入缅有所顾虑，患得患失，日本派往缅甸的军队经过特殊训练，擅长丛林作战，十分勇猛，很快击败英军，攻陷了缅甸仰光。

仰光是缅甸最大的城市，地处缅甸南部伊洛瓦底江下游，距出海口三十余公里。日军控制仰光，就封锁了缅甸的最大出海口。英国政府慌了，紧急呼吁中国军队进入缅甸。中国远征军仓促入缅参战，战机被耽误，进入缅甸后一直被动挨打，吃亏不小。

穆旦所在的第五军，战斗力很强，中路推进到了缅甸同古。同古是缅甸南部平原的一座小城，人口十一万，距仰光不足三百公里，当地有公路、铁路和水路交通，城北有一座军用机场，战略地位十分重要。

中国远征军的同古保卫战，是缅甸防御战期间作战规模最大、坚守时间最长、歼敌最多的一次战斗。仰光失陷，局势不利，日军在兵力和装备上占有优势，并拥有制空权。中国军队苦战十二天，击退了日军的多次进攻，消灭日军五千余人，掩护了英军撤退，为远征军后续部队的移动赢得了时间，保证了中方第200师全师安全转移，就连日军也承认同古战役是在缅甸最艰苦的一战。

诗人穆旦的中国远征军参战经历，有些像苏联小说家巴别尔跟随苏维埃红军骑兵上前线。当年的巴别尔，苦于找不到写作题材，高尔基鼓励他参军上前线，他在经历了战争的惊吓和炮火考验后，写下了让世界震惊的一批小说。穆旦入缅参战的经历，同样非同寻常。他在战场上看见炮火把黑夜中成堆的尸体照亮，听到死神在草尖快速滑行，大声咳嗽。他掉进了地狱，却侥幸爬了出来。苏联小说家巴别尔没有掉进过地狱，那地狱就是缅甸的野人山。穆旦经历了中国远征军的翻越野人山大撤退，那是一次没有枪炮声的更惨烈的死亡经历，一场令人窒息的灾难。几十年后，还有人在文章中反复描述那次中国军队的地狱之行。

那是穿越地狱之路，但当时穆旦只有那条路可走。1942年，英军撤往印度，蒋介石命令杜聿明带远征军回中国，日军攻占腊戌和密支那，切断了部分中国远征军后撤的道路，翻越原始森林野人山是唯一的回国路线。自然显示出了蔑视人类的强大力量，野人山上的密林和杂草层层叠叠，没有人类行走的道路。毒蛇猛兽不可怕，甚至是美食，只有比泥浆还黏稠的小虫和病菌无可战胜。中国远征军途中死亡数万人，穆旦死里逃生，中国保留了一个天才诗人。

后来，穆旦写成了长诗《森林之魅——祭胡康河谷上的白骨》：

森林：

没有人知道我，我站在世界的一方。
我的容量大如海，随微风而起舞，

张开绿色肥大的叶子,我的牙齿。
没有人看见我笑,我笑而无声,
我又自己倒下来,长久的腐烂,
仍旧是滋养了自己的内心。
从山坡到河谷,从河谷到群山,
仙子早死去,人也不再来,
那幽深的小径埋在榛莽下,
我出自原始,重把秘密的原始展开。
那毒烈的太阳,那深厚的雨,
那飘来飘去的白云在我头顶,
全不过来遮盖,多种掩盖下的我
是一个生命,隐藏而不能移动。

人:

离开文明,是离开了众多的敌人,
在青苔藤蔓间,在百年的枯叶上,
死去了世间的声音。这青青杂草,
这红色小花,和花丛里的嗡营,
这不知名的虫类,爬行或飞走,

> 和跳跃的猿鸣，鸟叫，和水中的
> 游鱼，陆上的蟒和象和更大的畏惧，
> 以自然之名，全得到自然的崇奉，
> 无始无终，窒息在难懂的梦里，
> 我不和谐的旅程把一切惊动。
> …………

穆旦的诗吸收了西方现代主义诗歌的象征、隐喻、意识流等技巧，又与抗战时期的社会现实紧密联系，关注战争、流亡、苦难等主题，运用现代主义的表现手法，展现了战争中人类的苦难与挣扎。他注重诗人自我内心的挖掘，展现了知识分子在世界破碎后的复杂情感与精神困境，探讨了爱情、生命、孤独等问题，反映了诗人内心的矛盾与思索。他的诗对诗歌形式进行创新，继承了中国古典诗词韵味，又吸收了日常口语和欧化语法，形成了独特风格。他的诗歌写作，是黑夜中一道短剑般明亮锋利的光。

二十　诗人艾青

　　汽车在武汉城里拐弯抹角地开，载着我驶向前方的陌生街道，我像1938年的诗人艾青，迷茫地面对武汉这座城市。我比艾青更好的是，我对武汉并不陌生，二十多年前的90年代初期，我在武汉住过两个月，送走了长江边一个寂寞的冬天。但2024年我看到的武汉变化相当大，即使是老街，商店也非常密集，车流量很大。我乘坐的车子穿过很多街道，很多红绿灯，路越来越窄，树影越来越挤，小店旧铺越来越多，路边的蓝色围挡连成几个长条，拆老街的意思。司机在老街一个路口停住说，这里下，好停车，走几步就是了。

　　1937年七七事变爆发后，上海也于8月燃起战火，艾青从上海去到了杭州。1937年11月5日，日军炮轰金山卫，杭州危险，艾青再去金华，转南昌，来到了武汉。我于八十七年后的2024年9月9日，来武汉寻找艾青的脚印。我打车在武汉老街迟疑地下来，朝前走到一个狭窄的十字路口，对面有几幢五六层的旧楼，一幢楼有圆顶和墙上的大钟，不知是不是我要找的遗址。我的心一片茫然，打开地图步行导航，再走十来步，转身发现我要找的抗战遗址就在身边。

一道铁栅栏门出现在面前，时间关在院子里。我伸头探视，院里是很高的安静旧院，庄重规整，但不见人。那是一幢灰白的水泥楼，老式的半圆拱顶窗，网页图片好像就是这样子？强烈的民国旧洋楼感觉。铁栅栏门外的两边，左边挂了"武汉市总商会"的牌子，右边则挂着"武汉市工商业联合会"的牌子。

我要寻访的地点是文协，全称是"中华全国文艺界抗敌协会"，门口不见牌子，但我知道就在这里。1937年12月17日蒋介石发表《我军退出南京告全国国民书》，此前国民政府已西迁，文化界有人提出"到武汉去"的口号。长期生活在书房和文艺沙龙里的学者、文学家、艺术家纷纷离开北平、天津、上海和南京，辗转来到武汉，武汉成为全国文化的中心。1938年3月27日，一批中国最重要的文艺家，包括部分外国作家，在武汉成立了中华全国文艺界抗敌协会，简称"文协"，发起人为文艺界代表九十七人，推举了蔡元培、罗曼·罗兰等人为名誉主席团成员。

那天上午，我站在挂有两块牌子的铁栅栏门外，看到一个穿裙子的瘦小中年女人推门进院子，也跟着挤进门缝，朝院心走去。门卫室人影一晃，有人开门出来喝道，干什么？我回头说，来看看，找人。他迟疑一下，看着我走进院子。

早晨的阳光投下，把我面前这幢民国欧式四层老楼的外墙照得灰白。这楼设计得非常规整，像一个立正敬礼的老军官，整楼灰白色，正中下方不大的入口门，却漆成深褐色，仿佛一张脸，严肃地面对来人。门口有几级台阶，更显出入者的尊严。正面的外墙有十根立柱，中间两根立柱更高，上方是尖顶，包住了下面的纯金色圆环状标识，大约是用草叶和金属圆扣件组成的设计图案，再下方是一个半圆弧顶的玻璃窗，玻璃窗后，似有无数目光朝我投来。我走到楼前，马上看到了外墙左下方镶了一块白色花岗岩板，上面刻了"中华全国文艺界抗敌协会旧址"的汉字，字用墨填写，白底黑字，透出固执和遥远。

这幢楼在文协进驻之前，就是当年的汉口商会大楼，砖木结构，西式古典主义建筑，正立面构图有强烈的上升竖向感，1919年始建，1921年正式启用，2024年，这幢楼仍在我面前坚固挺立。它是武汉悠久商业发展史的标志，武汉是中国大地的南来北往之城，汇聚了太多财富、梦想与悲伤。

我从文协旧院里出来，坐到铁栅栏门对面街边花园的木凳上歇息，看着街上的行人来去。艾青从街角走来，出现在我的想象中。他来到武汉后，每天上街买报，了解中国局势。那年他二十七岁，两年前结婚。七七事变爆发的当天，艾青的妻子张竹如生下一个女儿。接过护士递来的女儿，看着这个生不逢时的柔弱小生命，艾青喜从中来，又不知如何是好。

报童从武汉街头跑过，举着报纸叫卖，艾青挡住男孩，买了一张报纸，打开看，尽是伤心的标题。街上乱糟糟，全是难民，各地口音混杂，推来搡去，急急忙忙。冷风吹来，长江上惊起的干硬汽笛声，他身体里响动的却是火车长久不停的持续震荡。坐火车逃来武汉的途中，车厢里全是吵闹，艾青闭眼靠在椅子上，听着车轮有节奏的震荡，那声音好几天在身体里有力回响，长久不散。

中华全国文艺界抗敌协会成立，是为了救亡图存。文艺家聚集，共商如何拯救沦陷的中国，保存自己和国民的生命。胡风也来到武汉，创办了《七月》半月刊。这份杂志是上海创办的同名杂志周刊的延续。胡风是当时中国文坛举足轻重的人物，他办的杂志引人瞩目，在武汉的第一期为"鲁迅先生逝世周年纪念特辑"，起点很高。

1936年艾青自费出版了诗集《大堰河》，把《透明的夜》《芦笛》《大堰河——我的保姆》等九首诗汇编出版，引起胡风的关注。胡风曾说，艾青是一个初见的名字，但他的诗我读了被吸引，有所感动。之后，胡风在写当年的中国新诗人作品总论时，推荐了艾青的诗集《大堰河》，两人随后相识。艾青来武汉是逃避战火，但可逃的地点不止武汉，他选择武汉的更重要目的，是追随胡风和他任主编的《七月》杂志。

二十一　逃亡武汉

艾青出生于浙江金华乡下的富人之家，大宅院里每天有十几个保姆忙碌。中学时，受北伐革命军的鼓动，艾青萌生去广州报考黄埔军校的念头，父亲闻之落泪，让艾青心灰意冷。旧式的中国军人大多为无业游民，被"惟有读书高"的中国社会歧视。1928年秋，艾青考取杭州国立艺术院，成为绘画系的第二期学生，尽管学校的教师人才占了南方艺术院校的半壁江山，但艾青学绘画还是打不起精神，他的目光更容易被文学吸引。

艺术院教会了他美术技巧，却未能让他热爱绘画。但省会杭州的生活却让他开阔了眼界，有了对生命与世界的独立思考。第二年，校长林风眠鼓励艾青出国深造。通过复杂的考试和各种手续，艾青到法国留学习画。席卷巴黎的各种后印象派绘画之风，给艾青带来巨大冲击，但留给他深刻印象的，还是法国在不到一百年间急风暴雨般的思想运动，以及一些欧洲杰出诗人的作品。三年后，接收过中国习画者艾青的法国，还给了中国一位诗人，一只虫结成了茧，茧破了，飞出的不是一只飞蛾，是一只比飞蛾稍大的彩色小鸟。

艾青来武汉投奔胡风，住在离《七月》编辑部不远的武昌艺术专科学校里，经常帮《七月》杂志社办事，比如去印刷厂看校稿或搬运杂志。那年冬天武汉下大雪，出门吹来的强劲冷风，使他感觉脸撞上了冰凉的铁板。1937年底一个寂静的夜晚，艾青的笔尖下出现空旷雪原中有气无力的马车，汉字的队伍渐渐走远，被铺天盖地的风雪吞没，他写出了诗歌作品《雪落在中国的土地上》：

…………
透过雪夜的草原，
那些被烽火所啮啃着的地域，
无数的，土地的垦殖者

失去了他们所饲养的家畜

失去了他们肥沃的田地

拥挤在

生活的绝望的污巷里:

饥馑的大地

朝向阴暗的天

伸出乞援的

颤抖着的两臂。

中国的苦痛与灾难,

像这雪夜一样广阔而又漫长呀!

雪落在中国的土地上,

寒冷在封锁着中国呀……

中国

我的在没有灯光的晚上

所写的无力的诗句

能给你些许的温暖么?

这首诗在《七月》杂志发表后,引起极大关注。诗中悲伤沉郁的语调，梦话般孤独的自问自答，对残破山河或无路可去的逃难者的描绘，把读者深深打动。艾青的诗有一种油画般黏稠的画面肌理感和缓慢固执渗透人心的力量。《雪落在中国的土地上》这首诗，很快成为武汉各种活动中最经常被人朗诵的诗，并随着著名的《七月》杂志传开，传向中国各地。

>...........
>
>沿着雪夜的河流，
>
>一盏小油灯在徐缓地移行，
>
>那破烂的乌篷船里
>
>映着灯光，垂着头
>
>坐着的是谁呀？
>
>...........

如此痛切的问话在朗诵中响起，听者无不落泪饮泣。艾青的诗写出了战争受难者的真切感受，引起巨大震动。"寒冷在封锁着中国呀"，冷得石头崩裂、人心流血，冻僵的飞鸟从空中掉落，只有入侵者的枪管和炮管烧得发红。

在武汉，艾青没有工作，稿费太少，且很久才能发放。《七月》杂志办得非常艰难，艾青在编辑部帮忙并无报酬。妻子在家带着不足一岁的孩子,等米下锅。武汉逃入各路难民,房价和物价暴涨,他们身上很少的钱,马上就要花光。幸好,经胡风引荐,阎锡山办的山西民族革命大学需要教师,艾青带着妻儿上路,前往山西临汾,朝向真正的北方雪原前进。沿路目睹中国大地的伤痛,他写下诗作《手推车》:

> 在黄河流过的地域
> 在无数的枯干了的河底
> 手推车
> 以唯一的轮子
> 发出使阴暗的天穹痉挛的尖音
> 穿过寒冷与静寂
> 从这一个山脚
> 到那一个山脚
> 彻响着
> 北国人民的悲哀
> …………

二十二　无终止地奔走

艾青在山西临汾的民大教美术。半个多月后日军逼近，学校师生四散。他再次返回武汉，途中曾写下《驴子》等诗，描绘了中国人东奔西躲的流亡生活：

驴子

你披满沙土的身体

干毛剥落的身体

拖着那

无终止地奔走在原野上的

人们的可怜的什物；

你下垂的耳朵

无力的耳朵

听惯了

由轮轴传向空阔去的悲哀的嘶叫；

你灰色的眼瞳

瞌睡的眼瞳

映照着

北方的广漠的土地的忧郁；

…………

回到武汉，重新跟胡风等文艺家会合，艾青参加了文协艺术家们宣读反战抗日的《告世界文艺家书》《致日本被压迫作家公开信》等活动，非常兴奋。日军几十架战机飞临武汉，中国空军迎战，大胜日军，军民大受鼓舞，会聚武汉的中国文艺家马上展开宣传。《七月》杂志刊登了艾青的《手推车》《风陵渡》《北方》《补衣妇》等短诗后，艾青准备再写一首长诗。面对炮弹密集爆炸下中国人义无反顾的反抗，面对一片废墟中军民闪躲冲锋的英勇，面对刺目阳光下中国人的不屈，艾青写出了比枪管和炮管烧得更红的滚烫的诗《向太阳》：

我起来——

像一只困倦的野兽

受过伤的野兽

从狼藉着败叶的林薮

从冰冷的岩石上

挣扎了好久

支撑着上身

睁开眼睛

向天边寻觅……

…………

昨天

我在世界上

用可怜的期望

喂养我的日子

像那些未亡人

披着麻缕

用可怜的回忆

喂养她们的日子一样

昨天

我把自己的国土

　当作病院

——而我是患了难于医治的病的

没有哪一天

我不是用迟滞的眼睛

看着这国土的

　　没有边际的凄惨的生命……

　　…………

这首诗再次引起巨大反响,这是中国诗人在抗战大后方保持发声的最强有力证据,是中国诗人不屈的声音。之后武汉会战开始,中日军队激战。艾青应邀去湖南衡山县教书,他需要工作,要养家糊口。他早就开始借钱了,这种拮据的日子必须结束。去到衡山,发现自己在法国相识的朋友孙伏园恰是衡山县县长,艾青大喜。可武汉经过四个月守卫,最终失守,日军马上进攻湖南,艾青离开衡山的崇山峻岭,去到了中国抗战大后方有名的文化中心之一,广西桂林。

桂林是一座特殊城市,长期是广西省会。1912年发生改变,广西省会从桂林迁往南宁。二十几年后再改,1936年10月1日新桂系上台,主持军政事务,把省会从南宁又迁回了桂林。

我于2024年9月27日前往桂林寻访,火车载着我从昆明出发,穿越崇山峻岭中无数漆黑的隧道。四个小时后,车窗外出现低矮树丛,树丛后面的远处是连绵小山包。小山包很奇怪,像挤成一团的楼房，一团挨着一团，黑乎乎地趴着，又好像大地上一群巨大动物弓着身体。小山四周围绕着大片平坦的稻田和树林。这是广西特殊的自然地理面貌，透出了灵秀、绵软、机智和空阔。

走进酒店房间，看着空荡荡的白色大床，我想起很多年前结婚时来桂林旅游，住农家小旅店，房东农妇不准我们新婚夫妻同住一房，说是风俗忌讳。我反复解释，她坚决不许。我跟妻子商量，愿意分开一晚，各睡一屋，又觉得多花二十元再订一间房有些冤枉。往事历历，不胜感叹，艾青来桂林的往事，更加遥远发黄。

下午四点半左右，小说家光盘带来广西的抗战文化专家凌世君。凌老师一袭丝质长裙，那裙子白中夹少量灰色块，十分清秀文雅，跟她说话的风格相近。她的身世与抗战有关，她是抗战南迁移民的后代，祖父曾是南京汉民中学的学生。全面抗战爆发，汉民中学从南京迁到了桂林。战争结束后她的祖父留在本地，就有了在桂林出生的父亲和她自己。

1938年至1944年间，广州、武汉相继沦陷，桂林是抗战大后方之一，因优越的地理位置和相对宽松的政治环境，吸引了一千多名文化名人聚集。

艾青1938年11月去到桂林，11月17日在桂林创作了《我爱这土地》，作品发表于同年12月在桂林出版的《十日文萃》，这是艾青在抗战时期发表的又一篇重要作品。他在诗中以鸟自喻，用"嘶哑的喉咙"歌唱"被暴风雨所打击着的土地"，抒发了对祖国的挚爱和对侵略者的仇恨，表达了诗人深沉真挚的情怀。他随后创作的《纵火》《死难者画像》，反映了日军大轰炸带来的战争残酷后果和民众的苦难。

二十三　歌颂伟大的生命

　　桂林的抗战文化运动日益高涨，诗歌创作很活跃，诗人队伍迅速壮大，阵容可观，堪称国内之最，尤以"七月诗派"在桂林抗战文化城诗坛影响最大。

　　七月诗派就是围绕在胡风的《七月》杂志周围的一群富有才华的诗人。1938年11月，七月诗派的台柱诗人艾青来到桂林，成为桂林抗战文化城的首批精英之一。他在桂林住下几天，就交出了著名的诗作《我爱这土地》，揭开了七月诗派在桂林文化城诗歌史上崭新的一页。

刚流亡到桂林，艾青满身疲惫与忧伤，就着手桂林诗歌阵地的开拓和队伍的组建工作。他与由武汉、广州等地撤退至桂林的文艺工作者巴金、夏衍、高兰、周钢鸣、林林等筹建了文协桂林分会，先后主编了《广西日报》文艺副刊《南方》，《救亡日报》副刊《诗文学》，诗刊《顶点》，旬刊《文协》。这些报刊开拓了重要的诗歌阵地，也为桂林抗战诗坛培养了大量诗歌新人。

我到达桂林的第二天，2024年9月28日，出门打车去找"八办"，也就是桂林八路军办事处旧址。武汉有八办，我也寻访参观过。日本向中国全面进攻，国共第二次合作，建立了抗日民族统一战线，武汉和桂林先后成立八办，中共与各地的中国文艺名家建立联系，组织了很多文艺宣传活动。

车子送我到一个丁字路口停下，下车后我看到路边的一幢老式格局小白楼，土红漆的木门木窗，门口挂了八路军桂林办事处和办事处纪念馆的黑底白字和白底红字两块牌子，一个是宋体楷书，一个是草书，都很古朴。门楣上有蓝底白字的门牌，中山北路14号。街上汽车行人不断，和平年代的匆忙，洗净了历史的泪水，一群小学生聚集在小白楼前，听年轻的女教师讲解。小白楼不能进，右手边一幢三层的水泥老房子，入口处有电子屏，显示里面是八办纪念馆，免费参观。

参观完桂林八办，我在纪念馆门口的路边扫了一辆电动车，骑着在桂林穿街过巷，去寻找救亡日报社旧址。手机装在衣袋里，导航声听不见，我要不断停下，伸脚踩在路边，查看手机。身边车流不停，非常狼狈，也有些危险。好几次错过方向，不断绕路和改线，不断取出手机辨认方位。十几分钟后，导航指引我骑进一条小街，我看到了"救亡日报社旧址"的牌子。下车走几步，无意回头，再看到了另一墙上的浮雕，上面有"夏衍桂林旧居"的文字和人脸图像。那条街叫太平路，很窄，停满汽车更窄，街两边是密集的食馆，夏衍旧居的浮雕墙面紧靠一家拥挤的肠粉店，无人朝这个古朴的墙面浮雕投去目光，只是急匆匆走进肠粉店，一脸期待的表情。

时间是周末，救亡日报社旧址关着木门。一个保安走来，打开门。我在不远处照相，正想走过去，保安哗啦用力关上门，壮实坚定的背影消失在古旧木门后的院子里。我在路边找了一个很矮的大花岗岩隔离石磴坐下，在手机上写下了所见所感。

1938年到1939年，艾青在桂林还写了《吹号者》《他死在第二次》等诗歌作品，《吹号者》用油彩般的文字作画，描绘了一位在战场上吹号的战士，表现了士兵向死而生的无畏斗志。《他死在第二次》讲述了士兵受伤后再次奔赴战场，最终牺牲的故事，歌颂了献身家国的伟大生命。在桂林期间，艾青思考了诗歌写作的理论，写下了见解独特的《诗论》，那是他非常重要的诗歌理论著作，对中国新诗进步有很大的推动。

艾青在桂林最重要的诗歌作品，是写出后令自己全身发热并大感惊讶的《向太阳》。这是20世纪30年代艾青写的最长的一首诗，全诗由九个各自独立又前后呼应的章节组成，体现了艾青一贯的叙述风格。这首诗以"我"为线索，通过"我"的所见、所闻、所想，用丰富的想象和象征手法，把历史与现实、国际与国内、城市与乡村、工人与农民、过去与现在、黑暗与光明的联系清晰刻画出来。有类似但丁《神曲》的复杂结构，容量巨大：

> 太阳
>
> 从远处的高层建筑
>
> ——那些水门汀与钢铁所砌成的山
>
> 和那成百的烟囱
>
> 成千的电线杆子
>
> 成万的屋顶
>
> 所构成的
>
> 密丛的森林里
>
> 出来了……

在太平洋

在印度洋

在红海

在地中海

在我最初对世界怀着热望

而航行于无边蓝色的海水上的少年时代

我都曾看着美丽的日出

但此刻

在我所呼吸的城市

喷发着煤油的气息

柏油的气息

混杂的气息的城市

敞开着金属的胴体

矿石的胴体

电火的胴体的城市

宽阔地

承受黎明的爱抚的城市

我看见日出

比所有的日出更美丽

艾青的目光穿过升起黑烟的战场，投向中国大地上永恒的美丽花园。他具有非凡诗人的胸怀与自信，在山河破碎中歌颂伟大的生命，歌颂宽阔无边的美丽世界，诗中充满了对入侵敌人的巨大蔑视，这是入侵者最不愿意听到的生命吟诵，却是中国抗战大后方从来没有停止过的诗人的歌唱。

二十四　王礼锡是谁

相比穆旦与艾青在中国诗歌史上的响亮名声，有一位抗战时期的中国诗人却被湮没，长久默默无闻。直到1979年，因一篇回忆抗战时作家前线访问团活动的文章在一家并不显眼的文学杂志上发表，这个人的名字才引起注意，从此有人专门研究他的生平和作品，这位抗战诗人就是王礼锡。

我在上千万字的抗战文化史资料中发现了他的名字，那名字像一块棱角分明的金属矿石，刺破了书页，露出细碎的闪光，引起了我的关注。2024年9月，我从武汉去到了河南洛阳，寻找王礼锡。武汉和长沙热得我够呛，洛阳的气温较低，经河南作家杨晓敏帮助，我与洛阳作协主席赵克红相识。

洛阳是中国的十三朝古都，名声震得历史书页哗哗作响。街上的孔子入周问礼碑，记述了孔子来到洛阳，向老子拜问礼教的史实。两个中国伟大圣人的见面纪念碑，换到外地要敬若神明，在洛阳街头却平凡得出奇，行人匆匆走过，头也不回。那刻有"孔子入周问礼乐至此"九个大字的石碑，2008年才被确定为省级重点文物。

我到洛阳的第二天，赵克红先带我去寻访洛阳二里头村的夏朝遗址。这是一个伟大的背景，在这个背景下，我们才能更准确地理解中国，理解中国诗人在炮火连天中声音永不泯灭的原因。夏朝被称为最早的中国，二里头是了不起的考古现场，外国史学界有人对中国五千年文明存疑，认为夏朝没有地下证据证明其真实存在，商朝的真实性也很勉强，却不知中国人几十年前就在洛阳城外的二里头村行动，默默挖掘夏朝古都的地下文物。考古队从1959年起就开始工作，在二里头持续发掘了四十多年，其间三代队长去世。2023年8月，二里头夏文化研究院在洛阳二里头夏都遗址博物馆揭牌，进一步推动夏文化研究实现新突破。

因此，洛阳出现一个非同寻常的诗人不足为奇，出现一个本可以在远离中国战火的欧洲做国际联络活动，却一定要赶赴中国抗战现场的诗人也不足为奇，出现一个回国后本可以在后方的城市里安全写作，却一定要冲到洛阳最前线的诗人同样不足为奇。在诗人王礼锡的心中，故国神圣，不容欺凌，更不容毁灭，诗人不仅要发声，还要冲锋陷阵，用生命保护中国这片土地和在这片土地上生长的伟大文明。

洛阳是著名古城，洛河是时间之水，洛阳位处山区与平原过渡带，土地肥沃，农业发达，商业繁荣，北有黄河，南有洛河与伊水，连接四方，号令中原，洛河两岸诞生过无数英雄和诗人。秦始皇为祭祀文明发源之水洛河，写过唯一的一首诗歌《祠洛水歌》："洛阳之水，其色苍苍。祠祭大泽，倏忽南临。洛滨醊祷，色连三光。"武则天加封洛河为"神河"，曹植《洛神赋》中赞美的河，也是洛河。

抗战胜利后的第七十七年，我去洛阳的两年前，诗人王礼锡的迁葬仪式在河南洛阳市烈士陵园举行，赵克红出席了迁葬仪式，洛阳的作家、诗人纷纷献花。但王礼锡非洛阳人，他出生于江西，成名于上海，洛阳为他举行迁葬仪式，原因是抗战时他率队赴前线采访，声援抗日，后在洛阳病逝。

王礼锡跟穆旦和艾青都不同，抗战爆发时他不在中国，远在欧洲，避开了中国战火的危险，他却不畏艰险，着急赶回了故土。他去欧洲不是留学，是1932年被国民政府"驱逐"，流亡在外长达六年。

他很特殊，热爱写作，随时随地写诗，但并不长久闭门写作。他最关注现实，大声疾呼，充满激情。他流亡欧洲，就与激奋的抗战呼吁有关。1932年1月18日下午，几个日莲宗和尚在上海的三友实业社工厂门前敲钟鸣鼓，举行"寒中修行"，受到制止后不服，向三友实业社厂内投石块闹事。厂内的工人义勇军前来盘问，和尚逃窜，一伙神秘人物从巷道蹿出，打得和尚一死两伤。那是一个阴谋，打斗双方都是日本间谍安排的，十天后日本海军以此为借口向吴淞炮台开炮，一·二八事变爆发。

王礼锡当时就在上海居住，上海是民国时期的文化和艺术中心，但他没避进租界亭子间寻找安全，而是走上街头，走向炮击后受伤的现场。他于一·二八事变爆发约十天后的2月7日，参加了在上海宣告成立的著作者抗日会，执笔起草了《中国著作者为日军进攻上海屠杀民众宣言》，签名者达一百二十九人。不久，中国官方以"出国考察"为名，把王礼锡送出境。他不愿在国家受难时远走他乡，可必须离开，不服从会有危险。他写下一首诗，泪洒衣襟，漂洋出海：

　　去国日以远，

念国日以深,

朝夕与国处,

翻不见情亲。

小鹿有妙喻,

谓似别亲人,

亲人病正重,

耿耿难放心,

茫茫天与海,

涕泪沾衣襟。

当年的远洋海轮速度慢,旅途所需时间很长,途中不断停留,不断下客,也不断上客,王礼锡也就在途中不断上岸,沿路访问了很多国家。船到菲律宾的马尼拉港,王礼锡遭遇到签证手续不全的责难,不能上岸,在船上苦等好几天。在新加坡上岸后,他赶紧去拜访新加坡的《星洲日报》,获知新加坡华侨对中国被日本侵略十分愤慨,捐钱去中国,救治国内的抗日将士,他十分感动。

在欧洲几年,他组织和参与过很多抗日的外交活动,穿梭于法国、英伦三岛、意大利、埃及、我国香港、新加坡、印度各地。他在英国参与"全英援华运动总会"的工作,调查了英国与日本的军火与日用品贸易的数额，接连组织了多次有英国议员、政党领袖、著名作家、教授及普通民众参加的伦敦抵制日货游行示威。游行产生了巨大的反响，英国工会做出决议，以一切力量拥护中国的民族自由斗争，并表示在日本进攻中国期间，拒绝使用日本木材原料，英国日货的进口减少了十分之一。王礼锡还筹备组织了在英国伦敦举办的"救中国，救世界"援华制日会议。会议相当成功，三十五个国家和二十五个国际团体出席，最后形成了谴责法西斯侵略，拯救中国和拯救世界和平的倡议宣言。同时他马不停蹄地组织了在全英国的"中国周"活动，以敦促英国政府援助中国，制裁侵略者，还策划组织了援华制日的巴黎和平会议，并前往印度，动员印度人援华制日，协调了印度医疗队援华行动的顺利出行。

七七事变爆发后，日本向中国发动全面进攻。王礼锡震怒，不愿在欧洲隔岸观火，1938年10月准备归国，献身故乡受难的土地。英国文化界朋友为他办了饯行酒会，他在酒会上用英语朗诵了自己的新诗：

  我要归去了，
  归去在斗争中的中华。
  当我来时，

中国是一间破屋,

给风吹雨打。

……

我去了,

我去加一滴赤血,

加一颗火热的心。

不是长城缺不了我,

是我与长城相依为命。

没有我,无碍中华的新生;

没有中华,世界就塌了一座长城。

……

二十五　战火中的"屈原"

王礼锡是高度关注社会现实,充满热情的诗人。闻知抗日战争在国内全面爆发,王礼锡悲愤地借用屈原的《离骚》形式,写下了《呜呼吾安往兮》一诗,抒发心中的呼号:

呜呼长居异邦兮心神摧！吾安往兮吾欲归。无论全生，快死，如处女之静，抑如脱兔之追，或得敌头而溺，或得敌而食其肉寝其皮火化而风扬其灰。必有一日民气伸，四万万心如一心，四万万人如一人，与天地日月同其不朽兮中华之魂！

王礼锡的故乡在江西吉安市，正是我2024年寻访过的地方。他的祖父曾在赣江上的白鹭洲书院教书，我去踏访过那里。白鹭洲是一个江心岛，岛上长满高大茂密的绿树，两侧江水滔滔而逝，绿洲岿然不动。一个很长的宽大廊桥把岸边的参观者送到江中心的白鹭洲。古老的书院现在更像一个公园了，里面人不多，知了密集的聒噪与河边传来的嗡嗡人声混杂。有个中年男人带着儿子在书院的风月楼前练葫芦丝，见我跟吉安的朋友走过来，站在风月楼前讨论牌匾的字义，那人也凑过来积极发言，接我们的话。吉安人对中国古典文化的热情，为我在各地所未见。

王礼锡十岁作诗就很工整，用词讲究。他的祖父做过皇帝侍读，发现孙子的诗才，深感欣慰。他后来读师范，读南昌的心远大学，辗转多地做编辑，最后定居上海，直到被安排出国，流亡欧洲。七七事变后他乘船回国，途中去锡兰访问，在当地做了反日援华的演讲，策划了锡兰的国际援华会议，路过新加坡和越南，他又登陆上岸，参与华侨的援华抗日活动。

漫长的归国远航旅途中，他沿路组织多国的抗日援华和国际和平运动，还在海船上编辑了自己的诗集，在轮船的晃荡中，他为这部诗集写下一篇序诗：

> 去国诗一卷，
> 回国诗一卷，
> 离离数千言，
> 字字心血染。
> 去国一卷诗，
> 回国一卷诗，
> 当用血洒敌，
> 安用血写诗。

诗集中汇聚了他多年写成的诗作，他早期的诗弥漫着往事和童年的温柔，表达了成长时期的困惑和伤感，也有赞美爱情的诗，爱情给他带来了惊喜和甜蜜，让他在离乡远行的漂泊中得到温暖。后来他成长为忧国忧民的诗人，激情饱满，密切关注社会现实和国家前途，出国后对故国的存亡万分牵挂。他这个时期的作品，超越了个人感情，脱离了旧时受到的孟郊、李贺、黄庭坚等人的影响，从文人的缠绵优雅演化成了爱国者的直率忠诚。

他选的诗中有绝句、律诗、古风和新诗。他对古风《呜呼吾安往兮》做了仔细改订。这首抒发他彷徨心情的诗写得很长，燃烧着爱国激情。这首古风气势浩大，上下几千年，纵横数万里，悲伤、痛苦、愤怒、抗争，直至火山爆发，鬼魅烧灭。他写了自己想战死沙场，却被迫去国，空怀壮志，孤独流泪：

兽兵忽来意大利，飞机举翼能蔽天，坦克锁甲遂盖地，已肆牛刀于毫末，犹奋挡车之螳臂。群黑愤而议曰："战到最后一道壕，流到最后一滴血，宁死！勿屈！"

远洋行程很长，王礼锡每天站在甲板上遥望，目光在空阔的海面上焦急地移动，追踪着海鸟的翅膀，任海风拍打自己的脸，为正在流血的中国感到心痛，迫切想回去参加抗日。他为此写成了一首七绝：

一身飘梗又重洋，
沸浪彤云万感苍。

羡汝水行还着翅，

银刀万片割斜阳。

海轮到达香港之前，他把诗集编好，写了一个序，定名为《去国草》。

二十六　把中国的疼痛告诉世界

王礼锡回到中国，受到大后方文艺界的隆重欢迎。当时国共合作抗日，郭沫若出任国民政府军事委员会政治部第三厅厅长。王礼锡曾在日本与郭沫若相识，一别九年，地裂天崩，国将不国，痛心疾首。他的高度爱国激情，感染很多人，郭沫若称赞他为当代的陆放翁。

文协推选王礼锡为理事，负责国际宣传。但重庆给了他一个大爆炸的"见面礼"，他1939年1月上旬到达重庆，1月中旬就经历了日本飞机对重庆市的轮番轰炸。躲避轰炸的愤怒中，王礼锡与市民挤在一起，紧贴着身子，屏住呼吸，心跳停止，只听到炸弹落地爆炸后山城土地在绝望跳动。

他写出了一首诅咒罪恶的炮弹的新诗《一月十五日》：

>来自一个雾城——伦敦。
>
>又来到一个雾城——重庆。
>
>那边充满了战争恐怖，
>
>有的虽只是战争的阴影；
>
>重庆是被侵略国的首都，
>
>这里，没有恐怖，只有仇恨，
>
>没有怯懦，只有复仇的心。
>
>啊！我来到了
>
>义战中的首都，重庆。
>
>
>一间小屋，紧闭着门，
>
>成群呼啸的是敌人的铁鹰，
>
>从高空呼啸到屋顶，
>
>轰，……轰，几声响像山在崩！
>
>在恶魔凶残的嘴爪下，
>
>不知多少房屋成了灰烬，
>
>多少人命遭了牺牲。

呵，我与你共着患难，重庆！
…………

王礼锡在重庆与老舍和胡风彻夜长谈，他认为诗人必须行动，直抒胸臆，声援抗日。他利用自己多年旅居国外的经验，参与文协的国际宣传工作，出席了重庆文协的诗歌座谈会，在会上向重庆作家介绍英国诗人对中国抗日的支持，建议把中国诗人的抗日作品介绍到国外，扩大中国诗歌的国际影响力。文协大力支持他的建议，马上行动，详细讨论了操作办法，成立专门机构，安排了组稿和审稿人员。

王礼锡回国不久，获知伦敦电台播放了英国女诗人华尔纳朗诵他离开伦敦时的诗作《再会，英国的朋友们！》，那首长诗随后在昆明的《战歌》第一卷第五期上刊出。不久，《抗战文艺》刊载了他的文章《英国文化界的援华运动》，香港《文艺阵地》发表了他的《英国作家对中国抗战的表示》一文，重庆《新华日报》刊出他的诗《别锡兰朋友们！》。他的这些作品，给准备参加国际抗日宣传的中国作家很大鼓舞。

他情绪高涨地参加了外交部组织的座谈会，在会上谈了自己关于世界大战的思考，介绍了国际抗日援华活动。他又在重庆的中央大学、各种政府机关和社会团体中做演讲，大力推动国际援华活动展开。他还在电台介绍了国际反侵略活动和援华阵营，通过无形的电波，向民众传送了抗战信心。

回国让他兴奋，每天参加各种外交和抗战文艺活动，又让他大开眼界。他亲身见识了战争的罪恶与无情，经常遭遇日军飞机的狂轰滥炸。他在重庆临街的牙医诊所楼上租的小屋，被飞机炸塌，只得搬到一间无窗的储藏室居住。他看到保育院也被日机轰炸，从孩子的角度，悲愤地写下了谴责战争的诗《深仇——参观第二保育院后》：

> 可是小心坎里，
>
> 刻下了人世的仇恨。
>
> 他们也忘不了爹娘的恩爱
>
> 万金买不回一声爹娘唤儿声：
>
> 母亲的手成了神话，
>
> 只能想象，或在梦里成真。
>
> 哪儿是爹娘呀？
>
> 这不能怨命，
>
> 为什么毁灭慈爱，
>
> 这人世稀有奇珍？
>
> 你难道没有爹娘，

我问你日本人!

小小的心坎里,

刻下了越久越深的仇恨!

…………

他还写下了控诉轰炸的诗《五月三日》:

落地一声炸弹,

惊起了一阵风。

冲进千百个防空洞,

把每一个耳朵震聋。

带着一阵血腥,

通过火与烟的森林。

向每一个活着的耳朵,

诉说无数死者的呻吟;

…………

每天被炸,狼狈地躲避看不见的敌人,实在憋气。他忍无可忍,不愿在后方苟活,多次提出要上前线。正好,文协组织作家去前线采访,王礼锡就被任命为前线访问团的团长。于是，1939年6月，他带着一支十三人的作家队伍出发了。那次作家的前线采访，可看作中国作家国际抗日宣传的写作准备，一行作家中，有小说家、诗人、剧作家和记者。作家上前线收集素材，写出血肉之作，写出中国的伤痛，写出中国人的不屈反抗，译后介绍到世界，会在全球产生积极的影响。

愿望是美好的，行动却是艰难的。十三个作家经过自愿报名并体检，举行了出发仪式。4月8日，后方作家前线访问团从重庆出发了，登上了前往内江的汽车。春雨初下，长江和嘉陵江呜咽而去，薄雾从江面升起，越升越浓，遮蔽了山城错落的房屋和石阶，遮蔽了前来送行的老舍等作家的脸。隔着重庆的大雾，王礼锡仿佛听到了前线遥远的炮声。

二十七 去天国写最伟大的诗篇

车到四川内江，稍事休整，继续向成都进发。他们乘坐的长途公共交通汽车很破旧，车身糊满泥土，车内弥漫着灰尘，乘客很多，挤得透不过气。公路坎坷不平，挤满各种乘客的汽车颠簸跳动,晃荡不止。车到成都,众人被晃得疲惫不堪,三十八岁的王礼锡是年纪最大的团员,累得腰酸背痛,可他是领队,不能叫苦,赶紧打起精神,念了几首途中解闷作的打油诗,逗众人开心大笑解乏,然后安排大家入住休息。

成都也是大后方,没有被日军占领,但满城是日机空袭轰炸的废墟,残垣断壁,呜咽哀伤。他有感而发,写下一首题为《血迹》的诗:

> 是成都还是澎湃(Pompeii)?
> 在澎湃
> 化石的面包和栗子
> 还流着晚宴的欢乐;
> 从带着挣扎姿势而死去的狗,
> 还能想象少妇的爱抚的手;
> 火山灰封存的断柱与残垣,
> 写在流霞渲染的远天,
> 写出远古的悲哀,
> 自然的残酷。
>
> 是澎湃?不,是成都!

烧焦了的木柱木椽。

像烧焦了的人的肢体，

残破的墙壁

…………

离开成都，王礼锡带着作家访问团继续向西北出发，爬上了难于上青天的蜀道。汽车边走边停，去到了四川广元的剑门关。众人见识了天险，大为惊叹。剑门关位于四川盆地北部，群山连绵，耸立着"剑门七十二峰"。剑门关楼修建在大剑山中断处，"一夫当关，万夫莫开"，那就是李白《蜀道难》所描述之地。王勃在此留下了感叹，杜甫写过"唯天有设险，剑门天下壮"，岑参惊呼"不知造化初，此山谁开坼？双崖倚天立，万仞从地劈"。

山道陡峭，潮湿阴冷，云雾遮蔽，不见阳光，昼热夜冷，温差很大。车在山底，人热得冒汗，爬到山腰，温度急降，湿透的衣服贴在身上，冷得发抖。但他们只能走剑门关，剑门关峡谷中的公路，于四年前的1935年新建，是川北与外界联系的唯一交通要道，为四川物资、人口与中国外省的陆路交流，提供了又一个重要出口。

那年，山中的雨季自作主张，提前到达，一场大雨带来滚滚山水，桥被冲断，他们乘坐的汽车无法前进，只得停车住店。几天后桥修好，汽车又坏了，不能行驶。作家前线访问团只得弃车步行，沿山道一夜辛苦跋涉，在天亮时去到了广元县。

他们的目的地是洛阳，洛阳位于河南西部，地处黄河中下游南岸。武汉沦陷后，日军为控制中原并进攻陕西，在河南发动了多次战役，占领了豫北和豫东大部分地区，但中国的抗日力量仍在河南坚持抵抗，豫西山区有中国军队坚守，日军未能控制整个河南。

中国军队在洛阳与日军对峙，洛阳是豫西连接华北与华中的交通枢纽，有重要战略意义。在王礼锡带着作家访问团前往洛阳之前，中国军队与日军在洛阳有过空中作战。1938年1月31日，三十二架日机首次空袭洛阳，驻洛阳的苏联援华空军十二架飞机升空，与日军飞机决战，击落日机四架，苏机损失两架。1938年7月3日凌晨，日机十一架分两批空袭洛阳，炸死居民二百余人。日军对洛阳虎视眈眈，只等部队从其他战役中抽身，就要对洛阳发起全面的陆地进攻。

战争时期，遍地炮火，王礼锡率领的作家访问团无法直奔洛阳，只能迂回前进。他们要绕行大后方的川、陕、晋等地区，再转道去往洛阳。日军在洛阳空战失败，鼓舞了中国军队和民众的信心，洛阳周边有大量抗日根据地和游击区，访问团去到洛阳，与前线军队交往，了解百姓生活，收集中国人的抗日故事，会有很大的收获。

作家前线访问团离开四川广元后，去到陕西宝鸡和西安。西安也遭遇了日机数十次轰炸，隋唐和明代的大量古建筑被炸毁，他们在西安采访，跟迁移西安的沦陷区流亡者见面，访问了当地守军，收集了写作材料，再次上路，于1939年7月13日到达了目的地洛阳。

王礼锡是个充满激情的诗人，同时具备细致周密的组织能力，他做作家访问团团长，思维缜密，条理清晰，工作安排得井井有条。他在作家前线访问团内设立了组织、宣传、编辑、采访、总务五个小组，要求各小组在沿途各地与当地人深入联系，沿路建立大量的文艺通讯站、文协分会或文艺习作小组，在各地发动更多力量为抗战发声。他在作家访问团内筹建诗歌研究会和戏剧研究会，在对外的工作中制定宣传大纲，要求具体部门沿途组织集会。他要求作家们现场写作，及时写作，沿路提供稿件，要求编辑小组及时出版战地版的团刊，刊发前线采访写作的作品，编辑一份能随团游动的壁报，并把战地资料编辑成册。

王礼锡为全团制定了四个写作任务，一是把所见所闻写成诗歌、小说、戏剧、散文等作品。二是搜集写作材料，以备将来创作之需。三是与大后方作家保持联系，及时发送前方调查的事件和写作素材，支持大后方作家的宣传写作。四是拓展国际传播，与世界反法西斯力量加强联系。

历时三个月的路途中，王礼锡要安排全面而细致的采访、写作和宣传工作，还要应对交通和生活的各种困难和意外事故，靠近前线时，还要防止战争伤害。他疲惫不堪，终于到达洛阳，兴奋得不顾危险，立即安排作家们并带头开始了大面积采访。

到达洛阳十天后，王礼锡和他的团员们骑着军马去到黄河边，乘船渡过黄河，进入了战争的前沿阵地中条山。中条山位于山西南部、晋南豫北交界处，横亘黄河北岸，是华北与西北相连的桥梁，进击华北的支撑点，与晋东太行山、太岳山，晋西吕梁山互为犄角之势。平汉和同蒲铁路分通中条山两侧，多条公路纵横环绕中条山，那里被称为中国的"马其诺防线"。

1939年，中条山被划归卫立煌负责的第一战区，守军约二十万兵力。王礼锡率领的作家访问团到达洛阳之前一个月，1939年6月6日，日军步骑炮空多兵种全线进攻，中条山发生了持续半个月的"六六大战"，中国军队伤亡及失踪官兵八千余人，日军伤亡约五千人。最终中国守军反攻，收复多处失地，日军败退。

那是危险区域，大战烟火未灭，空气中弥漫着浓烈的火药味和血腥气，访问团不止一次遭遇日机的轰炸和俯冲扫射，一路都能看到被炸死的村民和战火烧毁的农舍。紧张劳累和兴奋交织，王礼锡忽然病倒，发高烧。他被人从山中抬出，送往四十里外的部队医院，服药后有了精神，立即拄着手杖采访，继续工作。

但他的病并未好转，之后一天天加重，紧急送到洛阳医院后出现黄疸，气若游丝。次日凌晨，王礼锡永远闭上了不屈的眼睛，停止呼吸，撒手人寰。猝不及防的噩耗，震动了前线将士，卫立煌主持了洛阳的王礼锡追悼会，访问团团员作词作曲的《王礼锡先生挽歌》，在飘摇着硝烟的空气中吟唱，送他去往没有战争的和平花园。

2024年9月，赵克红带着我去拜谒洛阳的王礼锡墓。我时间紧急，只得于黄昏时去烈士陵园，寻找王礼锡的墓室。那不是探访陵园的好时间，有忌讳的人大约会慌张，但我没有顾虑，心中升起崇敬之情。我们去到烈士陵园门口时，暮色完全退到洛阳城尽头的地平线之下，黑夜庄严升起，陵园里寂静无声，一团团乌黑的高大柏树，像一个个站在夜色中守灵的士兵，朝我们投来肃穆的目光。

陵园里空旷无人，黑乎乎的，说不上阴森，感觉烈士陵园里阳气很足。天没有完全黑尽，小路边一块空地，有人坐在木椅上休息，不知是干什么的。我们朝里面走，来到第三区，从一个小门洞走进去，在正中最里面的一个位置，找到了王礼锡的墓。墓做得很特别，墓碑平躺在地上，刻了姓名和生平介绍，十分庄严。赵克红用手机灯照明，我拍下了模糊光线中的王礼锡名字，稍稍后退，朝他的墓恭敬行礼，悄然离开。走出陵园大门，身后车声人声隐约传来，我忽然觉得，夜晚来陵园的墓地里寻找抗战时去世的诗人，似真似幻，也很恰当，如走进电影，追寻遥远的亡魂。

第三部 杏坛

二十八　梅贻琦上任

杏坛是一个孔庙的专用词语。《庄子·渔父》载:"孔子游乎缁帷之林,休坐乎杏坛之上。弟子读书,孔子弦歌鼓琴。"1024年,宋仁宗赵祯的天圣二年,孔子的第四十六代孙监修了山东的曲阜孔庙,在正殿旧址建了一个讲坛,周围环绕着种植下一圈杏树。此后,"杏坛"在汉语中就成为教育的代称。

但中国乱了,杏坛也乱了。1931年12月3日,北平异常寒冷,冬天的风在城外的雪原上毫无阻挡地奔跑,光秃秃的树枝绷紧神经,无助地战颤摇晃,被锋利的冷风快刀无声削断,纷纷坠落。半个月前,清华大学历史系讲师吴其昌带着妻子和在燕京大学读书的亲弟弟吴世昌,去北平顺承郡王府张学良家门外,下跪哭泣,请求出兵抗日。原因是九一八事变爆发后,三十万东北军一枪未发,迅速向关内撤退,致使日军四面进攻,东北三省全部沦陷。那片中国肥沃的黑土地,相当于日本国土的两倍多面积，被日本关东军全部占领，中国蒙受巨大的伤害与损失。

北平张学良的家，1924年由其父张作霖购买，用作大元帅府，四年后张作霖在沈阳皇姑屯被炸身亡，宅院归张学良居住。当时张学良是国民政府陆海空军副总司令，坐镇北平，日本炮击沈阳的中国军营，向中国东北边防军发起进攻，张学良下令不抵抗，次日日军顺利攻占沈阳全城，吉林和黑龙江随之陷落。

吴其昌率全家哭请出兵未获答复，立即南下，去到南京"绝食哭陵"，发表《昭告总理文》。清华大学师生闻讯而起，立即停课。一大群学生跑去校钟前，轮番上阵，沉重的钟声回响在整个校园上空，无数次强力撞击所有人的心口，整整一天也没有停歇。全校学生决定赴南京请愿，校务会劝阻无效，人流滚滚而来，拥向北平的前门车站，校园很快走空了，宿舍和教室里冷风回旋，不见人影。

铁路局接到命令，在车站拦阻。学生集体站在铁轨上，挡住即将启动的火车。几小时对峙，天色黑定，火车车灯雪亮的光柱，投射到站在铁轨中间的学生脸上。刺目的强烈灯光照射得学生纷纷扭头避让，他们高高矮矮地站直身子，轻轻跺脚，两手夹在胳肢窝下，被严冬的寒气冻僵，却坚持不退步。如果火车开动，他们就要集体卧轨，以死殉国。

司机不敢开车，车站一次次朝外打电话，报告现场局势，南京妥协，准许一部分学生乘车赴南京请愿。铁轨上一片欢呼，众人奔跑，拥入车厢，相互拥抱，泪如雨下。火车一声粗壮凄厉的鸣叫，在苍茫黑夜里出发。11月26日，首批清华学生到达南京后，被政府接见，当面倾诉了爱国之情，次日返校。这批学生回到清华后，看到局势依旧，认为政府只是搪塞，并不会出兵，又有人出门，赴京请愿。很快，赴南京请愿之风席卷中国多省的大学，各地车站拥挤，声势浩大。南京政府应对失据。

一个神秘人物从美国飞来，出现在清华大学冷风横扫的校园里。这个人就是梅贻琦，他是清华职员，离开校园已经三年，远在美国负责清华的留美学生督管工作。两个月前，国民政府行政院同意了教育部的意见，任命梅贻琦为国立清华大学校长，他随即归国。12月3日这天，梅贻琦平静地穿过清华大学校园，去往学校的大礼堂。脸上的金属框圆眼镜镜片上有细碎的雪屑融化，水迹遮挡了视线，他取下眼镜，用手巾擦了一下镜片，走进礼堂，跟分别三年的师生见面，发表了一场著名的就职演说。

梅贻琦在清华园就职已经十六年，最初是物理教师，后参与行政管理工作，1926年升任教务长。但当时清华还不是完全大学，这所学校1909年创办之初叫清华学堂，设立于北京西郊的皇家园林清华园，1911年改名清华学校，办学方向是招收中国学生加以培训，后送往美国插班读大学二、三年级，办学经费来自美国退还的庚子赔款。学制为八年，是中小学混杂的性质。迟至1928年，清华学校才更名为国立清华大学，也就在那年，梅贻琦离开清华园，去了美国。

教育家周诒春，安徽人，毕业于上海圣约翰大学，后自费到美国留学，攻读硕士，他于1913年到1918年担任清华学校校长，是清华校训"自强不息、厚德载物"的确立者。早年任清华学校校长时，周诒春就立下宏愿，欲把清华办成大学，造就中国的一流精英人才，正是他于1915年把梅贻琦招进清华任职。梅贻琦入职十六年后，1931年冬天，出任清华大学校长，发表就职演说，郑重阐述了清华大学的定位，明确阐述，大学就是要有大师，而不是有大楼。

清华大学早有自己的大师。1925年，还不是大学的清华学校，就为升级大学做准备，成功增设了国学研究院，会聚了四大中国国学名师，王国维、陈寅恪、梁启超和赵元任，清华学校另外增设的大学部理工科，也拥有著名物理学家叶企孙、吴有训等著名学者。但是，在多年的大学筹备创办中，清华在定位和管理方向上一直出现各种意见，有过各种争斗。梅贻琦就是在一次学校的办学理念争斗中脱颖而出，升任教务长，又在另一次争斗中落败，被逐出校园，去美国管理清华的留学生。

梅贻琦离开清华园的三年间，清华更换过四任校长，罗家伦、乔万选、吴南轩、翁文灏，各路人轮番登场，又落荒而逃，物理学家叶企孙还短暂任过代理校长。如此纷乱，连人事安排也理不清，清华大学的办学定位难以确立，梅贻琦在校长就职演说上阐述大学标准，也就至关重要。

1931年梅贻琦四十二岁，年富力强，正好作为，却面临各种难题。他要从学术和人类精神的高度，思考并确立清华大学明晰的办学理念，推动清华大学走上世界知名的一流大学之路，又要面对国家存亡的动荡不宁。

梅贻琦在动荡中上任，跟师生见面，发表演说，不只要给清华大学定位，还要平息纷乱，恢复教学秩序。他请求教师以治学为主，告诫学生专心学习。他与师生坦诚相待，在演说中不回避国难，不回避国民责任，不回避山河破碎的悲伤。他诚恳地表达了自己的观点，分析了国际政治的复杂，告诉大家救国之心不可无，报国之心不可移，但各人有自己的位置和责任，教师最好的救国之策，是用真学识教出好学生，学生最合适的救国之举，是学成有用之材，将来成为国家栋梁，用智慧而强健之身，扛起时代的期望。

这就是梅贻琦，不推脱责任，不剑走偏锋，有理有据，语重心长。不像他之前的代理校长吴南轩乱中携印，逃得不知去向，也不像更早几届的校长，大动干戈，跟师生战斗。他匆匆归来，在危难中上任，双目清澈，镇定地演说完毕，向众人鞠躬，默默退下。

二十九　谨慎的目光

一幅身着灰布长衫，戴金属圆框眼镜，薄唇轻抿，目光谨慎的中年男子照片，广泛流传于中国高等教育史的书籍中，这人就是梅贻琦。无论是照片形象，还是认识梅贻琦的朋友印象中，他都与力挽狂澜的豪杰相去甚远。曾有大胆学生写打油诗，调侃他们熟悉的梅校长：

大概或者也许是，

不过我们不敢说。

可是学校总认为，

恐怕仿佛不见得。

此诗描绘了一个让人摸不着头脑的梅校长，任何人提问，梅校长的回答都是：不过……我们不敢说……可是……学校总认为……恐怕……仿佛不见得……梅贻琦惜字如金，众所周知。他与别人讨论，或商量一个事，不轻易肯定，也不明确否定。不懂的人以为梅校长犹豫不决，熟悉他的朋友和同事，知道他非常坚定，不透露自己的意见，只为留有余地，心中早有明确主张。

清华大学著名教授叶公超，对梅贻琦性格的描述是"慢、稳、刚"。清华校友、抗战时任过财政部全国税务署署长的张静愚，对梅贻琦的认识是，梅校长与好友相处也慎于发言，但局势要求，必须表态，他的发言定会滔滔不绝，明确畅达，不兜圈子，言之有物并生动风趣。

梅贻琦自幼沉默寡言，确是事实，有一件事最说明他的性格。三十岁那年，梅贻琦要跟名叫韩咏华的二十六岁姑娘订婚，竟然让韩咏华的女友闻之着急，跑去找韩咏华极力劝说，不行哪，梅贻琦可是一个不爱说话的人，嫁不得呀！但韩咏华还是没有听劝。

梅家祖籍江苏，江南永远是才子之乡，梅贻琦父亲这一支梅姓后裔流转到北方，大约始于明代。二十岁那年，梅贻琦的父亲乡试考取秀才，后两次考举人不中，做了天津盐店职员。可好梦惊散，1900年义和团运动在山东爆发，波及京津两地。义和团的口号是"扶清灭洋"，天津洋人最多，受义和团冲击最大。梅贻琦全家避难河北，动乱平定归来，天津一派凋敝，梅家被洗劫一空，梅贻琦的父亲失业。

梅贻琦是长子，时年十二岁，可以想见他的惶恐，也可以想见，他从此要为父分忧，却万般无力，非常自责。父亲后来谋到职业，但收入锐减，养育十个孩子，梅家的生存艰难可想而知，长子梅贻琦受人轻视，沉默寡言，在所难免。梅家祖宗非寻常百姓，入过《明通鉴》，青史留名。父亲人穷志高，并不服气，咬牙让孩子读书。梅贻琦十五岁时，被父亲送进天津卫有名的严氏家馆读书。

天津的严氏家馆，对中国近代教育史有重大贡献，是南开中学的前身。一个名叫严修的人，曾科举考取进士，做过翰林院编修，并在国史馆任职。翰林院创立于唐代，专为皇帝起草机密诏制，也负责国史、皇家实录及国家重要书籍的统筹整理。但严修的首要贡献是倡导新学，他曾上书皇帝，开设了科举的经济特科考试。如此远见卓识之士，当然不甘寂寞。戊戌变法失败后，众多文人失望伤心，严修也归乡闲居。他开设私塾，聘一姓陶的文人做老师，也把自己的儿子交给陶先生教导。1901年陶先生病故，名叫张伯苓的年轻人出现了，他被严修看中，聘为严氏家馆的新教师，中国近代教育史的发展，就此埋下了重要伏笔。

是年张伯苓二十二岁，他毕业于天津水师学堂，在北洋水师实习期间，看到中日甲午海战中方失败后受尽屈辱，愤而退役。他先在严氏家馆教书，后跟随严修考察日本，确定了教育救国的目标，把严氏家馆改成现代学校，取名南开中学。几年后张伯苓与严修再考察欧美高等教育体系，归国后广泛募集经费，把南开中学升级为南开大学。

三十　婚姻

我为写作本书，于2024年初秋，在北京租一辆雪佛兰轿车，驾车前往天津。那天儿子陪着我离开北京的家，驾驶汽车七拐八绕，按导航的指引，驶上了京津高速公路。出乎我的意料，公路上车流量很低，路越开越宽，车越来越少。风滚进半开的车窗，摩擦出猛然扑来的历史噪声。高速路侧面是密集大树，北方的初秋用尽最后的热情，拥抱一望无际的灰白平原。

车子进入天津城，我要去寻访南开大学，天津是梅贻琦的出生地，他与南开有不解之缘。他曾在南开中学读书，1908年考入保定高等学堂，1909年以第六名成绩考取庚子赔款首批留学生，进入美国伍斯特理工学院攻读电机工程专业。

我驾车去到南开大学，社会学教授陈卫民在校门口等我。学校在放假，四处不见人影，知了的叫声空空荡荡。陈老师引路，寻访非常顺利。我们在校园里拐几个弯，先去拜谒了南开创办人严修的雕像，一大丛茂盛松树的拥围中，戴眼镜、蓄浓密胡须的壮年男人半身雕像出现在我面前。离他的雕像不远，同样的绿树丛中，立着张伯苓雕像，也是半身石雕，他是南开的实际管理者。

严修和张伯苓，都是中国近代教育史上的伟人，他们平静而庄严的目光从不同方向投来，穿越动荡不安的历史，落到我身后的时光尽头。不知是雨水侵蚀还是光照原因，张伯苓石雕似深色的青铜雕像，严修雕像颜色浅很多。其实严修是张伯苓的长辈，两人年纪相差很大，但志同道合。

陈老师带我参观了南开百年校史展览，我在展览图片上找到了梅贻琦身着长衫，腰背挺直，戴金属圆框眼镜的永恒身影,还看到了他一家几口合影的温馨场面。梅贻琦十五岁就读严氏家馆时,认识了比自己小四岁的十一岁女孩韩咏华。民国时期的中国男孩,十五岁已经可以结婚生子,但梅家不会这样做,父亲希望梅贻琦成大事,远走高飞,光宗耀祖。

我离开南开大学校园,顺道去寻访张伯苓故居,驾车去到天津的五大道。狭窄的租界老街,是著名的历史文化旅游街区,喧哗拥挤,奇长的旅行观光马车缓慢驶来,车上坐了几十个打扮花哨的游客。街上游人极多,轰轰烈烈,旅行团举着小旗,历史的遥远和寂静,被商业的热情和旅游者兴奋的惊呼覆盖。

张伯苓故居我在网上已经查到,也在五大道街区的旅游指示牌上发现了标记,但街上转几圈,各种名人旧屋都已看见,我却找不到张伯苓故居。我站在街边,再次确定了位置,走向街对面一个没有门窗的旧屋前,看到朝里凹进去的空地上,坐了一个头发梳得整齐,穿黑色短袖的健壮小伙子。

我问,哪里是张伯苓故居?

他指指身后说,这就是。

我很高兴,想从他身边跨过去,观察空地前方被杂物遮挡的一扇紧闭铁门。他放大声音,用纯正天津腔严正警告,这是私宅,不准进去。他只是普通居民,我也无奈。我后来获知,天津张伯苓故居因各种产权纠纷，一时无法腾空。楼会倒塌，鸟会惊散，"南朝四百八十寺，多少楼台烟雨中"，那天我凭着极少的线索，能在另一个时代的喧哗中找到张伯苓故居位置，已很欣慰。

严修是梅贻琦的恩师，张伯苓是他的导师。梅贻琦这颗饱满种子埋在天津的泥土中，在大师的浇灌下破土而出，学有所成，远走高飞。梅贻琦在美国节衣缩食，把政府资助的极少生活费节省下来，五块十块地寄回中国，给父亲补贴家用。这样的好青年，早在私塾学堂，就给小女生韩咏华留下了深刻印象。

韩咏华出身天津的名门望族，她的曾祖父和祖父都是京官。韩咏华从小受宠，打扮得像男孩，被早早地送进严氏家馆求学。她熟悉梅贻琦沉默的背影，听说梅贻琦全家人只吃得半饱，却看到他在学堂最用功，成绩最优异，早就生出敬佩。在梅贻琦前往美国，把奖学金节省下来寄给父亲时，十六岁的韩咏华毕业，留在了严氏幼稚园做最年轻的教师，他们并无联系，似乎各不相干。

两条互不相干的命运轨道拐几个弯，在太平洋上制造了一起交叉事件，1915年春天，梅贻琦跟严修在太平洋的邮轮上相遇。严修是梅贻琦的恩师，梅贻琦在严氏家馆读书时，严修对他非常欣赏。十年不见，梅贻琦清瘦高大，已在美国读完大学，师生巧遇，分外惊喜。严修感叹时光飞逝，把投向空寂太平洋的目光收回来，高兴地看着梅贻琦，敞开话题，告诉梅贻琦，自己要回国创办中国人自己的大学。

南开大学就是严修美国考察归来后，与张伯苓一起创办的。严修出资，张伯苓操办，二人天衣无缝的合作，开创了中国人创办一流私立大学的历史。那天在邮轮上，面对太平洋，严修向梅贻琦畅谈自己考察美国高等教育的体会，不觉送走旅途的漫长时光。远洋邮轮到达天津港，韩咏华和很多严馆学生去大沽口码头迎接严修，也认出了站在他身边的梅贻琦。岁月把这个青年男人打扮得飘逸文雅，梅贻琦从远洋轮船下来，瘦弱而清秀，嘴角上扬，浮现温和的微笑。

梅贻琦谨慎的目光与韩咏华对视，韩咏华脸发烧，脑袋发晕，腿发软。海风吹得旗袍啪啪抖动，拍打她发颤的身子，也撕扯得梅贻琦的中式长衫下摆朝后猛烈掀起，头发凌乱竖直。梅贻琦用手指慌张理顺头发，扶稳眼镜，弓身辨认不远处的韩咏华。韩咏华傻笑，说不出话。

严修看穿一切，会心大笑，后经他撮合，韩梅两家结亲，韩咏华与梅贻琦缔结了婚约。1919年，二十六岁的韩咏华正式嫁给三十岁的梅贻琦，婚后夫妻两人生了四女一子，韩咏华辞职做主妇。梅贻琦对孩子非常友善，顽皮的孩子被妻子教训，梅贻琦微笑劝说，不要打孩子呀，你自己是学幼儿教育的人呢。韩咏华想生气，也生不出来，只能微笑。

梅贻琦春季从美国归来，秋天进入清华学校做物理教师。在美国学电机专业的梅贻琦，有封闭在铁壳内部的强劲电机激情，也有线圈细密谨严、丝丝靠紧的处事作风。他的井井有条和严谨认真，给所有人留下了深刻印象。

三十一　山河动荡

梅贻琦在国家的危难中走马上任，做了清华大学校长，注定不得安宁。他最初参与清华的管理，做的是校务，处理琐细杂事。现在升任校长，宣布大师办学，他心细务实的工作作风与崇高庄严的办学理想，看上去有冲突，实是他性格中一枚硬币的两面。他有祖上遗传的高傲，又在贫穷中学会一点一滴做事，卧薪尝胆，等待起飞。

他当校长，就职演讲说了大话，做事却脚踏实地，先从校务管理的经费调整，表明自己的态度。清华的办学经费来自美国退还的庚子赔款，不似中国的其他大学要苦苦等待政府拨款。辛亥革命成功以来，皇帝倒台，地方割据，军阀混战，民国政府疲于应付各种困难，国库空虚。清华一年七十万美元的办学经费，用1930年一美元约等于三银圆的汇率来计算，折合中国银圆约二百四十万。北京大学是中国近代第一所国立综合性大学，1930年已有文、理、法多个学科，众多一流学者和教授为学校提供了最前沿的学术思想和系统理论，可北大1930年的全年办学经费只有九十万银圆，约为清华大学的百分之四十。

清华的办学巨款，是这所学校风波不断的原因之一，权势人物眼红，千方百计插手清华的人事，进入清华管理层的校长、教务长、秘书长享尽豪华。清华大学第一住宅区的甲、乙、丙三座豪宅，都归这三人使用。梅贻琦上任前，甲宅的校长住宅免费，教务长和秘书长的乙、丙住宅，需支付房租。

梅贻琦做清华大学校长，第一件事，就是宣布校长住宅自己要支付房租。从前校长住宅内的一切生活用品，包括卫生纸都是免费供给。梅贻琦也宣布，所有生活物品，全部由自己出钱购买。

梅贻琦随之着手"教授治校"理念的操作，清华大学多年的争斗风波，出于一个简单明了又永远无法调和的理念冲突：

是校长治校还是教授治校？早几年，北京大学校长蒋梦麟，赞成"校长治校，教授治学"的理念。梅贻琦在清华大学这边，坚定执行教授治校。从此，清华大学校内的争执平息，教授用心治学，学生受益极大，梅贻琦受到尊敬，树立起了威望。

学校在进步，也有层出不穷的困难，最大的困难，梅贻琦无力解决，那就是国家的危急。九一八事变风波未平，日本又制造了一·二八事变，调动海陆空三军攻打上海，轰炸亚洲最繁华的城市。日本步步紧逼，中国不再太平，学校也不得安宁。

东北的九一八事变是一条逻辑链的开端，上海一·二八事变是逻辑推进并散发烟雾，意在转移视线，遮蔽一批在东北土地上匆忙穿梭的日本军人和日本政客的身影。一·二八事变爆发一个多月，日本密谋策划并扶持的伪满洲国在长春成立，宣布与中华民国脱离关系，同时宣布长城以北的东北四省，即辽宁、吉林、黑龙江、热河，均为伪满洲国法理领土，这是假中国人之手分裂中国的国土，无比狂妄的挑衅。

中国民众的愤怒再次爆发，日本毫不理睬，继续策划"华北自治运动"。再进一步，日本就失去伪装的耐心，张嘴露出了獠牙，在北平郊外的卢沟桥挑起战火，炮轰宛平城，引发七七事变，向中国发动了全面进攻。

隔着时间的大雾，后人有所不解，北平作为中国最后一代皇朝的大城，车水马龙，商业繁华，店铺拥挤，深宅大院中权贵出入，不可一世，东交民巷里汇聚了几十个外国使馆，1937年的秋天，为何有日本军队在北平近郊驻扎，能轻易挑起冲突的战火？

这要回溯一点历史。19世纪后，欧洲各国殖民扩张，"租借"并开发中国的海港、修建矿山，日本这个吃狼奶长大的野孩子，委屈漂泊上千年，忽然生出一身横肉，对中国这个文化母国充满欲望，跟着挤进了欧洲多国瓜分中国的行列。

日本从1876年起进逼朝鲜，与清朝产生冲突，1894年，已经占领朝鲜的日本再以朝鲜东学党起义为借口，挑起甲午战争，打败清军，签订《马关条约》并占领台湾。1900年，八国联军因义和团事件进攻北京，日本参与其中，派兵最多，打得最卖力，战后签署《辛丑条约》，各国分得利益，日本也获得在北京、天津、山海关一带驻军的权利，其部队命名为"清国驻屯军"，总部设在天津海光寺。

俄国借八国联军攻打中国之机，占领了东三省，中俄在《辛丑条约》签订后的1902年初，再签《交收东三省条约》，要求俄国撤出东三省，俄国只撤走部分军队，不肯全部履行条约。东北是清朝统治者的根，那块土地失去，朝廷就魂不守舍。清朝惴惴不安，又无力与俄国交战，日俄战争随之在东北旅顺爆发，日军血拼，打败俄国，获得中国东北南部的势力范围。

这就是日本野心膨胀的基础，之后的一系列中日军事冲突，都源于这条历史逻辑，但民众不清楚历史的深意。七七事变，有人最初以为只是误会，岂料那是日本庞大计划的关键一步。

三十二　危机陡现

卢沟桥军事冲突爆发，时值暑假，学生离校，梅贻琦早去了上海，北京大学校长蒋梦麟和天津南开大学校长张伯苓也都离校外出，前往庐山，准备参加蒋介石主持的座谈会。主持清华大学校务的教务长潘光旦很着急，却只能静观事态发展。三天后北平城暂时沉寂，他暗中庆幸，向上海的梅贻琦校长发出电报，告知学校平安。

最初，确有不少北平民众以为是误会，认为卢沟桥枪战过几日就会平息。表面上看，宛平城的枪声响几天，似乎减弱了，北平城内暂时平静。清华大学位处郊外，离军事冲突位置较近，校内教师都有些着急，一部分教授如朱自清和冯友兰等，商议后离开了郊外的清华大学校园，去北平城里投亲靠友，或租房居住，暂时躲避风头。

那几天的经历，朱自清撰文做了记述。1937年7月28日清晨，躲进北平城里的朱自清尚未起床，听到窗外炮声震动，心头一紧，下床洗漱，出门去胡同口买报，想了解冲突进展。西长安街上，两条通往东西城的电车轨道躺在地上，像两条僵硬的死蛇。他从胡同口出来，站在街边左右张望。

缩进地缝的两条电车铁轨，在斜射下来的晨光中抖颤，寒光泛射，像松动的钉子头。街道空洞绵长，人行道上的零散居民耸肩缩脖，目光惶恐。街中间站着一个孤独警察，远处传来金属的清脆响动，先以为是枪声，后出现人影，是一个骑破自行车的警察，骑车警察在街中间的孤独警察面前停下，两人贴耳朵咬几句，长叹分开。

一个孩童伸手递来报纸，把朱自清吓一跳。报童就在身边，他没看见。午饭吃过，胡同口传来"号外"的叫卖声，他再次出门购买，报上登载了好消息，中国军队抢回丰台，夺取了天津火车站和河北廊坊，要打进通州了，电话密集响起，都是朋友报告喜讯。

晚饭前，天空隆隆震颤，好几个邻居跑到四合院天井张望。头顶一方狭窄的天空中，一架低空飞行的飞机时隐时现，一圈一圈地绕弯。说是日军敌机，不见发射机关枪子弹，说是国军飞机，绕来绕去地飞行不知何意。忽然，飞机投下几团白色物体，众人趴下，以为是炸弹。几张纸片飘到院中天井，捡起来看，是日本飞机投下的劝降书。满纸荒唐，当场被人撕碎，塞进厨房的灶洞里烧了。

是夜炮声更急，电话传来中国守军败退的坏消息。警察敲门，嘱咐住户准备泥土并积攒人尿，用尿把泥土拌稀，撒些葱叶，糊在窗缝和门缝处，据说此法可防范日军毒气。邻居闻之操作，朱自清不信这个方子，却也无奈，教女佣照此做了，上床后睁眼到凌晨，迷糊入梦，被梦中的一颗炮弹炸醒，再不能入眠。

日军7月26日占领廊坊后，通牒中国二十九军，限四十八小时内撤离北平。清华大学发出紧急电报，托教育部办公处转给校长梅贻琦。可梅贻琦已到达庐山的牯岭，参加蒋介石召集的会议，无法脱身。

二十九军联络友军抵抗日军的进攻，炮声震动天空。北平城门已经关闭，后续进城的清华师生被阻在城外。有人冒雨赶到火车站，竟没有当日的火车，无法外撤。另有人找来了汽车，计划避难山西大同，各家搬运行李，一阵忙乱，企望混战平息，尽快返校，恢复教学和平静的生活。

梅贻琦结束蒋介石在庐山召开的会议，返回北平的清华大学，和平已成奢望，梅贻琦的眼镜片上反射出忧伤的白光。战争越演越烈，势不可当，梅贻琦人生的最大考验开始，他不得不亲率师生离开北平，南迁中国后方的城市，继续办学，从此数年不得北归，成为异乡的游子。

三十三　永远无定的永定河

战争是人类最大的悲剧，文化是人类的灵魂。国破家亡，大学师生、文人和艺术家流离失所，人类的一整套文化系统和全部文化机构，怎么继续开展工作？如果教育在战火中停办，学校关门，师生失散，文人流浪，艺术家无所事事，遭遇战火的国家和民族，会面临什么后果？

法国在二战中被德国占领，大量文人、艺术家、科学家和大学教授离境逃亡，德国接管了占领区的法国教育机构，对法国的教育体系进行了改造，法国学校的教师选择标准必须符合德国人的要求，后果可想而知。文化被入侵敌国改造，国人精神被抽空，国民将失语失魂并逐渐消亡。

西方有教堂和《圣经》，中国有文庙和四书五经，中国文人被供在庙堂，顶礼膜拜。中国是非常特殊的国家，"万般皆下品，惟有读书高"的观念，不符合现代世界的价值观，但高度重视文化的风习，早就进入中国人的基因。战争爆发，文化被破坏，中国怎么办？这是我写作本书思考的问题。

中国有辽阔的版图，这是日本最眼红的资源，也是中国战胜入侵者的凭仗。中国总有一些地区敌人无法到达，难以占领，这些地区会成为后方，甚至永久的后方。这些地区会会聚大量迁移而来的文人、科学家和各行业的聪明人，这些人与当地民众一起，读书思考和劳动生产，为前方的抗敌提供物质和精神的强大支持，延续并传承中国的教育、文化和艺术，稳定民众。

抗战全面爆发的起点，我要去寻访，我不能只在想象中调动词语，虚妄地描绘历史。2024年初秋我从家里出发，在北京坐地铁去卢沟桥，再离开北京，由北而南，纵贯中国十几个省市，行程万余公里，前往无数事件现场，感受文化的重量。

我去卢沟桥那天，地铁在地下快速运动，身边乘客拥挤，人人看手机，表情凝固，目光被牵进小方块的黑洞。我有虚幻悬浮的感觉，黑暗扩大，时间退远，乘客隔开，离我几尺远。我孤立无助，有影子围着我，像一群战争炮火中的游魂。地铁疾速穿越狭窄的隧道，驶向历史的十字路口，风与金属摩擦制造出的巨大声响在地下翻滚，撞击我的耳鼓，时间的炮管瞄准我轰击。

我在北京丰台区的卢沟桥站停下，电梯把我从地下的想象中送到地面。世界变得安静，风轻日烈，天空亮得刺目，初秋张开了嘴，咬住每个行人，热辣的阳光朝我猛烈挤压。我站了两分钟，摆脱幻觉的缠绕，沿路行走，去寻找两百米外的中国人民抗日战争纪念馆。

从前卢沟桥是一个政治概念，在我读过的很多书本中出现过，那天卢沟桥是一堆石头，花岗岩的狮子、石碑、石柱华表、石桥立柱、石桥护栏、石桥面。那些石头低矮敦实，坚硬固执，表面布满时光撞击后留下的细碎裂纹和小坑。从卢沟桥桥面向前方宛平城延伸一百余米的长条石路面，被车马碾轧得坑坑洼洼，最大的坑有篮球大，人在老石道上行走，很容易滑倒摔跤。

车马拥挤，路面破损严重。卢沟桥于1192年建成，选择永定河的这个位置造桥，原因是此处泥沙淤积，河道较窄，方便架设桥梁。八百余年来,卢沟桥是燕山山脉南北往来的咽喉,从中原地区沿太行山东麓北上,过卢沟桥就能通往蒙古高原、山西高原或东北平原。

那天,路边的深灰色树影中,一个奇异的老石狮吸引了我的目光。老石狮的身体全由直线构成,背和脑袋一溜儿齐平,被历史压矮。面转向我,刀削一般平,像老石匠专注的脸。嘴细长无唇,似一道很长的刀伤,两眼大而无珠,平板光滑,看厌了世界的感觉。我把目光从造型奇异的石狮身上抬起,看到了书本中流传太久的卢沟桥,十几米外的卢沟桥护栏让我的身体里咯噔一响,似有石块坠落。卢沟桥不再是纸上词语,是真实的证据,时间的巨大投影,正平静地站在永定河上。

永定河是一条伟大的河流,丁玲的小说《太阳照在桑干河上》,写的就是永定河发源地桑干河。作家与地球上的河流关系密切,黄河和长江被中国古今作家反复书写,千回百转的河流就流进了中国文学史和文化史。

清乾隆皇帝弘历,写过一首描述永定河的五言排律——《阅永定河》:

> 永定本无定,竹箭激浊湍。
> 长源来塞外,两山束其间。

挟沙下且驶，不致为灾患。

一过卢沟桥，平衍渐就宽。

…………

永定河河水汹涌，泥沙沉重，下游堵塞淤积，河道不断改变，迁徙不定，像一条蟒蛇，在大地上左右蹿行。乾隆皇帝在诗中描述它"无定"，其父康熙皇帝取名永定，就是为了镇住它的无定。可历史的河流不按人类的意志流淌，永定河全长约七百五十公里，流经内蒙古、山西、河北、北京、天津多地共四十三个市县，所到之处，无不回荡着喊声，处处惊险，意外迭出，华夏文明的一小半在永定河两岸生长。这条河目睹了中国古代的两大族群的冲突，草原游牧民族与平原农耕民族之间永不停歇的交流与对抗。

永定河孕育了英雄才子，也目睹了1937年的灾难。是年7月7日日军挑起战火，日军选择卢沟桥，是想攻破宛平城，控制平汉铁路，迅速占领北平。平汉铁路与卢沟桥站相连，经过河南郑州通往湖北汉口，是一条重要的南北干线。一旦失去平汉铁路的控制权，华北一带的中国军队将难以通过铁路快速集结并协同作战。

我站在宛平城乌黑古老的城门洞前，找到留在墙面的一个弹孔，把指头探进去，摸索到窸窣后退的时间虫子。城门洞里飘出手风琴声，我闻声走去，看到一个中年男人。北方人敦实的身材，挎一架手风琴，站在城门洞的幽暗中平静地拉琴。他拉得并不好，不知为何要在这里展示才艺，但他过于缓慢并缺乏节奏感的琴声，让我恍然听到被炮火炸碎的音乐，破碎的音乐声中一个人沿街赶来，拍打城门，不得而入，急得满头大汗，是丰子恺。

那是幻觉，并非实情。丰子恺不是北方人，是江南文人，七七事变后四个月，战争扩大到浙江，丰子恺一家落荒而逃。他们穿过了中国无数古老的城门，但他不可能穿过北平丰台的宛平城，他是宛平城枪炮声扩散后受害的中国文人之一。

丰子恺才气饱满，精通绘画、音乐、文学、书法，被称赞为现代中国最像艺术家的艺术家。但他手无缚鸡之力，上有七十岁的母亲，下有三岁孩子，他率家人出逃时是冬天，乌鸦惊叫，路人怵然。天空低，云层厚，阳光毫无热气，冬天的风猛刮，撕扯着纷乱逃亡者的衣裳，送来空气中浓烈火药味和尸体腐臭味，全家二十几口人九死一生，在逃亡路上几度遇险。

三十四 穿过悲伤的土地

一封电报揭开了清华大学从中国北方南下迁移的序幕，催生这封电报的事件，是日军对南开大学的轰炸。七七事变发生后，日军向天津发动军事进攻，占领了天津火车东站和东局子飞机场等地，强化了对天津日租界的控制权，在天津各街口设立检查站，堆积沙袋。海光寺的日本兵营中，不断有士兵出来骚扰南开大学师生，甚至有日军士兵携枪炮进入南开大学，在校园的秀山堂前演习。7月29日，日军忽然向南开大学开炮。

事不宜迟，1937年8月，梅贻琦奉教育部令，着手安排清华大学师生从北平撤离。他召开大会，做撤离迁移的演讲动员，既阐述撤离的必要性和紧迫性，又安抚师生，强调了正常教学的重要性。这是他的特点，最危险的时刻，也无法忘记教学工作，撤离北平不是解散回家，也不是躲藏保命，是搬去一个安静的地方，继续上课。

同时迁移撤离的还有北京大学，以及被日军炸毁的天津南开大学。北大是中国近代第一所国立综合性大学，撤离令人痛惜。南开大学被认为是中国最漂亮的大学之一，撤离是因为南开已被毁灭。幸运的是正值假期，学生在外，老师也大多不在学校，很少有人员伤亡，但南开被毁，实在不幸。

南开在校长张伯苓的运作下，经过十余年的建设，已成为桃源仙境。校园内垂柳高大，扁柏苍翠，有溪有河，有塘有湖。水是南开的魂，学校被河水和溪流环绕。所有校内建筑，教室、图书馆和宿舍楼，都各有优雅名字。图书馆是中国一流，另有大操场、田径场、足球场、篮球场、排球场、棒球场、网球场和冰球场。

1937年7月29日起，日军持续两天炮击南开大学，毁灭了一切。日军炮轰南开是因为这所大学的抗日呼声最强烈，校长张伯苓是强硬的抗日派。他青年时代从北洋水师离开，就是受到甲午海战清军失败的刺激。

九一八事变后，东北流民四处逃难，无家可归。张伯苓在南开大学召开全校大会，发表抗日主张，宣布了几条规定：凡东北籍学生，生活费一律减免，学费缓交。凡因战乱而流亡关内的东北大学生，南开一律向其敞开大门，以助完成学业。1934年，第十八届华北运动会在天津召开，南开大学与南开中学的数百名学生，用手旗打出了"勿忘国耻""收复失地"等标语，齐声高唱《努力奋斗之歌》。坐在主席台上的日本驻津驻屯军司令官梅津美治郎被当众羞辱，颜面尽失。

日军轰炸南开大学，攻破北平城，清华大学和北京大学不可能保全，灭国要灭种，灭种要灭文，这两所大学被敌方占领和改造，不可接受。1937年7月28日，炮弹落进了清华大学校园。29日二十九军从北平撤退，当天下午日军士兵就在清华大学校园内穿行，之后，日军进入清华大学校园的次数一天比一天增多。

局势危急，蔡元培、蒋梦麟、胡适、梅贻琦、张伯苓、傅斯年等一百零二位大学著名学者，联合发表声明，提出"教育为民族复兴之本"的口号，要求政府决断，安排中国的大学迁往后方继续办学。

1937年8月28日，国民政府电令清华大学、北京大学、南开大学三所学校撤出北平和天津，前往湖南长沙，组建长沙临时大学。同时电令北平大学、北平师范大学、天津北洋工学院等院校撤往西安，成立西安临时大学。

清华大学撤离半月，9月12日，日本宪兵队在清华大学搜查了校长办公室、秘书处、庶务科、学生自治会所和外籍教员住所，部分物品被带走。10月3日，日军再次进入清华大学校园，用卡车运走了土木系、气象台等处的图书、仪器、打字机、计算器等。日军公开抢劫物资,甚至把清华大学各馆的钥匙强行索走。一年后,日军数千人住进清华大学,看守校园的清华大学管理人员被日军全部驱离。

北京大学也未能幸免,1937年7月底北平陷落,日军立即对北京大学进行全面收用。8月25日,日本宪兵强行检查北大第二院校长室。9月3日,日军进驻北大第二院和灰楼新宿舍,在中国文学院院长室门外,挂起日军的队长室标志,把北大的中国语文学系改为军队的"小队附属将校室"。日军安排了由汉奸成立的北平地方维持会,于10月18日在北京大学第二院门口挂出接管北大的布告,北大成为伪北大。

此时,真正的北大已经南迁,举着神圣的杏坛之火,与清华和南开的师生同路,朝着一千多公里外的湖南长沙前进。杏坛的一位守护者梅贻琦,陪着中年的妻子和五个孩子,换乘各种交通工具,穿过悲伤的中国大地,南下撤离。他瘦弱而坚定,一声不响,牵住两个孩子的手,忧郁的目光从仓皇的土地上轻轻划过。

三十五　早就备选了长沙

并不是所有师生都赞成撤离，日军攻打北平，国家存亡危急，一部分大学生表明了战死沙场的决心。他们认为学校不应撤离战区危急的现场，应坚持教学，开设军事课程，教授作战技能。男生教枪炮知识，女生教战场救护，大家做好为国赴死的准备。但大多数教授保持理性，支持撤离，认为要保留国家的文化火种，坚持教学，坚持培养下一代青年才俊，为国家的千秋万代发展考虑。有的激愤学生不接受退出战区的观点，愤然退学，报名参军了。

梅贻琦非常尊重学生的爱国激情，却用他一贯的慎重和善良，劝说学生保护自己年轻的生命，求学救国。他不敢耽误，紧锣密鼓地做出了迁移安排，先成立迁移工作小组，统筹制订迁移计划，再协调交通工具、安排行程路线，并与铁路部门沟通，争取到了一定数量的火车车厢。这是他所长，耐心细致，乱中有序，数量、时间、地点、费用，全部落实清楚，明确保证了师生安全及学校的书籍和仪器的运输。因为并未开学，有一些学生和教师未归校，他马上发布学校的迁移公告，通过校内张贴和信件寄送多种方式，向全体师生传达学校的迁移决定和具体安排，让师生详细及时地了解迁移的时间、地点和行程。

但三所中国一流大学撤离北平和天津，难度巨大，教学如何进行？图书怎么搬运？实验室仪器如何运输？师生流离失所，何处可以安身？即使一个家庭几口人流浪，也将面对无处不在的生死存亡巨大困难。三所最高水平的大学千里搬迁，谈何容易。何处是安身立地？不得而知。搬迁后能否恢复教学并培养出中国的杰出人才？不敢想象。

局势紧迫，信息不畅通，教师尤其是学生的个人情况差异很大。学校对撤离的交通有统一安排，但也有一些师生因家庭原因、个人事务或者其他特殊情况，无法接受学校安排的统一行动，要自行出走，自己去寻找途径离开北平。有人乘坐火车和汽车，也有人通过水路或其他方式撤离，独自前往湖南长沙。

梅贻琦在国难当头走马上任，从九一八事变坚持到七七事变，七年做校长，都在动荡中度过。尽管国家危难令他无限悲伤，但他心思缜密，面对国家江河日下之势，早就有所准备。远在七七事变爆发之前，他就与学校管理人员商议，在湖南长沙购买了一块地，准备建分校，以备不时之需。

湖南长沙地处中国南来北往之地，人文历史久远，人才聚集，有公路、铁路和水路交通，方便物资运输和人员往来，也有丰富的自然资源，选择长沙是正确的。蔡伦、欧阳询、怀素、周敦颐、曾国藩等名传千古的大家都出自湖南，长沙的岳麓书院是中国古代四大书院之一。在长沙办学可以吸引优秀的湖南青年报考，开辟优质生源，也可以与当地教育机构合作，促进教育发展。

1936年2月，梅贻琦远赴湖南长沙，实地考察，与湖南省政府主席何键商谈了购地建分校事宜。何键对清华大学的到来表示欢迎，梅贻琦原拟购买圣经学校旧址，因价格过高，只能放弃，何键拨出长沙岳麓山空地一百余亩，赠给了清华大学建校，双方愉快地签订了合作协议。

长沙分校从决策、规划到校舍建设各环节，梅贻琦都亲自过问。他确定的清华大学分校建筑风格是，既有欧式坚定宏伟的风格，又要体现中国文人严谨而文雅的风度，还希望校区建筑的布局紧凑规矩。最终，将要在长沙新建的清华大学分校两幢主楼，确定了民主楼与和平楼的名称。两幢楼采用了对称式布局，建筑立柱与窗子的比例关系体现了欧式建筑的元素，梅贻琦很满意。设计方案确定，梅贻琦多方沟通协商，以极大的诚意和耐心，争取到了足够的资金支持，保证了校舍建设的顺利进行。

为保证校舍的风格和质量，清华大学长沙分校建设中使用的清水红砖，要求必须产自湖北汉阳，大量的汉阳红砖在当地采购后，要经长江、洞庭湖和湘江的水路运输，几经周转才能送达长沙，效率低，运力也不足。梅贻琦听说了困难，马上亲自出马，利用自己的人脉资源，与当地的材料供应商和运输商协调，确保了建筑材料能及时供应和运输。

半个多世纪过去，曾建在长沙岳麓山下左家垅的清华分校，现在是中南大学所在地。当年的民主楼与和平楼于1936年始建，次年竣工，保存了下来，现在位于中南大学校本部中段的升华大道北侧。经梅贻琦之手最早建成的校舍，像一个智者，默默注视着时光的流逝，思索着战争中文化与人类命运的冲突。

但在长沙成立的临时大学，最终并没有选择清华大学的长沙分校作为校址。清华大学、北京大学和南开大学选择湖南长沙建立临时大学，与清华大学准备在长沙建分校有关，但局势急迫，直到1937年三校在长沙成立了临时大学，清华大学的长沙分校校舍内部也未完工。长沙临时大学只得租用湖南圣经学校作为校本部，把工学院设在岳麓书院，文学院设在湖南衡山。1937年11月1日，由三所大学组成的长沙临时大学，在长沙韭菜园的圣经学校正式宣布复课。

三十六　独角戏

　　2024年9月6日下午，我从江西南昌去到长沙，在酒店办了入住手续。我没有吃午饭，坐下吃了一个带在身上的面包，倒在床上睡半小时，马上出门，打车去找当年的长沙临时大学旧址。湖南长沙的街上听不见盛夏的知了聒噪，炎热的空气中却摇撼着嗡嗡的微颤，有一种同时往外扩张和向内挤压的力量感，长沙明显比南昌躁动。

　　汽车很快把我送到目的地，抗战时的长沙临时大学旧址，现在是湖南省政府机关二院西院住宅区。院子宽大、葱绿、老旧，一片幽暗的树林中，站立着几幢新装了外挂电梯的七层宿舍楼，我坐在院里一个石圆桌边静静观察。这是一片树林围住的活动区，有几张散开的石桌，每张石桌围了四个圆石凳，几步远处有一个小亭，木柱瓦顶，一群退休干部在亭子里打麻将，用湖南腔理直气壮地高声说话，像吵架。

　　我找不到早年圣经学校的痕迹，那个机构早就消失殆尽。

但院里竟然有一幢方形立柱的西式红砖楼房，门口挂了湖南省地方金融管理局和金融工作委员会的白底红字大长牌子。初秋的长沙很热，这座城市跟南昌的区别是没有知了鸣叫，我只听到不知何处传来装修机器凄厉的切割声，杂有射钉枪啪啪啪的敲击声。

我对这幢红楼有所怀疑，走过去转着看，果然找到了路边红墙上的牌子，上面刻有"圣经学校"几个字，落款是湖南省和长沙市人民政府。当年，长沙临时大学在这里开学，复课一学期，就被蔓延的战火驱离，再次向千里之外的云南昆明前进。

我走出院子，再打车，去寻找长沙会战纪念碑。已是下午6点的交通高峰期，街道相当拥堵，司机一路叹气。天黑时驶进一片人头攒动的地方，我看窗外一晃而过的灯箱字，好像是大学。车子七拐八绕，开到一个狭窄黑暗的地方停下，司机说到了。

我疑惑地下车，发现即使司机带着我走对了地方，我也找不到那块伟大的石碑。我无路可走，前面是一个农家小院，黑暗中隐约有灯光和说话声，但没有路。院墙后面似乎有山坡，长沙会战纪念碑大概在山上的林子里，天色漆黑，一道围墙把我与历史隔开。我没找到石碑。抗战英烈埋葬在时间的黑夜里，从这个角度理解，我似乎找到了他们。

长沙并非临时大学的久留之地，局势恶化很快。1937年8月，上海的八一三淞沪会战揭幕，中日双方投入的一百余万兵力死伤甚重，二十八万日本军队在航空母舰的配合下与八十万中国军队死磕，那是世界二战史上最浩大壮烈的大兵团战役之一。对抗持续三个月后，中国军队从苏州河南岸撤走，11月上海沦陷，12月首都南京沦陷，世界震惊，以为中国已经灭亡。

中国有战死沙场的传统伦理，也有广阔的退守空间。古代中国的多次改朝换代拼杀中，流亡政权辗转多地，能存活几十甚至上百年。北宋在金兵跨越黄河，当朝皇帝和大臣被俘，失去了都城开封的巨大黑暗中，宋朝的皇族子嗣仍能在江南举旗，另建南宋，继续繁衍生存一百五十二年，一度创造了当时世界上最先进的文明。

首都南京沦陷，中国并没有灭亡，国民政府迁移，继续存在。日军围攻华中，飞机频繁轰炸，武汉、长沙告急，长沙公路、铁路和水路畅通的交通优势被破坏。物资短缺，物价飞涨，临时大学受到严重威胁。1938年1月，国家再次发出指令，临时大学撤离长沙，迁移云南昆明。昆明远离战争前线，气候宜人，山清水秀，滇缅公路和滇越铁路方便与外界联系，是理想的办学之地。

1938年2月，长沙临时大学的全体师生在无限的悲愤中再次打起行装，分三路出发，把疲惫的目光投向苍茫群峰和大团白云掩护的远方，踏上了七拐八绕，障碍重重的漫长旅途，向昆明这座阳光之城前进。两个月后，师生陆续到达昆明，临时大学更名为国立西南联合大学，5月4日正式开课。

战火在前线燃烧，后方的大学一定要继续上课，书声不可停息，思想要高速运转，实验室要亮着灯光，但办学方式可以调整。三所大学在昆明正式合并成一所西南联合大学，并非打散重组，而是各自独立，联合办学，这在世界高教史上并无先例。

三所大学的校长资历和性情相去甚远，三校的校情各不相同，北大和清华是国立，南开是私立。各校的经费来源和数额也有很大差异。清华与北大还发生过借款风波。1932年，因国民政府财政困难，拨付给各大学的经费有所拖欠，北京大学、北平师范大学、北平大学三所国立大学联合向清华提出借款建议，被梅贻琦拒绝。现在三校合并，梅贻琦与北大校长蒋梦麟相遇，如何共事？各自的经费如何协调？三校如何协商管理？很头痛。

面对这个头痛局面，重任丢给了梅贻琦。三校校长商定了一个合作模式，清华大学校长梅贻琦、北京大学校长蒋梦麟、南开大学校长张伯苓三人及秘书长杨振声，组成西南联大常务委员会，三位校长轮流"坐庄"担任常委会主席。三人商量了分工。梅贻琦主持日常校务，负责学校的制度建设与执行。蒋梦麟在中国政界和教育界有广泛资源，侧重宏观管理，负责拓展联大的外部关系，协调政府的政策和经费支持。张伯苓是梅贻琦的老师，坚定的爱国主义者，德高望重，他在联大更像一个精神导师，管理上的介入比蒋梦麟更宏观。他并不常驻昆明，而是远在重庆，在那里管理南开大学在重庆等地创办的多所学校。北大校长蒋梦麟也经常远走重庆，在中央政府的上层圈子周旋。

在昆明的西南联合大学，梅贻琦是实职，蒋梦麟和张伯苓是虚职。蒋梦麟能说会道，创造了一个理论。他说，我的不管，是为了管得更好，让梅校长放手工作。这话听上去刺耳，也有一定道理。三人合作如果不分主次，难免冲突，蒋梦麟和张伯苓对梅贻琦高度信任，稍稍退让，避实就虚，加重了梅贻琦的辛苦，却让他工作更方便，执行效率更高。

三十七　琐细即伟大

蒋梦麟先到昆明，在昆明崇仁街租房子做总办事处。那条街我太熟悉，正是我小学时每天必经之道。街道很短，有很多高墙深宅的坚固旧洋楼。早年众多茶商在崇仁街开商铺和茶馆，云南墨江茶王庾恩荣在崇仁街经营，把墨江古树茶运到昆明，再转运到国内外，崇仁街就成为云南茶商聚集的街道。当年昆明崇仁街还有美国、法国驻昆明领事馆，洋人来回穿梭，西装长裙时常出入街上的富贵人家豪宅，大宅院内灯火通明，英语法语混杂，电唱机里的欧洲音乐轻轻飘出，正是蒋梦麟所爱。

梅贻琦来到昆明，马上为学校的教室和师生的宿舍操心。他迅速拜访云南地方政府和各界名流代表，马不停蹄地租下昆明大西门外的昆华农校，用作理学院校舍，又租下昆明拓东路的迤西会馆、江西会馆、全蜀会馆，用来作为工学院校舍，再租昆明的盐行仓库，作为工学院学生宿舍。

梅贻琦租下的几处房屋，并不残破，都很完好，但有些老旧，老鼠臭虫少不了，做一些修缮，会让师生使用得更舒服。梅贻琦立即安排人工，对几处房屋略加修整，再置办桌椅。宿舍的木床来不及制作，梅贻琦灵机一动，给每个学生配发了几个做外包装用的小木箱，好几只木箱拼拢，可以做床暂时使用，打开箱子还可以放书和衣服，也很方便。

逃离长沙，是因为中南地区战火逼近，中国北方、东部沿海和中部城市的一大批机构都撤到昆明，除西南联大外，还有同济大学和杭州艺专等学校也来到昆明，中央研究院、中央博物院、中国营造学社等机构也进入昆明。昆明人口猛增，城区租不到房，郊区也租房紧张，很多人住在更偏僻的昆明城郊农村。

西南联大的文法学院师生无法安置，就被安排去了云南南部的蒙自小城。那个县城距离昆明约三百公里，听上去遥远，其实很发达。早年法国人修建的滇越铁路开通，个旧锡矿的大量锡产品主要由滇越铁路的火车运输，个旧与蒙自小城靠近，蒙自就有了最早的银行、海关、电报局、邮局、酒吧和各种洋楼。抗战在中国全面爆发，法国人从蒙自撤离，蒙自县城留下了很多空置的洋房，正好可以给联大的师生使用。文法学院的师生就乘滇越铁路火车去往蒙自，在那里度过了半年时光，留下对云南南部的长久回忆。

蒋梦麟住在繁华的崇仁街，很方便上层社交。梅贻琦负责保证西南联大的日常运转，他能看懂官场权谋，却无意流连于此，最爱做具体事务，也最擅长安排教学秩序。早年在清华学校出任教务长，梅贻琦就一声不响，埋头钻研烦琐事务的具体操办，有序推进教学改革与课程设置变动，应对各种争执和波动，积累了十几年的经验。

北大自由奔放并富有激情；清华严谨求实，一丝不苟；南开活跃上进，家国情怀饱满。三校师生在教学方法、课程设置、学生管理等方面，各有不同的看法和习惯，这些差异给梅贻琦的西南联大校务管理，带来了不可避免的矛盾冲突，需要他细心整合，协调统一成新的教学秩序和校园文化。

三校在教师聘任、职称评定、职务晋升等人事问题，以及学校的决策权力分配上，常引发竞争和矛盾。一些教师认为自己所在学校的利益没有得到充分保障，或者认为其他学校教师获得的待遇和机会比自己更好，为此常发牢骚。梅贻琦不断发现问题，不断解决问题，做出各种平衡，制定出公平合理的人事制度和决策机制，维护学校教师的团结和稳定。

没有科研成就，教师不会成长，学生不会受益，学校也不会成为一流大学。可科研需要资金、设备和时间支持，战乱艰苦，教师科研资金匮乏，实验设备简陋，难以获得研究资料和信息。教师承担着繁重的教学任务，也没有足够时间和精力投入科研。

当时的教学条件也很恶劣，教室和教学设备缺乏，多个班级轮流使用一间教室，实验课程因器材缺乏无法正常开展。战争带来的动荡经常打乱教学秩序，师生们不得不经常中断课程，躲避空袭，教学进度和教学质量受到严重干扰。

联大师生学习和居住太分散，不方便联络。老屋也太旧，老会馆里勉强可以上课，旧仓库做宿舍就吃不消，老鼠臭虫成群结队，浩浩荡荡，还漏雨。寺庙做宿舍，住进女学生，更加惊悚。夜晚的漆黑中，泥塑的金刚怒目圆睁，俯瞰下方卧床入睡的女孩，把女孩无数次从梦中吓醒。

必须修建一所固定统一的学校，有教室，有图书馆和实验室，有宿舍和食堂。可先要有土地，再去找钱，云南地方政府能否支持？梅贻琦心里没底。蒋梦麟出面了，他最擅长跟上层打交道，好话说尽，大肆恭维，高帽子一堆给人戴上，一百二十亩土地到手了，位置在昆明城外的西北郊。但划拨土地的承诺转给梅贻琦，剩下的琐碎具体事务，蒋梦麟就不太管了。

梅贻琦办了土地手续，按最简易的房屋建筑计算，至少要二十万元经费。他多方协调，反复开会，凑到了盖房子的钱。

房屋建筑的标准是，全是一层平房，图书馆和食堂是瓦顶，教室是铁皮顶，办公室和宿舍是草顶。梅贻琦出面，请建筑专家梁思成、林徽因设计校舍。他耐心解释，两人做了各种方案，最后才明白自己设计的是草房，不由得大声叫屈。

1939年4月，联大新校舍全部落成，分东区、西区、东北院、中心区、南区和学生宿舍区。东区是教室区，东北院有各系的图书馆和办公室，中心区有一座大图书馆，南区有理学院各系的办公室和实验室、医务所和清华农业研究所。学生宿舍是三十六间草顶的土坯泥房。梅贻琦尽力了。这是梅贻琦能安排出的最好成果。他在动荡仓促的时间中，真的建造出了一个崭新的简化版大学，实在是奇迹。

三十八　遇上他是联大的幸运

简化版的大学毕竟也是大学，联大的校舍还是不够用，工学院仍租用原来的昆明拓东路三座老会馆，后来创办的师范学院则租用了昆华师范的校舍。教职工的住房也未能建造，学校要员工们在昆明自己租房住宿，城区肯定租不到房子，很多人住去了郊外的农村。

梅贻琦一家，也要自己租房住。他先租住在昆明城内东寺街的花椒巷6号，后来住西仓坡5号，那里是清华大学的昆明办事处。日军频繁轰炸全城，梅贻琦一家搬到了昆明西郊龙院村的李家院子。后来他把房子让给清华大学办事处的职员住，自己带着妻儿，搬去旁边惠家大院一幢小土楼的底层居住。

郊外乡村的惠家大院，几乎算西南联大的一个高级会所，住进了一大群联大老师和他们的妻儿。有校长梅贻琦一家、理学院院长吴有训一家、无线电专家任之恭、数学系主任杨武之、中文系主任朱自清等，十四家人，全是西南联大职工。吵吵闹闹，吟诗作画，念念有词，梦中背公式说英语，司空见惯。那房屋破旧粗陋，地板裂缝很大，楼上扫地，楼下吃灰。梅贻琦一家住在一楼，楼上住的是图书馆唐老师一家。很多年后，唐老师的儿子还深感抱歉，认为对不起梅校长。他母亲有一次扫地，正巧梅校长家还在吃饭，只听楼下惊叫，唐太太呀，我家吃饭不需要胡椒面。

住在郊外农村的好处是，可以躲避飞机轰炸。1938年9月28日，九架日机飞临昆明，首次投弹轰炸。在昆明西门外潘家湾的昆华师范附近，炸死市民一百一十九人，炸伤二百三十余人，其中重伤一百七十三人。昆明城血肉横飞，哀号滚滚。日军轰炸昆明的目的有多种，一是破坏中国的抗日国际物资和外交通道，也就是滇越铁路与滇缅公路的交通。二是打击中国的抗日力量，当时昆明是中国抗日大后方的重要基地，汇集了大量南迁的工厂和军事设施。三是打击中国人的抗日意志，昆明是当时中国的文化中心之一，入驻了众多中国名校和文化名人。

此后，日机对昆明的轰炸持续不断，给西南联大的教学带来重大破坏，学校的校舍、图书馆、实验室多次被空袭损毁，师生的生命受到严重威胁。为保证教学秩序和质量，梅贻琦神经绷得很紧，随时要安排师生进行防空疏散和安全防护，还要在空袭结束后尽快恢复教学秩序。

作家汪曾祺毕业于西南联大，20世纪80年代他写过一篇《跑警报》的散文，用反讽诙谐的文字，重现了那个沉重黑暗的年代，文中有很多战乱年代的西南联大生活细节。他写有一个同学跑警报多了，总结出规律，看到万里无云，就知日本飞机可能会来，他不管有无警报，当机立断，背了水和食品就往郊外走，跑对的时候当然多，空跑的笑话也闹过不少。

昆明四季如春，蓝天清澈，万里无云的日子很多，空中俯瞰，能见度很高。昆明几乎没有空防力量，日本飞机出入自由，从广东或越南飞来，在昆明上空投弹，空袭警报每天都有，甚至一天两次，市民和西南联大师生苦不堪言。

> 剑外忽传收蓟北，初闻涕泪满衣裳。
> 却看妻子愁何在，漫卷诗书喜欲狂。
> 白日放歌须纵酒，青春作伴好还乡。
> 即从巴峡穿巫峡，便下襄阳向洛阳。

我自幼熟悉杜甫这首写安史之乱的诗，现在才明白，这首诗也透出一个伟大的信息，即使战乱血流成河，众人流离失所，中国文人阅诗著文的日常行为也不会中止。诗中的"蓟北"指唐代幽州和蓟州一带，也就是今河北北部。当时那里是安史叛军的根据地，唐军收复此地，标志着战乱痛苦即将结束。好消息传来，诗人之妻愁容消失，诗人的第一个动作是"漫卷诗书"，战争的血肉在黑暗中绞杀，诗人读诗不止，唯诗歌能指引命运方向，给诗人带来生活的力量。

西南联大的学者与教授也如此，日本飞机逼近，防空警报在昆明城的上空凄厉回响，师生纷纷从教室和家中逃往郊外。炸弹要躲避，生命要保护，诗歌欣赏、论文研究、备课方案撰写不会中断，谁也不会空手逃出家门。有人跑警报带了书或论文草稿，有人夹一卷李商隐的诗，逃到郊外小山的巨石后埋头阅读。

西南联大教授金岳霖有一次在昆明跑警报，把七十余万字的《知识论》书稿抱着逃出家门，以便在郊外的山上阅读修改，并防备书稿被炮火损毁或丢失。警报解除，他高兴地站起来就走，忘了屁股下面的宝贝。返城回家不见书稿，猜想是留在山坡，去找时早已被山风吹散消失。他大声叫苦，只得凭借记忆，把书稿重新写出来。

蒋梦麟和张伯苓常在重庆，经历的昆明跑警报事件较少。梅贻琦每天在昆明办公，警报声凄厉传来，他就放下手中的纸笔，立即跟学生一起朝郊外的山上跑。有一次跑晚了，来不及出校门，路过校内的防空洞，学生让梅校长先进洞躲避，梅贻琦摇手，看着学生一个个进了防空洞，自己才最后进去。忽然日机俯冲，机枪朝下扫射，子弹打得防空洞外灰尘碎石飞溅，非常危险。

极度的动荡不宁，严重考验梅贻琦乱中有序的处理琐事能力，他要维持三所大学的教学秩序，保证师生的工作、学习和生活的稳定与持续进步。可这只是校务工作的一部分。战争导致物资匮乏，抗战之前，昆明大约有二十万人口，抗战全面爆发，中国北方和东部沿海的大量科研与金融机构、重要工厂、大中学校迁移昆明，昆明人口最高时暴涨到三十万，物资严重缺乏，居住房屋不足，物价飞涨，粮食衣物等生活用品难以保障。

极琐碎的事务，是必不可少的生活基础，最体现生活本质。梅贻琦幼时清苦，体验过人世艰辛，他踏实严谨，与人为善，不因事大而退缩，不因事小而不为。他想尽办法购买教学用品、实验器材和图书资料，发动师生动手制作简单的教学用具。亲自出马，四处寻找渠道，获取生活物资，解决师生的温饱。有时候，有钱也买不到生活物资，他就派遣专人，去昆明邻县采购大米，给教师发放实物。

当时中国组建过两所联合大学，除西南联合大学之外，还有一所西北联合大学。这所大学由北平大学、北平师范大学、北洋工学院和和北平研究院等院校组成，先迁移到陕西西安，组成西安临时大学，后战事逼近，又迁至陕西汉中的城固县，于1938年4月正式改名并组建为西北联合大学。

西北联合大学也建立了一套新的合作管理模式，设立了校务委员会处理日常事务和重大决策，资源分配上尽量兼顾不同学科专业的发展，平衡原来不同学校的学科需求。

北平大学校长徐诵明、北平师范大学校长李蒸、北洋工学院院长李书田，来自不同的教育背景。徐诵明经手诸多校务管理事务，风格较为稳健。李蒸专注师范教育，有着浓厚的教育理想情怀。李书田作为工科出身的管理者，行事风格更注重效率和实际成果。不同的性格和理念，使他们在西北联合大学的办学过程中产生了很多摩擦。

梅贻琦是真正的高校管理专家，遇上他是西南联大的幸运，也是中国高等教育的幸运。西南联大在昆明办学八年多，战乱中能保证教学持续进行，有几批高质量的学生顺利毕业，大半是梅贻琦的功劳。他能把所有小事做好，又有清晰的理念和崇高的大学教育目标。他冷峻而平静的目光，划过昆明街上的两层矮房，落到城外滇池边数万年沉睡不醒的睡美人山脉。身处战乱，他从容镇定，井井有条。《大学》有云："静而后能安，安而后能虑，虑而后能得。"苏轼有言："临大事而不乱，临利害之际不失故常。"梅贻琦处乱不惊，出自大智慧，泰山崩于前，渺小的人类难以逃脱，慌张和叫屈都无用，只有从容面对，镇定观察，才能求生和壮大。

三十九　联大创造人类教育奇迹

1939年9月1日，德国向波兰发起闪电进攻，第二次世界大战在欧洲全面爆发，英法被迫对德宣战。1940年6月底法国投降，9月，日军趁法国傀儡政权虚弱之机，逼近越南北部边境，9月22日日法达成协议，次日日本进入越南北部，占领了河内市郊的内排空军基地，这一事件对亚洲局势产生重大影响。

河内机场距离昆明六百多公里，日军推进到中越边境的云南河口附近，离昆明更近，只有四百公里。为防范日军从云南南部的中越边境入侵，滇军炸毁了云南与越南相通的边境河口大桥，以及河口至碧色寨的一百七十七公里滇越铁路轨道，蒋介石又将第六十军的第182、第184两师从前线调回了云南，负责滇南防务。

梅贻琦校务工作繁忙，还要经常跟着学生跑警报，重庆教育部闻知昆明危情，传来指令，要求驻昆的中央文化机构，包括西南联大，在四川与贵州一带寻找新的安全地。梅贻琦安排人员去云南玉溪的澄江县考察，发现澄江县规模太小，只能接纳一个学院，就把目光移向了四川。

西南联大常委会紧急商议，决定在四川叙永县建分校。叙永县在泸州南部，四川盆地南缘的川滇黔三省相连处。不久，西南联大的一年级新生和先修班学生就被送往了叙永，于1940年12月10日在叙永开课。先修班就是大学预科，招收公立或已立案的私立学校高中毕业生，进行大学预备训练。这是西南联大在战争环境中先行一步的创举，以扩大生源，发现和培养更多优秀人才。

西南联大叙永分校把师生分散安排在县城的多处庙宇和祠堂，春秋祠是陕西和山西盐商建造的会馆，住进了很多男生和助教，文庙用作叙永分校的办公处和教室。帝主宫住进了女生。南华宫用作大教室和工学院部分男生宿舍。天上宫做了实验室和图书室。城隍庙里建了学校食堂。

此后，梅贻琦不仅在昆明管理西南联大，还经常外出，去四川叙永看望师生，检查教学工作。我在梅贻琦的日记《西南往事》中读到，1940年6月他先去重庆汇报联大教学，再坐船去泸州，乘车去到叙永，会见当地政要，还要听取联大叙永的管理人员汇报工作，视察西南联大校舍。出行一趟，近一个月才能返回昆明，十分辛苦。

迁移躲避，是为了把学校办得更好。梅贻琦多次强调过战乱中坚持办学的目的。他说，何处合适办学？安全并非第一因素，纯粹为了安全，在喜马拉雅山办学岂不最合适？但过分闭塞的环境，对学校不利，选择昆明，就是因为这里有铁路和公路与国际相通。

他清楚知道自己是在办学，不是逃命。国破家亡，日机接连轰炸昆明，更要提高教学质量，保证国家民族的延续和强大。他尽力维持西南联大的良好运转，用极大的谦让与耐心，全力协调北大、清华和南开的三校关系，在经费使用上保证三校平衡。安排各学院院长、教务长和总务长等职务时，从三校教授骨干里优中选优，鼓励大家共同为联大出力。张伯苓和蒋梦麟的退让，让梅贻琦方便工作，但他一直清醒，尽力避免自己一人专权的局面。

他为学术自由营造了良好氛围，并成立西南联大教授会。教授会权力很大，对教学和科研等事务均有发言权，教授们的意见能得到充分尊重。国民政府教育部曾对全国所有大学的课程做出统一规定，西南联大教授会拒绝，梅贻琦支持了教授们的决定。

西南联大的教授可以交流不同的学术观点，自由讲学。闻一多、游国恩、罗庸等教授开设了同一门"楚辞"课，各有观点和侧重，学生自由选择、自由思考和自由讨论。梅贻琦延续清华的做法，教师的遴选很严格，大学即有大师之谓，优秀教师才能培养杰出学生，陈寅恪、冯友兰、钱穆等一大批非凡学者对他非常赞赏。

西南联大实行学分制，学生必须修满一百三十二个学分，五分之三的课程为选修，大考小考不断，基础理论月考一次，工学院和理学院月考两次。梅贻琦托人从欧美购来大学教科书，在上海的商务印书馆成批复制，辗转香港运到昆明，使西南联大的教学与国际一流大学接轨，学生能接触到世界最前沿的学术知识。他还注重学生的人格塑造和家国情怀培养，注重体育锻炼，体育不及格者不得参加毕业考试，每天下午都要求学生去体育场活动。

三所中国一流大学在战乱中联合办学，学校的人文教师中会聚了中国最杰出的大师，他们的智慧代表中国最可靠的知识和思想。理工科教授中众多中国非凡的科学家，是中国科技与世界共同进步的保证。这些杰出人才有强大的人格力量和远见卓识，各具个性，管理很难。三所大学的学生，因校风的自由活泼，思想的独立和情感的真挚，个人意见和抗拒压制的个人意志受到充分尊重，加之青春反叛，管理难度也很大。

梅贻琦有坚定的教育理想，足够的诚意，他谦逊友好并善解人意，更有解决工作冲突时的耐心和办法。如此，西南联大的三棵茁壮大树，在战乱风雨中结出了累累果实。西南联大从1937年8月创立，到1946年7月结束，共存在了八年。仓促短暂的办学历史中培养的毕业生，两位是诺贝尔奖获得者，一百多位后来成为两院院士，这是中国大学至今未能超越的成就。

西南联大的人文学者如闻一多、陈寅恪、钱穆、金岳霖、冯友兰等，教书之余，写出了《神话与诗》《隋唐制度渊源略论稿》《国史大纲》《论道》《贞元六书》等著作，这些顶尖作品为中国学术和文化的进步奠定了坚实基础。理工科的科学家华罗庚完成了解析数论方面的创造性研究，并在堆垒素数的研究中取得新成果。周培源在流体力学的湍流模式理论研究中创造了一种新方法，使得理论的推论结果与实验观测到的更接近。吴大猷出版的《多原子分子的结构及其振动光谱》，被认为"至今还是全世界各研究院在这领域中的标准手册"，西南联大在战争时期，成就巨大，创造了人类高等教育的奇迹。

四十　竺可桢登场

行文至此，我换个方向，把奔跑的文字群马驱赶向江南的浙江。1937年11月，就在北京大学、清华大学、南开大学第一次迁移，从平津迁到湖南长沙，成立临时大学并正式复课后几天，浙江大学也从杭州迁至本省的建德县，一位叫竺可桢的科学家在血雨腥风的战争中登场了。

日军占领国民政府的首都南京后，一场疯狂屠杀使千年吟诗作画的风雅之城尸积如山。2024年秋天，我从北京坐动车前往南京，寻访历史现场。选择火车是为了感触土地的心跳，搜寻地层深处萦绕不散的历史悲泣。车窗外一望无际的广阔北方风景，在火车的飞速前进中收缩挤拢，很快变成绿树拥围、河流交错、小楼密集的江南风光。下午2点，车窗外忽然天色变暗，天边有厚重乌云坠下，火车驶进雨区，车窗玻璃上出现水流，风把水流扯成破碎斜线。车厢很安静，车窗上无声流淌的倾斜雨水给我一种看电影的感觉，雨水是时间的眼泪，流进了我的身体。

次日下午我去寻访南京总统府，出租车载我穿过几条街，下车后的一派商业喧哗差点把我撞倒，嗡嗡盘旋的粗壮人声，热烘烘的气浪，抬头看到现代高楼闪亮的外墙、高架桥、高高的宽大台梯。我找不到总统府，迷茫而困惑地沿街步行，绕了一圈，看见低矮庄严的总统府在狭窄旧街出现。人多街窄，叫卖声与知了嘶哑的鸣叫混合，掩盖了历史悲情。我挤进对面总统府门口的人流中，听到票已售罄，无票请返回的喇叭声，知道没戏了。

我换了出租车，去侵华日军南京大屠杀遇难同胞纪念馆，再次遭遇几百米长的折叠人流，喇叭里同样传来没预约不可参观的劝告。出现在人群上方，只有半截的著名雕像身体起伏不平，布满刀砍斧凿和棒击伤痕。那是一位极度悲伤的母亲，她举着死去的婴孩，面朝天空，嘴巴张大。其他低矮雕像被参观人群遮挡，无法看清全貌，但我能感受到隔着人群冲来的强大情感力量。中国美术馆馆长吴为山创作的几组人物群雕，分别命名为"家破人亡""逃难""冤魂呐喊""胜利之墙"。但我更愿意把它们命名为"复活者"，雕塑家复活了受难者的身体，也复活了战争中破碎的心和凝固在屠杀现场空气中的绝望呼喊。

我离开南京，赶去寻访杭州的浙江大学。八十七年前淞沪会战爆发，中国士兵闻义赴难，壮怀激烈。三个月后中国军队撤退，11月5日日军在上海金山卫登陆，一个不愿抛头露面的浙江人走上历史舞台，他就是浙江大学校长，中国气象学的开创者竺可桢。

竺可桢跟梅贻琦一样，也是庚款留学生。庚款留学生这个词组，反复出现在讲述那个时代的历史文本中，很容易跟清华学校的留美预备生混淆。这是两件事，又是同一项工作的起源与延续，在此稍作解释。

庚子赔款事件，源于1900年清政府在八国联军侵华战争后，签订的《辛丑条约》，规定中国要向十一国赔偿白银四亿五千万两的战争"损失"。1905年，美国政府经过计算，发现向中国索赔过重。当时清朝驻美国公使梁诚，借机发起了退款活动，经各种复杂过程，梁诚成功了，美国率先答应用部分退还的赔款资助中国学生留学美国。

留学考试面向全国，各省初试，北京复试，从1909年到1911年的三年间，一千余名中国青年应试，近两百人被录取后送往美国读大学。梅贻琦是第一批庚子赔款考试的留美学生，胡适和竺可桢是次年的第二批。1911年清华学校成立，后续的庚款留学生改由清华培训和考核，合格后送欧美留学，由此衍生出清华大学。

竺可桢于1890年3月出生于浙江绍兴的小商人之家，1910年以庚款留学生的身份，入美国伊利诺伊大学农学院学习，毕业后转入哈佛大学地学系，研读与农业关系密切的气象学，1918年获博士学位。他归国后在南京高等师范学校任教，1929年起屡次被选任为中国气象学会会长，1934年参与创建中国地理学会。

竺可桢与梅贻琦的区别是，梅贻琦热爱并愿意兢兢业业地做大学行政工作，竺可桢是纯粹的科学家，只想做与风雷雨电、天空土地打交道的气象学研究，无心与人打交道。但是，有人很欣赏他的才华，时任蒋介石侍从室第二处主任、蒋的大秘陈布雷看中了竺可桢，推荐他任浙江大学校长，他极不情愿。

浙江大学的前身，是杭州知府林启等人于1897年创办的求是书院，1902年改名浙江大学堂，1928年定名国立浙江大学。竺可桢上任时，学校很破败，在全国的国立大学中，浙江大学的设施也许最差，建筑破旧，图书室漏雨，化学室租用校外破屋，条件稍好的生物室也只是几间平房，网球场无人收拾，球网霉烂成黑色。

浙江大学气息奄奄，跟前任校长郭任远有关。郭任远是1933年至1936年的浙大校长，独断专行，导致优秀教师流失，人才引进困难和管理混乱，学校缺乏学术氛围，教学秩序严重受阻。名声太差，肯定经费短缺。浙大是国立大学，但上头拨款极少，自身筹资又有限，岌岌可危，朝不保夕。

时任浙江图书馆馆长的陈训慈，是竺可桢在南京高等师范学校任教时的学生，他的一句话，说得竺可桢怦然心动。他说："浙省文化近来退化殊甚，需一大学为中流砥柱。"中国文人的家国情怀，让竺可桢生出了办学热情，但他提出，浙大校长自己只做半年，半年后交出，仍回去做科学家，人家点头答应，他就接受了命运安排，于1936年4月出任浙江大学校长。

命运的另一个解释是宿命。正是这种人类不可知和无法操控的神秘力量，制造出人类生活中无数曲折起伏，回环向下，再向下，又陡然峰回路转的永恒故事。

四十一　第一次迁校

竺可桢做浙大校长一年有余的1937年8月，淞沪会战爆发，殃及四周，杭州接连被日机轰炸，浙大约五分之一的时间不能上课。竺可桢外出考察，寻找合适的迁移之地。他是重实证的科学家，酝酿筹备迁校，派出人员考察浙江桐庐和建德两县，自己又亲自出马，实地踏访勘测。

11月5日，日军在上海金山卫登陆，此地距杭州一百公里，浙江告急。竺可桢当机立断，立即迁校。迁校工作分两个方向进行，一年级新生迁往浙江建德县西天目山的禅源寺，浙大附设的高级工业职业学校和农业职业学校，迁往萧山的湘湖。为保证安全，竺可桢在职工中成立了特种教育执行委员会，下设总务、警卫、消防、救护、工程、防毒等机构，在学生中组织了战时后方服务队，进行各种训练。

禅源寺始建于元代，位处西天目山，山中遍布古杉古松古枫古银杏，柳杉群落全球罕见，幽静美好。竺可桢做迁移动员时，鼓励师生说，那种心旷神怡的环境，应该有利于树立优良的学术空气。

竺可桢的迁校部署很具体，一是走水路，以节省费用，二是夜间出发，躲避空袭。水路出行，他再细致安排，先坐大轮拖民船前往桐庐县，每船乘一百八十人，次日自桐庐县换小轮赴建德县，每船价约一百元。半夜12点出发，清晨8点抵达桐庐，下午4、5点到建德县。他的安排不是梅贻琦的细致，而是极具科学家的实证风格，是经他实地踏访调查后产生，时间、地点、工具、费用，清楚明白。

迁移很顺利，竺可桢次日开始巡查，先至建德县东城，检查二年级学生宿舍，再探望北门林场的教员宿舍，又去文庙、祠堂和民宅，看望三、四年级学生的宿舍。他敏锐地发现，小城的老木房中忽然住进大批年轻人，通道狭窄，有火灾隐患。两天后他召集学生代表，马上布置消防设施防范。第三天，得知车辆和人力短缺，学校的四百箱图书和仪器滞留杭州，他马上亲自出马，率搬运人员返回已成危城的杭州处理。过几天，闻知禅源寺的一年级新生有些恐慌，他又赶去探望。

浙大迁往杭州郊外的禅源寺，走了一百公里，迁往建德县要走二百四十余公里，繁杂琐细，提心吊胆，辛苦遥远。安顿下来后，教师授课，学生读书。竺可桢并未松懈，在遥远而幽静的建德县山村闭门沉思，开始谋划一个大行动，欲做出改变浙大颓疲教学风气与不良教学质量的探索。

竺可桢在谋划的大事，是在全国的大学中开风气之先，推行"导师制"。自从1912年京师大学堂正式更名为北京大学，中国的近代大学史揭开序幕，到竺可桢在战乱中迁校，时间流逝了二十余年，中国的高等教育有明显进步，但进步主要体现在设备和师资配备上，独树一帜的办学方法，少有人思考，也不见实施。教师传授专业知识，学生用心学习，如此而已。

迁校易址复课一个月，竺可桢去禅源寺探望师生，发表演说，提出了学生毕业，要成为各业领袖的要求，把大学生的求学目标与民族兴亡明确联系，激励学生成就大事。那时，他就有所心动，计划着导师制。住在禅源寺山乡，他仔细观察，发现师生之间十分亲近，导师制的想法更加坚定。

早在中国元明之际的14世纪，英国牛津大学就实行了导师制。这种方法的特点是，教师要指导学生研习专业知识，还要关注学生的人格成长和气量塑造，引导其成为非凡之人。要实现这个目的，教师与学生的近距离接触至关重要，教师是榜样，言传身教，学生耳濡目染，不知不觉也就成长得精神饱满。

浙大这样做，将迈出中国大学的第一步。竺可桢认真思考，准备部署，但淞沪会战越演越烈，战火波及的地区增多，整个浙江都不安全，师生的心又乱了。竺可桢在禅源寺再做动员，稳定师生情绪，明确表示，日军逼近到一百公里处，学校才会再次迁移。

当时，中方投入巨大兵力，决心把日军赶出上海。看架势，淞沪会战也许会很快结束。岂料上海沦陷，南京政府宣布迁都重庆。11月底浙江省教育厅下令，解散所有省立学校，浙大附设高级工业职业学校和农业职业学校亦在解散名单之中。竺可桢不得不再次考虑迁校，其他事全部搁置。

四十二　第二次迁校

2024年9月3日，我从昆明前往江西南昌市，结识了江西省作协主席，著名作家李晓君。我到过中国各地，可对江西感觉隔阂，不太了解。结识作家李晓君，听他介绍，才知江西文脉深厚，出过王安石、朱熹、汤显祖等大师。

我去江西，是寻访竺可桢的脚印。当年，竺可桢第二次迁校，教育部给出的意见是，在浙江南部与江西南部选择地点。竺可桢派人前往两地勘察，寻找校址并打听最佳迁移路线。战火纷乱，出行困难，紧急外出的人员一个月后拍来电文，告知江西吉安的白鹭洲，愿意接纳浙大师生。

白鹭洲是由江水挟带泥沙沉积而成的一片江流拥围的巨大梭形绿洲，位于吉安东面的赣江中。长一公里半，宽半公里，面积约一点五平方公里。洲上林木葱绿，白鹭翻飞，江流映照出水色天光。

白鹭洲的名字，应该受到了李白的诗句"三山半落青天外，二水中分白鹭洲"的影响。江万里创办白鹭洲书院后，书院名传四方，名声很大，白鹭洲更受瞩目。江万里是南宋名人，官至左丞相兼枢密使。元军灭南宋时，江万里率子投江自尽。1256年，白鹭洲书院三十九人同登进士金榜，文天祥中状元，皇帝亲赐御书"白鹭洲书院"匾额，悬挂于书院大门之上。

我在南昌入住江西饭店，门前的八一大道很宽敞，近似北京长安街。据说1951年修建这条大道时，曾设计得比长安街还宽，后缩减一些，成为现在的规模，也足够令我吃惊。南昌是八一起义的地方，八一大道街边有革命烈士纪念馆，早年的百货大楼和展览馆改作他用，省文联办公楼也在八一大道，以前那里是省政府机关楼，苏式建筑，宏大叙事风格，不苟言笑的庄严，透出并不遥远的历史感。晚上去寻访滕王阁，一片街区灯火通明，古代的滕王阁被现代灯光环绕。我从人缝中看一眼，便匆匆回酒店，次日赶往吉安市，寻访白鹭洲。

当年，竺可桢收到电文，获知江西吉安的白鹭洲可以接纳浙大师生，心有所安。白鹭洲书院的名声，竺可桢有所了解，当地的文脉渊源他也有所耳闻。想到一个水色天光的文雅之地，能接纳战乱中流离失所的师生，竺可桢很感动。但他是校长，更是科学家，安排人员外出，寻找到了合适的地点，还不放心，要亲自勘察，才能最终确定能否迁校。

他又出发了，在战争期间极不安全的局面中，他用了一周时间，完成了对白鹭洲的实地考察。他有写日记的习惯，把出行考察和思考做了记录。他认为上海失守，南京沦陷，日军必侵占杭州，不可坐等，要抢在杭州被占之前，做出迁校安排。此时浙江到江西的公路还不会被逃难者拥堵，迁校可以顺利安排。

他认可了白鹭洲，12月18日派人去江西安排车辆。紧急的迁校计划中，他反复叮嘱工作人员，一定要保护好师生安全。但他更担心课程中断，他开会讨论迁校，一次次强调，课程暂不结束，到吉安后继续上课，两星期后大考。我在资料中读到"继续上课"和"考试"这几处词组，最为感动和震惊。

战争爆发，枪炮无情，大学迁校易址，要保证能继续上课。这样做的目的，是保持杏坛之火不灭，要继续千秋万代的国家人才培养。

12月22日，浙大开始运送学校的图书仪器，这些物品走水路，由船运送走。具体安排是，第一次运四百一十八箱，第二次运二百三十七箱，第三次运四百四十一箱，剩余二三百箱继续运送，共运走一千零九十六箱，数字竺可桢都计算过。

12月23日，浙大确定师生出发时间，次日晚上，二年级学生及全体女生出发，后一日晚上，三、四年级学生出发，一年级新生已从天目山的禅源寺转移到建德县，最后一日晚上出发。每次用船十只，有员工登船，保护学生的安全，所有登船的人与物，都有登记名单，清楚明白。

从杭州迁移出来的浙大，在山中延续了一个月的教学，马上开始第二次迁徙。这次迁校的路线分三段：先从建德县乘船南下至兰溪县；在兰溪县转乘火车西行，到江西清江县；最后在清江县换木船走水路，沿赣江南下，到达吉安。竺可桢的计划是抢在杭州失守之前迁校，殊不知，浙大师生正式启程的1937年12月24日，杭州沦陷。

果然如他所料，交通马上受阻，难民如潮水汹涌，军队频繁调动，货车转为军用，巨大的混乱超出了竺可桢的估计。他赶紧开会，仔细琢磨和规划，做出一个大胆决定，改变路线，全校师生从兰溪县乘船，沿赣江逆流而上，前往常山县，换乘汽车绕至浙赣交界处的玉山县，想办法登上开往南昌的火车，再想办法去吉安。

有了计划，马上执行吗？不。竺可桢是科学家，需要证实这个计划是否有错。他这个气象学科学家，要自己去经历，证明这条迁校路线正确可行。他要保证这次复杂行动万无一失，于是再次出发，亲自踏访探路。

竺可桢为自己的出行规划了两个目标，一是调查线路是否畅通，二是顺带联系车辆。他穿越公路上的逃难潮水，去到玉山县，用整整十一天来回奔波，终于把所有环节落实清楚，明白这个计划正确可行。

四十三　找到上田村

2024年9月4日，我从南昌乘高铁去到江西吉安泰和县。吉安作协的朋友在车站接我，诗人邓小川驾驶自己的私车，载着我前往泰和县澄江镇的上田村。那是一个宁静的小村，看不出什么异样，秋天的阳光在村道上寂寞地反射着白光。设在上田村的浙大西迁纪念馆办得相当好，老院子安静古旧，装满了遥远的思索。"浙江大学西迁陈列馆"和"文军西征"两个牌匾，书法很漂亮，古拙飘逸。纪念馆内容翔实，很客观，很有学术性。馆内设计的竺可桢校长办公室和卧室，老木屋旧房子，门外斜射进来的光线吱吱叽叽轻微发声，投到了乌黑的老床旧桌椅和木板壁上。

浙大迁移江西吉安，路途遥远，原定计划打乱，换了新路线，并不能保证全校师生整齐出发并同时到达目的地。交通工具严重缺乏，很多学生只能拿着学校发的建议路线信息，自行寻找交通工具，各显神通，分别出行。所有公路都塞满逃生的难民，通行难度之大，超出后人的估计。

浙江建德县和江西吉安，两地相隔七百五十余公里。浙大师生利用水路、陆路各种交通工具，有人买船票，有人扒火车，有人扒煤车，有人混上了军车，再加徒步跋涉，各种方式无所不用，历时二十五天，1938年1月21日，大部分人员到达了吉安。沿途的劳累惊恐，师生都能坚持，到达吉安，看到白色的鹭鸶从赣江方向飞来，呼呼划动大翅膀从头顶飞过，众人长出一口气，疲惫从全身骨缝里挤压而出，人跌坐在地，站不起来。

竺可桢早已于一个多月前在吉安等待，联系好住房，做好了复课准备。疲惫的师生到达，顺利入住休息。时值假期，浙大教职工住进吉安的乡村师范学校，妻儿眷属租住民房，学生全部入住白鹭洲上的吉安中学。

竺可桢马上安排上课，先让学生把近一个月艰难迁移中缺的课全部补上，接着安排上新课，结束了课程，就举行考试。他们借住在假期中的吉安学校，收假后必须再搬迁，长久稳定的用房竺可桢也已经安排好。他先行一步赶来江西吉安，结识了时任江西某局公路处的萧庆云处长。萧庆云是吉安泰和县上田村人，清华大学毕业，曾赴美留学，获得加州理工大学土木工程学士学位。萧庆云与竺可桢一见如故，告诉他自己泰和县上田村的老家，有些宅院很宽大，修缮后可供浙大师生使用。

竺可桢赶去泰和县的上田村考察，那是泰和县城西边两公里半的地方，当时属偏远农村。大城市和交通要道是日军的攻击目标，乡村相对安全。上田村靠近赣江，水运便利，浙大迁移中搬运大量图书资料、仪器设备和师生行李，需要交通保障和后续的物资补给，交通方便很重要，竺可桢喜欢上田村。

萧姓在泰和县是大姓，周围几个村很多人姓萧。上田村一个叫萧云浦的人非常富有，人称萧百万，早年参加科举考试屡试屡败，后经营盐业暴富。当地人日常生活中食用的盐，被称为"萧家的盐"。萧百万与江西首富周扶九齐名，他人在外地，回家乡上田村盖起的大宅院并无人居住。萧庆云带竺可桢去考察。看到宅院非常宽大，竺可桢很高兴。

竺可桢马上安排老屋修缮事宜，只待浙大师生借住吉安的课程完毕，以及上田村的老屋修缮结束。1938年2月11日，浙大师生收拾行装再次上路，从吉安搬迁到了泰和县上田村。

上田村的大原书院和华阳书院，成为浙大师生的主要教学场所。大原书院离城较近，供校总部和一年级学生上课及食宿使用。华阳书院用作浙大农学院的试验场和农场，萧百万家的庄园经过改造，作为浙大的教室和办公室。萧氏家宅的藏书楼做图书馆，萧氏宗祠做大礼堂，教职员家属居住在上田老村一些闲置房屋，学生分散居住在改造后的书院和周边的农房。安顿完毕，竺可桢长出了一口气，但他并没放松，开始推行在天目山禅源寺试行的大学导师制教学改革。

可是，安静的课桌摆好没几天，战争继续朝着不利于中国人安定生活的方向发展。日军在江西推进，飞机轰炸的范围不断扩大，吉安的泰和县面临危险。1938年春末夏初，津浦铁路被日军打通，战火由北而南、由东而西地向华中蔓延。年中，竺可桢把再次迁校的问题提交到校务会。他说，敌舰驶进九江，泰和县就危险了，南昌一旦失守，浙赣交通就会中断，到时候交通又要拥堵，想走也走不了。

江西位置很好，处中国东南，东邻浙江、福建，南连广东，西靠湖南，北接湖北和安徽，有赣江连通长江，还地处华东、华南、华中三大中国经济和文化活跃区交界，是长三角、珠三角和闽东南的腹地。江西还是中国重要产粮区，拥有广阔的肥沃土地，气候好，雨水多，并有丰富的矿产，民国时已在开发利用。稍有不足的是交通，但赣江等多条河流，作为内河运输，弥补了一些交通的不足。

江西的战略位置和物产早被日军盯上，随着战事推进，日军进攻江西的步伐加快，赣北战事吃紧。1938年6月下旬到7月初，江西北部的马当、彭泽相继告急。那时，马当和彭泽属九江下辖地区，马当是一个镇，在长江南岸的安徽和江西交界处。马当的矶山，形如奔马，横枕长江，矶头呈九十度壁立江中，与江心的棉船洲对峙。那是长江中游最狭窄之处，阻击敌人的天然要塞。孙中山1912年10月视察马当炮台山，亲笔写下"中流砥柱"四个字。岂料，1938年6月，日军向中流砥柱的马当发动进攻，中国守军顽强抵抗，但战斗失利，马当镇失守。不久，拥有长江重要水运通道的彭泽县也被日军占领。

竺可桢开始第三次迁校，抗战时的浙大流亡之路，注定不得安宁。

四十四 第三次迁校

2024年9月29日，我也再次走上不安宁之路，结束在广西桂林的调查，坐高铁去河池市，寻访浙大西迁的第三站，宜山。当年，竺可桢意识到浙大在江西泰和县办学已经不安全，教育部更知道局势严峻，不久向竺可桢发出指令，建议浙江大学迁入贵州安顺。竺可桢又亲自上路，自己外出考察去了。

广西曾被列入竺可桢的计划，他在权衡利弊，紧张地思考，究竟是迁往贵州，还是广西？但思考再多，不如亲自走一趟。竺可桢还是认为实地考察更重要，这就是他的竺式风格。他先去到湖南长沙，几天后抵达湖南祁阳，又前往广西桂林，一路观察，一路调查访问。科学家出身的校长竺可桢追求精确，凡事追求有理有据。他沿路吃尽苦头，不敢有半点耽误，紧赶慢跑，最终到达了教育部推荐的贵州安顺。

在安顺住下，外出行走，找当地老乡交流，实地观察，他马上明白安顺不是办学之地。这里交通不便，以步行、骑马和乘坐马车的古老交通方式为主。1927年，安顺才修建了第一条只有二十五公里长的现代公路，还是沙石路或土路，不平整，灰尘大，坑坑洼洼。安顺境内的北盘江为当地居民提供了水路运输，但只有小型船只在河面上穿梭，港口码头简陋，缺乏管理维护，运输不安全。枯水期航道变浅，无通航能力。安顺治安混乱，警力不足，匪患严重，打家劫舍之事层出不穷。浙大去到安顺，是外来大户，肯定会成为土匪眼中的肥肉。

观察了社会环境，还要做科学测算。竺可桢在小旅店里取出地图，精确测量，计算并对比了各条路线的优劣。他发现，迁往贵州，要从江西的泰和县过衡阳、柳州，最后到贵阳，全程是一千七百余公里，途中只有很少的路段通火车，大部分路程走公路。迁往广西，则经赣州、大庾、南雄、曲江、三水抵达柳州，全程一千一百余公里，少了五百余公里的里程，途中八百公里水路，借船航行，运力巨大，比较方便。陆地赶马只能驮一箱书，水中船运可载几十上百箱书，浙大师生员工包括家属上千人，图书仪器及各种行李数千件，加上众多学生，船运很方便，价格也便宜。

竺可桢离开贵州，马不停蹄地赶往广西实地考察。坏消息传来了，1938年7月23日，在桂林考察浙大迁址的竺可桢接到电报，夫人张侠魂身患痢疾，卧病不起，他闻之大惊。当年医疗手段欠缺，偏僻的泰和县上田村更无医可求，也无药治病，痢疾极度危险，完全有可能摧毁健康，夺去生命。

他放下工作，拔腿上路，经各种途中的折腾，返回了千余公里外的泰和县。走进上田村，一场大雨倾盆而下，淋得他透湿，他在村民家中躲避，雨停了再出门，面对满地的泥泞和阴沉的天空，他忽然有沉重的不祥预感。在村路上玩耍的大女儿竺梅，远远地看见父亲归来，孤单跑来。他更加惶恐不安，怎么不见二儿子？二儿子竺衡跟他很亲密，竺可桢每天外出归来，竺衡一定在村口等候。没见到十四岁的竺衡，他被雨水淋湿的身子更加发凉，站住了不再朝前走。大女儿跑到面前，他迟疑地问，家里怎么样？大女儿低下头，哭得嘴唇颤抖，低声说，妈妈的病好些，弟弟衡没了。竺可桢一怔，如同当胸吃了一拳。

他的妻子和二儿子患的是同一种病，痢疾，这跟食物和卫生条件有关，也跟身体营养缺乏有关。战时物资短少，乡村没有好医生，更没有好医院，十四岁的精干二儿子，几天就被疾病打垮，撒手人寰。竺可桢进家门，看到妻子张侠魂卧病在床，气息微弱。他坐到床边，握住妻子枯瘦冰凉的手，绝望无语。一个多星期后，8月3日上午，张侠魂逝世，寻找儿子竺衡去了。

死神藏在村后的树林里，跟着落泪，这不是它的错，它只是归天魂灵的一个收集者。换在杭州，妻儿患痢疾，绝不会死亡。当时痢疾是难治的病，民间多用白头翁汤来治疗，也有人用草根和仙鹤草治痢疾，但疗效最好的药物是盘尼西林。盘尼西林很难找到，但竺可桢和妻子张侠魂都有家族背景，在杭州一定能找到治病救命的好药。

竺可桢失去妻儿，家庭垮了一半，可战火逼近，前景危急，不能耽误。他来不及悲伤，处理完妻儿的后事，立即上路，通过朋友跟广西政府取得联系。竺可桢获美国的博士学位后归国，在南京高等师范学校任教近二十年，学生遍及全国，多是当地有影响力的人物。他的妻子张侠魂，出身望族，父亲是张之洞的幕僚，谭嗣同和梁启超的好友，也在上层有广泛人脉。竺可桢的朋友出面张罗，广西政府立即答复，愿意接收浙大，并安排了广西宜山的地点，同意把一座驻有军队的清朝旧兵营腾空并修缮，专供竺可桢的浙大使用。

那兵营原叫标营，是从清朝沿用下来的。清朝的军队编制分八旗兵和绿营兵两种，标营是绿营兵一个标的军队使用之地。绿营兵由汉人士兵组成，分标、协、营、汛四种，标为最高编制，人数约数千。清朝灭亡，标营留下，进驻了地方军队，几千人使用的地盘足够宽大，已够浙大安排很多师生。

2024年9月30日，广西作家、河池学院的教师黄土路，开着他的越野车，载着我去寻找当年浙大使用过的标营。车子出城，来到城外一座现代大桥的桥头，下车观看，同车的陈代云老师告诉我，这座桥前几年修成时，地方政府从北京请来"两弹元勋"程开甲，题写了"求是桥"三个字。"求是"是浙大的精神，浙大前身是旧式的求是书院。程开甲1937年考取浙大，走上连续不断的迁徙流亡之路，在浙大的数学和物理名师指导下学业有成，1946年留学英国爱丁堡大学，1950年归国，为国家的军事发展做出了重大贡献。

考察了求是桥，我们上车，拐一个弯，进入类似村子的地方，沿一条开裂的村中水泥路驶到二百米外的尽头。下车抬头观望，我面前站着一个高大的水泥门框，像废弃工厂的大门，水泥门柱上安装了两扇锈迹斑斑的铁栏门，门外干草杂乱，门框左侧的乱草中立了一块牌子，上面有白底黑字的"军事管理区"几个字。那牌子是不锈钢制成，站在枯黄的乱草中，孤独地闪闪发亮。

大门两侧的乱草中立着两个方形石礅，石礅上卧了一对石狮。造型古老，脑袋偏平得接近青蛙脑袋了，极拙，我从未见过如此怪诞的狮子造型。左边的石狮身子和脑袋完整，嘴张着，模糊能看出眼睛，右边的石狮身子也完整，脑袋还在，但五官不清。我绕着观察，感觉石狮脑袋被人用水泥糊过，或是被小孩子胡弄，用泥巴或什么东西把狮子口鼻眼耳抹平了，石狮无法张开嘴和眼睛，鼻子耳朵也被堵严，让我看了有憋气的感受，一时呼吸困难。

走进大门，一条水泥路开裂残破，很像土路，笔直通向前方，路两边的树把这条破路围得越远越窄，消失在时间尽头。院子确实宽大，很空旷。一棵非常粗壮的大树站在进门路边的不远处，树干粗得两人围不了，树枝也粗壮，树冠投下一大团浓荫。往前走五十米，我看到了路边站立的浙大西迁纪念碑，碑有些简陋，刻的是篆书。

早晨的阳光投到水泥碑上，反射出惨白刺目的光。碑后方是空荡荡的荒地，荒草东一蓬西一蓬，树东一棵西一棵。我斜前方稍远之处，一棵高大、孤立、全身灰白，没有树叶的树站在灰黄的空地上。阳光把那棵树照得更白。那树朝后斜着生长，欲动未动，好像地上迟疑地站起一个人，远远地避开我，脑袋和身子后移，无言地观察，随时准备转身逃窜。

我不知道那是什么树，看上去很像云南热带河谷中孤独的攀枝花树。路另一边的空地上停了一辆黄色的挖掘机，荒地前方不远处有一排红砖矮房子，像工棚，不知住了什么人。我们都不知空旷的老标营为何成为军事管理区，出门来，看见门外路边一块石头上刻的文字，方知这里曾是中国人民解放军的野战医院。古代的军营一直被不同时代的军事机构使用，也算是一种继承，殊途同归。但古代标营没留下痕迹，后来的军营也被拆平，空地荒草，大树孤独站立，阳光投下，无所依托。

四十五　寂静的微光

我到达的考察之地，广西北部河池市的宜山，八十多年前，成为浙大的首选目标。它与贵州有同处于抗战大后方的优势，而且既有龙江可以通航，又有公路四通八达。竺可桢亲自考察后，立即着手部署，9月11日派专人前往桂林，办理使用房屋的手续。9月12日获悉广西政府已拨宜山标营给浙大，原驻标营一个团的士兵搬走，房屋也开始修缮。浙大迅速寄费用到宜山，托人购买床和桌椅，搬迁工作紧锣密鼓地进行。

1938年9月，浙大师生迁到了广西宜山，标营足够宽大，做学校总部够用。但师生人数众多，浙大在周边搭建了一些草棚，做临时教室和宿舍。后来浙大在沿标营大门出来的街上，租民房做宿舍和其他教学场所，宜山文庙也被借用。

那天我从空荡荡的老标营出来，上车沿门外的水泥路直行，车子行驶约两百米，过了宜州一中校门，路中央出现一座古老的城门洞式建筑。这座建筑跨越整条小街的两边，过街行人必须从门洞穿过。我们下车，进入城门洞观察。这个楼叫四牌楼，是古迹，有四个门洞各自通向东南西北的街道。这座古城门牌楼建在十字路口，把四面的道路封死，一夫当关，万夫莫开。

修如此气势磅礴的一个四牌楼，说明此地很重要。这里的几条街，古代就商店众多，生意繁忙，浙大师生在这条街上租房居住，生活很方便。早年这里很热闹，县委县政府的办公室就设在街边的楼房里，后来政府搬走，中心转移，这里才冷清下来。

今天的河池人，没忘记早年浙大西迁办学的壮烈历史。陈代云老师带我朝前走，找到路右手边的一块空地，那里建了一个浙江大学西迁纪念广场。河池人在当年浙大学生读书居住的地方辟出一大块空地，立了一个竺可桢站立雕像，广场的左右两侧和后方，用黑色花岗岩围成宽大厚重的高大斜台，花岗岩石板上雕刻了马一浮撰写的浙大校歌歌词，又刻了一幅浙大不断西迁流亡的路线图。马一浮是当时中国有名的国学大师，曾在浙大授课。浙大的校歌就是由他撰写，马一浮被称为跟梁漱溟和熊十力齐名的中国新儒学三圣人之一，他写的歌词古奥庄严，境界纯净崇高。

浙大在中国西南部广西一个隐蔽但热闹的生活区再次恢复

上课，重新开始学校生活，一个独特的艺术家走进了浙大的教室，他就是丰子恺。丰子恺战乱中率全家逃出故乡，过江西和湖南长沙，一路逃难，一路在朋友的帮助下办小型画展，卖画为生，迁到广西桂林时与竺可桢相遇，接受浙江大学的聘用，前往宜山的浙大任教，生活终于安定下来。浙大师生空闲时在小街上走走，跟当地人闲谈，买些小吃和山货品尝，十分惬意。师生教学相长，进步很大。

不觉一个学期过去，安定的日子忽然中止。1939年2月5日上午，宜山县城拉响了急促的防空警报，浙大使用的标营遭到日本飞机轰炸。几十年后为河池市的大桥题写"求是桥"的程开甲院士，在那次日军飞机的轰炸中受伤。当年他是标营东宿舍的浙大二年级学生，他的同学杨士林、高昌瑞也被日军投下的炸弹炸伤。

日军投下燃烧弹、爆裂弹一百一十八枚之多，浙大建设在标营里的八间宿舍、十四间新建教室全部被炸毁，礼堂、办公室、阅报室、体育室、厨房、饭厅、储藏室等建筑也被毁坏。日军对浙大标营的准确轰炸，令人震惊和愤怒。一所中国的普通大学，非军事单位，为何遭到日军的空袭？时隔多年，仍令人不解。可能日军要制造恐慌，也可能掌握了情报，欲赶杀中国教育精英，还可能获知标营驻扎过广西军队，是军事驻地，以为有军队驻守。

不管怎么说，浙大的好日子再次到头了，日军炸过一次，就会有第二次。2月7日浙大开会讨论，决定分散上课，另寻新址重新建造校舍。浙大高举教育火把，舍生忘死，坚持上课的精神，八十余年后仍令我深感震撼。1939年2月17日，浙大召开校务委员会，决定迁至现在河池市的刘三姐镇，当年叫小龙乡的坝头、莫村、洞口等村子，租借土地另建校舍和教室。

黄土路开车带我去寻找刘三姐镇的老村子，朝山上的村庄前进。路越走越窄，车窗两边是密集高大的植物，那植物的枝有手臂粗，长出宽大叶片，把路围得密不透风，光线暗淡，我不知是什么，问了才知道是甘蔗。

宜山县现在归入河池市。这里气温很高，是种甘蔗的好地方，糖业发达。当地有两大传统产业，一是种甘蔗卖给糖厂，也有人自己土法制糖；二是种桑树养蚕。桑蚕业很辛苦，这里的村民更愿意种甘蔗。几年前我在江苏乡村做调查，采访过当地的养蚕人，喂蚕、收茧、剥丝，直到最后获得丝绵，是非常操劳的流程，很复杂。

车子穿过密集的甘蔗林，继续爬山。右边车窗外的公路边出现一片清澈水域，像水库，但狭窄绵长，弯弯地绕山而来。水非常清澈，波纹不动，映出山上的绿树和澄碧蓝天，水边一侧的山崖上，架设了弯曲的人工栈道。我和陈老师下车，沿水边栈道步行，黄土路独自开车爬山。我们沿山崖栈道拐几个弯，爬台阶上去，就看见黄土路的汽车了，他停在村口。

村口有一大片空地，一侧有几间矮房，空洞不见人，场子边立了一块低矮石碑。上前蹲下，我看到石碑上的标题"浙大驿站"，下方的文字，记录了竺可桢来此租地建房的事件。碑的背面刻了密密麻麻的人名，细看注释，方知当年浙大在此租地盖校舍，村民有人租地，有人免费出借自家的地，倾情支持。

现在，村民立碑为记。这些人名不知是当年记在纸上，还是浙大档案的记录？我看到碑下方有统计数字，共一百零二人。这些姓名能够从时间的河床上被捞出，刻到碑上，令我肃然起敬。秋末的阳光投下，隐于石碑背面的人名依然闪亮，轻细的光芒划破村口空地上宽大的寂静，投向鸟语花香的山坡。

当年，竺可桢上山考察，在村里办了用地手续，在宜山小龙乡的坝头、莫村、洞口等村建房。计划在坝头村建一年级和工学院的校舍，在莫村建文理学院校舍，在洞口村建农学院校舍。十二栋新房建好，为感谢村民的慷慨支持，浙大把浙江一带的蚕桑缫丝技术引入宜州，教村民种桑养蚕，这正是后来河池桑蚕业兴盛的由来。

后来，日军飞机的骚扰越来越多，山村也不可久留，竺可桢只好放弃，再次撤离，迁往贵州。在宜山山村里新建的十二栋校舍，空空地留下了，后来全部赠给了广西省政府，那些校舍被用作开办宜山的国民中学，成为今天宜州一中的前身。

黄土路的车载着我朝村外驶去，不远处的小坡上，有一座站立在河边坡头的亭子。褐色的木柱和围凳，灰色瓦顶和顶上的尖形装饰，造型独特。看上去是一座亭，又有两座亭的感觉。陈代云老师告诉我，这叫连体双亭，如此设计，是为了纪念浙大与河池在战火中结下的情谊，也是为了纪念浙大师生与河池村民共同守护安静的教室，保证大学生正常上课的伟大历史。

四十六　第四次迁校

浙大不断流亡迁移，不断成长，竺可桢在江西吉安的泰和县永远失去了妻儿，却仍带着浙大师生去到广西宜山。宜山标营被日军飞机轰炸，还流行疟疾，学生中多人患病，浙大开始第四次迁移，从广西宜山迁到贵州遵义，从此安定下来，在遵义度过了七年时光，直到抗战胜利，东归浙江。

2024年8月中旬，我从上海去到杭州，寻访浙江大学。我去得匆忙，没跟当地朋友联系，无法进入浙大校门，只能站在校门口观察。今天的浙江大学是中国的顶尖大学，很多新生乘车来报到，车如流水。校门高大宽阔，四个一体相连的高大圆形拱门，把门前忙碌工作的十多个黑衣保安衬得非常矮小。

校门的墙面是温暖沉稳的土红色，不是大红，红墙在西斜阳光中映出沉静文雅的光。一条河与校门平行，横向流淌，不知其名。河面安详，水流向城市的远方。河边有一个宽大斜坡，斜坡上有非常青翠的平整草地。河流、草地和跨河而过，通向校门的两座桥，烘托出浙大的干净、文雅和自信。

两个月后，我继续长途调查，从昆明乘坐高铁去遵义，寻访抗战流亡时浙大在贵州遵义留下的印迹。我坐在车厢靠窗的位子，高铁稳定前进，钻进一个又一个云南高山的漆黑隧道。火车在山壁间穿行，封闭狭窄，世界向我挤压。不知不觉间，时间被火车钢轨碾碎，抛撒在无人的峡谷。窗外视线开阔了，大片风景明亮，目光穿过车窗，落到矮山后的天空。前方在下小雨，山势起伏减小，远处天空中乌云抱团下坠，我明白火车已驶离云南。

我注视着窗外，有一个奇怪感觉。云南与贵州是行政划分，地理上联系很多，可气象跟行政划分似乎紧密配合，进入贵州天气就变了。湿淋淋，大雾。云南境内干燥明朗，贵州境内潮湿、雾蒙蒙，世界神秘莫测，让我费解。

车到遵义站，贵州朋友安排的网约车来接我。小个子的网约车司机驾车，一路弯弯拐拐地朝几十公里外的遵义市湄潭县前进。早年浙大来到遵义，分了三个地方入住，安排师生的生活和部署教学。校本部在遵义城中，其他院系分别在湄潭县和永兴镇，湄潭县的两位文化人对浙大西迁史有深入研究。

天色黑定，路途较远，热情友好的司机带我去吃虾子小镇的羊肉粉。我想起陆川的电影《寻枪》，想起姜文表情冻住，伸手摸空枪套的经典动作，看见在影片俯拍镜头中来来回回走动并用小镇口音反复吆喝"羊肉粉"的摊贩。坐进餐馆，立刻撞上贵州的猛辣和大油气味。

次日我打车去湄潭县的文庙参观，天在下雨，地上湿淋淋，我见到了当地的浙大西迁史专家黄正义和张宪忠两位老师。湄潭县在文庙设立了抗战时期浙大西迁陈列馆，又在文庙外修建了浙大西迁纪念广场，非常庄严浩大。黄正义老师告诉我，浙大西迁遵义，是一种缘分。当年竺可桢计划撤离广西宜山，寻访了好些地方，有些地方不合适，有些地方被人婉拒，并不顺利。

1939年2月，竺可桢在贵阳与省主席吴鼎昌商议，想在贵州找个安稳之处办学。他也想过把浙江大学迁往云南的建水县，但半路有人向他推荐贵州遵义的湄潭县，竺可桢因此结识了湄潭的县长严溥泉。这是一次巧遇，也是浙大和湄潭县的荣幸。当时国民政府移至重庆，为控制周边环境，保证生活物资供应，在西南一些富裕之地安排了官员，严溥泉就去到贵州的湄潭县做县长，他是江苏人，还在英国留学过，深知一所高校对小县城的重大意义。

县长严溥泉与竺可桢沟通非常顺畅，之后湄潭成立专门的空屋调查委员会，统计了老百姓可以提供的房屋和粮食供给情况。严溥泉写信给竺可桢，告知湄潭县可以让出文庙、民教馆、救济院等房屋。多次书信往来后，竺可桢再去湄潭调查。他还是老方法，亲自走访，亲自谈判，亲自调查当地物产、物价、交通、住宿等，眼见为实。

当时湄潭县正在修路，暂不通车，物资进出是人挑马驮。竺可桢坐滑竿去到湄潭县，看到山水秀丽，物美价廉，人民淳朴，十分欢喜。严溥泉县长热情大义，他决定选择此地。浙大从广西宜山迁往贵州湄潭县有近六百公里路程，是一场艰难的长途跋涉，师生告别广西宜山，步行三个月，终于到达。

当天中饭我在湄潭吃羊肉粉，地方风味很痛快，之后黄正义老师亲自驾车，载着我和张宪忠老师去永兴镇。黄正义老师身体健壮，声音洪亮，张宪忠老师像鲁迅戏说的瘦诗人，声音轻柔，思维严谨，知识丰富。他就是湄潭县下辖的永兴镇人，多年在镇文化馆工作，被县上送去培训过古建筑设计。前几年湄潭县文庙重修，拆得只剩柱子和方梁，就是在张宪忠老师指导下，参照古代地方志上的图样，才恢复建出原貌。

永兴镇保持着古老和安静，张宪忠老师带我走进镇上的小街，告诉我浙大选择永兴镇，原因是永兴商业发达，外地人很多，有江西会馆、四川会馆、两湖会馆等，是盐业集散地。四川自贡的盐运到永兴，再扩散到周边地区。盐税很重，官家就富足。也有江西的棉花背来，在永兴纺成线，织成了布，卖往外地。

张老师带我走进一个老院子，指着墙角的几块旧砖告诉我，那是旧式的江西彩砖。江西人背棉花来永兴，要在背架下方放一块雕花上釉的彩砖。这种彩砖只有江西出产，放在背架下方起两个作用。一是压底，棉花轻但体积大，背架会飘，有砖压底就稳，方便行走。二是在永兴镇上卖掉棉花，拿着这块彩砖去江西会馆，证明自己是江西人，能受到会馆的接待和保护。

张老师带我走进另一个老院，天井很小，极紧凑，但很讲究，石墙和木窗都有复杂雕花，三面小楼是旋转斜角设计，别致精巧。他告诉我，这是永兴镇首富家四个女儿的闺房。他家的三个女儿进了浙大在镇上办的中学读书，最小的妹妹爱上一个浙大男生。这个男生穷，是工读生，张家父亲很同情，请他来记账，支付工钱帮助他，爱情就发生了。

抗战胜利，浙大东迁，男生也离开永兴镇。姑娘每天写信，不见回音，黯然神伤。后来父亲去世，姑娘忽然接到福建来信，正是那个男生寄来的，才知道她寄出的信都被父亲叫邮局截留了。爱情在思念中萌芽，生根长叶，粗壮强大。男生在福建的共产党工作队工作，写信叫姑娘去福建。姑娘家几个姐姐大喜，凑路费送小妹出行。她去福建结婚生子，很多年后，其后代来永兴镇访祖，一个完美的爱情故事，把幽闭的老院子照耀得多情而温柔。

永兴古镇街上一幢很长的旧式木楼，是重新修缮而成的，保持了早年的原样。张老师告诉我，当年浙大的工作人员来永兴镇考察，看到这家人正在街头盖新房，新房的主人就是永兴镇首富，那个爱情故事中小女儿的父亲。他家正在盖的这幢房子规模很大，浙大就登门商量，欲包租新房。他家同意了，按浙大的要求调整建盖式样，盖成后租给了浙大。一幢超长的老式两层木楼里，留下了一段中国高教史的动人篇章。

浙大在湄潭县七年，与当地社会和文化深刻互动。物理系在湄江边的双修寺内建起简易教学楼，布置了电学、光学、近代物理、实验技术四个实验室和一个修理工场，湄潭人大长见识。湄潭县有重庆刚派人来建成的中央实验茶场，浙大与之合作，科学种茶，使今天的湄潭茶业声名远扬。

竺可桢凭着自己的人脉和人格魅力，招贤纳士，吸收了一批一流科学家和优秀的人文学者、艺术家为学生授课。四次迁徙，动荡不宁，浙大却神奇壮大，从一所破败落寞的普通大学，成长为引人瞩目的优质学校。

四十七　从中国中游到世界一流

2024年10月12日早晨8点，我离开小雨中的湄潭县，由网约车送去遵义市，准备拜访遵义市的陆昌友老师。这个拜访不在原来的计划中，在湄潭县寻访时，当地的张宪忠老师给我介绍遵义的陆老师，告诉我，陆老师对浙大在遵义办学的历史很熟悉。我就临时改变行程，匆匆赶来遵义。

车窗外都是温柔的小山包，丘陵连绵，湿润葱绿，晨雾笼罩一切。进入遵义城，车子拐进一道极窄又很弯曲的长坡，小心缓慢地前进。行人渐多，车也多，常停车互让，路两边的杂货店、服装店、米粉店一家挨一家。那是遵义老城白沙路，很著名的街，街边的低矮老屋和突然耸立的现代高楼交错贴紧，光线幽暗，车子贴身而过。下车后我听到人声，看到陆老师在身后长坡半腰的一个拐弯处朝我招手。

陆昌友老师是一个富有激情并态度严谨的专家，他在遵义一个社区的办公楼二楼创办了"浙大西迁与何家巷"陈列室，展览小而精，非常专业。他向我介绍了展览，又带我去街上参观纪念浙大西迁的人物铜像。途中路过老街拐弯处的遵义人大办公楼院子，陆老师告诉我，这是遵义的何家巷4号旧址，早年竺可桢租了用作自己的办公室，后来陆老师也在此工作十年。陆老师曾长期在遵义人大工作，任副主任。一个后来的文化追随者，与一个曾经的文化创造者在历史原址相遇，隔着时间之河，相互问候。

浙大在遵义使用了一个叫子弹库的地方。子弹库是遵义知府袁玉锡早年创办的遵义府中学堂所在地，这所学堂为遵义新学奠定了基础，开启了遵义现代意义的教育历程。学堂建筑宽敞，规模很大，曾用作军械库，故有子弹库之名。1940年，空置的子弹库转让给浙江大学，原设在遵义何家巷的浙大校本部随之迁入，浙大在子弹库设立校长办公室、总务处办公室、文学院办公室及心理实验室、气象测候室，部分教室和宿舍也设在那里。

子弹库这个词组，透出无可阻挡的凌厉和无情，让我好奇。下午，出租车载着我穿过八十多年的时间，在遵义城小街的子弹库原址停下。我下车环顾，物不是人也非，原址盖成遵义市第十一中学。窄街被几幢十来层的住宅围住，楼下小店大多是餐馆。拐弯处一家店的门头上有"现熬现卖，猪油，脆哨"的大字招牌，对面一家店的门头招牌字是"拌面侠"，很江湖的感觉。我站在校门口，听着人声车声，看着头顶灰色的厚云，走进身边一家眼镜店，向女老板借把椅子，坐着在手机上写下见闻和思考。

那天上午，陆老师带我去看了遵义可桢桥旁街边花园里的竺可桢铜像和碑亭，亭中立了一块石碑，碑上刻了《国立浙江大学黔省校舍记》，这篇记是竺可桢请浙大国文系教授王焕镳撰写的。王焕镳是著名文史学家，原在江苏省立国学图书馆任职，抗战逃亡，举家迁离，流落四方，被竺可桢聘到浙大任教。他撰写的记，有桐城派古风，文中有一些对竺可桢的颂扬之辞，竺可桢提笔改动，换成第一人称的客观记述，删除了颂扬自己的文字，勒石刻碑，立在了子弹库的花园里。

时过境迁，石碑不知去向。1982年遵义市第十一中学扩建，在一个老祠堂前废弃的水沟中发现了失踪已久的石碑。1985年遵义在城中的湘江河边花园里建盖了碑亭，2002年遵义修建新桥，老碑亭拆除，几年后政府修建了新碑亭，石碑重新立在亭中。2000年后，一位浙大学生，在美国做过旧金山副市长，他来到遵义，捐赠了一座竺可桢站姿铜像，现在铜像立在碑亭旁边，倾听着遵义城中湘江河水轻轻流淌的声音。

竺可桢写记刻碑，是预感到抗战就要胜利，浙大即将东归。艰难的抗战岁月中，浙大多地迁徙，行走近三千公里，坚持正常教学，从一所普通大学变成师资强大、部门齐备、目标高远、成果丰硕的中国一流大学。

浙大在竺可桢接手时师资缺乏，一路迁徙，竺可桢一路网罗精英，拥有了一大批顶尖教师。国学大师马一浮，曾是浙大教师。学者梅光迪也在浙大任教，他是学衡派创始人，中国首位留美文学博士，曾在哈佛大学专攻文学。1927年回国任过中央大学代理文学院院长，1936年任浙江大学文理学院副院长兼外国文学系主任，1939年任浙江大学文学院院长。学衡派是一个文学复古流派，主张"昌明国粹，融化新知"，追随者都是大师级学者。

西南联大的钱穆名声很大，也被竺可桢聘请，经常从昆明坐车去遵义，给浙大学生上课。方豪是著名的历史学家，也在浙大任教。丰子恺绘画撰文名声在外，翻译和作曲也很有成就，他在广西桂林与竺可桢见面后，被聘到宜山的浙大教授艺术欣赏和现代文学的课，后随浙大迁往贵州遵义。物理学家王淦昌，在核物理领域展现出卓越才能，苏步青的数学研究大有成就。胡刚复是中国近代物理学奠基人之一，1918年获得哈佛大学博士学位后归国。他在东南大学开创研习物理的风气，建立了中国最早的现代物理实验室。当时物理教学只宣读讲义，学生照章背诵无实验，胡刚复在浙大，亲手制作实验仪器，把真正的物理学引进讲堂。

竺可桢是地理和气象学家，召集了一大批中国著名的相关专家到浙大任教，其中有张其昀，著名地理和历史学家。叶良辅，中国较早的地质学家和岩石学家，曾任北京大学地质系教授，广州中山大学地质系主任，中央研究院地质研究所研究员。任美锷，在中国首先提出建设地理学的专家。黄秉维，地理学和自然地理学家。谭其骧，著名历史地理学家，中国历史地理学的重要奠基人之一。

在遵义安定的七年办学期间，浙大完成了文理工农师等多个学院的架构，从规模较小的高校，发展成拥有多个学院的综合性大学，有了较高的地位和影响力。西南联大和浙大的成就，引起国际关注，获得了英国学者李约瑟的高度评价。

李约瑟是英国近代生物化学家、科学技术史专家。他受英国政府委派，1943年来到中国。珍珠港事件发生后，中英美关系升级，英美期望中国继续抗战，减轻远东战场压力。英国文化委员会任命李约瑟为重庆的中英科学合作馆馆长。李约瑟1943年2月从印度加尔各答出发，前往中国，首站来到昆明，之后到达重庆。1944年李约瑟两度访问西迁到贵州的浙江大学，考察后回国述职，在伦敦发表演讲，他说中国科学家及技术工程人员，在战争时期物质设备简陋奇缺的恶劣条件下，取得了极大的文化与教育成就。他称赞中国西南联大和浙江大学是一流大学，可与英国的剑桥和牛津、美国的哈佛和耶鲁比肩而立。

… Empty lines …

第四部 光亮

四十八　最痛心的文明毁灭事件

报纸和出版，照亮了现代人类的生活，促进了跨地区的大范围信息传播和文化的快速生长。世界第一家现代出版社何时出现，并无定论，但有观点认为，1478年由英国印刷先驱T.罗德在牛津大学创立的牛津大学出版社，算得上世界上第一家现代意义上的出版社。中国的第一家现代出版社，是上海的商务印书馆。

抗战时上海商务印书馆被日本飞机炸毁的事件，被认为是中国近代以来继火烧圆明园后又一令人痛心的文明悲剧。2024年8月，我从南京去到上海，寻找抗战时期的商务印书馆旧址。车子穿过上海热闹的老街，驶入一条很狭窄的街道，在街中段停下。我下车第一眼就看到路边的上海中医院。这医院看上去不大，像一个正在上课的学校。院子小，大门进去几步就是医院大楼。院门用不锈钢的移动栅格门拦住，门口很安静，街道窄得只能在一侧停车。

我再转身，就看到抗战时期的商务印书馆旧址了，星期五关门，不知为何，门上挂了一把红色的锁。那长条的黑色大门像莫迪里阿尼画的长脸男人，垂下眼睛，对我视而不见。老旧小街上的纪念馆，门外地盘很小，但认真修整过，一米左右的狭窄花园整洁而文雅，堆了几个石头，贴近墙边生长的大树，提醒路人高大黑门里锁着一段久远时光。

整齐的低矮灌木把商务印书馆旧址门前的窄小花园围住，衬托着门两边一对茁壮的铁树。铁树造型好看，有特殊的文化含义。它的叶子油绿光亮，形状独特，被人喻为孔雀尾，也有人认为像剑，我更愿意把它的叶片看作散开的铁针。叶子向左右两侧散开，射出智慧的绿色。文化要有铁针般锋利的敏锐思想，又要像铁树一样常绿，永远不败，我想，种植者大约有过这样的心思。

小街安静得像一张旧照片，街边一溜笔直排列的汽车，像接到指令的军车在时间中凝固，路中间很长的狭窄灰白路面，泛射出冷清空茫的光，像静止的岁月之水。商务印书馆旧址门口大树上有鸟声落下，把我从恍惚中拉回来。当年的商务印书馆不知是否就在这个位置，也不知门面是否比现在更阔气？但1932年发生于上海的一·二八事变，把著名的商务印书馆完全毁坏了。

中国人发明的活字印刷术，推动了全世界印刷出版业的发展，活字印刷术于宋代出现，1862年清政府在北京设立了京师同文馆，尝试设立新式教育机构，同文馆附设了印刷所，也翻译和出版西方著作。1883年创办的千顷堂书局，是中国近代最早的私人出版机构，但近代专业化的私营出版社，以上海商务印书馆最早，规模最大。

商务印书馆1897年2月11日创立于上海，与北京大学齐名，被誉为"中国近代文化的双子星"，极盛时期在海内外设三十六个分馆，出版的书刊占全国百分之六十以上，规模达到亚洲第一，是当时中国本土经营最成功的现代文化企业。

商务印书馆代表着中国近代文化的兴盛程度和思想高度，联系着严复、林纾、梁启超、赵元任、陈寅恪、王国维、鲁迅、冰心、巴金、胡适、费孝通等一大批中国杰出文人与思想家，拥有编辑、印刷、发行、管理等所有出版环节的优秀人才，培养了中国最好的出版人。出版的书籍被推广到全国各地和海外华人社区，对中国文化教育发展有重要作用，促进了中外文化交流，是中国近代文化传播的重要窗口。

1932年1月29日，一切都发生了变化。那天上午10点，日军飞机朝商务印书馆总厂投下六枚炸弹，全厂皆火，浓烟弥漫。厂区库房的纸品燃烧很快，印刷机器全部被烧毁，纸灰飞达十几里之外。

居住在上海的诗人王礼锡，用日记记录了大轰炸中商务印书馆被毁灭的惨象。他这样写，日本五六架飞机集中在闸北掷弹，飞得非常低，打一个旋，掷一个弹，起一阵火，打一个旋，掷一个弹，起一阵火。整个闸北成了火窟，火焰与黑烟弥漫半座上海城。商务印书馆起火了，文人的心血与工人的血汗化成满天的黑灰，像秋天的落叶四处翻飞。有人在海宁路附近拾到飘来的烧残纸片，似乎是植物学教科书……

他还在日记中记录下了文化人痛心的损失，赵景深家被抢，丢失了七口箱，书籍散得满地没人要。傅东华把行李搬出家门，一箱沉沉的书，装满半生搜集的英文文学批评材料，两个搬运夫也抬不动，被趁乱窜出的流氓看中，当作财宝抢走了。郑振铎家里的藏书，和其他朋友收藏的祖辈手稿，也都灰飞烟灭。

两军对垒，战斗应在双方军队之间展开，为何商务印书馆会被精确轰炸？日本军官后来透露了原因，炸毁商务印书馆是日军的计划之一。这家亚洲最大的出版社开阔了中国人的视野，提升了中国人的思想高度，对于日本侵占和奴役中国的企图非常不利。他们认为毁灭几间楼房可以重新建盖，毁灭了商务印书馆，造成的损失中国人永远无法弥补。

商务印书馆资产损失一千六百三十万元以上，占总资产的百分之八十，可悲剧并未结束，商务印书馆被炸毁三天后，一批日本浪人冲进商务印书馆附属的东方图书馆，大肆破坏。东方图书馆在上海读书人心中存有深刻记忆，很多人从中学到大学的时光在里面度过，东方图书馆是他们最可信任的图书之家。两壁多层的书架上，仅工具书、百科全书和常用图书，就陈列了两万多册，可自由取阅。可是，上海最大的图书馆，藏书近五十万册的图书大楼，也被日本人纵火烧光。

张元济时任商务印书馆经理，毁灭性的破坏给他带来巨大打击。商务印书馆停业半年，称雄亚洲的东方图书馆也被洗劫一空，除了寄存银行保险柜中的五千余册善本书得以幸存，东方图书馆几乎一无所有，这是对中国文化乃至人类文明的空前践踏。

四十九　出版业高手张元济

商务印书馆最早由印刷工人出身的夏瑞芳在上海创办。夏瑞芳幼年在上海教会学校读书，曾做过《文汇报》《字林西报》

《捷报》的报馆排字工，熟悉印刷业务。1897年，夏瑞芳与友人合资，在上海江西路创办了商务印书馆，因承印商业文件，故名商务。五年后张元济入股加入，商务印书馆增设编译所，张元济为所长，印刷厂变成了出版机构。

后来上海新学之风兴起，急需大量教科书，商务印书馆对业务做出调整，主要出版学校用书，书馆改为股份有限公司，夏瑞芳做总经理，赴日本考察印刷技术，引进先进设备，规模越做越大。

1914年，商务印书馆的创始人夏瑞芳被暗杀，死因成谜。有人认为他的死与反袁的"二次革命"及沪军都督陈其美有关。陈其美青年时代做过上海公司的小会计，后进入理科传习所研究科学，结识了于右任和蔡元培等革命者，1906年他留学日本并加入同盟会，两年后回上海开展革命，后创办《民声丛报》和《中国公报》。

武昌起义成功，陈其美于一个月后成功指挥了上海的光复起义，担任沪军都督并组织沪军都督府。1913年宋教仁在上海沪宁火车站被刺，陈其美被推为上海讨袁军总司令，在上海设讨袁军总司令部。上海商界害怕战争冲击，组织保卫团维持治安、防止战祸。夏瑞芳出面，联合诸商抵制上海沪军驻兵闸北。

1914年1月10日晚，上海英租界河南路的商务印书馆发行所外，四十三岁的夏瑞芳准备乘车时，一名三十多岁的黑衣男子突然出现在他的面前，黑衣人快速拔枪射击，其中一枪击中夏瑞芳的胸部。被送往仁济医院后，夏瑞芳身亡。凶手王庆瑞被捕后供认，他受一名叫周缉云的人指使行刺，以获取巨额报酬。

夏瑞芳去世产生巨大反响，政学商界头面人物赠送花圈，举行了追悼大会。租界巡捕把刺客王庆瑞押赴上海镇守使署后匆忙处死，案件再无下文。传说中的幕后指使周缉云未归案，舆论认为真正的幕后人物是陈其美。

陈其美两年后也被袁世凯势力暗杀，刺客出没的上海滩，文化最兴盛，思想也最活跃。夏瑞芳的去世并未给商务印书馆带来致命打击，原因是几年前印书馆就加入了一个名叫张元济的高人，夏瑞芳神秘被刺身亡，张元济担起了管理商务印书馆的重任。他出身书香世家，1892年中进士，入翰林院，后在总理衙门做文书，参加过维新运动，主张教育救国，赞同西学，1897年在北京创办通艺学堂，开设英文、算术等新学，还送给光绪帝一些西方知识和现代教育的新书，并与严复多有交往。

戊戌政变失败后，张元济被革职，因光绪帝保全，留得性命，离开朝堂，归隐江湖。他把自己在北京创办的通艺学堂校产造册，移交给京师大学堂，带着满腹失望携家眷离京，定居上海。经李鸿章举荐，他被盛宣怀聘用，筹办南洋公学译书院，任译书院院长。几年后慈禧太后下诏让他回京做官，他托病不出，婉言拒绝。

南洋公学是今日西安交通大学和上海交通大学前身，建于1896年末，经清光绪帝批准，盛宣怀兴建。盛宣怀在中国近代史上举足轻重，他着手创办的南洋公学，与北洋大学堂同为近代历史上中国人最早创办的大学，也是中国最早兼有师范、小学、中学和大学完整教育体系的学校，其中师范院是中国最早的新型师范学校。

清末称长江以南地区为南洋，盛宣怀创办的上海中式大学就取名南洋公学。张元济在南洋公学创办译书院，与严复合作，请他翻译英国经济学家亚当·斯密的《原富》一书，并开风气之先，支付严复高稿酬。南洋公学译书院是中国第一所高校出版社兼翻译机构，翻译出版过兵书、政书、教材等东西方图书，1903年因经费紧张停办。

1901年初张元济出任南洋公学总理，次年与蔡元培等人创办《外交报》旬刊，向国人介绍外部世界。南洋公学设经济特科班，蔡元培为总教习，教西方新学。也就在那时，张元济与夏瑞芳的商务印书馆合作译书，成为商务印书馆的股东。

张元济的祖辈张九成，是南宋理学名臣，七世祖就以藏书和刻书为业。张元济仕途断送后，转而经商和教书，再涉足印刷出版，其实印书早就是他家祖业，做出版是他祖传的宿命。张元济的人生像一条明亮奔腾的河流，带着祖辈的刻字印书喜好，从遥远的期望中流出，七拐八绕，穿山过谷，最终流进了商务印书馆。

张元济加入之初，商务印书馆经营得并不好，印刷工人出身的夏瑞芳和他的合伙人，印刷的书籍质量不高，经营受阻。1902年商务印书馆增设编译所，聘请蔡元培出任所长。次年冬，蔡元培因著名的"苏报案"文字狱，离开上海去青岛，张元济不满南洋公学的官僚习气，也从学校辞职，全身心投入商务印书馆的工作，接任了编译所所长。

张元济做过朝廷官员，眼光开阔，有勃勃雄心。他看出商务印书馆人力、财力、技术和经验的不足，建议与日本书业合资，并聘请了懂新学的学者做编辑，请严复翻译世界名著。又从日本请来教科书编辑专家长尾桢太郎，广泛搜集蒙学课本，编辑出版了《最新国文教科书》。

商务出版的《最新国文教科书》非常实用，内容丰富，配有教师用的教授法，远非旧的蒙学课本可比。1904年到1905年间，张元济与蔡元培等人合作，编辑出版了《最新修身教科书》，关注国人的人格品德教育。他格外看重编辑水平，网罗大量人才，出版了课本、教授法、参考书、文学作品数千种。

商务印书馆成为中国第一家成套出版中小学教科书的机构，更是教材的权威出版公司。教材出版是一个巨大的市场，也是一份重要的责任，张元济眼光独到，学识深厚，关心国家命运，正好具备经商和道德守护两方面的素质，商务印书馆出版的图书也就最受欢迎。他在二十年间把一个小型印刷所，发展为新型的现代化出版企业，使商务印书馆步入宽敞大道，逐渐发展成为亚洲最大的出版机构，他自己也成为中国现代出版业的奠基人。

五十　迁移长沙

可是，日本飞机把亚洲最著名的商务印书馆炸毁了。世界已经变样，弱肉强食，盗贼蜂起，炮火连天，但文明不能中断，文化不可湮灭。与其坐而论道，不如立即行动。张元济不抗议，不控诉，不抱怨，只重实干。楼房毁灭，机器毁灭，纸张毁灭，书籍毁灭，都可以从实干中重新得到。

这年张元济六十五岁，背微驼，头发已白。他写下"廿年心血成铢寸，一霎书林换劫灰"的诗句，表达了自己的愤怒。他只是愤怒，并不绝望。六十五岁是一笔财富，张元济经历了1884年的中法战争、1894年的中日战争、1900年的八国联军侵华战争，西方列强对中国步步紧逼的侵略，一个个不平等条约的签订，在张元济的心中埋下了不屈的种子，他并不认为商务印书馆会被毁灭，中国也不能没有商务印书馆。

张元济年事已高，五年前就辞去商务印书馆的监理职位，改任董事会主席，很少上班了，不太过问出版公司的具体事务。东方图书馆被烧的当天，他一袭长衫，重返商务印书馆，主持董事会紧急会议，成立了以他为委员长的善后特别委员会，开始了商务印书馆的复兴大业。从那天起，张元济每天上班，处理各种繁杂事务，只求挽救商务印书馆面临倒闭的命运。胡适来信慰问，他复信说，三十年经营不能垮塌，我尽力为同人分担尺寸之劳。

商务书馆不只是一家企业，还是中国和亚洲的一面文化旗帜，它的倒闭，意味着中国人精神的垮塌。张元济向全馆同人阐述了这个意义，带着大家埋头工作。面对厂房、设备和资料损毁的处境，以拯救中华文化之心，在年初经历劫难后，只用半年时间，就重建商务印书馆，于8月1日正式复业。

复业后印刷出版的小学、初中全套教科书，均以"复兴"冠之书名。旧版书重印，新书也大力编辑出版，《大学丛书》《百衲本二十四史》《丛书集成初编》等一批有影响的大型丛书相继问世。到1936年，商务印书馆的出版物恢复到占全国总量百分之五十的水平，再次占据中国出版业的半壁江山。

但1937年七七事变爆发，刚刚恢复元气的商务印书馆，再次面临危机，8月日本全面进攻上海，商务印书馆紧急向后方转移，选定了长沙，调整策略，寻找新的发展机会，力求保持中国出版行业的领先地位。

商务印书馆在全国各地有三十六处分支店，积累了在外地办厂的丰富经验，印刷设备和图书资料运往长沙，编辑和印刷专业人员也一同前往后，很快就恢复了工作，继续出版学术著作、教材和文学作品。根据战时国民动员的需要，商务印书馆还出版了一些与抗战相关的书籍，为抗战文化宣传做出了贡献。

张元济撰写的《中华民族的人格》，借历史故事诠释民族生命力，以鼓舞抗战士气，激发抗日的民族精神。商务印书馆在长沙与当地学校和图书馆合作，举办文化讲座和图书展览，促进了文化知识的传播。

日军频繁轰炸长沙，生产、工作和生活均不安全，交通受阻，物资运输也困难，商务印书馆想尽办法，多渠道购买材料，加强工厂和仓库的防空措施，确保印刷出版工作正常。但长沙大火再次给商务印书馆带来伤害，长沙的工作不得不中止。

1938年11月13日发生的长沙大火，又称"文夕大火"，是抗战时期的一场重大悲剧。是日凌晨2时，长沙各处忽然起火，消防人员离城在外，无法灭火，大火持续数日，烧遍全城，全市六百九十多条街巷片瓦不留，百分之九十的长沙城街道受灾严重，百分之六十的房屋全毁，众多学校、官署、银行、医院、庙宇被毁，贾谊故居、天心阁、定王台、湖南省立图书馆等古迹被焚毁，大量古籍化为灰烬。

大火来势凶猛，先是南门起火，后全城多处烧起大火。火灾出现在凌晨2点全城居民的沉睡中，他们无力救助和自救，也难以逃脱，造成了重大伤亡。有说死亡七千多人，也有说死亡二万余人。起火原因令人慨叹，据说蒋介石认为长沙已无力抵挡日军的进攻，决定实行焦土政策，命令把长沙烧光，让日军得到一堆废墟，无奈点火部队操作失误，提前纵火，全城百姓和各行业惨遭自戕。

长沙大火使当地经济遭遇灭顶之灾，粮食、钱庄、绸店、纸业四大行业，以及轻工纺织业等损失巨大，长沙碾米业和粮栈业损失谷米一百九十多万石，城中一度缺粮，米价大幅上涨。火灾导致商务印书馆的长沙办公场所房屋被毁，失去了工作场所，打乱了出版业务布局，一些重要资料和设备也遭受损失。商务印书馆的长沙出版计划被迫中断，正在编辑排版和印刷中的书籍无法完成，延误了出版发行，影响了市场经营进程，商务印书馆只得再迁重庆。

五十一　危险的极司菲尔路

　　商务印书馆1937年搬迁长沙时，张元济不再是1932年重振旗鼓时的六十五岁，他已经七十岁了。大敌当前，他当然要为商务印书馆的发展出主意，也承担了上海办事处的董事会工作，却经不起颠沛流离之苦。他退出商务印书馆的具体事务管理，没去长沙，选择留在了上海。

　　留在上海绝不会轻松，可以想象他的担忧和愤懑。他是中国出版业的领袖，一面大旗，日军占领上海，组织了伪政权，需要中国的头面人物出马，帮助其撑起台面。他看到有人当了汉奸，出卖灵魂，不禁心寒。他一方面牵挂着迁移在外的商务印书馆，另一方面蛰伏不出，防止被日本人盯上。

张元济上海寓所在的极司菲尔路，不远处就是恶名远扬的"76号"。"76号"是上海沦陷后伪政权的特工机构，全称为"中国国民党中央执行委员会特务委员会特工总部"，这个机构，每天有目光闪烁的人物出进。

张元济负责商务印书馆的上海办事处工作。上海沦陷后，日本人扶持的伪政权把商务印书馆查封，馆内迁移时未能运走的四百六十二万多册图书被收缴焚毁，车间里的五十多吨活字铅料被强行征用。张元济为保持董事会的纯洁，防止不良势力渗入，停止了每年一度的股东年会，拒绝向汪伪政权重新进行出版业注册。

他年轻时退出清朝官场，不再过问政治，只做实事。五年前商务印书馆被炸毁，他又开始关注政治。七七事变后，在上海蛰伏不久，张元济面对日军大面积占领中国的领土，一改以往埋头做事的企业家和书生作风，出门会友，参加了"孤岛星期聚餐会"，与文化界、外交界、实业界、金融界的社会名流座谈时事，讨论战局，互通各地的日军暴行，传播中国军队的抗敌消息，议论政府的对日态度。他还向前线将士捐赠钱款、棉衣，亲自出任难民救济会上海分会的监察委员，参与发起了浙江旅沪同乡服务团。

商务印书馆举步维艰，勉强支撑，尽管分馆迁移外省，尽力恢复经营，但搬迁增加了很多开支，总厂又被破坏，物资损失太大，恶性的通货膨胀，使蛰伏上海的张元济一家陷入极端困顿，不得已决定卖房。

他家的极司菲尔路寓所是二十年前自己建盖，最初是公司购地，当时商务印书馆状况良好、资金充足，董事会委托张元济在南京路最佳地段买地建屋，以作公司发展之用，张元济为公司签了极司菲尔路地块的购地合同。大约也就在那次购地中，张元济考虑到自家的需求，就用半世辛苦所得，也在相同路段上购地，建盖了自家的宅院。

他为那座院子倾注了大量心血，高价请英国的建筑事务所设计，用最好的工队建盖。宅院占地六亩半，建成了西式尖顶的三开间两层楼房。他在自家温馨的寓所里编纂了《四部丛刊》一、二、三编和《百衲本二十四史》两部中国文化巨著，会见过不少名人老友，也曾会聚商务印书馆同人，在自家院中无数次开会，商议公司计划。

一朝卖房，实在心痛。卖房有两个原因，一是张元济家庭支出紧缺，又因通货膨胀，开支增加，他年纪大，身体欠佳，需要调养。二是形势危急，极司菲尔路宅院已不安全，上海伪政权的"76号"特务机构离他家太近，沪江大学校长刘湛恩已遭暗杀，张元济必须尽快搬走。战乱时期卖房不易，但他还是举家搬离了恶名在外的极司菲尔路，带着沉重的心情与熟悉的宅院告别，租了几条街外的上方花园24号院，举家迁居过去，以求安静和安全。

他拒绝与伪政权交往，更不会合作，忍辱含垢，韬光养晦。战争越打越大，国家破败，民不聊生，钱越来越不够用，熬到1943年，他不得不卖字为生。他七十多岁，身体渐弱，替人写扇面很费劲，先要用潮湿的毛巾把纸熨平，再坐在房内的方桌旁，慢慢地写下蝇头小楷。如果光线阴暗，就叫人把方桌抬到窗口，端端正正地写，一幅扇面写完，额头浮现了汗珠。

日子困窘，他仍保持气节，一位亲戚受人之托，请张元济为一幅画卷题字，送来润笔费十一万元。这是一笔大数目，张元济每次从商务印书馆领取的董事费，只够买几张大饼和几根油条，但闻知画卷的拥有者是一个大汉奸，他断然拒绝了题字，也就拒绝了送上门来的巨款。他是上海的大名人，曾有一日本人上门求见，他写下"两国交战，不便接谈"八个字，将其拒之门外。

五十二　大旗不倒

东方图书馆被焚，是张元济终生的疼痛。1939年，浙江兴业银行董事长叶景葵，也是张元济当年的学生，写信给他，说出自己的一个设想，问他能否动用自己的人脉和文化界的影响力，广泛联系，把优质的私人藏书集中，新建一个高质量的图书馆？张元济闻之大喜，立即响应。他跟叶景葵书信往来，反复讨论，一致认为抗战以来各地图书馆或停顿或分散，甚至毁灭，私人藏书也多流散在外，日美等国乘机搜罗，必须主动作为，不能看着中国文化散落国外。

经过两年的精心筹备，名为"合众"的私立图书馆在上海长乐路落成。两袖清风的张元济拿不出钱，便把他珍藏的嘉兴和海盐地方文献，以及张氏先人的遗著和其他书籍，共计九百余种约三千八百册，全部捐献给图书馆。

张元济还与郑振铎等人，抢救战争期间散佚的各种古籍与文献。这些文物是国家价值连城的珍宝，日伪机构到处搜寻，欧美学者密切窥探，发国难财的商人也在寻找。沦陷后的上海，文化湮灭，文人相互提防，貌合神离，张元济和郑振铎以少数人之力，难以保护更多重要文献遗产。1940年1月，郑振铎和张元济约请一批同人，组织了一个"文献保存同志会"，制定出详细任务与分工，集体合作，效果就好了很多。

不到两年的时间，他们就搜购到江宁邓氏群碧楼、嘉兴沈氏海日楼、庐江刘氏远碧楼、苏州刘氏玉海堂、南浔张氏适园、吴兴刘氏嘉业堂等著名藏书家所藏善本数千种，所取得的成功，足以与苦心经营数十年的北平图书馆匹敌。张元济不仅做了大量搜集工作，还是专家，承担着宋元善本的鉴定。

张元济是商务印书馆董事长，他一直密切关注的事，还是迁移后的商务印书馆工作。1938年6月起，日军集中四十余万兵力，实施长江跃进战略，分水陆空三路围攻武汉。四个月后武汉沦陷，日军进逼长沙。

湖南成为中日双方争夺焦点，长沙是中国第九战区司令长官部所在地和南北交通枢纽，1939年9月至10月日军从赣北、鄂南、湘北三个方向进攻长沙，中国守军构筑多道阵地抵抗，日军撤退。1941年9月日军再次发动进攻，第二次长沙会战拉开序幕，中国守军反击，日军再次败退。第三次长沙会战于1941年12月展开，日军分八路进攻，中国军队逐次抵抗，日军伤亡重大撤离。1944年5月日军集中优势兵力再次进攻长沙，中国守军失利，长沙沦陷。

商务印书馆在第二次长沙会战前，就已经撤离，迁移到了重庆。总经理王云五在重庆设立商务印书馆驻渝办事处及编审处，1943年又设立东方图书馆重庆分馆，承担战时大后方的文化建设。同年，商务印书馆再次恢复日出一书的传统，出版学术著作、教材等，传播知识、推动学术研究和教育发展，为中国大后方的文化教育提供了重要支持。

商务印书馆在重庆汇聚了众多专业编辑，他们在艰苦条件下精心策划选题、编纂书稿、审核校对，保证了出版书籍的质量，为文化传承和学术积累做出了贡献。同时，商务印书馆还在重庆开展多种文化活动，举办学术讲座和读书分享会，促进文化交流与传播，丰富了大后方民众的精神文化生活，增强了文化凝聚力。

钱穆的《国史大纲》就是在抗战大后方昆明写成，再送到商务印书馆出版发行。那本书深怀极大的爱国热情，用丰厚的知识和清晰的逻辑推理，高度赞美数千年文明不绝的中国，极大地激励了中国人的抗日热情。

为防更大的意外，商务印书馆在香港设立了分馆，转移一部分机器设备，扩大了香港分馆的生产规模，香港逐渐成为商务印书馆的总管理处和编印中心。在香港出版印刷的书籍，海运到越南海防，再从滇越铁路送到昆明，发行至大后方各省，在整个抗战时期，强力维持着图书出版文化的传播。商务印书馆这面中国出版业的大旗，一直未倒。

1945年，虚龄七十九岁的张元济迎来了抗日战争胜利的消息，老泪纵横，自不待言。1947年12月，他被推为商务印书馆新一届董事会主席，振奋精神处理业务。后来，商务印书馆的总经理王云五辞职，总经理由朱经农接任。朱经农兼职太多，挂名不办事。张元济对官僚习气深为不满，在1948年换了总经理，让商务印书馆得以顺利发展，为中国出版了更多好书。

五十三　芥园文气潜入心

1914年，一个天津的十三岁少年辍学外出，在茶叶铺找了一份小伙计的工作，挣钱养活自己，也能省吃俭用攒几个钱，补贴父母家用。那年代中国下层民众缺吃少穿，面黄肌瘦，他身子单薄，但目光明亮，腰不弯背不驼，精气神十足。他每天在茶叶铺里干各种杂活，从不偷懒，赢得了掌柜的好感，掌柜十分喜欢和信任他，常安排他外出办事，帮着送个信，或买些生活用品回来。

他因此获得了一个机会，这机会将给他的人生带来重大变化，可他并不知晓，也没有那份奢望，人生暗线在悄悄延伸，最初一声不响。按理说，茶叶铺的小伙计，将来做顺手了，升个掌柜，独当一面，已经了不起，若有幸能自立门户，更是登上了人生的顶峰。但这个少年的兴趣并不在此，他好读书，在茶叶铺里干完了所有杂活后，获得掌柜的允许，曾借掌柜桌上的书翻阅，读得很开心，出门办事，路过街边的报栏，也看得很痴迷。

报纸是他的人生机会，他一点也不知道，只是爱读书，更爱读报上的文章。他1901年秋天出生于天津郊区，家境贫寒，父亲日子过得灰暗，走投无路，拖家带口逃离河北，来到天津，在庙里做了一个厨师，寺庙的厨师不要什么手艺，能把饭菜做熟就行，一家人就这样在庙里住下，有了栖身之所。

那寺庙叫芥园庙，位于清朝时天津红桥区南运河畔的著名园林芥园附近，芥园由天津水西庄扩建而成，水西庄由天津大盐商查氏父子始建，1758年扩建，后乾隆皇帝在园内赏花，心情大好，赐名"芥园"，更声名远扬。芥园主人是富商，却风雅好客，结交了不少各地的才俊和达官贵人，经常邀客聚集，吟诗作赋，看戏听曲。芥园逐渐成为文人墨客聚集之地，众多文人在那里留下了传播广泛的诗词歌赋。

弥散在芥园一带空气中的文人气息，悄然无声地渗入了那少年的身体，他渐渐长大，心中有一种力量在涌动。父亲只是庙里的厨师，没什么本事，奶奶四处求人，借来一点钱，送孙子去读书。他读书非常用功，有一种目光如炬，要把书页读破的劲头，私塾老师喜欢他，经常安慰和鼓励他学有所成。但十三岁那年，家中无力养他这张嘴，更没钱供他读书，他只得离开家，独自生活。

在茶叶铺找到做小伙计的工作不容易，他干活不敢有丝毫马虎，读书的兴趣不减反增，自从在街上的报栏读过几次文章，他就很着迷。掌柜安排他出门办事，他紧赶慢赶，先去把事情办好，再火速找一处街边的报栏，如痴如醉地阅读。他把报上的大小新闻、凶案报道、男欢女爱绯闻、文人的风雅短文读遍，最后一定把目光落在时事评论或社论等思想言论的文章上。

他小小年纪，就与一般的报纸读者完全不同，别人读报图个消遣，时事评论或政论很多人读不懂，也不甚关心，他却最喜欢读这类文章。有时，读完不过瘾，看看四下无人，他会用小刀划破报纸，偷偷把钟爱的政论文章挖下，带回屋里再读，反复品味，思索文中的奥义。

这个人，就是抗战时中国最有名的报纸、天津《大公报》的主编王芸生。早在穷困无名，做茶叶铺小伙计时，他就心有所思，脑袋里演戏般浮现芸芸众生，想到祖辈辛苦，衣食难保，很多人世世代代如自己一样，像是一条虫，爬行在人生的灰土中，也像一只小蜘蛛，悬吊在一根生命的细丝上，在空旷的风中晃荡。他有满腹的话想一吐为快，试着写作，投了几篇小稿给报社，竟然被刊出。他大喜过望，越写越多，越写越好，也越发越多。

五十四　青年才俊脱颖而出

1925年，上海爆发了一个影响甚广的事件，那就是五卅运动。是年5月15日，上海棉厂的日本资本家枪杀了带领工人要求复工的工人领袖、共产党员顾正红。事件的起因，是上海日资纱厂工人为反对日本资本家打骂和无理开除工人，要求增加工资，举行了罢工，迫使资方答应工人的部分要求，并承认工会组织。三个月后的5月7日，上海日本纺织同业会开会议决，拒绝承认工人组织的工会，要求租界当局及中国官方取缔工会活动。5月15日，日本资方为报复工人罢工，借口存纱不足，关闭工厂，停发工人工资，工人立即反击，要求复工。

上海的中共在工人运动中发挥了重要的组织和领导作用。在日本资方关闭工厂，工人权益受到侵害的情况下，中共领导工人要求复工，以继续维护工人的利益，反抗资本家的压迫，工人领袖、共产党员顾正红因此被害，失去生命。

顾正红死亡的消息传出，5月30日，上海学生两千余人在租界内宣传，声援工人斗争，租界巡捕逮捕一百多名学生。随后，万余名群众集中在公共租界南京路巡捕房门口，要求释放被捕学生，英国巡捕竟公然开枪，群众死十余人，伤数十人，造成"五卅惨案"。此事激起全国人民的公愤，更多人加入罢工、罢课、罢市中，形成了全国规模的反帝爱国运动高潮。

五卅运动的影响传到天津，王芸生和天津各洋行的青年员工发起组织天津洋务华员工会，也组织罢工，声援上海工人。王芸生因能写好文章被推为工会的宣传部长，主编一份新创刊的工会周刊。做主编，对王芸生来说是巨大的鼓舞，周刊工作量很大，王芸生不觉得累，只觉得幸福和充实。他如鱼得水，热情万丈，展现出天生的新闻敏感和对社会政治事件的洞察力，编出的周刊大力鼓舞了天津洋行青年们争取自身权益的热情，还在鼓动爱国情绪、进行反帝宣传方面，产生了巨大的社会影响。

王芸生这个名字引起了天津当局注意，1926年3月，工会周刊被迫停刊，王芸生受到通缉，远走上海。他在天津的工人罢工运动中结识了不少志同道合的朋友，经朋友引荐，他进了国民党上海特别市党部。

出身底层穷苦人家，做了十几年茶叶铺伙计的王芸生，进入官场，对他而言，这是人生的重大变化，也是社会阶层的一次跨越，他不再是尘世灰土中默默爬行的一条虫，而是顶翻头顶泥土的毛竹，长高长壮，看到了更远的风景。

他在上海也参与宣传活动，先后在《亦是》周刊和《和平日报》做编辑。《亦是》是一份上海周刊，内有新闻报道和时事评论，具有一定的思想性。《和平日报》上海版是国民党军队系统的报纸，1946年元旦创刊。其前身是《扫荡报》，1945年11月12日改名《和平日报》，在南京、上海等地出版，总部设在南京，上海版由万牧之任社长，杨彦歧、王卓球先后任总编辑，是一份影响较大的报纸。

少年辍学的青年，跟职业文人共事，心有忐忑，又很自豪，他辛勤工作，忘我阅读，虚心求教，成长很快，逐渐成为一名笔底风雷的成熟时评人。

1926年底，王芸生回到故乡天津，《华北新闻》经常邀他撰写社论，他的文章观点犀利，直言不讳，影响很大。他从早先的社会边缘人物，进入了某种程度上的权力中心。这与他为民请命的抱负不符，他很快对社会上层的政治斗争感到厌倦，登报声明，宣布脱离一切党派，专心从事著述，以文报国。

五十五　进入《大公报》

1927年3月，北伐军攻占南京，英、美、日、法、意等国以保护侨民为借口，派出军舰炮轰南京，导致南京军民奋起反击，中外关系一度十分紧张。4月1日，张季鸾在《大公报》发表社评《躬自厚》，主张在处理中外冲突时应秉持"躬自厚而薄责于人"的态度。他认为：人与人如是，社会和平矣；国与国如是，世界和平矣。今之中外，关系亦然。如其咎在我者，我应自责之，所谓"躬自厚"也。建议对外国保持克制，以维护和平。

王芸生读到《大公报》上的张季鸾文，十分不满，次日在《华北新闻》发表一篇社论《中国国民革命之根本观》，对张季鸾的观点进行了针锋相对的反驳。他指出：中国自鸦片战争以来，即沦为帝国主义侵略下的半殖民地，被侵略者对侵略者无所谓"躬自厚"的问题。王芸生认为，中国国民革命的根本任务是——对内要打倒军阀，对外还要取消一切不平等条约，把帝国主义的特权铲除净尽！

王芸生的文章发表后，获得广泛好评，张季鸾不但未回应反驳，反而对王芸生的才华和爱国热情赞赏有加。正是这次论战，让两位素不相识，年龄和出身相去甚远的文人握手，张季鸾主动联系王芸生，约他见面。两人见面后相谈甚欢，不久，在张季鸾的邀请下，王芸生于1929年加入《大公报》，成了张季鸾的部下与挚友。张季鸾与王芸生的那场论战，不仅展现了王芸生的犀利文笔和深刻见解，也体现出张季鸾的宽广胸怀和对人才的重视，更是新闻史上的一段佳话。

但张季鸾与王芸生区别太大，王芸生是野外长成的大树，枯瘦刚劲，强壮有力，张季鸾是大文人，是中国近代著名新闻家和政论家。张季鸾1888年生于山东邹平，1901年就读陕西礼泉县烟霞草堂。烟霞草堂非寻常书院，是清末著名的教育家和思想家刘古愚先生于戊戌变法失败后创办的。刘古愚在礼泉县设坛讲学四年，众多学生中包括了于右任和张季鸾。他的教学方法独特，学生无固定课程，自学研读，每日撰写心得，交来由他批阅。刘古愚培养出了不同领域的诸多优秀人才，唤起了众多有志者献身救国，他的教育理念和学术思想在更广泛地区产生了影响。

张季鸾1905年官费留学日本，1908年回国后在《民立报》任记者，辛亥革命后担任孙中山先生秘书，参与起草《临时大总统就职宣言》等重要文件，后因反对袁世凯被捕。他出狱后在上海多家报社任职，1926年与友人成立新记公司，接办天津《大公报》，任总编辑兼副总经理。

张季鸾办报，坚持对时局进行公正客观的报道和评论。在他的主持下，《大公报》追踪报道蒋介石围剿红军等事件，还发表范长江在延安采访的稿子，展现出独立的报格。1941年，《大公报》获得美国密苏里新闻学院奖章，成为国际社会认可的东方优秀报纸之一。

张季鸾文字钝拙，绵里藏针，表面温和，论事析理稳健明达，一针见血。他的《跌霸》《呜呼领袖之罪恶》《蒋介石之人生观》等社评，针砭时弊，脍炙人口。他撰写的社评《给西安军界的公开信》，对西安事变的和平解决起到积极作用，宋美龄曾派空军将该社评加印数万份运往西安散发。

张季鸾赏识王芸生，一是看中他的才华与见解，二是办报理念高度契合。张季鸾主张客观独立办报，王芸生很赞同。两人都对时事政治非常关注，以"文人论政"为理想，想通过报纸匡扶正义，对国家社会进步做出扶助作用。两人又都有强烈的爱国情怀，在国家面临外侮的动荡中，都希望用文字唤起民众，激励国人团结御敌。张季鸾赏识王芸生，王芸生敬佩张季鸾，两人合作，完全出于彼此的欣赏。

五十六　独立创办上海版

我2024年8月在上海调查寻访时，打车去了延安东路，就是抗战时期的上海法租界爱多亚路。我下车后站在街头，看到车流如注，行人匆匆，一片茫然，心无所依，目光不知落到何处。街上高楼林立，灯红酒绿。租界旧楼也许拆除了，也许尚存。这并不能说明历史，也无关善恶，我只想找到时间线上的一个点，站在那里倾听某种声响。可下车后我走出很长一段路，连延安东路的街道指示牌也没看见。所有过往时间的一个个刻度小黑点，都被时间之水冲刷干净，唯书本中的文字如河床底上的石头，固执站立和坚守。

我寻到了"1936"这个数字。

1936年，日军从关外向内扩张，进逼华北，为防不测，张季鸾做出天津的《大公报》在上海创办分馆的决定，9月，王芸生奉命负责《大公报》上海版的编辑工作，他带着全家去到上海，在法租界爱多亚路181号的一栋楼房里办公。

果如张季鸾所料，天津的《大公报》本部遇险了。七七事变后不久天津沦陷，《大公报》拒绝将报纸小样送日军审查，面临停刊，上海版的《大公报》担起了发声的重任。张季鸾又率领部分《大公报》人员前往汉口，开辟新路，王芸生独自在上海分馆挑起重担。

是年王芸生三十五岁，年富力强，他全权负责上海《大公报》的工作，亲自写社评，亲自看大样，亲自等候前方记者的来稿，夜以继日。秋末的上海气温仍然很高，他不断以冷水洗面降温，坚持工作，熬夜写作并阅读记者来稿。上海《大公报》分馆创办之初，国难当头，社会动荡，百业凋零，他们经费不足，却要坚持出报，继续发声。王芸生倡议撰稿人降稿酬，自己带头不领稿费，只为保证报纸渡过难关。

上海局势迅速恶化，日军攻势甚猛，1937年11月12日，中国军队撤离，一月后，日本占领上海，为控制舆情，日军下令，上海的所有报刊，自12月15日起，须送小样到日军指定部门检查，不经查检之新闻，一概不准登载。王芸生负责的上海版《大公报》，也如津版《大公报》一样决绝，于前一天自动停刊，以示抗议。王芸生亲笔撰写社评，表示"不投降"，坦陈报人的爱国之心，向热情支持和关心《大公报》的上海读者惜别。

次日，上海版《大公报》的工作人员，带着流亡者的悲伤离开上海，准备前往武汉。可长江航运被封锁，路途遥远，战火纷飞，王芸生带领全家，也率领报馆的编辑人员，从上海几经绕道，走了二十天后才到武汉，与张季鸾会合。

张季鸾创办的汉口版《大公报》，于三个月前的1937年9月18日，一个特殊而悲恸的日子发刊。王芸生1938年初率人加入汉口版《大公报》的工作。

当下中国最正义之举，就是抗日杀敌，保卫家园。无论环境多么恶劣，报纸都要坚持发声，激励民众，振奋民心。1938年9月1日的记者节，流亡汉口的新闻界人士举办聚餐会。王芸生拍案而起，高呼：用笔杀敌！在场的众人听了，无不热泪盈眶，摩拳擦掌。

报纸抗敌，只能发声，向前线声援，真正的抗日需要真枪实弹。日军太疯狂，也太强大，一个月后武汉面临危机。1938年10月17日，《大公报》汉口版宣布休刊，《大公报》决定迁往重庆，继续办报，为抗战出力，为中国人发声。国家不能亡，报纸必须存在，王芸生对自己在武汉的工作很不满意，认为没有取得成绩，其实，他与报馆同人所做的努力和产生的效果，早就有目共睹。

王芸生在汉口版《大公报》工作期间，完成报纸任务之余，还组织了各种抗日救亡活动，发起过救济受伤将士运动，并代收捐款转送红十字会，还主办了爱国话剧的公演，把售票收入全部用去救助受伤将士。王芸生创办的大公剧团，票房收入全部用来购置药品，并亲自送到各伤兵医院。各种社会公益活动，鼓舞了受苦受难的民众，鼓舞了前线枪林弹雨中的抗日将士，也大大提升了报馆的公信力，《大公报》销量达五万份，创武汉报业发行史上最高纪录。

五十七　迁去重庆继续发声

日军侵略中国，国家受难，《大公报》也受难，但报纸非寻常行业，它更是一份精神力量。国难当头，更需要报纸强力发声，给受难的民众带去生活信心。张季鸾和王芸生深知自己责任重大，无论日子如何动荡，处境如何危险，绝不停止《大公报》的工作。

于是，《大公报》从天津迁到上海，从上海迁到武汉，从武汉再迁到重庆，一路颠沛流离。重庆《大公报》的报馆，设在新丰街19号，王芸生的家安在距离报馆不远的白象街上，他做了《大公报》重庆版的总编辑，完全独当一面了。

白象街是重庆老街，历史悠久，有"一条白象街，半部重庆史"之说。

1886年，重庆最早的有线电报局在白象街成立。1891年重庆开埠后，英、美、日等国在此开设洋行，报关行、运输行等也纷纷设立于白象街。街上有西式风格的三层楼海关报关行，欧洲巴洛克风格的美国大来公司，以及不少名人公馆，是抗战时期重庆最洋气和奢华的街道之一。

20世纪30年代，众多轮船公司集中在白象街。这里还见证了重庆近代报业的发展，1924年肖楚女任主笔的《新蜀报》报社旧址就设在白象街15号，1938年，老舍曾移居白象街《新蜀报》报馆。

《大公报》设在白象街，显示了王芸生的志向，欲在重庆最有名的一条老街上重拾山河，再振雄风。在王芸生的努力下，《大公报》在重庆迅速站稳脚跟，引起社会各方的关注。可是，好景不长，王芸生一炮打响的计划，被日军飞机炸碎了。

1939年5月3日，五十四架日机轮番轰炸山城重庆，《大公报》报馆被炸成了废墟，一名工友惨死，王芸生的家被炸塌一半，幸运的是他和长子、长女均不在家，夫人抱着次子和幼子借助楼梯躲过了一劫，次女靠写字台捡回了一条命。

日机继续狂轰滥炸，重庆山城陷入火海，全市的报业损失达十分之九。但《大公报》在战火中坚持，没有停刊，仍然继续出报。房子炸塌，他们就借用《国民公报》的房子临时办公，王芸生在借来的桌子上写社评，用血与火的文字，抨击侵略者的罪恶，为民众和士兵打气，鼓励大家看到侵略者必败的远景。他在弥漫着硝烟的破屋中写下的文字，传达出中国人的钢铁意志，赞美了危难中互助的中国人的友情和对国家民族伟大的爱。

报馆楼房炸塌，另找地点，必须继续工作。日机的轰炸导致重庆《大公报》停刊一百天，新建的报馆在重庆郊外的李子坝落成，《大公报》复刊了。但1940年8月30日、9月15日，1941年7月10日、7月30日，《大公报》报馆接连遭到日机轰炸，损失极其惨重。

《大公报》在持续一年的时间中，被日军飞机如此追踪式地投弹轰炸，大约有间谍指点。日军仇恨《大公报》，想掐灭这张报纸发出的强大声音，想炸灭中国人的口，摧毁中国人的意志，想让中国现代文化生活象征之一的报业湮灭。《大公报》重庆经理部大楼在一次轰炸中直接中弹，成为废墟，编辑部大楼屋顶炸裂，孤木强撑，孑孑而立，无不令人泪下。当天大雨，天地同泣，楼房倒塌后，《大公报》员工两天两夜露宿屋外。

王芸生前后奔忙，上下操劳，既要抢救伤员，又要安排工作，在苍坪街的防空洞里，因疲劳过度当场晕倒。幸好被现场的《新华日报》的工作人员发现，施以抢救，才捡回一条命。后来，在重庆"大隧道惨案"现场，王芸生再次历险，差点成了受难者。日军固执追杀一份中国的报纸，《大公报》更固执，偏不认账，面对生死危难，从未停止一天的工作。

五十八　在山洞中办报

《大公报》另择新址，又建新馆，所在地背后是浮图关。浮图关是重庆的重要关隘，三面临江，地势险峻，植被丰富，树木葱茏，因关隘建有佛塔得名，是古代重庆城的重要屏障。南宋末年，蒙古军队进攻重庆，浮图关成为重要防线，宋军凭借天险抵御蒙古士兵。现在，王芸生要在此抵抗日军从空中投下的炸弹，躲避日军的毁灭性轰炸，坚持办报。

王芸生带着报馆的同事，研究躲避炸弹之法，在浮图关一带坚固的山壁上挖出了一个又一个防空洞，放进办公桌，安装进印刷机器，一篇篇稿子就从防空洞里连续不断地编辑出来，一张张报纸也从防空洞里印刷出来，送到读者手上。《大公报》伸张正义，传送爱心，抚慰受害的民众，揭露战争罪恶，报道国际援华和平活动，给中国民众带来了生活信念。

王芸生写政论直言不讳，他的文章棒击恶政，曾让河南地方当局大为光火。他负责编辑《国闻周报》时，以草人为笔名，撰写了不少政论和广为传诵的文章。他的表述以国家为重，以民生为重，为百姓说话，始终动人心弦。他主持新辟的专栏《明耻》时，亲笔撰写鸿篇巨论《六十年来中国与日本》，连载时间达两年半，从未中断，在海内外引起了巨大反响。数百万字的内容，让最挑剔的历史学家也大加称赞，他揭露的重大事件真相可靠可查可信，借报纸说出了民众的心声。

王芸生写的政论社评，是报人用笔参加抗战的方式，国内尖锐的政治问题，王芸生执笔评说，事前皆不与人讨论。他的写作深得张季鸾真传，才气恣肆，铁骨铮铮，锐气逼人，激情洋溢，他的表达一泻千里，注入民心，引人入胜。

早在抗战全面爆发前，王芸生就以杰出报人敏锐的眼光与思想深度，预感到局势不好，有所警惕，写下不少文章，以唤醒国民对外来之敌的防范，并告知国民，敌人不足惧，真正可怕的是自己的麻木。他写文发出呼吁，先要拯救自己，救中国，先要救中国人。

传统中国价值观中，一直主张"天下兴亡，匹夫有责"。这份光荣的教导，指引着不少关心国运的勇士大义赴死。可唤醒所有国人，一直是艰难的重任，也最让王芸生一类关心国家前途命运的人揪心。

王芸生在《大公报》发表文章，唤醒民众。他认为，命运握在每个中国人自己的手里，中国人自己不要沉沦，就不会亡国，所有中国人都牢记自己的国家，把国家命运牵挂在心中，这个国家就会振奋强大。1936年，他以《大公报》政论主笔的身份，在清华大学演讲，宣传"从容赴死主义"，想在大学生的身体里点燃爱国之火，鼓励大学生们关心国事，在国难当头时向死而生。他在演讲中说，人人有正义赴死的勇气，国家就会年轻，永远不死，中国就不再会受人欺辱。

抗战全面爆发后，他每天伏案著文，以冲锋陷阵的姿态，战斗在报纸的版面。他的文字鼓舞了民众，真正取得了如他所愿的用笔杀敌之功。他在文中深情倾诉爱国之情，坚定表达了抗日决心，并揭露了当局的腐败。他的一篇文章，无情揭露官场丑事，报纸发行当天，西南联大及浙江大学的学生就上街游行了。

1943年河南大灾，王芸生在《大公报》刊载河南灾情报道，撰写政论，直指政治腐败的要害，揭露救灾赈款不到，百姓困顿不解，苛捐杂税照收的巨大黑暗。之后他再写《为国家求饶》《晁错与马谡》等文，影响之大，令蒋介石震怒，《大公报》被责令停刊三日，采访报道河南灾情的记者也遭逮捕。但为民说话的报纸不会沉默，也不会屈服，抗战的声音不会在《大公报》上消失，《大公报》也不会因抗日战争的艰难而倒下，一直顽强存在。

1943年春天，抗日战争进入最艰难时期，为了挽救悲观颓丧的世风，王芸生在《大公报》发动了一场"爱恨悔"运动。那是一个独特创意。他从爱国、爱族、爱人、爱事、爱理出发，主张所有国民，上自高官，下至百姓，对自己所爱的一切，都要生死与共，绝不松手。他说还要有恨，爱恨皆备，爱恨分明，才是真正的人，健全的人。他的提议振聋发聩，回声不绝，惊散了重庆山城的薄雾，引来了照亮民众心口的一线阳光。

1941年9月6日，王芸生的恩师张季鸾因病在重庆逝世，国民政府以国葬的形式安葬张季鸾。陪都新闻界人士为其隆重举行了追悼会，国共两党领袖同声哀悼，周恩来、于右任等国共要人亲往丧礼吊奠，并致送挽联。

张季鸾逝世，战争中经历无数生死大难的《大公报》，由王芸生接手，直到抗战胜利，这份报纸一直在中国响亮发声。在重庆浮图关隘下山洞中出版的《大公报》，成为阻挡日军进攻的一道精神长城，也成为守卫中国人民族信心的巨大力量。

第五部　歌唱

五十九　两个人的友谊

1937年7月30日天津沦陷，有一个中国青年从上海出走，去到抗战后方武汉。他头发梳得整齐，穿西装提皮箱，眼镜闪亮，皮肤光滑，从上海弄堂的老楼里出来，隐入逃亡人流，身影在战乱的硝烟中晃动，他就是三十二岁的音乐家冼星海。

冼星海出生于澳门，后随母亲去新加坡，其少年音乐才华被新加坡养正学校的老师最先赏识，选入学校军乐队。但比老师更赏识冼星海才华的人，是他母亲。他家境贫寒，母亲节衣缩食，1918年把冼星海送进岭南大学附中学习小提琴，一个天才音乐家开始接受专业训练。

冼星海对音乐非常敏感，小提琴拉得好，还在岭南大学的学校乐队演奏直箫，被赞为"南国箫手"，并成为管弦乐队的指挥。他1926年考入北京大学音乐传习所，1927年考入上海国立音乐专科学校，1929年因参加学潮退学，漂泊打工，用在船上干活挣的钱前往法国巴黎。

冼星海在巴黎认识了马思聪，马思聪比冼星海小六七岁，但1926年十一岁时马思聪就随大哥去到巴黎，比冼星海先到三年。马思聪在南锡音乐学院和巴黎国立音乐学院学习小提琴。冼星海去到巴黎，生活窘迫，衣着破旧，靠在餐馆打工维持生活。认识马思聪后，经马思聪介绍，巴黎国立歌剧院乐队首席小提琴家奥别多菲尔免费教冼星海学习小提琴，后巴黎音乐学院著名教授加隆也免费教冼星海作曲理论。不久，冼星海如愿以偿地考入了巴黎音乐学院。

1935年回国后，冼星海在上海百代唱片公司做音乐经理并为电影配乐。国家危亡，一·二八事变中上海遭遇日军轰炸，冼星海极为愤慨，加入抗战救亡的音乐活动，创作了一些大众化的抗日歌曲。

一个名叫光未然的青年，也在那个动荡的年代向东出发，穿越中国大地，去到了上海，他是率中国文艺者战地工作团去上海参加抗战歌咏大会的。光未然1913年出生于湖北，比冼星海小八岁。他从小喜欢诗文，做过商店学徒、书店店员和小学教员，十八岁前就体验了很多人间疾苦。

1931年，光未然考入武昌的中华大学中文系，上大学后热心舞台演出，参加了社团的戏剧活动，后任学生秋声剧社社长。1935年,二十二岁的光未然退学,在湖北武昌的安徽中学做教师。这个时候他开始在报上发表诗文,并充满热情地组织了一个拓荒剧团。当时,日本人在中国步步紧逼,民间抗日呼声极高,光未然有感而发,创作了一部抗日独幕话剧,为这部剧写了序曲的歌词《五月的鲜花》。这部话剧在武汉演出后受到好评,但序曲暂未有合适的人谱曲。

恰好北平学生的抗日游行在菜市口被镇压,音乐教师阎述诗带领学生救治伤员时,一位姓金的大学生南下武汉归来,阎述诗老师从这位学生手中得到《五月的鲜花》歌词,读后引发强烈共鸣:

> 五月的鲜花开遍了原野
> 鲜花掩盖了志士的鲜血
> 为了挽救这垂危的民族
> 他们曾顽强地抗战不歇
> ············

歌词深沉、悲伤、回环缠绵,弥漫着忧国忧民的浓重深情。阎述诗被歌词中的爱国之情和深沉的故土眷恋打动,带着极大的悲愤把歌词谱写成曲。此曲一经唱出,感动天下。

二十二岁的光未然一时走红，名声渐起，引起国民党政府的注意。

日本在1905年以中国旅顺为战场的日俄战争中获胜，从俄国手中抢得中国东北的一部分地盘之后，军国主义思想更盛，挑起九一八事变，武力侵占中国东北大片国土，再策划成立伪满洲国，宣告东北"独立"，又密谋"华北自治运动"，三十年中不断扩大对中国土地的侵占。爱国人士奔走呼号，国民政府却不断退让，引发国民越来越强烈的愤慨，民间举办的各种抗日演出，多次遭遇军警弹压。

1936年，光未然去上海参加群众抗日救亡歌咏大会，刚到驻地，就听到《五月的鲜花》歌声缥缈传来，熟悉的歌词和旋律令他振奋，更让他好奇。他的作品竟然已传到上海，循声找到一座礼堂，看到台子上有人在排练歌唱作品。歌唱演员整齐地站着，表情凝重地演唱，一个青年人站在队列前排，挥舞手臂指挥。那个人就是冼星海，两人就这样愉快地相识。之后，光未然积极参加抗日宣传的演出活动，受到追捕威胁后，离开武汉再次来到上海，与冼星海合作创作了一些歌曲，结下深厚友谊。

六十 在延安再次相遇

七七事变后中国的全面抗战爆发，国共联合抗日，周恩来代表中共任国民政府军事委员会政治部副主任，郭沫若任政治部下属的第三厅厅长，负责抗日宣传。武汉的中华全国文艺界抗敌协会，又称文协，就是经周恩来倡导，由流亡武汉的中国知名文艺家商议后成立。冼星海和光未然从上海来到武汉，加入了文协，两人在国民政府政治部第三厅一起共事。

1938年9月，冼星海接到中共解放区延安鲁迅艺术学院全体师生的电报，邀请他去鲁迅艺术学院教授音乐。他非常高兴，带着未婚妻离开武汉，前往延安，担任了延安鲁迅艺术学院音乐系主任，教授音乐理论、作曲、音乐史及指挥。

延安解放区官民平等的人际关系和军民一家的社会形态，令冼星海赞赏和高度兴奋，激起他巨大的创作热情。教书之余，他再次思考早在中国兴起的新音乐理论，写出了一些与延安中共革命活动有关的歌剧和合唱作品。那些作品在体现创新的音乐思想的同时，保持了音乐结构复杂性的美感，清楚明白地描述了新生活与革命生产内容，生动易懂，强有力地提升了延安时期音乐作品的创作高度。

巧遇再次出现。1939年春，光未然也去到了延安，见到了到达延安不久的朋友冼星海。光未然是率领抗敌演剧队第三队去延安做抗日演出的。那是国民政府军事委员会政治部抗敌演剧队的一支，其前身为中华全国戏剧界抗敌协会话剧移动第七队，由武汉拓荒剧团吸收了平、津、沪、汉学生组建。演剧队1938年9月从武汉出发，正是冼星海去延安的时间，光未然带着演剧队，先后去西安、洛川等地演出《宣传》《大兴馆》等剧目。后他再进入晋西北，在山西牺盟会领导的抗日决死队二纵队工作，1939年春，光未然带着演剧队进入中共陕甘宁边区，在延安举行演出。

光未然在前往延安的途中不慎坠马，左臂关节粉碎性骨折，被送至二十里铺的延安边区医院。冼星海闻讯去医院看望，两人重逢，十分高兴。光未然谈起途中见到的黄河景象，一时激动，灵感迸发，告诉冼星海自己想创作一部关于黄河的歌曲歌词，描绘山河破碎的苦难，表达大敌当前，全民抗日的勇气与决心，抒发国家兴亡，匹夫有责的豪情并赞美中国的山河之美。

他激动地向冼星海描述了自己渡过黄河时的经历，那天他带着抗敌演剧三队的战友，从陕西东部宜川县的古渡口圪针滩处东渡黄河。早听说那一带黄河水流速快，河道宽阔，河床遍布巨石，黄河急流撞击巨石的涛声，十里外就能听见。他们去到半路，尚未看到黄河，就听到隆隆响声迎面滚来。站在黄河岸边，只见河面宽阔，对岸缥缈不见，一艘高大的木船停在水边，上游的涛声滚滚而来，凌空飞起，猛烈撞击光未然的胸口，他兴奋地高喊："啊！黄河！黄河！"

高大的渡船可以运载几十人，微微晃荡着停在河边。全队战友登船后，一声吆喝如雷声砸下，惊得光未然四顾寻找，发现是几十个头扎白布的赤膊船夫从岸上跳进水里，齐声发出吼叫，把渡船从岸边推向了黄河水面的深处，接着全部船夫纵身跳上了船，整齐排列在渡船两侧的船舷边，每人握紧一把船桨，用力划动。

一位老头儿腰板挺直，满脸皱纹，皮肤黝黑，额头扎一条白布，白须飘飘。他站在船尾，眯缝着眼，目光从细眯的眼缝深处挤出，坚定地爬过船身，再从站满船舷的船夫们身上滑过，落到黄河的水面。他一手握着烟杆，一手握紧舵把，他是渡船的总舵手。他小心观察着河面的流水，手中摇动舵把，让船平稳前行，斜斜地移向对岸。

河面非常宽阔，上游缓缓漂下的一个个急转大漩涡随处可见，河中央耸立着一块北高南低的巨石，巨石犹如醒狮猛然站起，仰头怒吼，刻在石壁上的"中流砥柱"四个大字，仿佛狮子的吼声凝固而成。十几分钟后，渡船行至黄河中心的危险地带，水深浪急，一个个大浪猛烈摇晃船身，白胡子老头儿突然伸直脖子，仰头喊出了一连串悠长高亢的船夫号子。那号子曲调悠扬，歌词随口而出，句子很短，全是提问，歌词的尾音尖锐上扬，像一只水鸟从船头拍翅飞走。

老头儿的船夫号子的提问尾音悠扬滑过，大船两侧的船夫立即扬头回应，高声唱歌，用歌唱回答老头的提问。船夫在整齐的号子中用力划动船桨，一句接一句地发出呼喊，一声接一声地唱歌，协助艄公调整船的前进方向。惊涛骇浪的黄河、节奏铿锵的号子、船工黝黑精瘦的身体和铁棍似的手臂，让二十六岁的光未然大为震动。他精力旺盛，情绪饱满，想象力丰富，黄河渡船上浩荡的一幕，久久难忘。

他告诉冼星海，渡黄河给自己留下了深刻印象和无尽的想象，他一路上都在构思，想创作长诗《黄河吟》，也许应该写得比诗更复杂。他不知道会写成什么，但一定要写个全新的作品。如果写得满意，会交给冼星海提意见。冼星海很高兴，叮嘱他养好伤，手臂骨折愈合后，好好创作这首长诗。

光未然急不可待，冼星海走后，他当天晚上失眠，黄河苍茫的浪涛和水流撞击河中巨石的轰然响声，始终在他的身体里隆隆滚动，眼前全是随水而下的滔滔诗句。他手臂骨折，无法动弹，更无法动笔，只得在心中反复吟诵，记下一阵阵从脑袋里涌出的句子。次日天明，他叫来一个演出队的队友，请这个人持笔记录，用口述的方式，开始创作自己的作品《黄河吟》。

六十一　一首非凡歌词的诞生

他的脑袋里翻腾着滚滚的黄河之水，眼前不时跃出用力划桨的船夫，耳中流出整齐壮阔的船夫号子，再出现耸立江心的巨石和猛然撞击巨石的河水。他还想起沿途过村庄听过的乡间小曲、民歌小调，那些小曲和民歌柔情蜜意，婉转回旋，意味无穷，也给他很大的启发。他想写的是一首长诗，可是写着写着，却不太像一首诗，更像一部大合唱歌词了，诗中有故事，有人物，有一人自言自语，有两人互相问答，有船夫的集体呼号，有河水的一泻而下。

几天来，他将目光投向医院病房空洞的墙壁，口中不停地喃喃自语，身边的队友不断记下他说出的美妙诗句。他接连不停地讲述，用五天时间，在病床上完成了四百多行的长篇作品《黄河吟》。这个作品很复杂，像黄河水一样波浪起伏。有对白，有抒情，有故事，是一个类似诗剧的全新作品。

光未然的《黄河吟》作品分量极重，歌词分为八部分：一是《黄河船夫曲》，二是《黄河颂》，三是《黄河之水天上来》，四是《黄水谣》，五是《河边对口曲》，六是《黄河怨》，七是《保卫黄河》，八是《怒吼吧！黄河》。每个部分各用不同的朗诵式说白串联，对白、独白和故事讲述等不同方式循环推进，分别塑造了一个群体或各种人物的鲜明形象。这些人物的个性都很突出，各不相同。整部作品生活气息极浓，感情非常饱满，内容很复杂。作品的各部分穿插串联，又逻辑严密，形成极大的戏剧冲突，抒发了强烈的故土深情，并有感人的故事情节。《黄河吟》不仅是一首诗，更是一部大型诗剧式的文学脚本，这样的写作，对光未然来说是从未有过的独创性尝试，在中国诗歌与音乐史上，也是前无古人的崭新作品。

作品写好，光未然很激动，又忐忑不安，他把作品交给了冼星海。冼星海看后有些发蒙，他了解光未然的才华，知道他会写出一个好作品，却没想到面前的这个作品是如此庞大和复杂。他读后知道这部作品有空前的创造力，内容丰富和动人，有鲜明的结构形式，非常优秀，可它究竟算一个什么作品？冼星海吃不准。

几个月后的一天，1939年3月11日晚，中国近代音乐史的关键一刻，月亮半圆，浅蓝色的清辉洒在延安西北旅社门外的沟坎上，光未然和冼星海踏着月光赶来参加在旅社小院里举行的元宵节小型诗歌朗诵会。光未然走进院子，坐到靠窗的一把椅子上，他的面前有一张桌子，桌上的一盏乌黑油灯照亮了他从挎包里取出的一沓纸，那是他将要朗诵的词稿《黄河吟》。

朗诵者依次上前，站在人圈中朗诵自己的作品。轮到光未然，他握着词稿走到人圈中，兴奋而略微焦虑地介绍了自己的作品《黄河吟》的写作意图，说完慢慢仰头，望着头顶的半个月亮，轻吐一口气，自言自语地开始朗诵。他很快进入角色，感情饱满，吐气圆润，呼吸平稳。他变换不同语速，时而缓慢，时而加快，时而一问一答，悲怆愤怒激昂深情交错循环。朗诵的声音越来越大，越来越感情冲动。诗中描绘的黄河，在他的口中一次次咆哮，控诉世界的黑暗，追问生命的归宿，全作在最后的《怒吼吧！黄河》高潮中结束。

朗诵完毕，光未然站在人圈中，仿佛爬了一座山，气喘吁吁，不知所措。全场一片静默，接着爆发出热烈的掌声。光未然朗诵时，冼星海坐在人群中，一直在专注地倾听，若有所思。掌声停息，冼星海站起来，走到人圈中说，这个作品太好了！我今天终于听明白了，我要把它谱成一支曲子，我一定能够谱好。

从那天起，冼星海进入了创作状态。但他并不着急，感觉已经找到，对作品的认识已经到位，需要的是冷静思考，他有把握写好这支曲子，只是要思考怎么写得更好，怎么实现自己的艺术感觉。

六十二 《黄河大合唱》谱曲完成

合唱声乐，不是中国本土的艺术。尽管中国民间早有古老的齐唱艺术，流行于南方诸省的南戏中也有独唱、对唱和合唱，但它们的表现形式、声部构成和演唱技巧与现代合唱艺术有本质差异，并非现代音乐中的标准合唱或由和声构成的结构性合唱，也没有从中发展出更成熟的合唱艺术。

合唱艺术发轫于西方基督教教会唱诗班的圣咏，它演唱的是无伴奏和单声部宗教歌曲，早先男声合唱居多。9世纪出现多声部合唱，复调技巧有了发展。文艺复兴时期城市兴起、贸易扩大、科技进步、新兴资产阶级崛起、人文主义思潮产生，强力促进了合唱艺术发展。合唱从古代对神的赞颂转为开始关注人类情感，并格外重视音乐技巧，之后的和声、声部组合和对位法音乐美学，使合唱音乐达到新高峰。

合唱是一种集体演唱的多声部声乐作品，它要求单一声部音的高度统一及声部之间旋律的和谐。合唱以人声为表现工具，直接地表达人类的思想情感，分为童声合唱、女声合唱、男声合唱、混声合唱等不同样式。

19世纪末至20世纪初，合唱艺术进入中国，李叔同的作品《春游》被认为是运用西洋作曲法创作的第一部中国近代合唱作品。这部作品采用三声部合唱形式，歌词采用中国传统七言诗形式，曲调借鉴大量欧洲化的元素，强调多声部表现。《春游》的出现标志着中国多声部合唱音乐创作思维的形成。两年后李叔同又创作了作品《送别》，这首作品的旋律来源于美国作曲家奥特威的《梦见家和母亲》。李叔同在日本留学时被这首曲子吸引，创作了《送别》的歌词与之配成歌曲。《送别》也是半欧化作品，曲调基本是外国的，只有歌词由李叔同写成。

1927年诞生的赵元任的声乐作品《海韵》，歌词出自徐志摩的诗《翡冷翠的一夜》，曲子由赵元任根据西方作曲法完成。这部作品把中国合唱艺术朝前推进了一步，是第一部词曲皆出自中国人之手的大型合唱艺术作品。赵元任在美国留学期间对音乐产生浓厚兴趣，开始学习音乐创作，《海韵》代表了中国20世纪二三十年代合唱作品的最高水平。他和李叔同创作的几部作品，在中国合唱艺术发展史上具有开创性，引领并推动了中国合唱艺术的发展。

但是，对中国合唱艺术产生巨大推动力，把中国合唱艺术提升到至今也难以企及的高度，并具有巨大原创性的合唱作品，是光未然与冼星海合作完成的《黄河大合唱》。

冼星海是天才音乐家，他作曲经常一挥而就，曾经靠在墙角，五分钟谱成《救国军歌》一曲。那是1936年发生于冼星海生活中的一件小事，在中国音乐史上却是大事。当时朋友塞克在上海的街头把歌词交给冼星海，冼星海看后很激动，拆了香烟，掏出钢笔，在烟壳纸上谱曲，一边哼着一边写作，五分钟就完成作曲。《救国军歌》首唱后，迅速在全国广为传唱。

但是，这一次，光未然创作的《黄河吟》歌词，把冼星海难住了。他很自信，并不认为自己无法为这部歌词作曲，却迟迟未能把曲子写出来。他是想创作出一部跟这首复杂歌词相配的伟大曲子，他要推动中国的合唱艺术史，这不是技巧的事，而是在漆黑的身体内部和光亮刺眼的外部世界对自己情感与思想的艰难寻找。他必须充分理解光未然的歌词，还要充分理解打动光未然的外部世界，理解当下中国情感之河的呜咽流淌。

那段时间，冼星海每天出门寻访。他远行黄河边，长久地站在河岸观望，听壶口瀑布持续不断的巨大涛声，看黄河水滚滚而来，苍茫而逝。逝者如斯夫，不舍昼夜，这是孔子的追问，也是冼星海心中的生命叩问。

冼星海找黄河岸边渡船的船夫和掌舵的艄公，跟他们一起抽烟聊天，一起吃饭和说笑。打听船夫的身世和家庭，请他们表演和吼唱船夫的号子。他一次次被船夫表演的号子和他们铁棍般细瘦坚硬的身材震撼，也一次次为他们身世的艰难和家庭的清苦深感忧伤。他也去拜访光未然带来的演剧队队员，去到他们驻地的房间中，与他们交谈，请他们介绍长途跋涉来到延安的亲身感受，请他们讲述沿路看到国破家亡之景的内心触动。

两周之后，冼星海去找光未然，把自己的生命感悟和创作设想告诉光未然，听取他的意见，两人反复讨论，冼星海在讨论中不时目光游移，若有所思，接不上话。他并非说不出自己的意见，是被讨论中忽然获得的启发镇住，不时发愣。回到自己居住的窑洞，他开始动笔作曲了。西北延安窑洞的一盏油灯，在发黄的玻璃罩里轻轻摇晃，发光的灯芯像一条小蛇，游过黑夜，钻进冼星海的心中。

那盏油灯长久注视着发生于中国近代音乐史上的一个重要事件，注视着一个天才音乐家的工作场景，注视着窑洞窗户由漆黑变成灰白，再变成明亮的白色。冼星海在连续几个漫长的黑夜里作曲，天亮后仍坐在炕上不动，笔尖在纸上吱吱奔跑。

延安窑洞里的土炕上架着小桌子，冼星海坐在炕上，两腿叉开伸直，身子靠近小桌子，桌上放着纸和笔。3月已是初春，延安仍无暖意，冼星海手肘支在桌上，白天听着窗外北风呼号，想起船夫号子的吼叫，借窗外的光线埋头写作。夜晚注视着桌上摇晃的油灯灯芯，他的灵感阵阵涌现，音符从笔下一个个跃出，像密林中蹿出的飞鸟，成群结队，拍翅盘旋。

六天之后，1939年3月31日清晨，初春微光穿过延安窑洞窗户的微黄麻纸，投到冼星海的脸上。他一手握着烟斗，一手举起了笔，桌上的曲谱已经完成。他脸上浮现骄傲而幸福的笑容，一个伟大的时刻诞生，冼星海为《黄河大合唱》谱曲完成。

六十三　公演轰动

《黄河大合唱》首演于1939年4月13日夜晚。4月中旬春天已经到来，尽管夜晚寒冷，但比起冼星海作曲的那几天，夜晚的温度也已升高很多。台上的演员将要表演自己团长的作品，非常激动，跃跃欲试，心中发热，手心冒汗，没有感受到寒意。那天，延安的陕北公学礼堂里，坐了上千名观众。光未然带来的演剧三队全体演员站在台上，台下上千名观众屏声息气，注视着舞台，不知道将发生什么事。

首演带有试验性，相当于彩排，但仍做了认真的专业设计。有男声独唱、女声独唱、二重唱、说白等，合唱表演中还要穿插诗句朗诵，可一时无法找到满意的朗诵演员，光未然只得自己登台表演。他手臂的骨折创伤未好，有人就为他设计了一件黑色斗篷。宽大的斗篷披在身上，他像一位欧洲骑士，也像一位中国古代的侠客，风度翩翩，神秘莫测，其实是为了用斗篷遮挡住他用布带吊在胸前的左臂。

演出开始，光未然担任朗诵演员，又担任演唱的指挥。他披着宽大的黑色斗篷，悬吊的左臂藏在斗篷里，右臂高高举起，用力挥动，指挥大家演唱。队员们唱得非常投入，表情凝重，眼睛里注满深情，真挚的倾诉从口中一泻而出。

黄河水在演员的眼前滚滚逝去，黄河的生死追问像站立河中的巨石，令他们惊悚，肃然而立。黄河水撞击巨石发出的咆哮，猛烈撞击台下观众的胸口，撞击延安初春的夜晚，在大礼堂中萦回，再滚出窗户，剧烈摇撼着黑夜，传出很远。演出结束，台下的观众起立鼓掌，大声叫好。光未然站在台上，眼中悄然流下泪水。

《黄河大合唱》的正式公演，在两个月后的1939年5月11日。那是庆祝延安鲁迅艺术学院成立一周年的音乐晚会，中共领导人也出席了那天的音乐晚会。正式公演之前，《黄河大合唱》只在延安音乐艺术家内部被认可，大家都认为好，但外界少有流传。那个夜晚，《黄河大合唱》要面对普通观众，现场的观众对这部作品缺乏了解，还不知道一件中国文化史同时也是中国音乐史上的大事，将在那天晚上发生。一些人听说延安的音乐家写出了一部好作品，要在晚会上演出，但心情平静，不以为意。

正式公演的指挥，由冼星海亲自担任。他身穿灰色土布上衣，脚穿草鞋，登上台子，挥臂指挥百余名鲁艺师生组成的合唱演出队演唱。他为表演做了精心设计，以充分体现出各声部演员的演唱效果。为了最丰富地体现乐队演奏的音响层次，在当时硬件设备相当缺乏的条件下，他费力找来了当时延安所能找到的二胡、笛子、锣、鼓、钹、竹板、木鱼等中国传统乐器，再加上小提琴、吉他等西洋乐器，搜寻到的几把口琴也派上了用场。为了补充乐队的低音声部，冼星海还别出心裁地把煤油桶改造成"低音二胡"，以烘托黄河的波涛汹涌，把铁勺与大号搪瓷缸搭配摇击，以制造特殊的音响效果，再将脸盆当作打击乐器，配合衬托船夫号子尖锐上扬的尾音。

演出非常成功，礼堂里的人全部被深深震撼。演出爆发了前所未有的强大生命力和巨大的音乐艺术感染力，所有在场观众都被征服，人们终于明白延安发生了一件空前的大事。当冼星海的手臂在空中停住，拳头握紧像一个凝固在空中的冒烟的手雷，台上的所有演唱演员合上了嘴，所有乐器戛然而止，礼堂里出现巨大的真空。人们茫然四顾，随后疯狂鼓掌。

六十四　复杂艺术，史上留名

《黄河大合唱》的成功绝非偶然，光未然的歌词写得极其丰厚复杂，冼星海的作曲非常完美地做出了配合并向音乐艺术的更高境界推进。几年后，冼星海再作修改并扩大了配器设计，完成了共九个乐章的交响乐大合唱《黄河》，也就是后来被称作莫斯科版本的《黄河大合唱》。

《黄河大合唱》全曲共八个段落，各有合唱、齐唱、独唱、对唱、轮唱等演唱方式。第一乐章是《黄河船夫曲》，剧烈的序曲领先，之后石破天惊，近似呐喊，描绘出黄河船夫强大的生命力量。第二乐章《黄河颂》是男高音或中音独唱，赞颂伟大的黄河之母，气息悠长、旋律起伏，黄河水苍茫而来，源远流长，咏叹调委婉叙事，戏曲甩腔的技法把歌曲推向高潮。

第三乐章《黄河之水天上来》，不是大鼓，不是简单朗诵，而是似唱似吟。全新的朗诵歌曲，三弦伴奏，描绘出中国大地的野草旺盛生长，自然之水从天而降，汹涌翻滚，势不可当的景象。音乐与诗歌混杂，波澜壮阔。第四乐章《黄水谣》是女声合唱，婉转的曲调，描绘了百姓的安居乐业，缓慢低沉的音乐引出凶险，叙述外敌入侵，山河破碎，百姓妻离子散的悲惨境况。音乐痛苦呻吟又激昂高亢。结尾时速度减缓，声调压低，余音不绝，百姓挂着眼泪梦见了幸福。

第五乐章《河边对口曲》用民谣写成，陕北和山西的音调传达出永恒的故土深情和泥巴香气，歌唱者的一问一答对唱，非常奇妙亲切，最后的混声合唱，把情绪传达得更热烈真挚。第六乐章《黄河怨》，是女高音独唱，后来加了伴唱声部。这一段非常复杂，节节上升，急速回转，深刻表现出绝望感情的极致深度。开头音乐较缓，呜呜咽咽，音调平和，描写一位受难妇女坐在凄风苦雨之夜哭诉，有几分痛苦至极的呆傻。之后节奏紧缩，描绘了命运的不公，曲调降到全曲最低音，村妇肝胆寸断，欲哭无泪。再后曲调升起，村妇在仰天长号，大肆悲泣。歌词跟进，演唱者唱出了村妇心中巨大的悲愤。黄河水猛烈撞击巨石，浪花破碎飞溅。音调再升高，村妇投河自尽，全曲撕心裂肺，演唱者哽咽，悲痛号叫。

第七乐章《保卫黄河》，是进行曲风格的轮唱。乐句短促有力，穿插切分音的节奏感，运用附点使音乐充满活力。齐唱之后的二部、三部、四部轮唱，把情感步步推高，暗喻抗日武装由小到大，由弱到强，汇成了不可战胜的力量。

第八乐章《怒吼吧！黄河》，是大合唱终曲，全歌最重要的主调。多段的合唱曲节奏多变，情感强烈，形象极其鲜明。先有气势磅礴的序唱，然后是深沉悠长的自由赋格段落，描写中国五千年深厚历史，揭示百姓从未放弃希望。音乐突然转快，有力的旋律展现了抗日勇士的向死而生，最后一段，由大声疾呼的"啊！黄河"，引出连续八小节"怒吼吧"的召唤，节奏不断紧缩，旋律冲高，产生凌厉向前、锐不可当的声势。一个同音反复的乐句重复五次，力量不断递增，最后排山倒海而来，撞击整个黑暗的世界。全曲结束。

冼星海与光未然合作完成的《黄河大合唱》，是一首超大型结构复杂的合唱作品，具有震惊古今的独创性，是一首旷世杰作。这首作品诞生于炮火连天的时代，诞生于日军飞机接连三次轰炸延安的时刻，诞生于日军大举入侵中国，欲消灭中国文化的危急历史关头，意义更加重大。

这是战斗性最强的一首大合唱歌曲，也是抗日战争时期最实用的一首合唱曲子，它广泛流传，大受欢迎，激起了抗日将士的爱国之情和战斗勇气。同时，这首合唱也是中国抗战时期文化进步，音乐探索取得重大成就的一个标志。中国的音乐家，在战争时期，在偏僻的解放区窑洞的土炕上，为人类文化的进步做出了贡献。

六十五　中国式的乡村小歌剧

延安的解放区，还有一种来源于秧歌的歌舞剧，为中国音乐史做出过贡献，那就是秧歌剧。秧歌这种歌舞混杂的艺术形式，本来只是乡村简单的玩耍，源于古代农业劳动中田间地头随兴玩乐，后演变成有一定艺术意味的表演，广泛流行于中国北方乡村。

著名的海阳大秧歌集歌舞戏于一体，是山东三大秧歌之一，遍布山东烟台海阳的十几个乡镇并辐射至周边地区。它充分体现了乡村过年过节的热闹，表演队伍庞大，队列由三部分组成，排在最前列的是执事，随后是乐队，最后是舞队。它的特点是跑扭结合，舞者在奔跑中扭动，女性扭腰挽扇、上步抖肩，活泼大方，男性颤步晃头、挥臂换肩，爽朗幽默。

流行于中国北方农村的秧歌，与流行于南方农村的花灯近似，都是田间地头的简单娱乐，但花灯这个概念，是从北方传出的。据说汉武帝于农历正月十五夜晚在宫中燃灯祭祀，是花灯的起源。佛教传入后，寺院觉得点灯笼有传播光明之意，就兴起"燃灯表佛"仪式，贵族、百姓学着在家中挂灯，渐成世俗生活风习。时光奔涌，岁月冲洗，这种由宫廷祭祀而来的佛教礼仪，最终庄严褪尽，变成乡村田间地头的欢乐玩耍，灯也就加了一个花字，称为花灯，以表达世俗的花哨欢喜之意。

花灯在南方流行更多，是因为其表演要借助一些精致道具。南方手工业发达，竹编或木制道具的制作能力较强，所以花灯就在南方越来越广泛流传。北方农村的娱乐多为秧歌，这种娱乐主要由身体动作和演唱完成，表演时手持的扇子和彩绸并无精细工艺要求，容易得到。演员穿着大红大绿的鲜艳服装，踩着锣鼓节奏扭动身体，走出十字步和三步一跳等多种舞步。

各地秧歌风格不同，东北秧歌豪放热情，动作幅度大；胶州秧歌细腻柔美；陕北秧歌矫健有力，充满黄土高原的生活气息。这种民间歌舞简单易学，无拘无束，在延安解放区的乡村和由农村士兵组成的军队中广泛传开。

1943年春节前后的陕甘宁地区，形成了无限欢乐的新秧歌运动，一大批作品如《小放牛》《赶毛驴》《四季生产舞》《红军节火把舞》《生产舞》《推小车》纷纷出现，把新秧歌运动推向了高潮。

秧歌的风行，导致了一个具有音乐史意义的现象出现，那就是秧歌剧的诞生。秧歌是源远流长的民间艺术，秧歌剧，却是专业音乐家们在延安创作出来的新型艺术形式，是全新的中式小型乡村歌剧。

秧歌剧，相当于一种综合性的艺术表演形式，它吸收了民歌、小曲、话剧、说唱、戏剧、新音乐、新舞蹈等多种元素，把传统秧歌的歌舞演唱，变成兼有歌舞表演和人物刻画的舞台叙事作品，有的秧歌剧还插入了快板、霸王鞭、跑旱船等外在动作与道具。它是西方歌剧的小型化和中国式的乡村化。这种中国乡村小歌剧，讲述的故事通俗易懂，带有秧歌与生俱来的群众娱乐性，能渲染热闹气氛。

秧歌剧的代表作品有《夫妻识字》《兄妹开荒》《货郎担》《朱永贵挂彩》《刘顺清》《惯匪周子山》等。《夫妻识字》的内容，很容易想象，故事通俗易懂，讲述了夫妻二人上扫盲班识字的经历。这个作品是作曲家马可在延安时期创作完成的。当时，中国不少富有才华的青年艺术家身怀理想，奔赴延安，寻找新生活，寻找公平与民主，马可是其中之一。

马可1918年出生于江苏，是中国近代著名作曲家，早年在河南大学化学系学习，参加过一二·九学生运动。他是冼星海的朋友，参加过光未然率领的国民政府抗敌演剧队第三队，曾一路跋涉，沿路做抗日宣传演出。1939年去到延安，从此留下，在鲁迅艺术学院音乐工作团工作，创作出了秧歌剧《夫妻识字》等作品。

《夫妻识字》这部作品把看似简单的生活，写成生动活泼的小故事，再用百姓熟悉的民间音乐词曲，把小剧的故事情节和人物心理活动演唱出来，难度其实很高。

1944年，延安地区形成了新秧歌热潮，各机构纷纷组织自己的秧歌队，趁春节等节庆假日，走上街头表演，类似民间走会。走会是中国传统民俗，曾作为一种祭祀仪式长久存在，如求雨祭龙，后来演变成庆祝丰收和祈求好运的文化活动。它的特点是集体出行，走村串户地表演，舞龙舞狮扭秧歌均属走会。

延安解放区的人来自四面八方，许多人就把家乡的民俗舞蹈融合到新秧歌创作中，形成秧歌表演花样百出的竞争，涌现了大量新作品。

秧歌表演渐成风习，在各种活动中出现。延安的一些青年音乐家，如作曲家马可一类，受过大学教育，最重视作品的独创性，受秧歌舞蹈启发，豁然开朗，尝试创作出了有人物，有故事，直白热闹，简单明了，幽默风趣，具有浓厚乡土气息的全新秧歌剧。

六十六　乡村小歌剧的繁荣

宋词可以唱，元曲本就是唱腔，昆曲、越剧及至京剧，都能唱得有板有眼，字句文雅。这些传统演唱，大部分妆容素淡，服装规范，招式含而不露，余味不绝，传达出中国文人士大夫哀而不伤的悠远趣味。中国传统文人多与民间文化隔绝，山歌小曲不入庙堂，流落乡间，野生野长，远在主流文化的视域之外。

当时的延安，有全新的政治生态，大众文化变成了主流文化，山歌小曲大受欢迎，专业的音乐家来到这里，原本孤芳自赏的理念动摇，喜欢上了民间的大众娱乐，重视秧歌舞蹈，从而衍生出了秧歌的高级形式——秧歌剧。

秧歌剧看上去通俗易懂，创作却不简单，是专业音乐艺术家研究多种民间艺术，才创作出来的新样式。马可创作的秧歌短剧《夫妻识字》，在民间音乐上可以找到出处，是用眉户的曲调改编而成。

眉户曲调发源于陕西眉县和户县一带，当地百姓在乡间节庆、庙会、红白喜事等场合的表演中经常使用，最受普通人喜爱。它的唱腔分大调和小调两类，大调又称越弦，古老复杂，端庄悠远，音域宽广，富于变化；小调又称平弦，多为民歌小调，规整短小，音域狭窄，旋律单一。大调和小调的唱腔因流行地不同而发生变化，曲牌有几十至数百首不等。

孙犁曾推荐过马可创作的秧歌剧《夫妻识字》，称赞它演出效果好，老百姓爱看，提倡多在农村演出这种短小歌剧，这个推荐，为秧歌剧做了很好的宣传。

《夫妻识字》《钟万财起家》《一朵红花》《朱永贵挂彩》《兄妹开荒》等作品叙事性强，非常吸引观众，讲述的都是发生在观众身边的新人新事或好人好事。它歌剧式的对白演唱让人惊奇，给观众带来了不同的艺术感受，曲调来自民间，具有鲜明的民族性，观众感同身受，很容易产生情感共鸣。

秧歌剧《兄妹开荒》由安波作曲，王大化、李波、路由等人创作。安波是延安鲁艺培养出来的作曲家，1915年生于山东，1937年到延安陕北公学学习，1938年入鲁迅艺术学院音乐系学习，后留校从事民族音乐研究。他和文学作者合作创作的这部《兄妹开荒》，是典型秧歌剧。

《兄妹开荒》讲述延安大生产运动中，一对兄妹参加开荒种粮的故事，原名《王二小开荒》，由延安鲁艺秧歌队于1943年首演。作品主题鲜明、简朴明快、短小紧凑，适合在各种场地演出。它的重要性在于，全部采用叙事性的演唱来推进剧情，是20世纪40年代延安新秧歌运动中的代表作品，这部作品的出现，标志着延安新秧歌剧作为一个全新艺术样式的正式诞生。

秧歌剧的类型，可分为三种，第一种是民间歌舞小戏类，这类作品的音乐和舞蹈的比重相同，歌舞并行，代表作有《夫妻识字》《兄妹开荒》《货郎担》等。第二种以话剧形式进行演唱，剧情复杂、人物众多，音乐多以插曲形式呈现，代表作有《朱永贵挂彩》《刘顺清》等。第三种类似早期的歌剧，剧情冲突明显，音乐是刻画人物的重要手段，代表作有《惯匪周子山》等。秧歌剧再往后发展，就出现了歌剧《白毛女》，那是40年代中国新歌剧的开创性作品，具有划时代的艺术价值。

六十七　传达革命理念的大型歌剧

《白毛女》是一出大型歌剧，与小型的秧歌剧有明显区别。为了说清它在中国音乐史上的文化与艺术价值，我们暂时撇开它在延安解放区出现时所具有的革命教育意义，单从艺术创作力来做分析。我们马上就触及一个问题，那就是艺术渊源，也就是说，具有鲜明中国民族性的大型歌剧《白毛女》的出现，与早期中国青年艺术家的音乐创作探索有密切关系。

五四运动之后，中国青年音乐家开始探索将西洋音乐艺术与中国民族特色相结合的中国音乐艺术作品。一部分音乐家尝试引入西洋歌剧技法，用以跟中国民间音乐结合，创作出全新的音乐艺术作品。当时，上海是全国艺术中心，会聚了很多富有才华的中国青年音乐艺术家，也有欧洲的音乐家到来，与中国音乐家交往切磋。中国音乐家曾尝试创作以歌唱为主，集歌、舞、乐于一体的综合性舞台表演艺术，也就是中国式的新歌剧。

20世纪二三十年代，来到上海的黎锦晖、聂耳等艺术家，率先开启了对中式新歌剧的创作尝试，黎锦晖创作了儿童歌舞剧《小小画家》《麻雀与小孩》，聂耳创作了《扬子江暴风雨》。黎锦晖是湖南人，自幼学习音乐，1910年考入国立长沙高等师范学校，后参加北京大学的音乐团活动，1922年到上海，主编《小朋友》周刊并创办了中华歌舞专科学校。聂耳是云南人，1929年考入广东戏剧研究所附设音乐班，1930年到上海，参加明月歌舞社并任小提琴手，后进入百代唱片公司，创作了很多音乐作品。

正是那个时期黎锦晖和聂耳等一批中国青年音乐家的探索，促使去到延安的音乐家们在秧歌剧创作的启发下，创作出了大型歌剧《白毛女》。这是全新的中式新歌剧，为借鉴西洋歌剧技术创作中国新歌剧，提供了极好的范例。

《白毛女》从生活素材转换为艺术作品，其内容和主题都符合延安解放区的工作要求。它于1945年创作完成，由刘炽、瞿维、张鲁、马可等人作曲，丁毅、贺敬之编剧，是一个团队作品，充分体现了延安解放区重视集体智慧的艺术创作方式。作品的曲作者运用民间素材，塑造了喜儿、杨白劳、黄母、黄世仁、穆仁智等系列人物形象，各个人物的性格截然不同，相互对比，戏剧冲突强烈，演出效果非常好。

《白毛女》的音乐设计，吸收了民间音调的元素，还借鉴了西洋歌剧的成熟经验，表演上主要以秧歌剧为基础，同时吸收了话剧方法，使得全剧的艺术表现力比较强大。这出大型歌剧的一个出色特点，是它深刻的音乐价值。曲作者通过对中国民间音乐技法的有效运用和必要调整，揭示了剧中人物性格随剧情发展产生的变化，帮助全剧音乐合理推进。再通过一连串唱段，层层推进，完成了对剧中主角喜儿的音乐形象塑造，《北风吹》《扎红头绳》《昨天黑夜》《进他家来》《刀杀我》《他们要杀我》《太阳底下把冤伸》等唱段，是一套完整的音乐叙事逻辑，环环相扣。

《白毛女》这部歌剧的歌词创作，借鉴了传统戏曲表现手法，显示出词作者深厚的中国传统艺术功底。具体的语言使用，都是白话的自由新诗体，接近生活，体现新文学的主张，鲜明刻画出人物情感的曲折与剧情的复杂，歌词表达随剧中人物的情感变化而改变，巧妙又合理，歌词的理性与感性表达结合得比较成功。

更重要的是，这部中国式大型新歌剧，不是由城市的音乐家，而是由偏远之地的青年音乐家们尝试完成的。战争没能阻止中国音乐家的艺术探求，民间文化照亮了中国，为中国艺术家提供了无穷的灵感和取之不尽的创作题材。

第六部　舞台

六十八　熊佛西去成都

2024年夏天中国多省高温汹涌，我在10月中旬热流稍退时，完成了对四川宜宾的调查，坐高铁转去成都，在火车车厢里读葡萄牙诗人佩索阿的诗集，其中几句让我心中一动：

> 我是一朵花，被命运采下来做展览。
> 我是一棵树，我的果实被摘下来吃掉。
> 我是一条河，我的水注定要流淌着离开我。
> 我认输并感到有些快意，
> 这种快意如同出自对悲哀的厌倦。

火车车厢的窗外，成都盆地连绵的绿树和不时闪现的白房子纷飞后移，锋利的阳光碎屑在我的眼镜片上跳跃，我闭目沉思，心想什么人会从悲哀的厌倦中获得快意？这是一种扭曲的感情。一条河，水注定要离开它，水与河又永远无法分离，这就是艺术家与艺术的宿命，熊佛西也如此。

我此行去成都，是要寻访熊佛西当年创办的学校旧址，寻找从戏剧家口中念出一句诗词说白后凝固在空中的声音。我知道时间太久，凝固的声音已经开裂，稍有响动就会破碎，被风吹散。八十多年过去，熊佛西当年办的学校旧址大约不复存在了，我现在就算找成都的朋友，他们也无所知晓，不能给我提供帮助，我只能自己去时间缝隙中寻找一首旧诗中掉落的文字。

民国时的中国话剧，有"南田北熊"之说，南方的话剧大师是田汉，北方是熊佛西。熊佛西是中国话剧的拓荒者和奠基人之一，田汉也是。熊佛西1900年出生于江西丰城，二十四岁赴美留学，在纽约的哥伦比亚大学学习戏剧，他的老师是著名戏剧理论家马修斯。

马修斯建议熊佛西去剧院学习，了解西方戏剧的运作，还建议他多去博物馆。熊佛西接受老师的指点，在校专心听课，课外常去博物馆和剧院。他观看并研究了各类型的戏剧演出，自己编演了几出戏，积累了舞台经验。他曾与闻一多、余上沅等留美学生一起，用英文改编了中国古典戏剧，搬上美国的舞台。

闻一多1922年去美国留学，先后在美国芝加哥美术学院、科罗拉多大学美术学院和纽约艺术青年联盟学习，留学期间也热衷戏剧，并开始诗歌创作。在美国的第二年，闻一多出版了自己的第一部诗集《红烛》。熊佛西与闻一多在留美期间多有交往，回国后熊佛西专心戏剧创作与教育，闻一多转去教授中国文学和现代诗歌创作。

熊佛西1926年取得硕士学位后回国，担任北京艺专戏剧系主任，后任北平大学艺术学院戏剧系主任。1937年卢沟桥的炮火响起，北平沦陷，三十七岁的熊佛西几经折腾逃到天津，抛妻别子，孤身一人流亡到抗战大后方的四川成都。四川省政府主席聘他做官，他婉言谢绝，戏剧界朋友组织各种剧团，邀他加入，他也没有兴趣。熊佛西牵挂着戏剧，想办学校，培养下一代学生。

熊佛西十年前回国，就想创办学校，无奈当时年轻，无力实现这个宏愿。十年后有了名气，流亡入川，申报办学。他申报时写明戏剧学校，先在戏剧二字后面加了"教育"，再在"教育"后注明"实验"，以表明这所学校非同寻常。

熊佛西申报成功，1938年9月，四川省立戏剧教育实验学校在成都成平街74号挂牌成立。我2024年秋天去到成都，打车寻访成平街那所学校的旧址。成都地处四川盆地，总是缺少阳光，有一个成语叫蜀犬吠日，说的就是成都的狗没见过太阳。某日阳光照射，全城的狗都吓得惊慌狂吠。可是，2024年夏天我去找成平街，成都蓝天白云阳光灿烂，满街明亮，令我惊诧。司机幸福地告诉我，环境治理得好，阳光多起来了，我还是疑惑，认为阳光是在为我照亮被遮蔽的幽暗历史。

阳光明朗，世界就清晰，车在玉沙路中段停下，我下车左右张望，心中迷糊。我在资料上获知，早很多年的成都城市建设中，成平街被合并，建成新的玉沙路，我以为玉沙路应该是宽阔的城市大道，可我站在了一条冷清的窄街上，街道中间是隔离栏，两边能通行不同方向的一辆汽车，树荫遮蔽了大半街面，车流量不大，隔一段路才有几家零散的小商店，包子铺渔具店刻章打印理发之类。我在街上走一段，发现渔具店太多，有一个地段挤了三四家，这是在钓鱼塘的鱼，还是在钓流走的时光？玉沙路的钓具店或许是一个隐喻。

战争无情，抗战时成都是大后方，但遭遇了日军无数次空袭轰炸。1938年11月8日，熊佛西的戏剧实验学校成立两个月，十八架日机首次空袭成都，在外北机场和外南机场投弹百余枚。一周后的11月15日日机分两批由鄂入川，一批九架，取道万县、达县和川北，再次到达成都上空。另一批九架飞机过荆门、宜昌、重庆后，又向成都飞来，轰炸了凤凰山机场。

在成都城区找不到成平街，我就去找郫县。1939年5月，不堪空袭的熊佛西，把戏剧实验学校迁往了离成都城二十余公里的郫县，今天二十公里不算什么，当时相当远，步行要走大半天，甚至一整天，坐马车也要几个小时。

郫县就是出产著名的郫县豆瓣酱的地方，这种酱由福建人发明，大概出乎很多人的意料。战争使四川人口锐减，元末明初和明末清初，朝廷组织了两次较大的跨地区移民，迁移了南方十余个地区的几十万人口入川。清初福建一陈姓人家到达四川后，携带的豆子生霉，晾晒后用辣椒和盐相拌，食用时竟有特殊风味，著名的四川豆瓣酱从此诞生。

偏远安静的郊县，空气中弥漫着酱菜的咸辣味，百姓与世无争，安居乐业。熊佛西的新校址选在郫县新民场一座名叫吉祥寺的古刹内。寺内松柏肃立，幽然空疏。学校扩大规模，易名为四川省立戏剧音乐学校，把戏剧与音乐结合，真正开始了实验性教学，当年和次年连招了两届学生。

熊佛西很有预见性，迁校一个月后，日本海军第二联合航空队出动五十四架飞机，一半飞机对成都进行了轰炸。中国空军第五大队升空迎击，击落日机三架，击伤数架。日机在成都盐市口、东大街、东御街、提督街、顺城街一带投弹一百一十一枚，炸死百姓二百二十六人，炸伤六百人，损坏房屋六千余栋，华西大学等文化机构也被轰炸，迁走的戏剧音乐学校安然无恙。

2024年，郫县已并入成都市，改名郫都区，有地铁与成都市中心相通。坐地铁可以体验时间的快速运动，我清晨从酒店出来，从街上标有地铁二字的入口进去，穿过地下商店迷宫似复杂通道，爬楼梯出来，原路返回到了酒店对面的街边。

我再从入口进去，重新在地下通道中找到极不显眼的地铁入口标记，坐进地铁车厢。成都地铁的声音轰隆隆翻滚，闷在黑暗中的声音无比巨大，仿佛一颗炮弹在粗壮的管道里愤怒前进，急不可耐。一小时后到达望丛祠终点站，出来耳中安静，视野开阔，街边是密集排列的三四层高房子，有的两层。目光越过房顶，可以落到模糊的远方。成都市区排山倒海的高楼和闪闪发亮的商店不见了，郫都区格外安静和羞涩。

六十九　用戏剧改造中国

我在望丛祠地铁站出口处打车，前往成都郫都区的新民场中学。车驶向早晨灰雾蒙蒙的前方，窗外晃过一连串小商店和餐馆，不时闪现农田、灰白的村道和田中大棚，圆弧棚顶上罩着白纱网和黑纱网，棚中的泥土里生长着梦想。车忽然停下，司机说到了，我下车环顾，无所适从。

这是一片街区，站满匆促简陋的矮房，像正在蜕变为城市的农村，小吃店敞着门，空无食客，杂货店只见窄小的柜台和五颜六色的拥挤商品，不见卖东西的小老板。我原地转一圈，没找到任何校门，走向街边一家乌黑窄小的五金店，向店门口的师傅打听新民场学校，他抬手一指说，朝那个路走进去就是了。

我赶紧致谢，转身走出三十米，看到一条岔路通往前方，抬头观察，看到路口的墙上有云凌村九组301的牌子，明白这里就是村子。沿村路进去三五百米就走到尽头，我迎面看到了"新民场中学"五个钉在墙上的金色大字。

我突然明白，网约车司机偷懒，把我送到新民场中学的路口就溜之大吉。但终于找到学校我很高兴，校门两侧一边是三四棵挤成一团的大树，树上枝叶茂密，树下光线暗淡，杂草茂盛高大，东倒西歪，像历史记忆纠缠不清。另一边是一溜儿而去的苗圃大棚，棚里摆满密集的育苗小盆，仿佛早年埋下的教育种子在几十年后破土发芽，嘎吱叫唤着抽枝长叶。

新民场中学关着铁栏栅校门，一幢教学楼或办公楼站立在离校门百来米的地方。校园很安静，像放假，两个保安坐在门口的小房子外聊天，操场空空荡荡，校门口钉了新民场中学大字的白墙旁边，挂了一个"四川音乐学院教学实践基地"的白底黑字牌子。这个牌子让我一怔，乡下中学跟大名鼎鼎的四川音乐学院产生关系，无疑跟熊佛西开创的历史有关。我感到欣慰，这块牌子是历史的投影，中国戏剧与音乐史的一小段时间线条。

四周静得微风在空气中凝固，保安在十几米外的校门内聊天，并无声音传出，我从喧嚣的街上进来，站在寂静的历史入口，再走到村路尽头极安静的时间深处，穿过时间之墙，挤进了电脑屏幕上默默出现的文字资料中。

我查阅资料，获知熊佛西对戏剧的社会普及充满热情，1932年曾追随晏阳初做乡村教育实验，去到河北定县，开展"农民戏剧实验"的教育工作。他在农村开办学习班，建立农村剧团，想找到一条新兴社会教育的途径，创造出以农民为对象的大众戏剧。

定县位于北京西南方五百里处，熊佛西的工作是当时晏阳初主持的中华平民教育促进会社会实验的一部分。晏阳初被称为中国的平民教育家和乡村建设家，出生于四川巴中县城一个书香世家，祖籍为湖南岳阳。父亲晏美堂先生继承祖业设馆教书，晏阳初幼时在父亲的私塾读书，长大后去美国普林斯顿大学历史学系读硕士。

晏阳初1918年去法国战场为华工服务，发现华工不识字，请人代写家信有诸多不便，甚至引发错误，就自己编写识字课本，无偿为华工授课，由此产生了平民教育的理念。晏阳初认为农村有愚、穷、弱、私"四大病根"，提出以"文艺教育救愚、以生计教育救穷、以卫生教育救弱、以公民教育救私"的解决办法，他1920年回国后四处呼吁在全国广招贤才，尝试在乡村开展中国的平民教育实验。正在北平大学艺术学院担任戏剧系主任的熊佛西与晏阳初一拍即合，出任了中华平民教育促进会戏剧研究委员会主任。

七七事变爆发，熊佛西的定县社会改造实验工作被粉碎。北平沦陷时熊佛西全家被困城内，他通过一个警察的帮助，几天后携妻子和三个儿女逃至天津，再只身出走，转道青岛、徐州、汉口、长沙，最后远避成都，创办戏剧学校，重新开始改造中国的实验教育。

中国戏剧有一个特殊作用，就是教化。演员在台上表演，观众在台下观看，很多戏剧故事，包含了忠孝节义的伦理道德观念。有些戏曲故事歌颂忠臣义士的事迹，批判奸臣贼子，也就能对观众进行教育和感化。同时，古代中国教育不普及，从前农村地区百分之九十五的国民是文盲，普通民众的伦理道德教育和历史知识，大多是通过看戏得来的，或从看过戏的人口中听来，因为中国老戏台位置较高，戏剧表演，也就被称作高台教化。

高台教化并不是全世界戏剧共有的现象，只在中国的传统戏曲表演中较为突出。中国戏曲的内容和表演跟社会文化紧密相连，一直承载着道德教化等诸多功能。正因为中国戏剧有高台教化作用，晏阳初才邀请熊佛西去河北农村做戏剧教育实验。熊佛西来四川成都办戏剧学校，也就延续了河北定县的实验性，以体现平民教育的意义为主要目的。他认为戏剧不应该是少数人专有，应该创造一种为大众接受的新型戏剧，演员要体验和研究大众生活，剧作家要下乡，住进农民家，要实现戏剧的社会教育，把都市剧院的戏剧送到乡下，深入民间。

熊佛西借戏剧改造社会的主张具有某种政治危险性，当局不满，演出时经常有不明身份的人闯入捣乱。熊佛西生性刚烈，身上挂两只手榴弹，亲自站在演出场地的入口处守卫，以示警告。下乡演出，他亲自带队，穿草鞋走村串户，与农民同吃同住。

熊佛西与当局的矛盾日益激化。1941年春，四川省参议会决议撤换熊佛西校长，学生和教师不接受指令，学校最终关门。熊佛西在混乱的战争伤痛中坚持戏剧革新实验的操作，定格在了一个幽暗的历史时刻，给后人带来永远的启发和激励。

七十　厉家班无家可归

熊佛西只身逃出天津之时，中国戏剧界的另一支队伍，京剧厉家班，正从江西南昌转到安徽芜湖的新光大戏院演出。那是一个来自上海的京剧班子。四个月前，厉家班脱离了上海剧场的合作方，独立外出，尝试做巡回江南的演出。一路走过宁波、杭州、南京、南昌，演出相当成功。到达安徽芜湖的新光大戏院时，北方传来了惊悚的消息，七七事变爆发。

厉家班是琴师厉彦芝20世纪二三十年代在上海创立的一个京剧班子，由艺人的子女组成。闻知七七事变爆发，厉彦芝故作镇定，安抚戏班的演员，嘱咐他们安心演出，结束芜湖的演出合同马上返回上海。可是战火燃烧太快，炮车碾轧的面积迅速扩大，京津几天后沦陷。日军又瞄准上海这个亚洲最繁华的城市，中国经济与文化的中心。漂泊在外的厉家班无家可归，班主厉彦芝慌了手脚。

五年前，厉家班遭遇过上海的一·二八事变，日军进攻上海，炸毁了厉家班赖以生存的剧院，戏班一时停业，靠厉彦芝一人操起胡琴，为京剧名角伴奏，在相邻几省独自奔走江湖，挣钱养活上海戏班。现在上海正在打仗，回去生死难料，只能躲避战火，另找出路。

厉彦芝犹豫间，安徽芜湖的新光大戏院关门了，老板不知去向。芜湖挤进大量扶老携幼的北方人口，也有众多迁移的工厂和学校路过，人员混杂，交通拥堵，公路和铁路被军队占用，长江航运的客船路过芜湖，很少停泊，船上早就挤满从上海驶往武汉的难民。

厉彦芝的戏班，连演员带职员百余人，留在芜湖就是等死，不演出就没有收入，却有大量开支要付出。旅店住宿费飞涨，吃饭很贵，芜湖不可久留，又无法离开。公路和铁路都买不到票，戏班百余人撤离的交通工具问题无法解决。

幸好，厉家班在芜湖的演出大受欢迎，厉彦芝小有名气，认识了当地的帮会头子杨八爷，他从杨八爷处获知有客船从上海驶向武汉，将在芜湖停泊十分钟，赶紧出钱打点，经杨八爷相助，厉家班的演职员扛着戏箱和行李，全部挤上了驶往武汉的"江顺号"客船。

厉彦芝率领的京剧厉家班1937年11月到达武汉，租房住下。当时武汉拥入了大量北方的逃难人口，也有众多中国的著名艺术家来到，京剧、汉剧、楚剧、评剧、杂剧的各种班社在武汉三镇汇聚，各戏班正在举行劳军义演，把收到的门票钱捐给前线将士。厉家班赶紧跟上，在武汉的光明大戏院演出《龙凤呈祥》，收入全部交给汉口抗敌后援会。

厉家班作为一个戏班，在上海初露锋芒，但在武汉完全没有名气，人地生疏，除了义演，厉家班找不到正式的演出机会。多个著名戏班争抢租用武汉的光明大戏院，轮不上厉家班使用。他们不能空等，只得赶紧离开，转道长沙。在长沙，厉彦芝与黄金大戏院谈成演出合作，上演了《风波亭》。每天散戏后，舞台布景的隔板围起，厉家班的人员就可打地铺睡觉。这已是最好的安排，厉彦芝感激涕零。

《风波亭》讲述岳飞抗敌的故事，正适合当时的国情。剧情从岳飞破金龙阵起，至风波亭父子遇害剧终，分秦桧定计、岳飞蒙冤、狱中遇害三个部分。这出抗敌入侵的戏，契合了日本全面进攻中国，我国人民奋起抵抗的现实，更抒发了全民愤慨的情绪，激励了人们的抗敌热情，观众很多。但战乱时期秩序混乱，很多人闯戏院，白看不出钱。演了一个月，厉彦芝就带着戏班再次返回了武汉。

在武汉，厉彦芝与另一家剧院，明记大舞台的刘经理搭上了线。刘经理原是餐馆伙计，端菜送饭，身份低微，后在洋行谋得一个职位。洋老板战乱离开武汉，留给他一笔财产。他做大米生意赚到了钱，接手一家剧院，改造后取名明记大舞台。刘经理认识了厉家班，看厉彦芝带的演员很有特色，有可能独闯一片市场，就跟他合作。厉家班连演了半年，很受欢迎，票卖得好，赢得了一点名气，为武汉观众所关注，真正得到锻炼，有所成长。

七十一　童伶制小演员

厉家班全是小演员，这是它闯荡江湖的特色，也是最大的本钱。打出的广告叫厉家童伶班，最小的演员五岁，最大的演员十二三岁。他们都是戏班艺人的孩子，自幼跟着父母漂泊，看着父母演戏，耳濡目染，再经戏班老师调教，一个个学得字正腔圆，有板有眼。厉彦芝请教师把自己的五个孩子厉慧良、厉慧敏、厉慧斌、厉慧兰、厉慧森调教得浑身技艺，能全部登场。最初厉家童伶班约三十人，巡回江南演出时不断引起轰动，沿路有艺人送自家的孩子加入厉家童伶班，队伍渐渐壮大，童伶小学员增加到了五十余人。

童伶指年幼的戏曲演员，孩子从四五岁起接受严格训练，学习戏曲的唱念做打各种技艺，登台演出时，凭借天真可爱的形象和出色的表演才华，引起观众好奇，赢得市场的欢迎。京剧界早年的"四小名旦"之一李世芳，自幼学艺，年少时崭露头角，就是著名童伶。童伶为戏曲发展提供了源源不断的后继者，也为戏曲舞台增添了活力，让传统戏曲艺术得以延续和传承。

厉家班的班主厉彦芝，自己就是一个童伶，他本是满族旗人，幼时名叫立泉，生于1896年，家在北京德胜门。他自幼养尊处优，十岁时八国联军攻打京城，清朝摇摇欲坠，皇粮吃不饱，日子越来越不好过。他离开私塾学堂，先学骑马射箭，后学京剧。十三岁时拜老旦名角为师，专攻老旦。他喜欢戏曲，进步极快，十四岁时私自跑去天津，以票友身份串戏，改名立彦芝，后再改为厉姓，与多位名角同台演出，闯出了一点名气，每月能赚包银大洋二百元。

童伶有一个问题，学戏时年纪太小，长到变声期，会遭遇倒仓，嗓音变低或变哑，所有的训练就白费，再无法登台演唱，厉彦芝就遭遇了这个巨大的不幸。十八岁时变声，他倒仓了，声音喑哑，再不能演唱。他热爱京剧之心不改，转而拜师学习京胡，十九岁就能为演员操琴，走南闯北，后得到京胡名师指点，技艺更加进步。

那个时期的京剧胡琴演奏，有梅柔、孙刚两大流派，厉彦芝继承了孙派操琴的弹、打、揉、滑等多种指法，并善于逆弓技巧，以险奇见长。1917年，厉彦芝随演员去到上海，不久那个童伶演员也因变声倒仓，不得演出，他就改为演员孟小冬等操琴，以上海为基地，也去到江南各地，成为有名的琴师。

漂泊不定，无法立足，生活也就不稳定，厉彦芝后来在上海加入了韩家班，结束了漂泊日子。韩家班是一个由家庭成员构成的京剧班子，韩班主操琴，两个收养的女儿登台演唱。厉彦芝加入后，给韩家两个女儿操琴，韩班主腾出了手，有精力开拓市场。后来，厉彦芝娶了韩班主的养女，挑起了戏班的重担。

几年后，厉彦芝接连有了几个孩子。他与上海的剧场合作，把戏班渐渐做大，在上海闯出了一点名声。但当时厉家班的演员，都是成人，厉家童伶班的出现纯属偶然。他们演出《西游记》时，安排戏班成年演员的孩子们上台，扮演孙悟空身边活泼的小猴子，小猴子们功夫很好，翻滚扑跌，令人叫好。

小孩子们的演出别开生面，不断赢得喝彩，给了厉彦芝启发。他后来安排老师，专心培养自己的几个孩子。当时他的孩子厉慧森和厉慧兰仅三四岁，已能跟着大人比画演唱和翻跟斗，再对戏班其他成年艺人的孩子也进行训练，童伶班就有了二十几个演员。小演员的技艺训练得渐成雏形，上台的次数多起来，1936年，上海厉家童伶班正式亮出名称，在一个名叫更新舞台的全新剧场演出，两个月连演六十多出戏，一炮走红。

七十二　重庆走红，落地生根

　　我2024年10月24日从成都转道重庆，次日约了重庆剧协主席程联群见面。我在酒店门口打了一辆车，坐车穿过由无数隧道和桥梁组成的重庆独特街景，半个多小时后在一个清静街口下车，抬头看到一片商业楼的外墙玻璃上有"香格里拉茶室"几个字，那正是我跟程老师约见的地点。我坐电梯上四楼，在茶室挑一个安静房间坐下等候。

　　十几分钟后，茶室里响起清亮的女声，来人要找我，人未见声先入，一听就知道是戏曲演员，我急忙出去迎接。程老师大步走来，她的年轻漂亮我有预见，她个子很高却出乎我意料。一问，果然她父亲来自山东。采访迅速开始，我请她介绍京剧厉家班流落重庆，对重庆京剧发展的影响。她说得很干脆，告诉我她自己就是厉家班传人，我大为振奋，话题就这样拉开。

她父母原在四川万县，小时候她就喜欢表演，是学生里的文艺积极分子，十二三岁时坚决要考京剧团，考上就成为演员。二十几年前重庆成为直辖市，她调来重庆京剧团。她告诉我，后来厉家班留在了重庆，整体改成了重庆京剧团，她也就是厉家班的传人了。

厉家班来重庆，是因为日军攻下了江西的马当镇，进逼武汉，他们在武汉已经不安全。湖北的田家镇、江西的马当镇、江苏的江阴，被列为长江水道三大要塞。为防止日军从江西北上进攻武汉，1937年秋，江西调集九个县的民工苦干一年，在马当镇修筑和加固了军事防御工事，建造了三级炮台。并在马当浅水道沉没大型商船九艘、大木船八艘，以堵塞河道。还在全省征调木船千余条，所有木船都装满了深重的石块，然后把船底全部凿破，让船沉没于马当的江面，那也是为了堵塞江道，防止日军乘船水路进攻。1937年12月，全部断航工程完毕，马当镇边的长江宣告封锁，再也无法通航。

马当镇紧临长江，山势险峻，与上游的小孤山夹江而望，形成长江天堑上的扼喉之势，是历代兵家必争之地。1938年5月，日军沿淮河和长江西进，欲攻击武汉。江西北部是武汉的外围门户，成为日军的目标。日军投入五个多师团，配置大量飞机、舰艇和海军陆战队，由冈村宁次指挥，准备大战。

为保卫武汉，中国新设第九战区，调动十个军的兵力与日军作战。战斗于1938年6月12日打响，半个月后的6月29日，马当外围的第一道防线被日军密集炮火攻破。6月30日马当失守。

武汉是日军的下一个目标，日机经常来武汉袭扰，厉彦芝来武汉是权宜之计，眼看武汉也不安全，东返南京和上海更危险，一时不知如何是好。这时一个机会出现了，有一个姓邓的重庆人来武汉邀请戏班，厉彦芝马上答应前往，在武汉做了连演三天的告别演出，收起戏箱和行李，前往重庆。

厉家班准备再次乘坐"江顺号"轮船，由武汉前往重庆。"江顺号"是来往于上海和长江沿岸多个城市的大轮船，上海沦陷，长江下游的航线中断，轮船只能走武汉到重庆的上游航线。上船之后厉彦芝组织了一场晚会，在船上出售部分戏票，安排戏班的演员清唱，收入全部捐给抗战组织。不觉过去数日，船到宜昌后停下，往下走江道狭窄了，汛期未到，江面的水上涨得不够，大船无法航行，戏班百余人全部下船，分批改坐重庆民生公司的小船各自出行，相约在重庆会合。

朋友给厉彦芝提供了三十几人的船票，他带着厉家班的第一批人前往重庆，到达后赶紧联系报社记者，部署宣传工作。次日，重庆报纸刊登了厉家班童伶到渝的消息。为制造影响，厉彦芝几天后在餐厅宴请重庆新闻界，安排厉慧敏发言，报告了厉家班离开上海后一路巡回演出，大获成功，因抗战爆发无法返沪，最终来渝的颠沛流离经历。

滞留湖北宜昌的厉家班其他人员，乘船入渝的经历非常痛苦。战时混乱，交通受阻，难民太多，民生公司小船的船票非常紧俏，根本买不到。滞留宜昌的厉家班人员想尽办法，用各种手段登船，买黄鱼票，请船员带上船后藏于船上的厕所或放锚的洞里……非常危险，就这样几人或十几人分批出发，吃苦受累，前后熬了半个月，全戏班的人才陆续来到重庆。

在重庆他们马上面临另一个困难，那就是没有落脚之处，重庆的新生票社给他们提供了大力帮助，让出一部分票社的活动场地，供厉家班的人员入住，他们才有了暂时的栖身之所。新生票社是当地较早的京剧业余团体，成立于1927年，两任社长曾在北京玩票，组织过京剧票社，经常登台演唱，后回到重庆成立新生票社，演出过很多经典剧目，张大千也是新生票社的票友。

京剧是北方的剧种，西南地区流传不广，但重庆嘉陵江与长江汇合处，古来航运发达，交通便利，往来的各地人员较多，清末民初就有京剧班子来重庆演出。新生票社在重庆成立后，社长曾邀请外省京剧名角来渝演出，也从上海请来票友，专业与业余同台表演，唱得热闹，玩得高兴，一度盛况空前。

最欣赏厉家班京剧技艺的人，是新生票社的京剧票友。重庆报界对厉家班也十分看好，《国民公报》的报道中宣传称，誉满全国、独树一帜、复兴国剧运动的主力军厉家班，来渝演唱伟大国剧。厉彦芝向新闻界宣布，将首演全本《杨家将》的所有收入，捐给前方的抗敌将士，更加令人期待，一时口碑甚好。

厉家班在重庆的章华大戏院演出，剧院门口高高悬挂着厉家班五个重要演员，厉彦芝的五个孩子厉慧斌、厉慧良、厉慧敏、厉慧兰、厉慧森的名字。他们分别扮演生、旦、净、末、丑，是戏班的五根台柱。五个孩子中，十岁的厉慧兰的名牌周围装饰成灯光闪烁的特别牌，引人瞩目。

厉家班在重庆每天上演传统剧目，场场爆满。重庆人口多，国民政府和各种机构迁来，军队大批入驻，城市更加拥挤。重庆是江边山地城市，城市街道大多为坡路，放眼望去，街道遍布从下到上的阶梯，无数路人在弯弯曲曲的街上攀爬。尽管出行艰难，章华大戏院门前仍然车水马龙。厉家班演出的剧院，售票处不断挂出客满的牌子，观众不忍离去，仍在剧院门外围观，想等到别人的退票。

七十三　川滇黔巡回演出成功

1938年3月在武汉成立的文协，陆续在中国广州、成都、昆明、桂林、香港、延安、贵阳、曲江、上海等地成立了分会，坚持在各地开展文艺活动，宣传抗日，安抚民心。武汉失守后，文协总会迁到重庆，会址设在重庆下半城的白象街和张家花园，众多戏剧工作者也会聚重庆。文协在重庆组织的纪念九一八事变的戏剧抗敌会演，厉家班积极参加。

重庆文协于1938年10月组织了第一届全国戏剧节，厉家班参演后大出风头。国家不幸诗家幸，国难当头，文艺家空前团结，向中国奉献出了很多优秀作品。戏剧节自10月10日起，到11月1日落幕，持续二十二天，五百多名戏曲文艺家，千余名业余爱好者,二十五个戏班轮番登场,在剧场、街头、学校、工厂等多种场合巡回演出,声势浩大。

众多知名剧团和戏剧名家参与了戏剧节,演出的形式与剧目多样,涵盖戏曲、话剧、街头剧、活报剧等。戏剧节增强了民族凝聚力和向心力,激发了民众的抗日热情,为民众提供了丰富的文化生活,缓解了民众战时的精神压力,让国人坚定了抗战必胜的信念。

厉家童伶班在戏剧节上的演出,独树一帜,很引人注目。演员年龄小,却技压群芳,赢得观众一致掌声。一年匆匆过去,厉家班在重庆排练了好几场质量极高的剧目,其中《七擒孟获》是海派戏,被盖叫天演红过,厉家班排练后做出很多创新,别开生面地加进了现代舞和木偶戏。现代舞的梦幻穿插之外,另有木偶孔明从舞台道具的石碑中穿过,看得人眼花缭乱,上座率最高。

厉家班一班十四五岁的小演员,阵容整齐、台风严谨、演技精湛,他们还热心参加抗日义演,赢得重庆各界京剧票友和观众热烈好评,在重庆成功地站稳了脚跟,生活也稳定下来。整个剧班从新生票社的草草入住,改为搬进章华大戏院常年演出,食宿安排也有提升,为重庆民众带来了战时的艺术享受,更让京剧艺术在重庆落地生根,发展壮大。

1939年日军将目标瞄准重庆，5月初，上百架敌机袭来，遮天蔽日，轮番轰炸。5月3日和4日两天，重庆城中上千人在日军轰炸中丧命，无辜百姓的鲜血流进了山下呜咽的江水。厉家班为鼓舞民众的信心，坚持在章华大戏院里排练演出。突袭警报响起，全班人员才有序躲进剧院附近中央银行的地下室，警报停息，再出来排练。

日军的空袭后来持续不断，长达数年，重庆各娱乐场所被迫停业。厉彦芝率全班人马躲到乡下的山中避难，一百多人在鸭儿凼、老君洞一带搭草棚分散居住。后来，厉彦芝结识了从湖北逃来重庆避难的新朋友，全剧班的人马会聚，进入山中的袁家花园，自建草房居住，每天在草地上排练。无法演出，没有分文收入，一百多人坐吃山空，厉彦芝忧心忡忡。两个月后机会降临，贵阳蒋老板来到重庆，此人是饭店老板，兼作影剧业的经理人，从贵州来重庆，是为了邀请戏班去剧院演出，厉彦芝马上与之签约。

1939年7月，厉家班去到贵阳，住进当地的湖北会馆，在黔阳大舞台连演三个月，艺惊贵阳城。此时的厉家班已比较成熟，除厉彦芝的五个孩子外，多年来陆续招收的慧字辈小演员，也都成长壮大，队伍十分整齐。

贵阳三个月的合同演出结束，蒋老板信心十足，租用昆明大戏院的剧场，率厉家班赴昆明演出。昆明也是抗战大后方的重要城市，同样会聚了大批北方迁来的文艺家和各界人士，对文化活动的渴望和京剧的市场需求很大。厉家班在昆明大戏院演出半年后，换到东寺街新建的昆明西南大戏院继续演出。

厉家班在昆明西南大戏院演出时，改名为斌良国剧社，标志着厉家童伶班已从小学员班升级为正式的科班演员剧团。斌良国剧社在昆明西南大戏院演出到1942年，小演员们学会说昆明话，喜欢吃昆明的豆花米线。厉家班带来的京剧艺术，在炮火连天的抗战时期，历经艰难，传遍中国西南川黔滇数省，在战争年代寒冷的冬天，绽放出了京剧艺术茂盛的白玉兰花。

厉家班在川滇黔巡回一圈，再返回重庆。抗战胜利了，避难于重庆的各种剧社和戏曲名角，纷纷北上或东归。厉家班留在重庆未走。这个京剧班子从上海出发时刚以童伶班的名义建立，抗战十四年，流落几省，最终落脚重庆，发展壮大，成为正式的斌良国剧社。重庆养活了厉家班，厉家班变成了重庆的京剧社。1956年，重庆市批准厉家班为国营建制，定名为重庆京剧团。

七十四　戏剧全才欧阳予倩

1938年4月，上海街头的大批商店关门闭户，门上张贴的停业广告翘起了边角，初春凄冷的北风撕扯着广告的干硬纸边，敲打出啪嗒啪嗒的声响。一个脸形略圆的中年男人匆匆走出家门，拉高了毛呢短外衣的衣领，系紧灰色围巾，压低黑色礼帽的帽檐，坐上一辆黄包车，前往上海的吴淞码头，搭乘上海到香港的轮船，悄悄远行。

他就是戏剧家欧阳予倩，此趟出行，他的目的地是遥远的广西桂林。几天前欧阳予倩收到马君武的来信，邀他去桂林做指导，参与桂剧的改革。这是一个诱人的建议，桂剧在中国并不出名，是小地方剧种，恰恰因为陌生，有可能隐藏了新奇的艺术力量，研究开发桂剧后，也许能获得艺术启发，取得某种开创性的成就，促进中国戏剧的发展。

写信给欧阳予倩的马君武，是广西桂林人，当地名士。马君武曾在日本留学，1905年加入同盟会并任秘书长，参加过武昌起义和护法运动，曾任上海大夏大学和北京工业大学校长，1927年回桂林创办广西大学并任校长。他热爱故乡的桂剧，看着这个地方剧种老旧没落，心中着急，就在桂林成立了广西戏剧改进会并自任会长，网罗了一批广西的戏剧人才，尝试了一系列桂剧的改进实验，但效果不太如愿。他便写信至上海，邀请欧阳予倩来桂。

1937年8月13日，中国军队保卫上海的淞沪会战爆发，战争激烈，持续数月。11月5日夜日军在杭州湾登陆，抄了中国军队的后路，11月12日上海落入日军之手。居住在上海的欧阳予倩走投无路，正巧收到马君武的邀请函，马上启程，辗转香港，在香港停留一周，会见了一些朋友，绕道去广西，在中国抗战大后方的另一座水边城市桂林，重新开始了中国戏剧的推广工作。

欧阳予倩出生于湖南浏阳一个官宦之家，1901年跟随祖父到北京读书，之后赴日本留学，1907年加入春柳社。春柳社是清末民初以戏剧为主的艺术团体，由中国留日学生在日本东京创立，设有美术、诗歌、音乐、戏剧等部门，是中国话剧的第一个演出团体，发起人之一是李叔同，主要成员有陆镜若、欧阳予倩、谢抗白、李涛痕、吴我尊、马绛士等。

春柳社的妖娆社名，容易让人产生误会，产生寻花问柳的联想，其实这个社名与中国留日学生的文艺思想有关。当时中国的留日学生成立文艺团体，多以"柳"为标志，意指学习西方黑白分明冲突激烈的戏剧的同时，要保持东方艺术哀而不伤、垂柳依依的悠远淡雅风格。

欧洲话剧最早就由春柳社成员介绍进中国。1907年，春柳社在东京演出了法国小仲马的《茶花女》第三幕，这是中国话剧史上第一个由中国人演出的完整话剧作品，标志着中国话剧的诞生。春柳社为中国现代话剧的发展奠定了最初的基础，培养了一批早期的话剧人才，其表演形式和理念，对后来的中国话剧团体产生了深远的影响。

1907年，春柳社演出了根据林纾翻译小说《黑奴吁天录》改编的五幕话剧，因其具有强烈的反对民族压迫思想，演出后在中国留日学生和日本社会产生轰动。欧阳予倩在话剧《黑奴吁天录》中大展风采，独自一人饰演了女黑奴和小乔治两个角色，那是他第一次上台演出，同年他还参演了独幕剧《生相怜》《画家与其妹》的演出。

1908年欧阳予倩参演了揭露了社会不公的话剧《鸣不平》，1909年参演话剧《热泪》。这是一部改编自法国话剧《托斯卡》的作品，剧中的女主角身处情感纠葛与社会环境的复杂漩涡，面对着爱情与责任、理想与现实的冲突，最终无力解脱，造成悲剧。故事感人至深，演出后引起强烈反响，据说有四十多人受这出话剧的感动，加入了同盟会。

1912年，欧阳予倩应邀到上海参加新剧同志会，同年参演话剧《家庭恩怨记》，这是陆镜若创作的话剧剧目。陆镜若是春柳社的成员，欧阳予倩留学日本时的朋友，回国后在上海创立了新剧同志会。陆镜若创作的这部话剧，讲述清军统制王伯良家庭内部的恩怨情仇故事。欧阳予倩还参演了话剧《社会钟》。

欧阳予倩对话剧有独到深刻的理解，文学素养很高，除了表演，也自己创作话剧剧本。他1913年创作了第一个剧本，五幕剧《运动力》。这部话剧揭露并讽刺了辛亥革命后湖南政界的种种丑态。同年再创作话剧剧本《鸳鸯剑》。这部话剧取材《红楼梦》，讲述尤三姐与柳湘莲的爱情悲剧。

欧阳予倩1914年又创作话剧《大闹宁国府》，1915年创作三幕悲剧《神圣之爱》，同年应西湖舞台之邀，在杭州演出《卧薪尝胆》等京戏，开始了职业京剧演员的生涯。1919年，欧阳予倩发表了小说《断手》。同年担任南通伶工学社的主任。

南通伶工学社是中国第一所新型戏剧艺术学校。1919年5月，创办者张謇派专人去上海聘请欧阳予倩，请他协助筹建。张謇是中国近代实业家、政治家、教育家、金融家、慈善家，位列"江苏五才子"之首。他看中欧阳予倩的才干，又认同他是世家子弟。欧阳予倩的祖父欧阳中鹄是清末开明学者，出任过广西桂林知府，谭嗣同是他的学生。欧阳予倩又是著名戏剧演员，留学日本，人才难得，故邀他与自己合作，实现中国戏剧教育的理想。

欧阳予倩接受张謇的邀请，也有自己的打算。他想借助张謇的财力和声望，施展自己改革中国戏剧的抱负。他对中国传统戏剧的科班弟子培养方式很不满意，想打破中国戏曲的旧式科班传统，借助学校组织的力量，研究全新的方法教育学生，培养出一代有知识的中国戏剧演员。

正巧，张謇创办南通伶工学社，自任董事长，他的儿子张孝若任社长，欧阳予倩任主任兼教务长，三人一拍即合，开始了中国戏剧教育改革之路。经欧阳予倩提议，张謇出资建盖了更俗剧场，剧场建于江苏省南通市西南桃坞路，取名"更俗"，意为除旧布新、移风易俗，"更"是改正之意。剧场由中国著名建筑设计师孙支厦仿照上海新舞台设计，外观呈马蹄形，内部有观众厅、舞台、演员宿舍等。剧场动工兴建时，舞台的图样经欧阳予倩仔细审定，他亲手拟定剧场规则共十二条，旧时剧场的陈规陋习全部革除。

至此，欧阳予倩成功攀越了戏剧的三级台阶，从演员到编剧，再从编剧转身为戏剧教育家，有了对戏剧的全方位思考与操作空间。1921年，欧阳予倩与茅盾、郑振铎、熊佛西、陈大悲等人组织了民众戏剧社，出版了社刊《戏剧》杂志。1924年再创作独幕剧《回家以后》，次年发表了文章《乐剧革命家瓦格拉》，同年与周信芳合作主演京剧《汉刘邦》，并加入了刚成立的民新影片公司，迈上了第四级台阶，进军电影界。

七十五　桂林是抗战大后方的文化中心之一

我2024年9月底在桂林做调查，桂林是一片温柔的土地，那里的古老生活风格是安逸散淡，无所用心。抗战爆发前，桂林城街上有很多悠然挑着担子的手艺人，他们个子小巧，额头略突，眼窝深陷，嘴唇饱满，身穿凉快的短衣和宽松裤子，一路用广西尖细的口音喊出补锅剃头卖米饭卖碗糕的吆喝，那喊声像漓江岸边的柳树细枝，在空气中轻轻飘荡。街面有市民在井边汲水，店铺卸下木插门板，店老板站在门外张望，女人追着孩子从店门里跑出，日子不慌不忙地开始和流逝。

穿城而过的漓江上，竹排碰撞，相互问候，鹭鸶翻飞盘旋。渔民划着竹排，待划到江心，他们长棍一扫，把站在竹排上的黑色鸬鹚赶入水中，看着鸬鹚闷水捕鱼。漓江上来往着各种船，船头高高翘起的船叫上河船，容易通过陡河和越过浅滩，主要跑灵川、兴安上游的河道。盖有船篷，船舷低平、桅杆高竖并备了船帆的船，称为下河船，这类船跑漓江下游的阳朔、荔浦、平乐和梧州。下河船是漓江的主打船。另一种船身狭长的船，吃水较浅，是运送客人的客船。漓江水浅滩多流急，客船载人较少，也才安全。

我在桂林曾去漓江边观察，江边的树木非常高大，枝叶浓密，树干爬满了寄生的藤本小植物，细密的小叶子缠在树枝上轻轻摇曳，像大树的汗毛。很多市民聚在江边的树下拉琴唱歌，也有跳交谊舞的男女，地上放一只音响，音乐轻柔地播放出来，拥抱着树下快乐的时光。

抗战爆发，桂林成为中国的大后方，城市人口结构变得复杂，各种生活需求大量增加，商业蓬勃发展。广州沦陷后，广东人纷纷避难桂林，带来粤菜文化，粤菜馆遍布桂林街头，中大型百货店和小杂货铺越来越多，桂林的城市文化风俗被逐渐改变。

我住在桂林的新桂系酒店，这是个意味深长的酒店名。新桂系是广西特有的一个政治术语，相对于旧桂系。旧桂系指清末民初以陆荣廷为首，包括谭浩明、陈炳焜、莫荣新等将领的老派广西军事政治集团。陆荣廷出身草莽，后被清廷招安，辛亥革命时凭借手中兵力和守旧乡团势力，夺取广西军政大权，网罗旧军人和门阀豪绅，组成旧桂系军阀集团。

辛亥革命后，陆荣廷支持袁世凯，镇压二次革命。护国战争期间陆荣廷宣布广西独立，后借势控制两广。护法运动中旧桂系排挤孙中山，掌控广东军政大权，破坏护法运动。1920年和1921年的两次粤桂战争中，旧桂系丢失广东地盘，退回广西，内部四分五裂，势力逐渐衰落。

新桂系是以李宗仁、黄绍竑、白崇禧、黄旭初为首，统治广西的新派政治军事集团。李宗仁等青年军官借助粤桂战争一举成名，迅速崛起，在孙中山支持下，于1924年成立"定桂讨贼联军"，发起了统一广西的战争。

1925年新桂系击败陆荣廷和沈鸿英，统一广西；1926年以国民革命军第七军之名参加北伐战争，势力扩展到两湖地区。此后，新桂系在与蒋介石的多次争斗中，势力有所起伏，但始终是国民党内的重要军事力量。新桂系志在登上中国的政治舞台中心，雄心勃勃，在广西施行了一些比较开明的政治政策。相比迁都重庆的国民政府，新桂系管理下的广西有比较多的言论自由。抗战时期的中国流亡文人，很多选择了避难于广西的省会桂林。

卢沟桥事变爆发后北平沦陷，文化人南迁武汉。上海沦陷，有的文化人南迁广州和香港，有的西迁武汉。1938年10月广州和武汉相继沦陷，中国文化人再次南迁和西迁。一部分去重庆，另一部分来到了桂林。

广东落入日军之手，广西紧靠广东，省会城市桂林为何能在长达六年的时间里保持安全，没让日军侵占？首要原因是日军的战略布局，抗战初期日军先抢夺资源和封锁口岸，中国东部沿海城市就成为目标。广州是华南地区的重要港口城市和经济中心，战略价值重大，日军马上强力进攻。桂林当时的战略地位较低，日军占领广州后，要巩固当地和周边地区的统治，还要应对其他地区的抗日力量，暂时无力进攻桂林。

但是，1939年日军对广西产生了兴趣。当时，广西是中国抗战物资的中转地，有大量军用机场，这成了日军的攻击目标。1939年11月15日，日军第二十一军司令安藤利吉指挥第五师团和台湾混成旅团共三万兵力，在海军配合下，从广西钦州湾登陆，沿南钦公路入侵广西。11月24日南宁沦陷，日军继续北上，于12月4日攻占了昆仑关。

昆仑关是中国十大名关之一，位于广西南宁外五十公里处的昆仑山上，唐代垒石为关，取名南雄关，宋代改称昆仑关。昆仑关地势险要，易守难攻，是南宁东北面的自然屏障和交通咽喉。日军攻陷南宁后占领昆仑关，中国军队从多省抽调二十万兵力增援，由白崇禧指挥，于12月18日发动昆仑关战役，1940年1月11日收复昆仑关，重创日军第五师团。

广西山地众多，喀斯特地貌起伏不平，溶洞驻兵藏物，易守难攻；且水系发达，江河水流湍急，不利于日军的机械化部队行动，坦克、装甲车在这种地形下难以发挥威力。广西民风彪悍，桂军作战勇猛，民间自发组织的抗日民团众多。日军进攻广西前，桂林就修建了城墙、碉堡、战壕等军事防御工程，桂林的城墙设置了大量射击孔，可以对日军进行有效打击。中国守军大量杀伤日军，民团也积极参战，袭扰和打乱日军的进攻。

日军第一次进攻广西，是为切断国民政府国际交通线，占领南宁等沿海城市及交通要点。面对广西军队的顽强抵抗，日军的装甲车熄火，被迫放弃占领广西全境，未向桂北、桂西等地深入。广西省会桂林也就赢得了很长一段和平安宁时期，为中国文化人在桂林延续神圣的文化工作，提供了安全保证。

于是，桂林成了抗战时中国的文化中心之一。从1938年10月武汉沦陷，到1944年11月桂林沦陷，长达六年的时间里，数百名中国文化名人辗转而来，聚集桂林。很多文化机构也从各地迁来，在桂林继续开展工作。报社、出版社、杂志社、广播电台、演出团体、影剧院接连在桂林街头出现，众多国家级的文艺团体或有全国影响的文化机构在桂林长期驻守，生产了大量优秀作品，延续了中国文艺发展的路子。

中国文化在桂林空前繁荣，最有影响力的是戏剧。桂林的各种剧团增多了，马师曾也率粤剧团来桂林演出。马师曾于1917年受聘于新加坡庆维新粤剧团，1923年回港发展，在《苦凤莺怜》中创出的"马腔"旋律跳跃，顿挫分明。他演唱时使用广州方言俚语作唱词，还引进西洋乐器，吸收了电影、话剧的表演手法。马师曾1931年到美国演出，1933年回港与谭兰卿组建太平剧团，1942年在广西建立抗战剧团，编演抗战剧，在桂林的演出很受欢迎。

七十六 中国第一座话剧剧场

抗战大后方的桂林，戏剧活动很多，规模大小不一，影响却都很大。1939年，戏剧家田汉率剧团来到桂林，演出他自己创作的《岳飞》《江汉渔歌》等剧。欧阳予倩在桂林创作和导演了《梁红玉》《忠王李秀成》等剧，主持了广西省立艺术馆的抗战戏剧演出和桂剧改良运动。

欧阳予倩从上海来到广西桂林，看到众多知名文化人、戏剧家和戏剧演员会聚桂林，发现桂林是一个文化之城，有很多高水平的戏剧观众，也是一个戏剧之城。于是，欧阳予倩产生了在桂林建造一个有专业话剧剧场的文艺馆的想法。

欧阳予倩带着这样一个梦想多方奔走，多方呼吁，暂时无果，就先于1940年3月创办了广西省立艺术馆。这时的艺术馆并没有实体场馆，只是一个艺术教育机构，内设了戏剧、美术、音乐三个部门，有简陋的办公场所，但没有演出场地。

挂牌成立了艺术馆这个机构，筹建实体的艺术馆演出场地，说服力就很强了。在欧阳予倩和众多艺术家三年的努力下，建造艺术馆的愿望在多方支持下得以实现。1943年4月，艺术馆工程破土动工，10个月后，一幢崭新的红色两层欧式建筑矗立在了桂林的街头，同样命名为广西省立艺术馆。

1944年2月广西省立艺术馆建成，这是中国第一座专业的话剧剧场，中国戏剧史上的伟大建筑，一座纪念碑。建成后的广西省立艺术馆位于桂林市解放西路15号，是红砖砌成的砖木结构，外观装饰成枣红色，正面墙上装饰了象征美术、戏曲、音乐的三块浮雕，内部的舞台设计非常科学合理，音响效果很好，观众厅分楼厅和地座，共有八百个观众座位。

我在桂林的新桂系酒店与文史专家凌世君老师见过面，次日打车去寻访欧阳予倩主持建造的广西省立艺术馆。汽车把我送到一个幽静的路口，我下车后转身，影影绰绰看到不远处有一幢土红色矮楼，走近看了大门入口正上方镶嵌的黑色文字，明白正是广西省立艺术馆。两层的建筑，墙为土红色，门窗和方柱为白色，对比鲜明，庄重而浪漫。

时光滚滚而逝，八十年前高大傲慢的艺术场馆，每日人头攒动，传出舞台上情感奔跑的响动和缠绵忧伤的音乐，今天却寂静无声，门窗紧闭，楼房更显得矮，有些局促。现在的桂林满街站着气势浩荡的现代化高楼，这幢两层楼房被街边的行道树遮蔽了大半，悄然站立在僻静的街边，像一个远方的访客，与我在时间的背面相遇，若有所思，相望无言。

艺术馆所有的门都关闭，侧面一个门边聚了几个轮流照相的女人，看她们的打扮，大约是喜欢上了这幢小楼的土红色背景墙面。我看到右边圆弧形白色欧式立柱门前的台阶上，一对青年男女坐着低声说话。街道偏僻，艺术馆不开门，很方便年轻人谈恋爱。话剧舞台上的男女大声对白和深情拥抱，转化成了手持矿泉水瓶坐在门外台阶上的低声倾诉。

我再朝前走，绕着艺术馆观察，找到了外墙上部的三块艺术浮雕。那是重要标志，三个白色雕像，两男一女。我看后感到吃惊，20世纪40年代建造一个欧式话剧场馆，临街外立面墙上装饰的浮雕人像，雕的竟然是中国人。雕个欧洲艺术女神合情合理，话剧本来就是外来艺术，可是，欧阳予倩没有那样做，他在墙面上放的三个象征美术、音乐、戏剧的浮雕人像，都是中国人，没有西方雕像的发达肌肉和高大身躯，浮雕人像个子略矮，动作温柔，但很坚定，目光中透出自信和期望。

需要解释的是，我在2024年秋天看到的广西省立艺术馆，并不是欧阳予倩最早亲自监督建造的那幢楼，在广西省立艺术馆建成半年后的1944年秋天，日军向桂林发动了大规模军事行动。当年11月，桂林沦陷，当地百姓遭受劫难，城市建筑被破坏，大量平民流离失所。仿照紫禁城风格建造的著名古建筑靖江王府、广西省政府办公楼，以及广西省立艺术馆，均被严重毁坏或完全炸毁。

七十七　空前的西南剧展

1943年广西省立艺术馆建造期间，欧阳予倩曾与朋友商量，计划在桂林举办一届中国独有并规模浩大的戏剧展演。当时中国正全面抗战，在桂林举办多省参与的戏剧展演，可以声援抗战，也可以在被炮火笼罩的战争的黑夜安抚民心，帮助人们坚强地生活，消除战争给民众带来的惶恐，激励民众保持美好的生活憧憬。在桂林演出各种不同风格的戏剧，还可以充分进行戏剧艺术交流，探索中国艺术家深刻的精神生活，保持中国文人的尊严和理想。

1943年冬，欧阳予倩、田汉、熊佛西、瞿白音等戏剧家提议在广西举办戏剧展演，成立了由三十五人组成的大会筹备委员会，欧阳予倩任主任委员，内设了秘书处、总务、招待、宣传、演出、资料六个部门，安排了一百多名职员负责六个部门的工作。聘请广西省政府主席黄旭初担任大会会长，邀请国民党上层人士李济深、李宗仁等担任名誉会长或指导长，确保大会顺利举行。

西南剧展于1944年2月15日在新落成的广西省立艺术馆隆重开幕，第一部分重要内容是戏剧展演。欧阳予倩写的《木兰从军》第一个登台亮相，田汉率新中国剧社演出了自己的新作《戏剧春秋》和《大雷雨》，夏衍新写的《法西斯细菌》也上场演出。另有《家》《蜕变》《军民进行曲》《愁城记》《胜利进行曲》《茶花女》《日出》《油漆未干》《苏伏洛夫元帅》《洪宣娇》《水乡吟》《飞花曲》《恋爱与道德》《沉渊》《江汉渔歌》《岳飞》《桑园寄子》等各剧种的剧目轮番出场献艺。

西南剧展历时三个多月，中国西南和东南八省近千名戏剧专业人士的三十三个团队进行了演出，共演出了八十多个剧目。演出的剧种场次以京剧最多，共三十一个京剧团队参展并演出，话剧次之，二十九个话剧团队登场献艺，另有来自不同地区的多家桂剧、歌剧、活报剧、傀儡戏、民族歌舞、杂技、魔术等团队登场。有的剧目用国语演出，有的用英语或粤语演出，比如中山大学剧团的《皮革马林》用英语演出，广东的大多数剧社都是用粤语演出。

西南剧展的第二部分内容，是举办了中国戏剧运动资料展览。1944年3月17日开展，4月5日结束，展出了剧作家手稿、剧运史料、照片文献、统计图表、舞台模型等。展览内容涉及写作、演出、活动、场地等方面，非常丰富全面，具有极高的学术价值，是第一次以实物展览的方式，归纳整理我国的戏剧史。苏联大使馆空运来的戏剧照片，一个英国人送展的莎士比亚时代和近代的英国舞台模型，也在展会上出现。总计一千余件实物，展示了中国戏剧的发展历程和人类戏剧的成就，具有极高的学术价值。

西南剧展的第三部分内容，是举办中国戏剧工作者大会。共有五百多人参加了会议，会上宣读了团队工作报告，进行了专家演讲、戏剧学术讨论，收集到各类戏剧发展建议的工作提案三十余个，举行了关于"戏剧运动路线""如何创造民族歌剧""改革旧剧"等五个专题座谈会。通过了三十六项戏剧工作提案，做出了成立中华全国戏剧界抗敌协会西南支会和通过《剧人公约十条》两项决议。

西南剧展取得了空前的成功，这是一次极其重要的中国文化活动，从理论探讨、戏剧史总结、舞台演出等方面，有力地促进了中国戏剧的发展，欧阳予倩为这次活动的成功筹办付出的劳动最多，做出的贡献也最大。

夏衍在西南剧展上推出的话剧作品是《法西斯细菌》，引起了相当的关注。当时桂林有三种话剧力量，一是以欧阳予倩为中心的艺术馆话剧团，二是焦菊隐和熊佛西参加的国防艺术社，三是中共南方局领导下成立的新中国剧社，这个新中国剧社的主要成员是田汉、瞿白音、严恭、杜宣、汪巩、石联星等。

在桂林，田汉、夏衍这边带着演员夜以继日地把戏剧突击排练出来，被称为"突击派"；欧阳予倩的艺术馆代表"磨光派"，慢工出细活，一个剧要反复排练打磨，反复讨论。艺术馆话剧团与国防艺术社条件较好，有经费、宿舍、剧场，衣食不愁，精神饱满，神思飞扬。田汉的新中国剧社是"穷棒子社"，好容易找到宿舍，让大家安身，却找不到剧场，更找不到演出的费用，剧团演职员的吃饭问题有时也难以解决。他们突击排练是无奈之举，艺术家也想磨光，慢工出细活，但他们缺乏慢的条件，慢太奢侈，没条件享用，只能三下五除二把戏排练出来再说。田汉跟欧阳予倩有讨论，甚至争吵，但最后都和好了。他们都是高手，有共同的戏剧理想，精神相通，很容易相互理解。

西南剧展取得了很大成功，但战争乌云逐渐向桂林扩散，作为大后方的桂林，面临着越来越困难的局面，当地的经济形势变得严峻，物资匮乏、通货膨胀。举办西南剧展时，筹办方就经历了经费不足的困难。剧展结束后，经费欠缺的困境没有丝毫改善，反而更加严重，给欧阳予倩及其团队的生活与创作带来了阻碍，后续的戏剧创作和演出因此受限。

桂林的政治环境也出现恶化，不似欧阳予倩从上海初来时那样开明宽松，社会批评的声音受到限制，部分公正客观报道社会现实并对恶劣政治环境给予批评的报馆和杂志，经常被不明身份者骚扰，无奈关门停业。欧阳予倩失望地离开了桂林，去上海悄然蛰伏。直到抗战胜利，欧阳予倩才应邀返回桂林，参与广西省立艺术馆原址原样恢复重建的奠基仪式，亲眼看到被炸毁的二层红色小楼重新矗立。

第七部 秘密

七十八　浦口车站的告别

高铁车厢很干净，给人一种空荡荡无所依托的慌乱感。火车就是这样，车站修得崭新了，高楼、钢铁、玻璃、电子屏，自动门出入，十分方便快捷，还是让人感觉纷乱，心神不宁。火车站宽大候车厅座椅上的人头太密集，好像遥远海岸礁石丛生，沙滩上海豹拥挤堆积，逐层前进的大浪响亮拍击，撞碎在礁石上的白色浪花高高飞起，化为凝固在空中的孤独呼喊，离家出走的空虚太强烈，漂泊感很重。

2024年8月的一天，我上午8点从家里出发，九点半打车赶到了北京西站，坐进车厢，火车准时开动。北京城连绵不尽的高大建筑，像挤靠在一起的历史群山，一座座沉重后移，平原的真相不时闪现，车窗外渐渐出现越来越平坦宽阔的郊外田野。从北京去南京，火车走河北、山东，然后江苏。我有些恍惚，认为是在绕圈子，不理解这条线路，手机上查了中国地图，才明白这是正常的路线。

火车驶出河北，进入山东，地平线遥不可及，车窗外是没有遮挡的北方平原，铁路两边茂密的大树不知是什么品种，枝叶都是从下往上朝天空的方向生长。这让我想起有人写过的一个句子，他说树是朝天缓慢吹动的风。当时觉得这个比喻造作，现在认为很准确。

火车进入江苏境内，窗外的初秋风景有了变化，出现众多河道，田野很绿，小山坡突显，丘陵地形。我去南京要找杭州大学，还要寻访一处神秘地址，日本侵占中国的野心暴露，为防止国宝级文物被战争毁坏或被入侵敌人掠走，北平城里的文物曾打包秘密运走，藏到南京。我此趟出行就是去寻访当年藏宝的旧址。

下午3点火车驶进南京南站，我走出车厢，跟着站台上拥挤的人群出站，打车去到酒店，吃了一惊。手机上订酒店，看图片漂亮，没想到从电子屏幕走出来，酒店却在一条旧街上，门面很小。我顾不了那么多，匆匆进酒店房间洗漱，赶紧给手机充电。早上在北京出门吃过早点，熬到下午4点入住南京的酒店，没吃任何东西，买外卖匆匆吃饭，我立即出门，赶去寻找浦口火车站。

1933年1月31日，南京的行政院下令北平市政府及交通运输部门，全力协助故宫运出文物。因诸事阻挠，运输工作延至2月6日启动，火车的一长串车厢载着国家文物，驶出北平城，2月10日运到南京浦口火车站。原以为国家的文物藏好，可以得到安宁，殊不知从此不得安宁。几年后七七事变爆发，8月日军进攻上海，藏在南京的文物再次装箱，紧急疏散，分几路转运。

那是一个时代的仓皇逃亡，博物院的国家文物整体装箱运走，先不说包装的技术问题，也不说保密性和安全性，只说一个国家打包细软慌乱迁移，一逃再逃，不断改换存藏地点，这个动作本身就令人悲愤。南京浦口火车站这座纪念碑，见识过那个时代的落寞凄凉，地面的石板下吸入了重重叠叠的慌乱足音。

那天我走出酒店打车，车子在南京城里拐了好多弯，穿过汹涌的车流和人流，穿过被一长条蓝色围栏遮蔽的窄路，我以为去到郊区了，没想到那条路拐出来又有拥挤街道，人和车还蛮多。车子忽然停下，我下车抬头，看见了街边一幢楼房，上方有"浦口码头"几个字。

我感到亲切，身子略紧，有手脚收缩，欲钻进书本资料字缝的感觉。转身搜寻，我的目光落在了浦口码头对面的"浦口火车站"几个字上，这样一处旧楼顶上的火车站牌文字让我兴奋。据说这是中国唯一保持民国原样的火车站。我高兴地走过去，看到车站是三层，黄墙，一楼几扇刷了灰色漆的门锁着，房子不再使用，车站是文物，砖块砌成的时间，静静地站在下午的斜阳中。车站前面有一个花园，立了个牌，那里被命名为浦口火车站广场。

我在小广场的一条椅子上坐下，扭头朝街对面看，浦口码头与浦口火车站广场之间隔了一条街道，街很窄，那窄街像历史阴凉处伸出的一只瘦弱手臂。街边浦口码头几个字上方的墙上镶了一面大钟，我以为大有深意，要让人看到时光指针循环运动，生命无声流逝。其实，它是提醒人们码头开放的时间，那幢楼有一个入口，可以进去坐摆渡船过江。楼房大概属船运公司，或者是码头管理机构的办公楼。码头每天运送很多人和车过江，有早晚的固定开放时间。错过时间，人生就可能错过，也许错失了爱情，也许隔江生死对望。

浦口码头和浦口火车站位处长江北岸，明洪武年间南京的长江南岸一地设龙江关，龙江关以下叫下关。1899年南京港对外开放，下关划给外商，他们建造了码头并开设洋行，一片通商口岸的繁忙。当时下关对岸的浦口是荒滩，野草疯长，荒无人烟，既无街市，也无农田，只有蓬勃生长的芦苇猛烈拍打寂寞的天空。洪水季节浦口的大部分滩地被无所阻挡的江水淹没，水势苍茫，野鸟围绕着缓缓驶过的大船盘旋翻飞。

1908年津浦铁路开建，浦口要建火车站和码头的消息传出，寂寞的江边荒洲被人类的欲望点燃，银行家、商人、黑帮老大和工人蜂拥而至，血雨腥风少不了，芦苇深处群鸟惊飞，逃得不见踪影。1910年江岸的浦口建成第一座趸船码头，以保证水路送来的铁路建筑器材装卸。1913年浦口沿岸按长江的水流方向建了十座码头，分别命名为津浦1号至10号码头，1号为客运，其余全是货运。每天，石板地面弹跳起一颗颗小铁球般的汗珠，挑夫卖命干活，把九个码头的物资送往火车站，火车再把货沿津浦铁路送去陌生的远方。铁路的强烈震荡，摇撼着从南方到北方的大地，埋下了另一个时代的危机。

那天我坐在浦口火车站小广场的椅子上，掏出手机，在屏幕上写观察感受，忽然一根粗绳般笨重潮湿的汽笛声甩来，在对面浦口码头办公楼顶上一晃消失。我站起来好奇张望，循声而去，走到街对面浦口码头办公楼旁的长江边，扒在江岸的围栏上观望江水。

江河之水就像人类的命运，涨水方便航运，却有翻船的危险，枯水大船停航，小船载货挣不到钱，江边的水坑里却方便捞鱼摸虾。我面前的江面相当宽，苍茫强悍，不可阻挡。一艘大船缓缓驶来，从江心移过，沉重驶向江水的前方。江对岸缥缈不见，楼房像一道线，极低地挤压在天空之下。一座城市的居民，每天面对浩荡而来又滚滚而逝的江流，想过江水已流过几千公里的大地吗？想过江水将在不远的尽头归于无边的海洋吗？想过海洋的水会再次蒸腾而上，坠落大地，雨幕茫茫，生命在循环往复地出现吗？这种万物循环的重复和万流归海的结局，会让人更振奋还是会让人生出虚幻的宿命感呢？我不知道。

我只知道有一个人从南京的浦口火车站出发，走向动荡的人生，那就是朱自清。他是江苏扬州人。1917年祖母去世，他回扬州奔丧。一年前他考取北京大学预科，那次回扬州送祖母最后一程，事毕前往南京的浦口火车站，在车站与父亲道别，赶往北京继续学业。后来朱自清有感而发，写了一篇散文《背影》，把父子关系浓缩为"告别"二字，把告别的地点定格于火车站。一代人告别，一代人送行，车来人往，父亲不灭的印象就是背影，记忆中的儿子，其实也只有背影，这是人类永恒的画面，一代一代远去的背影，连缀成风雨苍茫中漫长而温暖的人类生命史。

我那天下午坐在浦口火车站广场的椅子上，发现南京人正在朱自清身上做文章，把他的散文《背影》中的父子对话，打印到了路边巨大的彩色广告板上："我去买几个橘子，你就在此地，不要走动。"那文字从广告板上跃出，在空气中摩擦发声，像几只鸟在路人的头顶盘旋，令人迷幻。街边的小店门口，有招牌写着"朱自清父亲的橘子"，更加迷离恍惚，真假莫辨。

人们能记住一个文学作品，记住几句深情的文艺对话，是好事，艺术帮助人类的情感生长，在身体里延伸出复杂的枝杈。但我觉得，在南京的浦口火车站，人们更应该记住历史的慌乱和悲伤。一个古国的文物匆匆运出博物院，存放在异地不久，要再次迁移，如此不堪，实在令人心酸。

七十九　午门的秘密迁移

大量文物从库房打包运走，偷偷送往几个省之外的秘密地点存放，是一件相当困难的事，也是非常专业的工作，稍有不慎，文物就可能在迁移途中丢失或遭遇破坏。可是，日本军队制造军事冲突，已占领东北三省，局势动荡，不得不如此。

东北的日军也叫关东军，它因驻军在中国东北的"关东州"而得名。"关东州"位于中国辽东半岛南部，1905年日俄战争结束后，日本出兵强占原本被沙俄"租借"的地盘，随着日本在那片地区的建设与向外侵占民间土地，1919年日本决定再次扩大军事力量，成立了关东军，以维护日本在东北的经济与人员的利益。十多年时光推移，关东军在东北一隅长期驻扎并进行军事训练，构筑军事工程，野心膨胀，策划发动了九一八事变。

1932年夏，北平故宫博物院院长易培基主持会议，商定了一个提议，把北平故宫博物院所藏文物的精华部分南迁上海，这个提议得到了政府行政院的批准。迁走故宫博物院文物的计划，出于圆明园被烧后文物几乎全部毁坏和丢失的沉痛教训。文物不只是物质财富，更是精神财富，一个国家的尊严与文化高度的证据。第二次世界大战中，世界多国为防止战争损毁文物，都有过迁移行动，中国故宫博物院是采取行动最早的机构之一。

在中国故宫文物迁移之后，1936年西班牙爆发内战，一个艺术品保护委员会迅速成立，在马德里的大教堂和皇家修道院内收集了超过五万件的艺术品。随后普拉多博物馆也把委拉斯开兹、提香、戈雅和丁托列托等大师作品和其他藏品装上卡车，在军队护送下，以极缓慢的车速小心行驶三百多公里，运往西班牙东南部的巴伦西亚收藏。

珍珠港事件爆发，美国也于1941年采取行动，把林肯总统的《葛底斯堡演讲》原稿，三卷本的《古腾堡圣经》，英国委托美国国会图书馆保存的《大宪章》、《独立宣言》和《美国宪法》原稿等档案装入四个木箱，用装甲卡车运至火车站，通过火车送往秘密存放地点。

1939年，大英博物馆的职员将藏品打包转移至诺丁汉一处早已协商好的建筑内，以防英国遭德国入侵后造成损失。丘吉尔同时实施了"鱼雷行动"，用火车把英国的大量黄金和有价证券运到苏格兰西南部的格里诺克，再用"埃默拉尔德"号巡洋舰等船只运往加拿大。黄金存于渥太华的加拿大银行地下保管库，有价证券藏于蒙特利尔保险公司大厦的地下室。

中国秘密迁移的故宫文物，意义和价值远超英国的黄金和有价证券。但当时国内有大量反对意见，有人认为故宫文物迁走会扰乱民心，造成社会动荡。有人认为故宫文物是北平故都的灵魂，文物迁走，故都失魂，国将不国。

胡适也反对故宫文物迁移，他认为日本入侵京津，接着就会图谋中国更大面积的国土，文物迁移到任何一地都不安全。但文物移出故宫，要跋涉千山万水，暴露在各地宵小贪婪的目光下，凶险无数，遭遇打劫，在所难免。迁移中丢失和损坏故宫文物的可能性也很大，万不可实施。但不迁走故宫文物，留在北平怎么守护？胡适也一筹莫展。他说了些监督保管的建议，连自己也觉得气短，极不可靠。

更有谣言传出，说政府要将故宫国宝移出贱卖，北平学生闻之愤怒，欲与故宫博物院院长易培基见面，质问其为何出卖国宝？流言蜂起，一时造成混乱。易培基镇定自若，不作答复。他是文化人，大义面前忍辱负重，默默做故宫文物的清理登记和编号造册工作，又寻访人士，研究文物运送的保护技术，一声不响地做迁移准备。

最强大的反对者来自内部，担任过内政部古物陈列所所长的周肇祥，强烈反对故宫文物迁移。他曾任北洋政府京师警察总监，代理过湖南省长，位高权重，见过世面，有极高的组织能力与号召力。闻知故宫文物将要从北平迁走，他马上成立"北平民众保护古物协会"，自任主席，通电全国，印发传单，组织人员到故宫午门闹事，反对故宫文物从北平迁走。

周肇祥在集会上的发言充满火药味，他公开表示，如果文物从北平迁移，自己就要采取武力手段，阻止这个错误行动。故宫博物院的创始人之一吴瀛，最初也不赞成故宫文物迁移，北平和外地的不少机构纷纷通电，加入了故宫文物迁移的反对者队伍。

不止一位故宫职员收到了死亡威胁信，并被恐吓电话反复骚扰，但故宫员工和专家对文物爱之深切，最为担心，迁走文物的计划丝毫不变。国土被占可以收复，文物丢失将一去不返，文物被毁坏会造成永远的遗憾。故宫文物不只是北平的灵魂，也是国家的灵魂，失魂的民族难以再次强大，庆幸的是行政院对故宫文物迁移坚决支持，绝不动摇。

1933年1月初，冬天的冷风猛烈扫过北平城，日本关东军进攻山海关，中国军队抵抗失败，山海关失陷，落入日军之手。1月27日，日军在锦州设立总指挥部，准备继续南下。2月4日，行政院下令，故宫文物迁移计划启动。周肇祥扬言，要在铁路实施爆炸，北平市长派警察突袭，把周肇祥逮捕入狱，待文物从铁路运走，风平浪静，才将其释放。

2月6日，十多辆汽车和三百多辆人力车组成一条很长的神秘黑线，悄悄延伸进故宫午门。车子经过紫禁城的一大片开阔地，那里平坦庄严，从前是清朝君臣朝会的场所，后来空旷冷清，只有成群的黑色乌鸦和白肚皮的喜鹊空洞地鸣叫着，在空中盘旋，飞起飞落。络绎不绝的车马穿过那片空地，乌鸦和喜鹊惊叫着飞开。

汽车车身都贴上了标志，人力车夫的胸前贴了圆形的"吉"字徽章。车子一辆接一辆地停在库房前，一箱箱文物抬上了车，迅速码齐，用绳子捆牢，所有人都默默做事，不出声。第一批的二千一百余箱文物装好后，车子在库房前静止不动。待宽大无边的黑夜之幕落下，把北平城罩严，黑暗把一些可疑的目光切断，堆放在车上的文物才开始运走。

晚上8点，北平城中的道路先行戒严，从天安门到正阳门火车站的道路全部清空，士兵在街边持枪守护，三步一岗，五步一哨。士兵将根据车辆规定部位上张贴的标志和人力车夫胸前张贴的圆形"吉"字徽章放行，其他车辆不许在戒严路段出现，以那条通往火车站的线路为中心，东单、崇文门、六部口范围内的地区，都有军队严密警戒。

戒严执行一小时后，晚上9点整，紫禁城厚重的大门缓缓拉开，门臼发出低沉而悲哀的摩擦声，汽车射出雪亮的光柱，谨慎驶出院门，一辆接一辆。后车粗壮的车灯光柱抵在前车的屁股上，马达声很小，排气管冒出白烟。车头雪亮车灯光柱与车尾排出的飘摇白气，连接成一条黑夜中的神秘白练，汽车队伍缓缓远去。人力车跟着出动，高高架着货物的人力车，从故宫的门洞中沉重拉出，车轮在厚雪未融化的路面碾轧出歪扭的印记，人力车拉得很慢，车夫埋头用力，一声不响，吐出长长的白气。

文物陆续送到正阳门的火车西站，立即装上车厢，每个车厢装满，现场锁定封死，留下士兵把守。二十一节车厢，第一节头等车厢内，坐着北平故宫博物院院长易培基和其他几个监视人员，一、二节的二、三等车厢里，安排了宪兵队长、警卫长官、近百名宪兵和故宫警察，以及其他职员，其余车厢装满了文物。

车厢顶的四围架着机枪，各个车厢都有警卫持枪看守，每到一站就有地方官员上车接洽问候。火车路过之地，铁路两旁有士兵马队随车前行，夜间开车，路过不安全的危险地段，按行军作战的规定熄灯前进。

如此戒备森严的专业防卫，仍让胆大妄为者兴奋。一批江湖大盗闻声而动，拉帮结伙，计划在途中打劫运送故宫文物的火车。火车路过徐州时，早有一千多胆大妄为的强人出发，抓住几百年来唯一的机会，提前埋伏在铁路两侧漆黑深厚的草丛中，目光炯炯，表情急躁，蠢蠢欲动。土匪的行动被当地军队发现，军车驶到，士兵合围，机枪扫射，成群结队的黑影落荒而逃，被黑夜冰冷的牙齿咬碎吞尽，不知所终。

八十　风波不断，埋下危机

故宫文物迁移，更具危险性的防范对象，不是中国本土的江湖大盗和打家劫舍的土匪，而是日军。为了避开驻有日军的天津和济南等地，迁移的路线做了专门设计，舍弃了由北到南最快捷的京沪线，而是绕道平汉线，先向西南进发，后由陇海线由西往东，经津浦线返回京沪线。铁路沿线均有军警警戒。

1933年2月10日清晨，长江水面冷风飕飕，机轮船凌空抛出的粗笨汽笛鸣响，在潮湿的空气中摇晃着滑行。一列重兵守护的火车缓缓驶进南京长江北岸的浦口火车站，火车站内外早有警察和士兵守卫，戒备森严。车头后面的第一节头等车厢里急匆匆下来几个人，领头的人是故宫博物院院长易培基，走在他身旁的是吴瀛。

吴瀛头发稀疏，戴一副黑框的沉重眼镜，身着浅灰色西装，系着领带，衣着整齐，表情严肃。他最初反对故宫文物迁移，后来改变主意，支持易院长，认为刻不容缓，文物要赶紧迁走，他也就成了随车出行护送文物的负责人之一。

一行人走进火车站办公室，准备办理卸货手续，并交代安全纪律。火车站的铁路工作人员慌了手脚，急忙申明这趟运输是军事任务，由军队安排货物的卸货和运送，他们不知怎么处理。吴瀛抓起桌上的电话，拨了一个号码，接电话的人是一个主任，此趟文物运送的南京接头人。主任在电话中用南京腔客气道歉，请吴瀛先生静候休息，告诉他文物的存放地点还没确定，要等上司告知。

一等就是几天，二十一节车厢沉默地停放在车站，重兵守护，神秘莫测，接连在车站过夜。易培基和吴瀛很着急，押送文物的士兵也焦躁，军官发了好几次脾气。大批珍贵的故宫文物如此集中地暴露在一个固定地点，极度不安全，遭遇意外谁来负责？

批准故宫文物迁移的南京行政院，面对火车从北平秘密驶离，绕路几省，迷惑人地兜一个大圈子，真的艰难运来的情况，手足无措，拿不出主意了。故宫文物是国家的宝贝，不迁移不行，迁来了南京，似又把他们吓坏，每天反复讨论，却没有存放地点的统一意见。

易培基被折磨得精疲力竭，吴瀛一夜夜失眠，有些血压升高。吴瀛气坏了，打电话破口大骂，坐车直奔南京军政部，找到负责文物护送的军事主管，要求增加守卫力量，再调士兵五百人到车站守卫警戒。军事官员不敢大意，也担心文物遭遇闪失，自己成为千古罪人，马上同意增加车站的守卫士兵，双方并商议了士兵的伙食和津贴安排，当天下午浦口火车站的军人增加几倍，刀枪如林，寒光闪烁。任何可疑人员，远在数十米之外就必须禁足。

封装文物的车厢长时间停留火车站，易培基和吴瀛原以为是南京上层优柔寡断，办事拖沓，其实不然。先前确定的存货地点大家都认可，很安全，并无改变，卸货工作无人签字实施，是有人作祟，公开阻挠。此人名叫张继，势力很大，是国民党元老之一。

事实上，南京行政院批准文物南迁计划后，故宫博物院马上派员前往上海，寻找文物存放地点。当时中国有一块法外之地，就是租界。自清朝末年起，中国国内众多物资丰盛、商业和交通运输的方便之地，被多个国家一块块长期租借使用。租借给某国的地块，在租借期内由某国自行管理，租界区域内使用某国法律，有租借国安排的警察和少量士兵，中国不得干涉，别国也不得侵犯，否则就是国家之间的冲突。但租界并非只有租借国的人使用，它仅是租借国经营谋利的一块中国土地，工作和生活在租界内的中国人和外国人很多。

故宫特派员在上海多地寻访比较，选中了上海法租界天主堂街26号的房子，那里有原教会办的仁济医院一幢七层楼房。这幢楼房全是钢筋水泥结构，多年不用，高大结实，非常适合做库房。故宫特派员跟房主谈好租借费用，返回北平汇报。北平故宫博物院向南京行政院报告，得到认可，再派人前往上海秘密维修，内部粉刷，外部加固，七层楼从下到上的窗户都安装了金属防护栏，楼房四周打桩围起了铁丝网。

万事齐备，只欠东风。原来的计划是，故宫文物运出北平，到达南京的浦口火车站后卸货，立即装船，顺流而下，送到上海外滩码头，上岸押送进法租界内已经维修加固的楼房，再派兵看守。

可是张继反对这个方案，他在南京的中央高层会议上，多次建议故宫文物迁往西安。他的理由是，用外国租界来存放国宝，是对国家的不敬，更是中国的耻辱。他鼓动一些政治高层人物同意自己的意见，使得原定的法租界存放地点一时无人点头认可，运送出来的故宫文物，在浦口火车站危险停放长达一个月。

张继提出的意见冠冕堂皇，不便反对，有人觉得虚空夸大，蹊跷怪异，又找不出破绽，代理行政院院长宋子文也无奈。后蒋介石提出一个折中意见，建议故宫文物中的王朝典章制度等文献档案，存放在南京行政院大礼堂，其余陶瓷、金银器物等另外安排。宋子文再开会商量，同意把陶瓷、金银器、织绣、衣服和书画碑帖等文物，按原计划送到上海存放。一个动荡不宁年代的复杂工程，在更复杂的阻挠之后，艰难地化解。

很快，3月3日，停放在浦口火车站的故宫文物，在士兵严密看守下，从火车车厢里一箱箱卸下，专人捧着登记册，不厌其烦地清点记录。约一半装有档案文献的箱子送往南京行政院，另一大半一千余箱文物运往码头，装入上海招商局的轮船。5月5日中午12点，这批文物箱子用轮船运送到上海的金利源码头，上岸运走时，有大批人员严密跟随护送。

上海市警察局派出侦缉队队长及大批队员去到码头，水上巡逻队的警察也出动，提前在轮船到达的码头戒备。上海警备司令部出动了一支部队，随时待命，防范意外事件发生。法租界派出多名巡捕，协助维护文物运送途中的秩序。护送文物的人员中，有从北平出发一路押送文物的宪兵，有故宫押运员和警卫，南京的宪兵司令部还派了一个机枪连加强安全警戒。

上海茂泰洋行的十多辆汽车来回行驶，每趟车上都坐着押车的故宫职员和上海警局的侦缉队队员，汽车跑了若干趟，把一千余箱文物全部送到天主堂街26号的七层楼。吴瀛在存放现场不辞辛劳地开箱验收，仔细登记，张贴封条并编制号码，全部运来的文物安全存放入库。宋子文和故宫博物院秘书长李宗侗来库房视察，一切满意，方才离开。

但并未大功告成，装入库房的只是第一批送出的文物，远方的北平城中，寒风吹得紫禁城里的积雪原地打旋儿，沉重的冰凌把光秃秃的树枝一截截折断，立春过去了好几天，天气不见暖和。故宫职员还在忙碌，抓紧时间干活，把包装好的文物装箱。第二批故宫文物再次从北平运出，火车也绕个大圈子，运到南京浦口火车站，再船运到上海码头，比第一批运得更慢，十多天才到达上海。

故宫文物是一个统称，其实，迁移到上海的文物不只来自故宫，送到上海的约两万箱，另加几十个大包和若干件单独的文物，分别来自故宫博物院、古物陈列所、颐和园和国子监。一同运送但不在上海存放的重要物品，另有中央研究院、内政部的古物和资料、先农坛的古物等，共计一百二十多箱。

　　第一批故宫文物送到上海后半个月，第二批到达，接着第三批、第四批和第五批故宫文物陆续运到上海存放。5月下旬，天气热起来，上海街头行人增多，人们动作利索，表情放松，笑容绽放，历时三个多月，故宫文物从北方迁来的运送工作全部结束。

　　中途出了点小意外，第五批故宫文物从北平南迁，辗转运到上海，原来租用的仁济医院七层楼库房已经装满，只得另租英租界33号的一家库房使用。那里不太安全，只能用来存放图书和档案，最后运送来的极重要文物，十个战国时期的秦国石鼓，存放到了仁济医院的地下室。

　　文物入库，并非派兵把守就能了事，要设管理机构，日常监管。故宫博物院在上海设立了办事处，租了办公地点。办事处与上海警察局、租界巡捕房共同商议了安全保卫法，存放库房现场设了管理办公室，每天有守卫巡视，库房安装了警铃，门窗安装了电网，库房外设了警岗，二十四小时轮流武装守卫。库房钥匙由故宫职员和国民政府行政院委托的银行职员各持一把，二人同时到场，库房才能开锁。

在更高一级的层面，成立故宫临时监察委员会，委员会由行政院、军事委员会、上海市参事会、中央研究院、上海地方法院各一名代表和故宫两名代表组成，所有存放地文物的移动，必须先得到监察委员会的同意，并派一名委员现场监视，才能有所执行。

八十一　瓷器的豆芽包装古法

数万件文物在北平准备迁移，北平博物院的工作人员也费尽心机，伤透了脑筋，如何包装？如何保证文物在千里颠簸的迁移中不会破损？大家劳心劳力，也找不出万全的办法，最初一筹莫展。

一件物品成为文物，首先是年代久远，其次是做工高超，最后就是稀少难觅。它是人类智慧、思想、生活趣味和人生观的体现，或是人类久远生活的记录，时间和生命史的证据，不可多得。文物的长途移动，是极严肃的事件，要防止偷窃和抢劫，更要防止移动造成的破损。

文物长途运输，首先要过包装关，那是难度极大的技术考验。瓷器和玻璃器皿容易破碎、金属会摩擦剐伤、纸质物品会受潮，字画的纸面内容被破坏或纸张被挤压变形，甚至撕破，都会损失巨大，必须仔细包装。

工作人员用尽心机，研究了很多包装办法，以保护文物的长途运输。这些办法千奇百怪，但原则相近，无非安全性、稳定性、缓冲性等。材料要柔软、无腐蚀性，绵纸和丝绸包装坚硬文物，避免剐擦，书画等纸质物品，要用柔软的中国宣纸包装。

当时交通条件差，陆地道路崎岖不平，很颠簸，运输的货物容易碰撞损坏，水路运输，船身随着波浪的起伏晃荡，货物也会碰撞受到伤害。包装要注重外壳的强度和稳定性，用木箱和陶瓷等容器装某些文物，能保护其不受外力挤压产生变形。若运输大型青铜器，使用坚固木箱比较合适，选择稻草和棉花，能够减少物品碰撞。

单件的小型文物包装，用盒或匣，内填软质材料固定。大型文物表面包裹防护材料，再放入定制木箱，空隙处填缓冲材料。也有的文物用多层包装，由内到外的触面依次包装，做好隔离和防震处理。珍贵的书画先外包宣纸，放入防潮袋，然后装入木箱。特殊包装的易碎易变形文物，采用悬空减震法和捆扎法，如把超薄胎瓷器用绳子或支架悬吊在箱内。

专业的运输包装人员，要熟悉文物特性、包装材料性质和使用手段及目的，修复师参与包装珍贵书画更佳。运输人员要经验丰富并有良好的驾驶技术，还要有运输文物的经验和耐心。运输工具要根据文物数量、重量、体积和运输距离来确定，故宫文物南迁以其文物数量巨大，运输距离极远，铁路、公路、水路等多种运输方式均有使用。

运输大型石雕，要做好固定并缓慢行驶。特殊易碎物品外包装要做标记，押运员要严格遵守运输流程。为避免运输纠纷，事前要对物品尺寸、重量、完残程度清晰记录并核对。

中国是瓷器之国，瓷器的长途运输，早有独特的豆芽运输法。古人把绿豆放入瓷器内并注水，绿豆遇水发芽，占满瓷器内部，空气灌入填满空隙，内部结实，有支撑力，可以避免外部碰撞而破碎。有人在瓷器装箱密封前，在箱内空隙处撒上豆种，箱内浇水，豆子发芽把瓷器紧紧包裹，也可防护。还有人在每件瓷器里灌满沙土，在沙土里撒上草种和麦种，把瓷器捆紧，喷洒清水，种子生根发芽后交错纠缠，与瓷器结成一个坚固整体，能抵抗运输中的颠簸。

豆芽运输瓷器法，大约起源于唐朝，那时中国已有瓷器销往海外。也有人认为，此法起源于明代郑和下西洋时期，当时船队携带大量豆类，在途中发豆芽食用，偶然间发现了豆芽保护瓷器法。

八十二　战国石鼓的包装难度

如何安全迁移故宫文物，工作人员面对更大难题，民间常用的瓷器或金属物件运输包装法，几乎派不上用场。皇宫瓷器非寻常之物，有的薄如纸；有的大如缸，玉器硬度高，一碰就碎；有的金属器物看着结实，实则轻巧，非常容易受损变形。

易培基带着故宫工作人员抓破了头，一度陷入困境。后想起皇宫贡品太多，很多瓷器未开箱，原封不动，里面是否能查到古法？他们请来北平的大文物商和古玩家，再找来高明的木匠师傅，打开贡品老箱子研究古法，摸索出了一些办法。

木箱制作要规范化，全部使用三厘米木板，长一米，宽和高各五十厘米，统一尺寸。再做好木箱内的隔离和填充，每捆扎紧的瓷器、玉器或金属器物，用谷壳相互隔离，空隙塞得很紧。几件瓷碗捆扎成一包，中间用棉花隔开缓冲，外面用棉花包一层，再用纸包裹住棉花层，一包包装入木箱，箱内所有空隙用棉花和稻草填满，编号登记上册，一份名册放在箱内，一份装订成册保管，才把木箱封盖钉牢。

有一批特殊文物，每个重达千斤，最难包装运输，那就是石鼓。那物件初看不显眼，但非常重要，是秦国遗物，花岗岩质地，圆顶馒头状，上窄中宽底平，一共十件，高低大小有异，最高的九十五厘米，最矮的六十多厘米。

真是石头就没有价值，文物要有"文"，文是人类留下的痕迹，人类文明的重要痕迹就是文字。十个石鼓中有九个都凿刻有文字，那字被叫作"石鼓文"，是我国发现的最早石刻文字，也是现存最早记录中国人思想、情感和出行活动的符号。

那文字是十首四言诗，非常古奥，描述了国君的出行游猎，共七百一十八字。年代久远，石皮风化剥落，石面现存仅二百七十字左右。石鼓文书体为大篆，是书法高古的重要标记。根据大篆书体石鼓文印刷成的字帖，为历代文人追捧，是学习书法的范本。清代文人邓石如和吴昌硕的《石鼓文》大篆书法作品，是很多后代书法人的范本。

如此重要的文物，长久湮没无闻，弃于荒郊野地。唐代贞观年间，几个石礅在陕西凤翔府被一个牧羊老头意外发现，最初未引起官府关注，仍置于荒野原地。但风声传出，若干年间一直有人闻讯而去，辨认石礅上的文字。有人读出了秦国国君出猎时车马跟随的场面，认为是狩猎纪念石，有人认为是祭祀器物。石头原来放置何处？为何流落荒野？不得而知，人们议论纷纷。

有关神秘石礅的风声越传越远，石头上的文字涉及国君，石头的重量足够显示庄严，安史之乱期间，唐肃宗获知，令人把石鼓运至雍城赏玩。叛军逼近，朝中百官逃离长安，石礅再被仓促移至荒野掩埋。叛乱平定后，地方官吏查访到埋藏处，找回九个石礅，丢失一个。经凤翔尹郑余庆奏请，九个石礅移至陕西凤翔府的孔庙供奉收藏。唐朝末年，九个石礅散落民间，不知所终。

石礅也称陈仓十碣。碣指圆顶石碑，早期无人称这几个石礅为石鼓。唐代诗人韦应物和韩愈写诗，在诗中称陈仓十碣为石鼓，对这一来历不明的事物做出命名，人们接受了诗人的表达，石鼓之说就流传开来，成为专用的称呼。

宋仁宗时期，凤翔知府司马池找到丢失的九个石鼓，后金石收藏家找回了早年遗失的另一个石鼓，十个石鼓收齐，正式移送至太学内保存。宋徽宗时石鼓迁至汴京，宋徽宗有金石癖好，对石鼓尤其钟爱，命匠人用金料填平石鼓文字，作为镶嵌。宋金战争，石鼓再经动乱，流落几地，清代，石鼓被北平的国子监收藏保管。

1933年，日军逼近，石鼓面临危险，又要转移。众人为石鼓的包装伤透了脑筋，不包装会碰坏，包装又太重。重也有办法，找大棉被包裹，装入大木箱，填实草屑和棉花，多人搬运，但那样不行。石鼓的包装难度，主要体现在石头年代久远，表面已开裂并出现了石皮风化剥落的问题上。这是极危险的，一经搬动，石皮掉落，石头上古人刻下的文字消失，再无人类思想和情感的痕迹，石头就只是石头，归于自然，彻底失去文化价值，不再是文物。

如何包装石鼓？故宫负责石鼓包装的工作人员拜访北平城里的著名收藏家，一起反复研究，发明了一个全新方法，那就是先填实石鼓上已经出现的裂缝，避免长途运输中因内部挤压造成的石鼓鼓面开裂，完成这道工序，再做外部包装。于是他们把最细薄柔软的绵纸放在水中浸泡，用镊子小心地把纸糊一点一点填进石缝。那是需要高度耐心的缓慢活计，裂缝很细微，稍宽的缝多填些绵纸糊，细的石缝少填些绵纸糊，不可有一条石缝遗漏。

每个石鼓的裂缝都填实以后，用薄棉花在石鼓表面包裹四五层，再用很细的麻绳把包裹的棉花进行捆扎，外面用绵纸糊裱封严，又包裹三四层棉被，用粗麻绳把棉被捆扎。此时才到最后的工序，把每个原本千斤，包装后更重的石鼓，分别装入十个大木箱。木箱的所有空隙用稻草和其他细碎缓冲物填实，封箱钉牢，再用铁条捆扎封死。

包装十个战国石鼓，前后耗时一个多月，费尽心力，但效果很好。负责石鼓包装的故宫工作人员自豪感油然而生，自认为做了此生具有开创性的最成功的一件事。

八十三　修建世界最好的库房

文物的临时存放地，并不可靠。1933年7月，故宫博物院设立南京分院，决定在南京修建一个专业的文物保管库房。地点选了一年多，确定在朝天宫，计划在朝天宫院内，修建一个巨大库房，存放故宫南迁文物。计划获行政院批准后，库房开挖。1936年12月，存放于上海三年的所有故宫文物，出库迁移，分五批，由专列从上海送往南京，秘密移入新建成的朝天宫文物保存库。

只要文物移动，就是重大事件，教育部特派员到上海监督，租界巡捕布岗，茂泰洋行负责运送到火车站，上海宪兵队几十名士兵随车护卫。文物送到南京火车站，早就有士兵警戒，文物卸货，转移运送，车子驶往朝天宫，每车都有宪兵押运。三天一趟专列，都在子夜发车，夜深人静，世界沉睡，有人紧张忙碌。迁移用了半个月，全部故宫南迁文物移入朝天宫。1937年1月，故宫博物院上海办事处撤销。

朝天宫现在是南京的一个明清古建筑群落，位于秦淮区，坐北朝南，三殿制，沿中轴线左右对称，主要景点有牌坊、照壁、棂星门、大成门、大成殿、崇圣殿等。我去南京调查，寻访了长江北岸的浦口火车站，也寻找过朝天宫。2024年8月15日，我上午9点打车去朝天宫，下车看到四周是一片幽静街区，我身后有很长的一面红墙被树荫掩藏，无声站立在街道的喧哗中，红墙边的小河里长满茂盛杂草，描绘出时间的荒芜。

南京是六朝古都。三国时的东吴、东晋，南朝的宋、齐、梁、陈这六个政权，都在南京留下历史遗迹。朝天宫一座官式建筑不算特别稀奇，墙外的小河和池塘中长满绿草。也许正是朝天宫不引人注目，才被选为文物存藏处。

我在街边扫了辆自行车，骑着沿街走，一边观察周围环境，一边找吃早餐的小食馆。过两个红绿灯路口，路边出现面馆烧卖店和馄饨店，我停车进去，买馄饨油条和白水鸡蛋，像一个南京市民，坐下慢慢吃，听周围的人聊天。吃完骑车返回，远看有女人走进朝天宫的铁栅栏门，以为是进院晨练，走近才知是游客。

朝天宫不收门票，随便进出。四五个老头聚集在朝天宫围墙外的空地，每人面前放了一个鸟笼，有的鸟笼摆在电动车座位上。笼中鸟极小，黄绿色，叽叽叫出非常细小的声音，仿佛时间深处挤出的轻微响动。朝天宫内里发生过大事，阴谋诡计，刀光剑影，国家珍宝，重兵把守。现在时光远去，生死结束，惊心动魄的事件消散，幻化成街边鸟笼中的尖细鸣叫。

我原以为朝天宫是重地，走进发现是文庙。我朝院内的第一道大门走去，那是棂星门，乌黑高大，郑重庄严。

登上石级，进入院内，上午10点多的强烈阳光下，石雕的孔子像站立在院子正中，湿热的空气和知了密集的聒噪，把孔子包围。孔子身后稍远一点的是大成殿，也有台阶和高大的门柱飞檐，我走上台阶，大成殿门口立一排木栅栏，正门不可进，侧门方可通行。我隔着正门的木栅栏，看到院内远处黄色的房顶透出肃穆，远远的屋檐下有大成殿牌匾。三三两两的游人在院里张望，散漫悠闲，无所用心，老屋疲惫庄重，环境司空见惯，看不出任何存藏过国家宝物的森严。

南京调查结束，我就去上海，寻找之前的故宫文物上海存放地。从前的法租界天主教堂仁济医院旧址，现在是上海交通大学医学院附属仁济医院。出租车载着我绕几条街，车窗外的上海街景跟南京区别很大。南京小街和矮楼多，梧桐树高大，枝丫四处伸展，浓荫遮蔽了大半条街。上海满街高楼，明亮坚硬，老旧楼也很高大密集。主街宽阔，车很多，整座上海城轰轰烈烈，有压迫人的气势。车驶到仁济医院，停进一条小巷，空气安静了，光线稍暗淡，司机茫然地问我，这个门可以吗？我更茫然，随口说可以，就下车。我想反正位置到了，总能找到目标，无所谓。

现在的上海仁济医院有东南西北四个分院，我去的是老院，就是暂时存放过故宫南迁文物的旧址，现在叫仁济医院西院，我站在医院不知什么位置的一道铁栅栏门前，抬头看，感受跟南京朝天宫完全不同，马上有幽远的想象，很久远的历史阴霾扑面而来。楼房高大，楼间距很窄，颜色乌黑，阴影笼罩，楼下的人影一闪消失，不知去向。前面是小巷，大概是老街，很窄，确是不可告人的藏宝之地。

我用手机拍照，朝小街里面走去，看到街边悬挂了"门诊部"几个字的招牌，有一群人散乱地站在门诊部外低声说话，表情复杂。我步行向左拐，走向大街的方向，再做观察，忽然发现这条巷叫昭通路。昭通是云南一个偏远奇崛之地，古代的五尺道上，埋藏了很多生死搏杀。我有些吃惊，怎么又跟云南地名不期而遇？在天津五大道寻访张伯苓故居时，我曾走进了大理道，在上海又走进了昭通路。

上海法国租界内租用的库房放弃了，故宫文物全部转送南京的朝天宫。大约出于国宝要在中国人地盘上收藏的想法，也出于更安全的考虑，最重要的国家文物，存放在关系复杂的国际地带，确会让人心虚。

朝天宫一带，曾是南京的古玩字画交易市场，喧闹人群和慌乱目光在地面的杂物上扫射，是否因为朝天宫存藏过中国最重要的文物，门外才兴起一个古玩市场，让人生出捡漏的痴心？有多少人知道南京朝天宫的空旷院子里，曾建造一个巨大库房，收藏了国家的灵魂，存藏过大批极其重要的中国历史文物？

修建朝天宫文物保存库，拨了重金，南京和上海两地招标，南京六合营造厂中标，地库位置选定在朝天宫土山脚下的明伦堂后方，1936年4月开工，四个月后建成，举行了落成典礼。

保存库很宽大，地上三层，一库一层，钢筋水泥结构，类似欧美书库的钢架式。山脚下另挖了一防空洞为第四库，与第一层的库房相通，外观中西合璧，内部全是现代科技。四个库房都由上海公司安装了空气调节器和温度调节器，保证恒温恒湿。建筑非常牢固，能承受炸弹爆破，库门严密的保险装置由美国专业公司制造，采用了当时国际上最先进的紫外线电光警铃。

那天上午，我在朝天宫内找个地方坐下，在手机上查信息，获知这个承担过重大责任的朝天宫，原来是座道观，道士在院中修炼，琢磨长生不老之术，不问俗事。世间万物总会遭遇突变，清朝太平天国运动爆发，南京被占领，道士逃走，洪秀全的人马把这片修仙问道之地改造成制造和储存火药的"红粉衙"。洪秀全失败后，曾国藩重修朝天宫，改为文庙。火气泯灭，文气弥漫。更早的年代，也就是文明初始不久的春秋时代，朝天宫址曾是冶炼金属做兵器的地方，称冶城，早就有火气与杀气。几千年过去，武器与杀戮消失，喊杀声演变为读书声。历史这样演变，是人类的幸事。

八十四　结下梁子

中国民间有一个俗语，叫"结下梁子"，此意指双方结怨，产生矛盾并难以化解。此说法被认为与古代造房子的习俗有关。中国古代造房子最看重大梁，上梁要挑良辰吉日，在上大梁以前，要举行诵唱"上梁文"的仪式，以祈求根基牢固，房舍平安长久。一般来说，各家房子的大梁，不会顶在一起，若顶着了，说明两家互不相让，矛盾很深，于是有了结梁子的说法。

文物移入南京朝天宫库房，故宫博物院的院长已经换人，易培基被解职，马衡上任，原因是出现了一个大案。1932年8月29日，故宫文物还没迁移，就有人在夏日的炎热中向北平的政务委员会举报，揭发故宫博物院院长易培基擅自处理和盗卖故宫古物。那是一封匿名信，投诉人的姓名躲在信纸之后无边的黑暗中，恰如夏天树林中知了的聒噪，人们能听到闷热空气中传来响亮鸣叫，却看不见知了的踪影。

匿名信引起了重视，南京来人调查，故宫博物院大为震动。职员们并不怀疑易培基院长，但谁都怕惹是生非，无人为易培基说话。众人只是猜想，谁如此龌龊，匿名做出卑劣诬告？有敏锐的人整理了一下故宫博物院成立以来的历史纠纷线索，综合各种大小矛盾和利益冲突，判断匿名信是一个叫崔振华的人所写，或她操纵别人写了悄悄投出。

河北人崔振华出身书香门第，曾在女子师范学堂读书，本是文雅女士。受其留学日本的三哥影响，她接受新思想，加入同盟会，投身于反清革命，早年有过大义为公的理想。

年轻时的热血，在嫁作人妇后转变为对丈夫的严控。崔振华的老公张继就是易培基提出故宫文物迁移建议后，坚决反对南迁，主张文物西迁西安的人。他头大唇厚，身子结实，像一只老虎，在政坛也确实威风，经常出言不逊，回家却怕老婆崔振华。崔振华驭夫名气很大，是声名远扬的"民国三大母老虎"之一，其余两只母老虎是汪精卫的老婆陈璧君、戴季陶的夫人钮有恒。

当时，张继身兼多职，是中央古物保管委员会主任委员，还是司法院副院长。正是他的意见，使艰难运到南京浦口火车站的故宫文物无法及时卸货转运，在车站危险停放了一个多月。

时隔多年，再看张继的提议，并非没有道理。整个抗战期间，直到日军投降，西安也没有沦陷，从未落入日军之手。如果故宫文物西迁西安存放，似乎可以一劳永逸，不似南迁上海和南京后，又经历多次迁移的风波与危险。

但张继的合理建议背后，大约藏了私怨，这怨气埋在很多年前的时光深处。1911年10月10日武昌起义，1912年1月1日孙中山在南京宣誓就任临时大总统。1912年2月《清室优待条件》和《清帝退位诏书》获得通过，清朝彻底结束在中国的统治。之后中国并不太平，袁世凯、张勋、曹锟等人粉墨登场，一系列血腥动荡众所周知。

有一个人看着中国的血雨腥风很心痛，更对清帝退位后长期居留紫禁城不满，认为故宫是国家财产，应该归还社会，供国民参观，这个人就是易培基。他是文人，长期教书，后涉足政治，1922年在广州任孙中山顾问，1923年任湘军总司令部秘书长，1924年任孙中山驻北京全权代表。也就在1924年，冯玉祥发动北京政变，推翻了曹锟政府。易培基趁势联合一批国民党元老，向冯玉祥进言，建议驱逐溥仪出宫。

冯玉祥反清态度鲜明，接受了这个建议，不久溥仪带着后宫家眷，在老太监和大臣的护拥下落寞离开紫禁城。故宫收归了国有，暂由一些人善后管理。四年后的1928年颁布了《故宫博物院组织法》《故宫博物院理事会条例》，明确了故宫博物院由行政院直管，分设古物馆、图书馆、文献馆、秘书处、总务处，任命易培基为第一任故宫博物院院长。

正是这个成立故宫博物院并进行人事安排的事件，让张继与易培基结下了梁子。1928年底召开故宫博物院第一次理事会，易培基、李煜瀛、张继三人被推为常务理事。大会讨论，同意易培基任院长、张继任副院长、李煜瀛任理事长。可是，最终张继并没有当上副院长，只做了次一级的常务理事兼文献馆馆长。

这并无不妥。故宫匆忙收归国有，先是成立清室善后委员会，易培基和李煜瀛等人长期承担清室的善后管理工作，多年操劳。且易培基爱好文物收藏，算一个行家，他做院长无可厚非。张继跟故宫文物挂上钩，仅仅源于一篇文章。故宫刚收归国有时，有人提了一个将其拍卖的荒诞提案，张继愤而反击，写了一篇文章，言之凿凿，有很大影响，就成为故宫博物院管理层的候选人。

八十五　复仇之蛇

当时，易培基春风得意，不仅是故宫博物院院长，还兼农矿部部长，长期在南京上班和居住。北平故宫博物院这边，如果让住在北平的张继做副院长，张继就要主持工作，这是易培基不愿意看到的。他不喜欢张继，认为张继情绪不稳定，怕老婆出名，做副院长不合适，主持全院工作更糟。这理由听上去似乎没多少道理，但张继心胸狭窄，脾气暴躁，却众所周知。

易培基一番运作，决议更改，最终的人事安排结果是，张继只在故宫博物院的部门任职。与此同时，他却提拔自己的女婿，委以重任。易培基的女婿李宗侗也在故宫博物院工作，本只是秘书长，却因院长易培基常去南京农矿部上班，李宗侗就全面主持了故宫博物院工作。李宗侗留学法国，在北京大学做过教授，资历不浅，但他易培基女婿的身份，张继看了是否生气？只有张继自己知道。

易培基全权负责故宫博物院的工作，非常满意，不允许口碑不好的人染指。当时他的人生很成功，他多年玩古物，喜欢收藏，对文物有很多研究心得。他回到北平，在故宫流连，穿行于文华殿、武英殿、太和殿、中和殿、保和殿之间，整理并欣赏宫中文物，十分舒心快意。

故宫的文物种类太多，有明清两朝的宫廷生活用品，王朝典章制度的文献，最著名的历代书画碑帖、雕刻、金银铜饰物、精美玉器，各种织绣衣服等，看得易培基眼花缭乱，赞叹感慨。故宫设立了多个陈列室，对外售票开放，供人参观。民众亲眼看到顶级的国家宝物，更加惊叹。

但有一个困难，让易培基很苦恼。故宫博物院的管理费用，主要依靠门票收入。当时局势动荡，各地混战，交通不便，百姓生存艰难，何谈观赏价值连城的珍宝？故宫文物的参观者其实不多。院内职员经常被拖欠工资，多少有怨气。于是，在易培基主持下，共同研究，故宫博物院做出了处理一批宫内生活用品的决定。这样做的目的，一是增加收入，二是对故宫的陈旧物件做一些清理。

卖一些故宫库房中的无用之物，不是易培基的发明，早有人提出。在易培基未做故宫博物院院长前，溥仪从故宫搬走，有人暂管故宫的文物，就提出清理和卖出一些日常物品的建议。故宫堆积着太多平常之物，库房的很多东西长期无人过问，比如一些日常生活所用的绸缎、皮货、衣料、衣服、茶叶、药材，甚至金沙和银锭材料。这类东西有些是宫中采买而来，有些是各地贡献。把故宫的杂物仔细清理，无用的寻常之物卖掉，买的人高兴，宫中物品收拾得清爽，还增加了收入，两厢情愿，何乐不为？

故宫原来制定过详细的《处分物品保管款项规则》，聘请各界人士组成临时监察委员会，负责监督库房内贵重金属材料的称重和鉴定，再聘请专家为出售物品估价。估价只是底价，愿意出钱购买者要投标，交纳百分之五的保证金，中标不买，保证金不退还。这个办法很周全，但最终被制止，未能操作。

易培基做院长，经费困难始终得不到解决，就延续了前面的办法，决定处理一些无用之物。1930年故宫博物院理事会通过了《处分本院所存无关文化历史之物品方案》，1931年11月起处分物品公开出售。原打算拍卖，但拍卖要请拍卖行，还要支付佣金，收入减少，就决定公开零售。每个星期天，在故宫博物院院内专设的售卖室，为有兴趣的买家服务。

所有操作都公开透明，符合程序，但还是被人告发了，有人匿名投诉易培基盗卖故宫文物。这是无稽之谈，也是恶意中伤，人们怀疑是张继的老婆崔振华暗中操作。理由就是她在故宫吵过架，那跳脚狂怒的场面，给现场的人留下了强烈印象。

那是故宫星期天售卖库房物品的日子，崔振华闻讯赶来，也想买点皇宫的东西带回家，可惜未提前买票，被门口的警卫挡住。崔振华连高官丈夫也不怕，哪里受得了被一个警卫阻挡，高声嚷骂，引来街上众人围观，交通受阻。有人告诉警卫，此女人是文献馆馆长张继的夫人，警卫吃惊，赶紧放她进入。她仍不甘心，还在跳脚骂人，一直骂到院内的售卖室。当天，院秘书长李宗侗值班，崔振华火气难消，抓住李宗侗又是一顿狂骂。

李宗侗莫名其妙遭遇羞辱漫骂，不干了，跟她对骂，双方都难堪，让人看了笑话。事后易培基安慰李宗侗，此事也就过去了。

但有人忘不了，也许把另一件事也串了起来，仇恨更深。最早提议北平的故宫文物迁移，行政院拨付了六万元迁移费，张继要求划两万元给自己掌控，把文献馆的档案资料单独迁往西安。这个要求被易培基否决了。所有文物包括文献档案，全部用火车运送到南京浦口火车站，张继在易培基面前被接连打脸，一条复仇的逻辑线索，像草丛中的蛇，悄悄爬到运送故宫文物的火车驶过的铁路边。

八十六　追杀两个回合

我书架上的资料中，能找到张继和易培基两人的照片。张继生于1882年，河北人，阔脸厚唇，气势汹汹，两腮略有些肿胀。易培基生于1880年，长张继两岁，湖南人，其父是晚清武官，曾在湘西因事牵连入狱，时年十六岁的易培基上书为父申冤，以文辞动人并言之成理让办案上司动容，父亲得到了赦免，他也出名。易培基模样标致，长形的脸很饱满，头发浓密，眉毛粗壮上扬，眼睛明亮温情，鼻梁挺直，嘴唇轮廓分明，给人正人君子的感觉。

这样的两个人发生争执，明显易培基不是对手，秀才遇到兵的感觉。司法院副院长张继在司法界有很大势力，算老牌政客。易培基是一个文人，身正不怕影子斜，可身正影子却被人故意画歪的事件经常发生。

故宫博物院所售物品，都是生活用品，但皇家使用之物，品质很高、数量太大，存于养心殿的皮货有两千多件，永寿宫里的金沙有近一千两。故宫博物院曾请金店在宫里设了炉房，在监察员的监督下将金沙化成金条，再行出售。故宫博物院先后进行过三次物品出售，易培基被人举报，正是在第三次出售之后。

当时张学良任北平的绥靖主任，集军政大权于一身。有人先向张学良告密，说市面上流传很多故宫字画，据说是宫中盗卖出去的。张学良不以为然，反驳说清朝宫中的字画早就流落民间，我就买过一些，不是现在才出现的。

告发被张学良摁住，没想到又出来一个匿名信投诉事件，南京监察院派两名监察员专程到北平调查。两人调查两星期，没查到事实，回去却交了个弹劾案，提出对易培基免职的弹劾建议。弹劾案中明确表示，尽管没查到确切证据，但出售金器一事，确实违法。

有人迅速跟进，挥大棒猛打，一路追杀。北平《快报》记者若干人，联合向北平地方法院检察署检举易培基，说故宫博物院出售的金器价格太低，还出售了具有历史价值的金八仙碗等珍贵物件。这次行动出自媒体记者，影响极大，来势汹汹。易培基坐不住了，赶紧呈文交各个机构，为自己申辩。

易培基据理力争，解释说出售金器非他个人行为，都有程序和监督，已通过故宫理事会和政府部门批准。金八仙碗之说是歪曲，那是残品，制作粗劣，毫无美感，更不是珍品，有人可以做证，也有鉴定记录。再说故宫库房的八仙碗很多，街边小店也有出售，监委会鉴定后认为这些碗非珍品，可列入出售名单。他还辩解说，出售所得并非发了工资，收益都作为基金，专款储存，账目清楚，随时可查。

一番解释言辞恳切，有理有据，弹劾案失效，此案压下不提。幕后指使人当然不甘失败，继续研究，罗织新的罪名，卷土重来。不久，一个姓朱的神秘人物出现在故宫院内。此人手持天津高等法院的介绍信，身份却是南京最高法院检察官。朱某人并不说是来调查，只表示自己是参观人。

故宫博物院的人接待时，他忽然提出意见，要看文件卷宗。打电话请示，易培基认为明人不做暗事，来人持法院介绍信，看也无妨。身旁的吴瀛觉察出蹊跷，提醒他天津高等法院的介绍参观信，有什么资格看故宫文件？易培基觉得有理，不让看，那人坚持要看。双方商议，易培基同意他院内现场翻看。朱姓神秘人物再提出，看文件后发现疑问，有些人要随叫随到。

此人当天返回，次日再来，盘问了故宫多人，忽然获得一个证据。有故宫的职员不经意说漏了嘴，透露一件事，告诉他易培基的女婿李宗侗买了些东西，但不是在规定的星期天购买的，还把两次买的物件合并成一次购买，打了折扣。朱姓神秘人物精神大振，找李宗侗追问，义正词严。李宗侗吓坏了，答得牛头不对马嘴，连说记不清。

那个透露事件的人，正是张继介绍来故宫博物院的卧底。上次战了一个回合，张继败下阵去，他不服气，就悄悄介绍一个人进来工作，在故宫博物院安插了卧底。这次朱姓检察官到来，与故宫职员中的卧底巧妙配合，李宗侗占小便宜的事被抓了个正着。

朱姓检察官还查出一个虚报发票事件，事出早先的故宫会计科某之口。那人有不良嗜好被免职，心怀不满，找张继夫妇，揭发会计科负责人为办理积压数年的报销，让文具店老板虚开过几张单据。果然，朱姓检察官对照账本，查出了几百元单据的漏洞。

文具店小老板被找来盘问，人家不慌不忙地解释说，自己与故宫博物院多年交往，生意很多，很多文具先送去用，每月底结一次账。那个看似对不上的数字，其实是正确的，并非虚报发票，是把每月一次的总账单，分成多张小单，数额跟总账单是符合的，无任何虚浮。朱姓检察官不语，再核算一遍，默默走了，返回南京。

八十七　死于寂寞中

易培基忍无可忍，心想这样的折腾无休无止，不如全力反击。他找到一个人，查出张继出钱，叫人构陷自己的铁证。1933年10月易培基写出一篇长文，他把那篇文章投给几家报纸，还编印了一本《故宫讼案写真》的小册子到处散发。可惜，文人的反击仅限于笔墨，有理有据地写文章，逻辑严密地讲道理，书生读了快意，政界却无反响，石沉大海。

此时，故宫文物已经从北平运出，送到了上海租界存放。易培基认真工作，李宗侗怕得要死，跑到上海躲起来，提出辞呈，欲辞去故宫博物院秘书长一职。张继敏锐地觉察出李宗侗胆小，立即派人找到李宗侗，转达一个意思，只要易培基辞去院长职位，就可停战，不再纠缠。李宗侗大喜，赶紧去找老岳父易培基。

以辞职求和，不符合易培基的性格，何况他当时的反击很成功，揭露罪恶的文章写得一泻而下，事实清楚。可长文刊登不足一星期，报上竟然登出了另一个消息，易培基宣布辞职了。易培基的老同学，故宫博物院的工作助手吴瀛看到消息，大吃一惊。

原来，那晚李宗侗找易培基闹事，逼他辞职。易培基正患三期肺病，在上海治疗和休养。李宗侗晚上敲开了门，缠着易培基哭诉，求他辞职。易培基骂他软弱无能，李宗侗一哭二求三骂，丑态百出。易培基仍不理会，他就耍赖不走。可怜易培基，摊到如此一个软弱女婿，很无奈。想到女儿的家庭安宁，夫妻和睦，易培基松口，表示可以辞职。李宗侗抓起电话打出去，口头转达了易培基辞职的愿望。次日，报上消息刊出，舆论哗然。

李宗侗低估了对手的无耻，辞职一年后，对手追杀到家门口。法院对易培基、李宗侗等九人提起公诉，明确指控他们"盗卖文物"。以前法院也有指控，但只是营私舞弊，含糊其词，这次证据确凿，说易培基借"国宝南迁"之机，盗取珍珠一千三百一十九粒、宝石五百二十六颗，用假珠调换真珠九千六百零六粒，用假宝石调换真宝石三千二百五十一粒，原件拆去珠宝配件一千四百九十六件。

法院何来如此具体的证据？原来，易培基辞职后，张继等人放手操作，安排法院去上海租界的库房，开箱检查了二十箱珠宝。当时摆出一溜儿长桌，桌边坐了两个不知何处找来的鉴定人，白胡子飘动，老眼昏花，还坐了法院记录员，取一样东西，记录一笔，鉴定人认为有假，就赶紧单独封存。

箱内一个小包打开，里面有四粒小珠，账册上写五粒，记下丢失一粒，在同一箱的另一个包中发现多出一粒，却不记录。如此搜寻证据，当然会有收获。国难当头，大批文物匆忙装箱搬运，细小疏漏难免。可总数相符，并无欠缺，却视而不见。鉴定人还对红宝石与红碧玺分不清，镀铜件错认为是纯金、玻璃料器认作玉石，令现场的故宫博物院人员心寒。

故宫库房的物件，假货赝品不少。有些是上贡人不知，有些是故意送来，有些是宫中太监偷梁换柱。上万或数万贡品珍宝堆放在库房，长久无人清理，或清理中出现错误，不足为奇。这些历史错误，检查登记后都让易培基承担，诉他用假货换走真货。

珠宝鉴定完，接着鉴定书画，请来的鉴定师是黄宾虹。黄宾虹是大师，可中国文物的鉴定，历来各执一词，看走眼是免不了的，一人说了算就有偏颇，多人的意见汇总，大概能接近真相。几千上万幅作品，一个鉴定师每天看几十上百幅，累得够呛，得出的结论，就很难说完全正确了。

易培基辞职后上任的故宫博物院院长马衡，对如此草率地鉴定故宫书画有意见，写了一篇文章发表，提出书画鉴定的原则，被法院否定。法院的判断是，皇宫不应该有赝品。照此荒唐推理，故宫书画文物中找到赝品，就是有人作案，作案人可认为是易培基。如此定罪，实在恶劣。

法院并未宣判结果，1934年11月4日，报纸却全文刊登了起诉书，这是何等荒谬的操作？起诉书全国各报转载，满城风雨。接着各家报纸比赛想象力，记者变成小说家，写出情节曲折的故事。有说易培基等人潜逃国外，有说在欧洲某国巧遇易培基，正看见他销赃，出卖故宫文物。有说易培基避于深山，背影消失在云雾之中。

谣言就是谣言，小说不是新闻报道，鉴定师匆忙得出的意见，漏洞百出。法院开不了庭，判不了案，事拖着，一查再查，一放再放，久无下文。可是，易培基和李宗侗在北平和上海的房产却被查封，财产被冻结，民间故事四处流传，热闹好一阵。

易培基的对手，要的不是法院判了易培基，要的是舆论风暴把易培基杀死，至少把易培基压倒，永远抬不起头。易培基一声不响，老友劝他反驳，他不像一年前那样理直气壮了，他看清对手的面目，知道自己辩解无用，只会徒增痛苦，于是保持了长久的沉默。

上海的故宫文物移入南京朝天宫文物保存库，存放了半年多，易培基在忧郁、悲愤和生病的状态下，撒手人寰。他的对手张继十年后也因病去世。张继死后，法院匆忙撤销易培基案，拖了十四年的案件免诉，不了了之。易培基在上海病逝的1937年9月，抗战全面打响，上海危急，日军攻打过来了，故宫文物再次从南京转移。

八十八　撤离南京朝天宫

南京朝天宫库房的文物，分三个方向再次撤离，南路迁往长沙，北路迁往西安，中路迁移武汉。1937年8月，南路迁移的第一批故宫迁移文物，从南京用轮船沿江运到武汉，再用火车运往长沙，暂时存放在湖南大学图书馆。2024年9月上旬我去湖南长沙，坐地铁换两条线，寻访湖南大学。地铁线进入了大学，有一个湖南大学站，很方便，出站就是湖南大学，走几步就有通往后山岳麓书院的路。岳麓书院是中国古代四大书院之一，创建于北宋，1903年改制为湖南高等学堂，1926年正式定名为湖南大学。

我进岳麓书院参观一圈，匆忙出来，去找湖南大学图书馆的故宫文物迁移遗址。故宫博物院原计划在岳麓山挖洞存放，战事紧急，两个多月后日本飞机首次轰炸长沙，火车站一带被炸倒八十多间房，伤亡无数。故宫博物院工作人员大惊，放弃岳麓山的挖洞计划，再次转移，把文物从长沙运往贵阳，1938年1月12日和24日，两批故宫文物从长沙撤离。

故宫文物撤离长沙四个月后，1938年4月，日军飞机成群结队飞来，第四次轰炸长沙，湖南大学、岳麓书院、清华大学分校所在地等文化场所被轰炸。日军飞机投下炸弹一百多枚，长沙民众死伤二百余人，湖南大学图书馆全部被炸毁。真是千钧一发，如果故宫文物不及时撤离长沙，可能全部毁于战争炮火。

我去湖南大学，想寻访几截残柱，那是早年湖南大学图书馆楼房的石柱。老图书馆面积一千多平方米，钢筋水泥结构，采用古希腊爱奥尼式花岗石柱，中央穹顶，屋顶建有八方塔，作观象台用。日军飞机把湖南大学老图书馆全部炸毁，地面剩几根断柱孑然站立。2007年，湖南大学在老图书馆遗址砌了一个平台，周围留下几截断柱，告诫后人文明曾遭受战争的巨大毁坏。

湖南大学校园很大，我很陌生，也没找当地作家朋友带路，我需要一种仓促匆忙和迷茫的感受。在校园里反复转着寻访，不断求助手机导航，不断迷路，问路上的学生，有人摇头，有人指了方向，我还是走错。

天气很热，我绕得满头大汗，忽然发现自己站在了湖南大学岳麓中华书画研究院门前，院中立了几截时间断柱，走得太急，心怦怦有力地跳动。我默默低头，听到地面纪念平台下方有回声升起，空气微颤，几根断柱似在轻摇，回应我送来的问候。

暂时存放在湖南大学图书馆地下室的故宫文物，从长沙撤离后绕道广西运往贵阳，但要先去往桂林。穿越湘桂黔三省，近千公里路途，无比艰难。湖南安排了三辆长途客车，再安排邮政管理局的一辆载重卡车，首批装了三十六箱文物，到达桂林后，再接力运输。广西公路局安排汽车，从桂林接运，春节那天送到了贵阳。第二批四十四箱文物，1月24日从长沙启程，五天后到达桂林，换车再送往贵阳，暂存军队营房严密看守。

贵州省政府预先考察，选定贵阳郊外的仙人洞和观音洞，计划用来存放故宫文物。故宫博物院的工作人员庄严察看了山洞，认为仙人洞的洞口狭小，洞内太潮湿，不利于文物存放。观音洞在山顶，把文物箱子搬运上山和将来搬运下山，都不方便，稍有闪失，就会造成事故。商量后，贵州另找了灵光路231号的毛公馆，那是一处带花园的居所，前任贵州省政府主席毛光翔的家，中西合璧的豪华宅院，有主楼、跨楼和厢楼，都是砖木结构，宽檐环廊，圆拱门框，蒋介石来贵阳曾住过。

毛公馆宅院久不居住，有些破败，经过半个月修缮，文物移入，成立了故宫博物院驻黔办事处，办公室设在毛公馆院内，庄严为驻黔办事处主任，另带了几人一起看守，进行规范管理。庄严毕业于北京大学哲学系，是北大研究所国学门考古学研究室的助教，1924年经北大教授推荐，参与清点故宫文物，1934年升任故宫博物院古物馆科长。

八十九　神秘石油沟

故宫博物院的院长换成马衡。马衡跟易培基几乎同龄，是中国近代考古学先驱，浙江人，早年在上海的南洋公学学经史、金石诸学。经学攻儒学经典，包括文字音韵训诂和相关考据；史学学朝代兴衰，历史人物和思想潮流，历史文献研究，等等。马衡1922年被聘为北京大学研究所国学门考古学研究室主任兼导师，是中国金石考古专家，擅长书法篆刻，是新浙派艺术的代表人物。

马衡做故宫博物院院长也很合适，故宫文物送到贵阳后，存放在豪华的毛公馆，马衡心中不安，文物的保存重在安全。他曾想把文物再迁云南昆明，派人去昆明考察，没找到安全场地，就继续在贵阳城外寻找。马衡认为，城里都不安全，最好藏到城外，飞机来轰炸，多半不会在城外投弹。

贵州喀斯特地貌广泛分布，山洞较多，故宫的工作人员在贵阳人的带领下，十几天在贵阳的郊外寻找，看了多处山洞，都不满意，后去到一百公里外的安顺县，在县城外查看了华严洞。洞本来无名，住进了和尚，和尚常年念《华严经》，便被叫作了华严洞，一传十，十传百，声名远扬。那洞高几十米，无比巨大宽阔，通风很好，干燥舒适，被和尚多年利用后造成一个岩洞寺庙，洞中有大雄宝殿和三圣殿，站立着很多泥塑罗汉。

华严洞这个山洞寺庙，开发了多年，洞外早就修建了宽大楼房，可以住人，山洞位置较高，便于观察，周围地形方便防卫，是个藏宝的好场地。故宫人员找来工匠，在洞中盖了一个严谨讲究的房子，上有严密瓦片防水，下有地板隔湿。

安顺这个地名很吉祥，可追溯到元代，有安抚顺服、安居乐业、风调雨顺等含义，可读出民众对和平的渴望。1257年，元朝在此设普定府，后改普定路并辖安顺州，明洪武年间安顺府作为地名出现。

安顺是贵州开发最早的地区之一，位处贵州省中部，交通便捷，有"黔之腹，滇之喉，蜀粤唇齿"之说，区位优势明显，方便出入。华严洞的库房修建完工，故宫文物从贵阳城里的毛公馆迁出，1939年1月迁移行动开始，用六天时间，把存放城内毛公馆的故宫文物，全部转移到山里的华严洞。安顺县城的文庙里设置了安顺办事处。约半月后，日军飞机轰炸贵阳城，华严洞中的文物躲过一劫。

1944年秋，日军向广西和贵州发动进攻，威胁到安顺的安全。故宫博物院理事会紧急开会，决定把华严洞文物迁离，移往重庆。故宫人员先出发，去重庆打探，选中重庆郊外五十公里处巴县的石油沟做藏宝地。12月初，十五辆军用卡车，篷布蒙严，覆盖住几十箱故宫文物，驶出安顺，向巴县出发。山路狭窄弯曲，坑洼不平，战火波及贵州，百姓惊散，汽车行驶之地，沿路都是逃难的民众。

汽车经过贵阳，驶到乌江边。乌江是长江上游的最大支流，发源于贵州西部威宁县的乌蒙山东麓，横贯贵州中部和东北部，流域涉及贵州和重庆多个地区。当时的乌江只有木板桥，设计简单，石头砌成桥墩，桥墩有孔，可以承受水流冲击，桥面架在石礅上，铺设了木板，净宽七米，汽车勉强通过，但有些危险。车轮辗轧，桥面木板嘎嘎摇响，十五辆汽车从乌江上方的老木板桥上缓慢谨慎地驶过，桥下冬天的江水很浅，水流冲撞河床上突起的巨石，发出凄厉的响声。

汽车行驶半个月，到达巴县的石油沟。石油沟是一个神奇的地方，自古就有石油从地下冒出，当地居民曾用竹筒和瓦罐等容器收集石油点灯和煮饭。

宋代沈括在《梦溪笔谈》中第一次使用了石油这个名词。中国是世界上开采石油较早的国家，1303年，陕西延长就有石油井存在，1907年，中国陆上第一口油井在延长七里村打成。巴县石油沟的石油，清代有商人投资开采，人工凿井，土法采炼石油，石油沟之名传开。1932年，专家联合勘察，发现巴县石油沟的石油储量不大，但天然气资源丰富。1937年石油沟1号井正式采用现代工业技术开钻，成为中国首次使用旋转式钻机钻成最深的第一口天然气井，"石油沟"之名更加广泛流传。

巴县石油沟的石油储量小，早就开采完，矿区废弃，留下一条碎石公路和一片旧房子，仿佛是专为收藏故宫文物修建的秘密营地。汽车沿石油沟一条专用公路驶进去，文物卸下，存放于旧房子中，人员也可在房中居住。重庆派了一个排的士兵在石油沟守护，山沟中流水潺潺，门前种菜养鸡，上山挖竹笋，去周边村镇赶场采购食品，石油沟似一个世外桃源，进驻的人自得其乐。

九十　历尽艰险的四十八天

文物分三批迁移不同地点，可以更安全地保护，但特别费力。南京朝天宫保存库的故宫文物，另有一批是北路迁移，从南京走陕西宝鸡和汉中，过成都至峨眉，七千多箱文物在南京下关分装三列火车，过长江去到北岸的浦口火车站，沿津浦铁路转陇海线，过徐州和郑州，前往西安。时间紧迫，日军飞机已经空袭南京，危机重重。

大批工人守在南京火车站，一刻不停地装车，忽然空中飞出凄厉的空袭警报，工人散开，躲到车厢下面，远处的爆炸声震得铁轨战颤，身体空虚。警报解除，疲惫慌乱的工人，又爬出来继续装车。又是千钧一发之际，北路的最后一批故宫文物装车驶离南京，次日南京城就沦陷，日军开始屠城。

最初的北路迁移计划是，把故宫文物运到西安，暂存于西安以西的武功农林专业学校里，并先行派了两位故宫职员出发，去西安接收。三列火车先后出发，第一列火车的押运员，竟然是坚决反对故宫文物从北平迁出的人。此人并不是故宫职员，而是话剧导演。他跟故宫文物搭上线，是因为其父亲，他的父亲是马衡院长，他叫马彦祥，马衡的次子。

他押运故宫文物从南京迁往西安，纯属偶然。他的计划是从河南开封出发去武汉，转上海把女儿接走。上海被围，无法成行，他用话剧导演所长，化了装去到南京。南京大乱，成千上万的人逃离，江边轮船挤满了人，火车站不再是感伤告别之地，是绝望哀号之处，一派拥挤，买不到票，有票也上不了车。南京已成一座空城，街上不见汽车，没有行人，鸟也飞光，惊恐的洪水把南京城一扫而空。

他走投无路，去找故宫办事处。原以为找不到人，却遇见几个故宫职员在指挥工人搬运东西。人家认出他是马院长的儿子，他诉苦自己走投无路。正巧，将要运出的文物无人押运，故宫人员就安排他押运，这就可以搭乘专列顺利撤离。

一个反对者，认真承担了自己曾经反对的工作。当天晚上，他带着故宫的两个职员登上运送故宫文物的专列，从南京出发。专列沿途所有车站都不停，一路疾跑，直奔西安。傍晚，几个军人上车，接手了文物转运，命令火车开往宝鸡。当夜火车继续西行，到达陇海铁路的终点站宝鸡。早有军队调集了几十辆大卡车在车站等候，搬运文物用了四五天时间，几千箱文物安顿完毕。马彦祥办了物品清点和移交手续，挥手离开。

第二列火车运送文物近三千箱，次日到达西安，第三列火车运送的一千七百多箱，三天后到达西安。原来安排人在西安提前办好手续，准备借用农业专业学校，火车到达西安，军队传话，上级命令，文物不下车，立即送去宝鸡，西安的农业学校就被放弃了。火车连夜前进，驶向近两百公里外的宝鸡。几十辆卡车和大群工人在宝鸡火车站等候，文物到，立即卸货，装车运走，存入军队找好的宝鸡关帝庙和城隍庙。这两处地方一处是军火库，一处为公路局工程处使用，军队支付费用，先就命令他们三天内搬出。

文物的迁移搬运务必小心谨慎，可炮火追击的慌乱中，搬运工作还是出事了。第二趟列车运来的文物，汽车运输转运时，过铁路轨道，竟然被一列机车撞击，庆幸的是撞击较轻，机车不是高速运动，是站内的简单移动，否则就是大祸。撞击导致木箱内的一只大碗和一个钟表玻璃罩碎裂,故宫文物的迁移第一次遭遇事故损失,不是好兆头。

从南京匆忙运出的文物,装车时记下运了多少箱,没记录木箱编号,文物存放后,接下来的工作是清点整理,编写《运存宝鸡文物箱号清册》,以便管理中查找清点。编一个手册,先要做清点登记。三列火车运来的共七千多箱文物,全是轻抬轻放的贵重国宝。文物在两个库房全部堆放好了,清点时要再次搬开,移到院子的明亮光线中,仔细查找核对,登记在册,再重新搬回去堆放整齐,辛苦自不必言。

宝鸡关帝庙和城隍庙是暂时存放地,军队早有安排,另外挖了几个大窑洞,准备把文物运去,认为那里存放更安全和隐秘。窑洞挖好后,故宫北运的负责人那志良去检查,发现洞中太潮湿,他走访村民,人家说如此快速地挖出一个巨大的洞,并不安全,稍有震动,窑洞会垮塌。

那志良放弃了军队提供的大窑洞,跟守卫文物的军队官员发生摩擦,闹出不愉快,但他从专业角度坚持意见,不同意迁入窑洞。拖到1938年1月,战事逼近了,宝鸡也不安全,文物要再次转移,迁去陕西的汉中。

宝鸡前往汉中不通火车,只能汽车运输。战时管制,所有汽车无论公用或民用,都归军队统管,这给故宫文物的运输带来了方便。文物转运动用了数百辆卡车，分二十八批撤离宝鸡。一天装好的车子，次日组队出发，翻越秦岭，前往汉中的指定位置。每车安排了一个持枪士兵，严禁司机搭载外人。

秦岭是中国重要的地理分界线，西起昆仑，连接陇南、陕南、鄂、豫、皖等地，绵延几百公里，横亘在黄河流域和长江流域之间。山脉起伏大，海拔多在一千米以上，主峰太白山海拔近四千米。古代中国不断有人翻越秦岭，走向未知的远方。山中古道众多，有陈仓道、褒斜道、傥骆道和子午道，关中与巴蜀等地在秦岭有重要古道相通。

翻越秦岭，从宝鸡到汉中的公路1935年才修通，很简陋，坡陡弯急，从宝鸡去汉中有四百多公里，当年粗劣的卡车，行驶在同样粗劣的山道上，要求一天之中完成全程运输，中途不得停留，相当困难。

1938年2月启动运输，天寒地冻，第四批的八辆车在山中遭遇暴风雪，地上积雪三尺厚，车头前方一片苍茫，雪花纷飞，全是刺目的雪白，世界变得简单和空无。车队停在一个小村外，无法前进。那志良闻知，立即派车救援，安排职员在军队的护送下开车冒险赶去，送给车队食物，送食物的车看不清路，数次靠近悬崖，险些翻倒，又险中生还。年轻司机在看不见路的惊吓中满头大汗，棉衣也湿透。

北路这边的文物中，有庞大的石鼓箱，车子载重过大，爬一阵坡，就要停下来歇息。汽车沿秦岭的川陕公路前进，边走边停。山中的村民一生没见过汽车这种现代化怪物，也很少见过城里人。正巧车子停住，一个故宫人员下车，站在路边查看车轮。村民赶着毛驴，驮着两只竹筐拐弯走来，发现路边有奇怪的汽车和城里人，连人带驴吓一跳，冲撞过来，猛然把故宫职员撞下公路。公路下方是江流，薄冰封冻，暗流汹涌。故宫职员一路翻滚，大喊救命，急中生智地抓住一根小树，捡得一命。士兵下车，冲下山坡，救上了滚落的故宫职员，把赶驴村民抓起来，故宫职员赶紧劝说，把吓傻的村民放了。

　　历时四十八天，全部二十八批故宫文物运到了汉中，存放在四个选中的地点。但汉中也不安全，当时的汉中包括多个地区，有人口一百四十多万，是陕西重镇，也是日军的目标。首批文物送到汉中半个月，日军飞机轰炸汉中西郊机场，油库着火，浓烟滚滚，景象惨烈，次日日军飞机再来投弹，几十间民房被炸塌。从1937年到1944年，汉中先后被日军空袭轰炸五十二次，空气中浓烈的火药味和死人味，常年不散。

　　文物存入汉中一个月，轰炸越来越多，管理人员接到命令，要再次启动转移，送文物去成都。那个在秦岭山中公路边滚落的故宫职员，死里逃生，却折断了食指，一路发炎化脓，军医不断给他截指，截到食指根部，发炎终止，伤口长好。他失去了一根完整的手指，留下了终生的记忆和思考。身体的残缺，让他永远记住了战争给人类文化带来的危险，以及人类永不放弃，一再躲避，一再迁移，为保护文化承受的劳累与艰辛。

九十一　转移和再转移

四川乐山市的一位地方史专家，北大历史系的毕业生魏奕雄老师告诉我，故宫文物迁移到成都后，收藏于成都大慈寺的地下库房。魏老师做过有关故宫文物南迁的严谨而专业的长期调查研究，认识很多相关人士。他给了我一个成都大慈寺出家人的电话，我就这样带着这个电话号码上路去成都。

陕西汉中去到四川成都，有近六百公里的漫长路程，山高坡大不提，协调运输车辆，就是一个大难题。那时有些省对进入的汽车有限制，四川牌照的汽车，不能在陕西境内行驶，七千多箱文物，需要的运力很大，要调动很多汽车，从陕西送货到四川，涉及两省的汽车牌照使用，非常麻烦。

于是，汉中文物的迁移运输，分了两段路程行走。先有三百七十五箱由十五辆卡车分两批运到陕西边界的宁羌，再由只能在四川境内行驶的卡车，也是分两批运到成都。这实在耽误时间。经过协商，四川牌照的汽车，办理了可以在陕西境内行驶的特批手续，无须在宁羌停留换车，可以全程直达，从汉中一路顺畅地送去成都了。

多次转运，难免出事故，北路文物的负责人那志良，在汽车行驶途中两次遇险，一次是下雨路滑，卡车翻倒在公路边的稻田里，那志良压住了司机，助手又压住了那志良，三人在驾驶室里挤成一堆。幸好车开不快，加上是运输文物，本身就行驶得很慢，汽车翻倒，人员没有受伤，只是受到惊吓，三人从车里狼狈爬出来，看着各自的满身泥浆，相视而笑。

另一次，汽车行驶途中路过村庄，一个村妇突然横穿公路，司机急打方向盘避让，车子翻倒进稻田，同样因为车速很慢，也没人受伤，车上货物也没损坏。只是车子倒在田里，耽误好长时间，才找到村里的人力，费力把车子拖到公路上。

货物太多，时间太紧，院长马衡在四川的广元县设了转运站，有一批文物先运送到四川广元县，存放在三元宫和香林寺，再安排几十辆卡车，从广元县分十三批运往成都。运送文物的汽车接近成都时，被一条大河拦住，河上没有可承载运货卡车通行的桥梁，要把载货的卡车先驶上摆渡的大船，请纤夫朝上游把船拉出几十米的距离，再让载了卡车的大木船顺流而下，斜渡到对岸。汽车太多，如此操作，费时费力，不知渡到何年何月。

全部汽车阻塞在河边，排到了山路很远的位置，众人思前想后，临时召集民工，搭建了一座结实的矮桥，让汽车一辆接一辆小心地通过。有一辆汽车过桥后忽然滑落在河滩，翻倒了，众人吓得全身发凉。幸好没倒在水里，车上装的是图书档案，没有破损，也没有淹湿，也是万幸。

送货的卡车途中还遭遇了土匪，车子行驶中，忽然发现前方的路中间堆了一排大石头，明显有人故意拦车。再细看，山上有人影晃动，大概是想劫车。车上早就备了士兵，有机枪守护，一排子弹打过去，山上树林中窸窣乱响，人影全部消失。到此，北路迁移的文物，从1938年5月底第一批文物从陕西运出，到1939年5月底运完并送到成都，存放于大慈寺，一共用了一年多的时间，负责人熬白头发，不足为奇。

成都大慈寺兴于魏晋时期，唐宋达到鼎盛，历经多次火灾和重建。唐玄宗曾赐匾"敕建大圣慈寺"，唐肃宗为其亲书"大圣慈寺"，故得名。建筑很典雅，气势恢宏，以壁画著称。寺内存有大量名画和铜像，十分罕见和珍贵，在这座寺中收藏故宫文物，很合适。

我在成都的郫都区，寻访到熊佛西所办戏剧学校遗址的新民场中学，站在街上给大慈寺的法师打好几次电话，没人接，就打车直接赶去城里的大慈寺。我未必一定要见到和尚，因为他们也不是当事人，历史早就远去，我到达大慈寺，现场观察和感受一下就好。

大慈寺位于成都最热闹的繁华商业街区，让我惊奇，打破了我以为寺庙都在深山老林的观念。著名的商业区太古里，就在大慈寺附近。太古里这个地名出自地产公司，是太古地产旗下的一座开放式、低密度的街区购物中心。街上建筑有很多形象标识，比如爬到楼顶的熊猫，走在街边的彩色高大漫画女孩雕像等。

我独自走进寺院，里面人很多，多半是女性，大殿里在做法事，灯火通明，钟声和音乐声飘摇，很多和尚在殿里殿外唱着经绕圈子，院子里密密麻麻点满了半个院子的供灯或烛火，密集的火苗飘摇，无数念想升起，浮在空气中。场面盛大庄严，我不由得脚步放慢，呼吸放缓，目光不敢到处滑动。

我在大慈寺里走动参观，看到墙上贴出的喷绘宣传图中，有故宫文物收藏的介绍，很多黑白历史照片，照片上和尚在搬文物的木箱，另有故宫人员不久前来成都大慈寺寻访的照片记录。我忽然想到，有一个现象，可能一些人不理解，为何故宫文物跨越中国南北各省上万里，多次多地转运，存放的地点常是寺庙或道观？这是一个历史话题，传统中国，公共场所很少，除了富豪的私家大宅院，能承受大批量国家物品存放的公共场地，几乎只有寺庙和宗族祠堂，或者只能另外建造专门的库房。

但存放在成都大慈寺的故宫文物，后来又一次搬迁，日军飞机来轰炸成都了。文物的保护很伟大和神圣，也太危险与辛苦。1939年6月11日，日军二十七架飞机轰炸成都，那天故宫博物院成都办事处的主任那志良，正在大慈寺院中跟和尚交谈，忽然一个小和尚朝天空举起手臂说，飞机，日本人。他抬头看，心中一震，头顶一大片黑影呼啸而至，众人急跑，躲进防空洞，刚钻进去，就听到外面轰隆隆震动，待声响停寂，众人试探着爬出防空洞，只见空中一片火光与浓烟，出大慈寺张望，街上有人抬着担架疯跑。

那天日机轰炸成都，炸死了二百余人，炸伤四百余人，成都城的繁华商业区盐市口、春熙路、东大街等六十多条街道被炸毁。幸运的是，轰炸前一星期，陕西汉中运来存放于成都大慈寺的故宫文物，已再次转移运走，运送去了峨眉县，存放在峨眉县城东门外的大佛寺和西门外的武庙。

2024年10月中旬，我去峨眉山市调查寻访，那天上午，四川乐山市的作家夏书龙驾车，女作家紫汾也赶来，我们一起去峨眉山市拜访了当地的地方史专家李家俊老师。天下着很细的小雨，汽车挡风玻璃的雨刮轻轻划动，仿佛时间的钟摆在晃动，引导我进入历史迷宫。汽车从岷江上驶过，下方江水滔滔，天空阴云密布。开了半小时，来到峨眉山市约定的地点，见到了李家俊老师，他是历史系毕业，不再年轻，但很健康精神。

　　李家俊老师带我去看大佛寺原址，车穿过峨眉山市的街道，街道不宽，但站满闪闪发亮的商店，我们的车驶进一条最狭窄的时光旧街，爬一个小坡，进入市一中的后门，在院中停下。这学校建在坡上，县城平地不够，学校大门进来要爬大坡，上好几级台阶，坡上完，就进入了学校狭窄的院子。

　　学校大门台阶尽头处的右手边，有一块黑色花岗岩碑，上面刻了"大佛寺"三个字。当年故宫文物迁来，一部分物品就藏在大佛寺。现在大佛寺完全消失了，古代大佛寺的两棵黄桷树，非常大，很粗，两人才能合围，现在只剩一棵，站立在校门山坡的右手边，枝叶宽大浓密，遮住了岁月的线索，树下幽暗不透光线。李老师告诉我，大佛寺曾给粮食局用，后来有居民住进来，再后来盖成现在的这所学校。

我们再去武庙，那里也藏过故宫文物，现在那个位置盖起了一座康养中心。

李家俊老师指给我看，武庙这个位置后面几百米处的一个现代居民住宅小区，原来有一个土主祠，也收藏过故宫文物。峨眉属乐山管辖，日军飞机曾两次轰炸乐山，第二次轰炸的地点，离峨眉只有十公里，守护在峨眉的那志良极度不安。想到大佛寺殿堂宏伟，红墙黄瓦十分显眼，并不安全，寺周围的民居草房太多，容易失火。于是当机立断，组织民工，把存放于大佛寺中的全部故宫文物，以及武庙中的一部分文物，移到了土主祠和许氏祠堂。

土主祠是中国本地的乡祠，峨眉山脚的土主祠供奉的是蜀王杜宇。后来峨眉山上的寺庙想在山下搞一个类似办事处的小庙，行家叫脚庙，就付钱给山下的土主祠，土主祠扩建了一下，迎进了菩萨塑像，跟本地神一起供奉。说话间，雨有些下大了，我们打起了伞。李老师的讲述，让时间悄然流泪，滴落得满地潮湿，那眼泪无限悲伤和义愤，为日本帝国主义发动的不义而残酷的战争，也充满感激和庆幸，为中国人保护故宫文物的辛苦跋涉，为炮火连天中人类的文化一直完好保存。

李家俊老师再带着我们前进，换地方去寻访原峨眉县南门的许氏祠堂旧址，那里收藏了后来从大佛寺迁移来的故宫文物。祠堂也不见了，但地球上的那一小块皮肤还在，关键是祠堂附近的旧街还留下一小段，他要带我去看这个。

我们拐几道弯，进入一条小巷似的街道。那极窄小街两边，站满非常低矮的木板旧屋，我几乎抬手就能摸到房顶。李老师告诉我，那是峨眉山市剩下的最后一小段古代原貌的老街。我无比诧异，马上有挤进时光夹缝，动弹不得的感觉。下车后在街上行走，总以为绊到了什么或有东西扯拉。非常矮的房屋，夹紧我身体的街道，很旧的土红色，木板旧屋坚定地站了几百年，没垮塌真是奇迹。时间在这一小段路上停止了，人类顽强生命史的一小个片段，也就能够让我亲眼看见。

九十二　拜访魏老师

我去峨眉山前，先去了乐山市。前面讲过，故宫文物分三路从南京朝天宫的文物保存库里撤离，南路迁往湖南长沙，最终转移到了石油沟。北路迁往陕西宝鸡，后迁到成都，最终藏于峨眉山的大佛寺和武庙等处。

一共近两万箱故宫文物，上述两个地点无法全部存放，另有一路转运，叫中路迁移，这一条路线的文物，曾迁移到重庆，最终藏到了四川乐山的村子里。我去乐山，就是为了调查和寻访中路迁移的故宫文物存放地点。

四川乐山的魏奕雄老师，早在1995年，就开始调查研究乐山存放过故宫文物的事件。我不认识他，但读过他写的书。我为撰写这部抗战时中国文化的存在与保护的书，先去请教了历史学者齐春风，对齐老师进行过采访，齐老师从QQ转发给了我五六百万字的抗战文化史资料。我又购买了三十多本人物传记，其中就包括魏奕雄老师的书。正是魏老师写的那本封面是故宫红墙颜色的书，指引我走进故宫文物迁移的历史事件，并辗转南京，重庆，四川的宜宾、成都和乐山多地寻访调查。很多人写过故宫文物迁移事件，我也搜索到了不少其他资料，但魏老师写的这部书，我认为内容最翔实，书中画出的文物迁移线路，最清晰、准确。

我没想到魏老师在乐山市，我去乐山只是想寻访隐秘的历史地点。我在中国各省调查寻访抗战时期的文人活动和文化存在，大多数时间是独自行动，迷茫摸索。但乐山的调查和寻找涉及村镇，困难太大，只能求助。经我的朋友，作家范稳牵线，《四川文学》主编罗伟章帮助，我获得了乐山小说家林雪儿的电话。她是当地的作协主席，我坐高铁去到乐山，马上跟林雪儿联系，她向我推荐了魏奕雄。听到这个名字，我大为震动，赶紧取出随身带着的一本书对照，果然正是此书的作者。

1995年秋天，气温正高的时候，四川乐山市的魏奕雄从报上一篇小报道的文字缝隙中，读出一个重要信息，抗战时乐山乡村的老屋中，存放过万里迁移运来的故宫文物。那个年轻记者写别的事，提到这个民间传闻，自己不在意，几笔带过，普通人更对那几行字视而不见，魏老师却闻之大惊。那篇新闻稿中的几行字，像一串结实的石子，在魏老师的身体里有力滚动，撞击得他的骨头咯咯震响。魏老师大半夜失眠，次日做出一个决定，要采取行动，把这件事查个明白。后来，就有了他写的《故宫国宝南迁纪事》这部书。

到达乐山的次日上午九点半，当地的作协副主席夏书龙开车带我去拜访魏奕雄老师。听说魏老师快八十岁，我肃然起敬，更期待这次见面。车子驶出二十分钟停在路边，不一会儿，街对面的魏老师出现了，显眼的白头发，提一个黑色公文包，来到车子边。他不上车，指挥夏书龙把车停在路边小巷口的坡上，我们一起前行，去到路边一个茶室，没开门。赶来参加我们座谈的乐山女作家紫兮提议换地方，我们找到一家很小的茶室，石头小径上坡，一片小院，木头小屋，古朴文雅，散发出文艺气氛。我们坐进靠公路的一间屋，汽车太吵，换了靠山一间，坐下来开始交谈。

魏老师七十九岁，头发白，但身体很健康，上坡咚咚咚前行，呼吸平稳，坐下来聊天，福建普通话夹杂了四川口音，很丰富和有趣，表达明白，思路清楚。他从北京大学历史系毕业后，分到四川农村劳动锻炼，后来进入宣传部，又成为乐山本地的地方史专家，也做成故宫文物迁移事件的专家，应邀去北京故宫参加过好几次专业研讨会。

魏老师非常友善，毫不隐瞒，和盘托出，告诉我他的全部研究成果，也就是整个故宫文物的迁移事件。但我要的并不是事件内容，我搜集大量资料，阅读研究后已经知道这件事，我要了解魏老师的调查研究过程，再就是见到魏老师这个人，听他说话，向他表达真诚的敬意。过去保护文物的人和今天调查保护文物事件的人，做的都是同一件事。人类文明之灯，就这样把世界照亮。

那天下午还是夏书龙开车，作家紫兮也加入，我们一起去乐山的安谷乡泊滩村寻访，当时的安谷还不是镇，是乡。车子从大渡河上方的现代大桥跨过，大渡河在中国革命史上名气很大。这条河发源于青海果洛山，流经阿坝、甘孜、凉山、雅安等地，在乐山注入岷江。太平天国翼王石达开率人抢渡大渡河失败，全军覆没。中国工农红军强渡大渡河成功，保存实力，完成了战略转移，逆敌而去，前往四川雅安的天全、芦山、宝兴等山区，翻越大雪山夹金山，把追兵远远地甩在身后，最后发展壮大，开创了历史。

阿坝、凉山和甘孜三个地区的地势都很高，人烟稀少，通行困难。中部和东部是四川的繁华区，密布着很多闻名四方的城市，乐山在四川西南部，境内江河众多，主要是岷江、大渡河和青衣江。乐山大佛所在位置，是岷江、青衣江和大渡河三江汇合处。

古代乐山的三江汇合处水流湍急，船只翻倒沉没，洪水淹没田地和房屋等灾难不断。唐代有和尚筹资化缘，想在江边造佛像镇水，历经八十多年，好几代人合力才大功告成，在江边造了一尊世界现存最大的露天摩崖石刻造像。

岷江下游是四川宜宾，在那里岷江与金沙江汇合，注入长江，一路而下，流经中国诸多发达地区，最终流到终点上海出海，万流归宗。乐山就成为古代四川与中原联系的门户之一，一扇门，推开就是中国。

苏轼出川，就是从乐山走的。1059年，苏洵带着二十二岁的苏轼和十九岁的苏辙，从家乡眉州，今四川眉山走水路出川，前往都城开封。他们沿着岷江，经嘉州、渝州、忠州、夔州，出三峡转陆路进京。到达嘉州也就是现在的乐山时，父子三人登船，写了《初发嘉州》的同题诗。

著名的唐代边塞诗人岑参是河南人，曾在乐山做官，史称"岑嘉州"，他流传最广的诗句是"忽如一夜春风来，千树万树梨花开"，另有著名的边塞诗"轮台九月风夜吼，一川碎石大如斗，随风满地石乱走"，还有"弯弯月出挂城头，城头月出照凉州。凉州七里十万家，胡人半解弹琵琶"。郭沫若也是乐山走出的知名文人，他出生于四川乐山市沙湾区沫水街，名字中有个沫字，大概与出生地的街名有关。

那天上午，我们的车驶进安谷镇街子，那街子由几排密集的房子围成，穿过镇街子，车子就进入狭窄的村道，路口拐弯处的指示路牌，上有"战时故宫"几个字。车在村道上拐几个弯，来到一片开阔地。

开阔是因为来到了江边，那里是大渡河的杜家场古渡口，我们下车察看。早年，迁移来的故宫文物，逆岷江而上，在乐山大佛的面前西折，进入大渡河。因是逆流，全靠在两岸弓身弯腰、手脚并用的纤夫拉动大木船，艰难运到这里，从杜家场等三个渡口上岸。

村民出力，有路就用车拉，无路就挑担子送，把上岸的文物搬运到非常隐蔽的泊滩村，在村中的六个祠堂和一个寺庙里存放，派了士兵把守，一直保护到抗战胜利。

我站在杜家场的古渡口，江水缓缓流淌，看不出年代感。水流了上万年，还是一成不变的面貌，只有水边的世界发生变化，楼房高了或矮了，人多了或少了，生命一代代存在又消失。我看到水边停了一艘大船，当地人称趸船，作临时码头用，可以停靠小船，让船上的货和人沿趸船搭的板子上岸。趸船不远处，有两艘快艇在水中快速绕圈子，一艘只有驾驶员，一艘坐了几个人。我去的那天古渡口没有游客，坐了几人的那艘摩托艇可能是自己人，另一艘只有驾驶员的在江中独自开了玩，弄出空荡荡的干涩轰鸣和一晃即散的苍白水花。

九十三　重庆的钟声

最终落脚乐山的故宫文物，从南京撤出时就极不顺利。这批文物原计划从南京走水路迁移到武汉存放。战火逼近，南京城一片混乱，交通工具无法满足全城各界的撤离需求。南京有发达的水路运输，竟然租不到中国轮船。负责故宫文物中路迁移的南京工作人员，就去雇用外国船，可外商也怕日本飞机的炸弹，不敢运中国的重要物品。找到英国轮船，说服了船商，租了两艘船，一船装上五千多箱文物，一船装了四千多箱。四千箱文物的轮船起航驶远，忽然有日本飞机空袭南京，五千箱的船长命令开船，大副不执行，拒绝开船，要求卸下这批货。他认为这些重要物品太危险，会给轮船带来灾难。

中方与外国船长争论，外国船长与外国大副争论，争吵的最终结果是，中方负责人上船，要死一起死，否则不开船。幸运的是，两艘轮船一路去到武汉，平安无事，送到武汉的九千多箱文物，存放在了武汉英国洋行的仓库里。

另有两千多箱文物，在南京无法运出，日军飞机持续轰炸南京，联系好的英国轮船不愿在南京的长江边靠岸，丢下故宫的工作人员，自行逃离了。这批剩余的文物只好拉回去，重新装入并不安全的朝天宫库房。

南京沦陷，武汉成为日军新的目标，上级下令把迁移到武汉的文物再次转移。故宫租了三艘轮船，把文物紧急运送到宜昌，再用重庆民生公司的三艘轮船，以及英国公司的几艘船，分多个批次转运去重庆。全部文物运完，用了五个月时间，无法想象其中的艰难与苦楚。

我去重庆，寻访过现在的重庆故宫文物南迁纪念馆。那里离我住的酒店有十八公里，我决定坐地铁。研究了一番，明白要1号线换6号线，我就在酒店门口打车去沙坪坝的地铁口。也许因为地形问题，坐地铁的人很多，很拥挤。好多年前我来过重庆，记得当时的地铁好像叫轻轨，悬在城市之间，可以看到重庆城奇异的景观。这次进入地铁，发现重庆地铁已是真正的地铁了，钢铁摩擦，剧烈穿越黑暗，没有风景，只有闷在隧道里的巨大震荡。

换两条线路，从上新街站4号口出来，是一条街道，打开手机网约车App，发现纪念馆距此地还有四公里，等网约车来，上车后不断拐弯，不断往下，我看到了江水、大桥和江对岸密集的高楼。汽车在一个路边停下，我下车，看到了几步远处的"故宫文物南迁纪念馆"几个白色的字。

沿箭头朝前走去，穿过一片广场，我看到慈云寺。跨进寺门，门口一张桌子前坐了个穿黄背心的女人。我以为慈云寺是重庆的藏宝遗址，问门口的女人，才知纪念馆在寺外，沿寺外靠山坡一侧的路往上走，在最高处。我走向寺外的一家咖啡馆，在廊檐下找椅子坐下休息，面向公路前方的江水、江对岸的高楼和开阔的天空。

时间是上午10点，星期三，慈云寺不是旅游胜地，四处空空荡荡，咖啡馆门外摆了一长串十来张桌子，除了我，另一张桌子边也坐了一个人，极安静，声音被前方的江水冲洗干净。忽然，慈云寺敲了一下钟，有金属清亮质感的厚重声音从寺内升起，悬在空中，缓缓扩散，飘到江水方向的开阔空间，钟声再响一下，一共响了三声。

我站起来，准备爬石阶去上面找纪念馆。绕到咖啡馆后，看到墙角有洪痕标记，洪水淹了这么高的位置？我大惊。查资料，获知2020年8月长江沿线降水量大，6月至7月长江上中下游反复涨水，8月上游大规模持续强降水，长江5号洪水与嘉陵江2号洪水汇聚，两江顶托，水位急剧升高，淹没了重庆城的部分区域。

很多数字记录了那次巨大洪灾，但数字太抽象，长江5号洪峰过重庆，上涨江水淹到了我坐的咖啡馆桌子位置，慈云寺淹了一半，这是我看得见的历史事件面貌。我暗暗心惊，沿有故宫文物南迁纪念馆标志的石阶往上爬，一边爬一边想，去到上方我能看见战争灾难的什么面貌呢？

重庆的地貌使它的建筑无比神奇，那石阶贴着一片山壁朝上延伸，我一直爬，转几个弯再爬，身后赶来一个年轻女孩，咚咚上去，在一个转弯口消失，石阶小路上只有我一人，无声的石阶，安静的石墙和沉默的树影。

我爬到漫长石阶小路的终点，一堵高大石墙挡住了去路，我的右手出现一间房子，左手小路口的一片深褐色格栅装饰墙上，有"故宫文物南迁纪念馆"几个白色大字，右侧的房子开了一扇门，房间里空无一人，不售门票，无人讲解，自己观看，仿佛走进记忆的密室。房间里悬挂着一张张从高处垂下的宽大布片，不知何处传出庄严低沉的音乐。我慢慢绕着走，看到了悬挂在墙上镜框中的图片和文字，那些资料在无声讲述一个遥远、危险而伟大的故事。

从南京经宜昌转运，再送达重庆的中路故宫文物，先找了川康平民商业银行二楼仓库存放，那是一幢钢筋水泥的坚固楼房。存放了三千多箱文物后，找不到其他合适的存放点，只好借用四川禁烟总局的合记堆栈，存放剩余的文物。合记堆栈是一栋木结构的两层简易仓房，多年未用，搬运工把一箱箱文物堆放在二楼，有几块地板朽坏了，不堪重负，轰隆垮塌，七箱文物掉到楼下。万幸，楼不高，且是木楼，震荡不剧烈，只有一个木箱装的八件白瓷爵中两件碎裂，一件折断了足。另外六箱文物，木箱板外部擦损，箱内文物完好无损，可见木箱极佳的抗震性能。

文物有损坏，肯定要受罚，马衡院长给了相关人员行政处分。后来，租到了坚固合适的库房，又组织工人把文物搬走。存放到两个新地点，第一个是王家沱的法国商行吉利洋行仓库，第二个是安达生洋行的堆栈，安达生是瑞典商人，卖腊肉和猪鬃等，他的库房结实高大。

重庆是陪都，战时的政治中心，也是日军的重要目标，其实不安全。1938年春，故宫博物院理事长蔡元培召开常务理事会，做出在重庆挖掘山洞存放故宫文物的决定。马衡院长带人四处找合适地点，选中了菜园坝山崖，认为开掘后可装入近两万箱文物。最后这个建议因两个原因被否定，一是位置靠近机场，二是大规模挖掘山洞，工程要耗时一年，耽误不起，应另找更远的地点。日历翻到1939年，地点暂时未找到，日军对重庆的轰炸越来越频繁，规模也越来越大。理事会决议，重庆文物，限一个月之内再次迁移他处。

九十四　目光落在安谷乡

从重庆撤出的故宫文物，选中了四川乐山作为存放地。马衡带着几个故宫职员去乐山考察接洽。乐山靠近水边，是古代四川的门户，人口稠密，商业发达，面积很大，可供选择的地点很多。来到乐山,他先与县长会面,再约见本地乡绅,一个人数众多的秘密见面会悄然举行。

故宫人员介绍了在乐山寻找文物存放地点的计划,恳请各乡支持,配合完成这个国家任务。恰如事前预料的一样,故宫人员说完话,空气就冻结了,乡绅集体沉默。这种场面可以理解,文物一路迁移的过程中,每到一地,提出文物要在当地存放,都有人紧张,深知责任重大,不敢轻易表态。

忽然,冻结的空气嘎吱一声崩裂,有人站起来,作揖后镇定发言。此人来自乐山的安谷乡,名叫刘钊,四十余岁,身材瘦长,贩运煤炭赚了些钱,名气不小,人很仗义,举手投足透出文雅之气。他长期水路运输煤炭,对乐山的河道和船只的货物运输很熟悉。他说,国家有难,义不容辞,我们乐山这个小地方被重庆的大人看上了,刘某人表示感谢,如果再看得上我们安谷乡,我更感到荣幸,有用得着的地方,敬请言声,我当尽力。众乡绅看着他,仍不说话,故宫人员喜不自胜,站起来表示感谢。

当晚,故宫人员和县上要员约安谷乡的刘钊细谈,听取他的意见。刘钊详细介绍了安谷乡各村的祠堂庙宇等公共场所,说泊滩村的古佛寺、宋祠、陈祠、易祠、赵祠、梁祠和朱潘刘三氏祠等,有足够空间存放故宫文物,镇上的水利运输也很便利，并提醒故宫和县府人员，要注意局势的恶化。接着他说出了一件事，让故宫和县上人员无比振奋。他说自己的父亲在山中盖了一个大院，没能住进去享福，人就病逝了。院子空置下来，暂未有人居住。那院子位置稍远，但高大宽敞，通风很好，干燥舒适，可以存放几千箱文物。自己还可出面，就近再借一个院子，供故宫人员居住。那地方，通往山区的小道很隐秘，但搬动文物并不困难。刘钊说完，故宫人员马上拍板，地点确定在安谷乡，但乡上何处可以存放文物，要去现场考察。

安谷乡距离乐山城区约十公里，较为隐蔽，降低了被日军作为空袭目标的风险。同时，大渡河长达两公里半的一段河道从安谷乡穿流而过，乡上的杜家场村三面环水，毗邻岷江和大渡河，水路运输很发达，便于用船只把文物从重庆运来。

当时的安谷乡包括了白庙、回龙、顺河等场，面积很大。白庙原是一座庙，于清代建成，豪华盛大，气势不凡，吸引了大量香客，后成为地名。回龙也是地名，传说远古有龙挟雷电和大雨来到，龙停留时，尾巴凝固成深潭和龙尾状山头，后此地有人定居，被认为是风水宝地，叫回龙场。顺河场位于大渡河南岸，与白庙场、回龙场共同构成了安谷乡的重要集市，是当地商业贸易和人员交流的重要场所。

安谷乡坝子土地肥沃，水源充足，是著名产粮区，种植水稻、玉米等农作物，还种植油菜等蔬菜瓜果。手工业也发达，清光绪年间，回龙场的田家兄弟开办田面坊，出产"连山银丝手工挂面"，1937年顺河场一李姓人家开办了安谷首家机制挂面厂，出售牡丹牌的"安谷面"，也远近闻名。

安谷乡另有宏胜斋、荣宝斋等商家店铺，商业贸易的种类涵盖百货、客栈、药行、银号多种，水路航运推动当地商业发展，江边有很多码头和泊船港湾，货物运输非常便利。根据1953年第一次全国人口普查的数据朝前推算，故宫文物迁移到此的年代，安谷乡人口大致两万，有相当的规模，那是一个隐秘安全，又生活方便的好地点。

故宫工作人员放心了，护送文物从南京转移至此的欧阳道达留在乐山，入住了县城的乐安旅馆。这家旅馆离县政府很近，只有两百来米，方便欧阳道达与政府要员随时联系，商量工作。后来，故宫文物运来乐山安谷乡，并没有存放在刘钊父亲建的山中大宅院，而是存放在了离江岸较近的泊滩村的祠堂寺庙。原因是刘钊父亲的院子位于牛卧塘山区，过于偏僻，搬迁不易，只能作为秘密的后备基地。假如恶劣局势出现，刘钊家的大院子，可以紧急启用。

但刘钊的大义建言，是故宫文物选中乐山安谷乡落脚的关键。故宫人员在紧急而忙碌的寻找中，把疲惫的目光移向安谷乡，他们在乡上踏访，反复考察比较，最终选中刘钊推荐的泊滩村六座祠堂和一座庙宇。后来，日军飞机轰炸重庆，轰炸乐山，伤亡惨重，十公里外的安谷乡，顶着乡名中的一个"安"字，平安无事，悄然延续着不灭的人类文明之火。中国人日夜守护，在那里书写了一段文物保护和文化守望的感人历史。

九十五　黎明前的不幸

焦急慌乱会出错，甚至发生事故。1939年夏，装满了两艘轮船的故宫文物离开重庆，三天后行驶到宜宾卸货暂存，看上去一切顺利。当第十四批故宫文物在重庆南岸装运，故宫职员朱学侃心有不安。那天他起得很早，天色微明中带一个工人赶去江边，登船清点装箱数量。光线太暗，朱学侃一脚踩空，坠入没有加盖的舱口。轮船都是金属结构，他的头在船舱的金属部件上沉重撞击，人当场昏迷，鲜血直流。身旁的人吓坏了，急忙把他抱出。轮船上的人一起出力，把他送到了附近的仁济医院，医生来不及抢救，伤者已经手脚下垂，呼吸停止在了黎明之前，灵魂升天了。众人无比悲伤，次日把他埋葬于长江南岸的狮子山，立碑纪念。

重庆文物走水路运到乐山，是逆流而上，路程很长，近六百公里，先在宜宾中转。从宜宾至湖北宜昌的长江河段称为川江，宜宾是川江的起点，被称为万里长江第一城，重庆在宜宾的下游。

在重庆租的大轮船不够用，第二十批文物运到宜宾，还有近两千箱未能从重庆运走。故宫人员赶紧调集十几只小木船，用两天时间日夜装船，先把文物转移到重庆城外二十公里外的码头，再搬到江边的轮船上，运往宜宾。一共运送了二十四批货，在规定时间4月25日的前两天，结束了全部工作。所有文物的转运，用了一个月时间。

事实证明，故宫文物紧急从重庆迁移的决定很正确。就在全部故宫文物从重庆迁往宜宾之后的第十天，震惊世界的重庆大轰炸爆发，一千多幢房屋被毁，曾经存放故宫文物的几处仓库，也被炸毁。

我2024年10月17日去到了宜宾，那个长江边的著名城市，空气中弥漫着微醺的酒气。四川两座长江边的城市都有名扬四海的酒厂，宜宾出产五粮液，泸州出产泸州老窖。无法根据长江水来判断江边的城市是否会出产好酒，但江边水路运输之便，大概为酒的市场售卖提供了广阔空间。我想，江水长流给人启示，教人自幼产生远方的想象，事情越做越大，大概是这个道理。

我在宜宾看到落满阳光的江水浩荡远行，直达下游的地平线，回头看，上游的乐山遮挡在群山之后。重庆送到宜宾周转的故宫文物，再往上运送到乐山，走岷江水路，全程一百二十公里，听上去路程不长，但困难很大。这段路的航运，受季节限制，每年7月至9月雨季到来，河水上涨，才能开启逆流而上的船运。过了这个季节，河水不够深，轮船容易搁浅。如果顺利，从宜宾出发，一天可以到达乐山，可一旦不顺利，轮船运输时间就可能需要三四天。

货物太多，暂存宜宾的故宫文物九千多箱，一艘轮船只能装载三百五十箱左右。欧阳道达在当地人的协助下，选择了乐山的杜家场、冠英场和杨花渡三处渡口。这三个渡口码头一个比一个远，杜家场离乐山县城两公里半，冠英场离县城约十公里，杨花渡离县城约十二公里。轮船先在码头停靠，工人把货物从轮船卸下，搬运到木船上，依靠陆地上的纤夫人力拉纤，把木船拉进大渡河，逆流而上，朝安谷乡前进。

终于等到了雨季，7月上旬涨大水，宜宾装了三百五十箱的一船货，启程出发，次日顺利到达乐山的冠英场渡口。几天后，第二艘轮船装货启程就没那么顺利了，木船航行了两天，来到一个叫老君碛的地方，不慎触到浅滩，轮机受损，无法前进，只好顺流而下，原路返回宜宾。半路遇上的第三艘轮船，竟然也跟着返航，两船都回到了宜宾，把船上的货物卸下，原库存放。

为什么这样？原来，航运公司的轮船不够，转包了一些货给其他公司运送，两家公司的价没有谈清，就装货开运，后者反悔不干了，借故返回，把货卸下。故宫人员眼看要误事，另租一家公司的船，这船够大，一船装了五百箱文物。接连几天大雨，江水暴涨，流速极快，轮船顺利把货运到了杜家场渡口。

后面一艘稍小的船，航行得也不顺利，运二百五十箱货，走了四天才到达杜家场。更不顺利的是，雨水停止，岷江水位下降，其后一艘装了三百箱文物的船，从宜宾出发后，也走了三天才到达乐山的杨花渡。从7月上旬运到7月底，故宫文物才运走不足两千箱，全部九千多箱，多久才能运完？延迟了运输计划，滞留宜宾的文物出意外怎么办？

8月中下旬，日军飞机开始轰炸乐山，8月底货物才运走四千五百箱，还剩足足一半文物滞留在宜宾库房。宜宾也响起空袭警报，日军飞机出现了，负责此趟迁移运输的故宫人员欧阳道达急得嘴角起泡，带着护卫文物的军队连长，把航运公司的人叫来，发出最后通牒，到期运不完货，就派兵封船，任何货不准接，全部船用来运文物。

欧阳道达发出封船威胁，航运公司害怕了，当场表示，明天重庆来三艘船，给你们一艘。欧阳道达说，不行，三艘船全部运我的货。航运公司的人连连作揖点头。从那天起，每隔一天，最多隔两天，就有一艘轮船往乐山方向运送故宫文物，有时甚至一天发了两艘船，运送文物的速度大大加快了。

整整两个月过去，9月上旬结束，故宫文物还没有运完。宜宾是中国西南连接中部、东部和北方城市的水路交通起始站，日军的战略轰炸目标。9月11日，近四十架日军飞机轰炸泸州，投弹二百多枚，用机枪扫射地面人群，近八百栋房屋被炸毁，城中火焰冲天，伤亡近两千人。

泸州是与宜宾相邻的城市，两地只有一百公里距离，马衡守在重庆，欧阳道达在乐山的渡口，那志良在宜宾发货，三人各在水路运输线的一个点。泸州被炸，宜宾也会成为目标。他们吓坏了，泸州与宜宾同处四川南部，泸州位于长江和沱江交汇处，是四川出海通道的重要港口，与宜宾两地有长江干线的水路运输相通。泸州被炸，宜宾的船运赶紧加大文物的运输力度，每日保证一船，甚至两船，9月中下旬，九千多箱故宫文物全部送到了乐山。

又是千钧一发的时刻。最后一批文物离开宜宾，送到乐山半个月后，日军飞机轰炸宜宾，近三十架飞机呼啸而至，在夜色掩护下突袭。庆幸的是，故宫文物没有停留在乐山城，而是直接运送到了江边的渡口，再用木船转移到偏僻安静的安谷乡各村，远离了危险的繁华城区。

九十六　纤绳绷断的声响

转运文物的木船很小，每船只能装载五十到八十箱文物。这项工作交给了乐山木船职业工会。木船逆流而上，全靠人力纤夫拖拉，9月天气正热，岸边两排纤夫光着身子，一个跟着一个，每人的身上都绷紧了一根纤带。他们的躯干压到最弯，力用到最大，每一步都踩得泥土凹陷，石子开裂。

木船拖到顺河场渡口停下卸货，那个地方，就是我去寻访考察的泊滩村。那是一个大村，由分散开的多个小村组成，从木船上卸货再搬运进村里，需要大量人工，各村的村民全体出动，小心翼翼地把文物从木船上卸下，有路推车，无路肩挑，搬运到一个个村中的临时仓库存放，再组织人工，把货搬运到早就考察好的各村多家祠堂和一座寺庙中。

谁也没料到，木船会在河道的航行中发生重大事故。有一天，纤夫拖着从杜家场渡口装货的木船，沿大渡河向安谷乡前进，忽然一个可怕的声响出现，纤绳断了。不要以为纤绳断了船可以停下，把绳子拴好再拉纤；河水是一个奔跑的生命体，逆水而上的木船，抵抗着顺水而下的巨大冲力，不进则退。纤夫集体用劲，是在对抗自然力，是用人力的顽强抵抗来拖船而行，这样的人力从一根根粗壮结实的绳索传递到木船上。

纤绳拖的不只是木船，是纤夫一家人的命，也是货主一家人的命，还是船上掌舵艄公一家人的命。那绳子天长日久绷紧，一头挎在纤夫的身上，一头拴在木船上，纤夫的汗水顺着身上的挎带，慢慢渗透进绷紧的纤绳。那纤绳在阳光下长久暴晒，在河水中浸泡，跟河滩的沙石摩擦，被货主焦虑的目光反复切割，终于，在那一刻，几根纤绳嘣的一声断了，其他纤绳承受不住流水的冲击，也纷纷绷断。

一排纤夫倒地，船脱缰而去，顺流直下，被河水强力推动，疾速漂远。那是极危险的场面，这样的场面肯定出现过，但谁也不愿意看到它再次出现，也不会想到那会成为自己的经历。木船一旦冲出大渡河，冲进岷江，会遇上一处河道的转折点。在雨季大水冲击下高速前进的木船，难以顺利转弯，大多会直接撞击岸边的山崖，撞到乐山大佛脚下的某处山壁。唐代时古人在乐山的大渡河、青衣江与岷江相交处的江边雕刻山崖，建了乐山大佛，就因为那个位置经常发生船毁人亡的事故。

岸边的纤夫坐在地上，无法相助，心如死灰，眼睁睁看着木船飞速远去，如果船毁货亡，船上艄公的命保不住，岸边纤夫的命也差不多没了，大家同归于尽。那天，负责押运这批文物的故宫人员姓梁，他在岸边蹦跳，高声喊叫。他为何没在船上？我不知道，也不懂木船的运载规矩，只知道他的绝望喊声脱口而出，就被疾速奔腾的江水吞没，迅速消失。

忽然，岸边的纤夫和姓梁的故宫人员一怔，船竟然在江边停住了，怎么回事？原来，船上的艄公眼看纤绳绷断，木船顺流疾驰而去，并不慌张。艄公在船上掌舵，经历的生死场面比岸边的纤夫多。纤夫少有人累死，艄公在船上撞死的却多。他不想死就要镇定，赶紧找生存机会。前面出现一处浅滩，艄公眼疾手快，用力把船舵一扳，船头猛一拐，船身冲上了沙滩，搁浅了，船斜斜地在江边停住。有惊无险，实在出奇。众人先是大叫，后是大笑，接着一齐朝停在江边的船跑去。

水中运输必须安全，陆地搬运也不能出事。船上木箱卸下后的货物搬运，有严格纪律，只能出力，干活拿钱，不可打听是什么东西。持枪士兵的目光在每个搬运村民的身上扫射，十分警惕。有个村民抱着沉重的大木箱行走，走几步停下，不慎把箱子在地上磕碰了一下，士兵马上持枪过来怒喝，叫村民放下箱子，这个村民被关押了半天，审问检查后，发现并无过错，人才放回了家。

有一天，装文物的木箱从船上卸下，搬进村子的库房，清点时发现少了一箱，吓得故宫人员腿软，问遍搬运木箱的村民，一律摇头，茫然迷惑，无人知道木箱为何少了一只。于是对照手册，再次清点，发现还是少了一只木箱。事不宜迟，故宫人员紧急拜访村中名望较高的士绅，这位士绅就是刘钊。

刘钊派人在村中传话，要求全村村民自觉检查，谁发现了这只丢失的木箱，赶紧送去土地庙，不再追究，如被查到，就要法办严惩。次日天明，村子的土地庙里，一束微光从土墙上的圆形小窗孔射入，照见了地上的一只木箱，打开后检查，里面的文物一件不少。为何木箱失而复现？是有人在搬运中冒出个好奇的小念头，还是放错了地方？只有那个夜晚的星星知道。

根据魏奕雄老师的调查了解，刘钊是非凡之人，他是乡长，又是当地袍哥的义字舵把子。刘钊是一个把社会责任和自身名誉看得比生命还重的人。京城皇宫中的宝贝万里迁移，送来乐山安谷乡的村里保管，他认为是此生的荣幸，务必配合做好这个事。正因为有了他的全力组织配合，九千多箱故宫文物经水路运输和陆地搬运进村，历时两个多月，终于圆满完成全部工作。

九十七　小村老屋的森严管理

欧阳道达把分散于各村的库房编了号，古佛寺是一号库，朱潘刘三氏祠是二号库（古佛寺撤销后改为一号库），宋祠是三号库，赵祠是四号库，易祠是五号库，陈祠是六号库，梁祠是七号库。按规定，文物迁定后，必须会同几方人士当面清点造册。这样的工作，故宫人员已经重复过若干次。在南京就花了一年半时间，把文物逐箱打开，全部清点造册。

可是，在安谷的村子里，再把木箱打开，让箱内的文物暴露，不安全，又没有更高级别的人物现场监督，无法操作。根据南京记录清册，在这里清点木箱数，检查木箱上的封条，也就可以了，不必开箱。大家取得了一致意见，用三天时间，认真清点木箱数。为了更慎重，还开箱抽查了几只木箱，全部检查记录在案，入库工作才算完成。

木箱要每天巡查，还要防止长久堆放压坏，摆放就有讲究。装有重物如铜铁或瓷器等不怕潮湿物品的木箱，放最下面，上层依次堆放装了小物件和轻物件的木箱。书画档案一类怕潮，存放于悬空的祠堂戏台上，并在戏台下面加装了支撑的木柱。

库房里的木箱，一排一排堆放，两排相靠，中间留一条通道，便于巡查时通过。从门边往里数，再从下往上数，登记编号，全都画出索引。每库都画有两张平面图，一张标明堆放的行列位置和箱数，另一张仔细列出每个位置的箱子编号，方便查找。各箱有哪些文物，可根据清册核验。要提哪一箱，依编号查找，几分钟就可以找到。

六祠一寺共七个库房，各库平时上锁签封，有人进库开箱，需经办事处主任欧阳道达签字批准，有两个以上工作人员陪同，方可启封，打开库房门锁。若要开箱，必须填写开箱登记表。库房的工作人员，包括外部的士兵、内部的警卫、库房保管、清洁工、村里雇用的库房维修师傅等，都做了细致安排，建立了各有分工，又互相制约和监督的制度，另有一条严格纪律，无论任何理由，外人一概不许进入库房。

朱潘刘三氏祠，是一座宽大的四合院，正房和厢房齐全，院里还有戏台，院中挺立着两棵粗壮的百年金桂。为何三姓建一座祠堂？因为安谷的潘朱刘三姓，元代有一个的共同祖先，明代后这个宗族分成了三支。这家祠堂比较宽敞，存放了两千多箱文物。原来祠堂里办了学校，文物搬入后，学校迁移去土主祠上课，家族的祭祀活动也改在了泊滩庙举办。村民很支持，并无怨言。

村中的古佛寺，存放了约一千五百只装有文物的木箱。我去泊滩村寻访考察时，看到公路边一条小坡路，路口砌了一个类似牌坊的水泥门框，门框两边有对联，上方镶了"古佛寺"三个金色大字。可是水泥牌坊似的门框里面，只有一条灰白色空空荡荡的斜坡小路朝前延伸，不见任何庙宇的踪迹，更不见烧香拜佛的活动。后来我进入村子，在狭窄的村路上绕行观察，不知不觉间抬头，看见了村路边一户人家的院子上方，也有"古佛寺"三个金色大字，大为不解。这院子就是史上有名的古佛寺？看它像一座俗世的宅院，还上了锁，怎么会是寺庙？再看，这院门漆成土红色，又有些寺庙红土墙的感觉，实在让人迷惑。当天晚上回去，我在酒店里翻阅魏老师写的书，才恍然大悟。

原来这村中的古佛寺，有一段安静而孤单的往事。这个寺建于唐代，年代较久，原名安国寺，清代时修得有模有样，占地七亩，依山势由下而上建了四重殿堂。存放故宫文物那年，早已改名古佛寺，规模应该不小，才放得下约一千五百只文物木箱。一艘从宜宾远航而来的钢铁轮船，最多只能装载五百只文物木箱，换成拉纤的木船，每只船最多装运八十只木箱。古佛寺内存放的全部文物木箱，大轮船要运五船，小木船要运两百船。

古佛寺的故宫文物存放到1942年，有四年时间。其间工作人员巡查时，发现寺中梁柱有虫蛀危险，加之古佛寺所在之地树木太多，湿气过重。故宫人员研究上报，决定把寺中的文物全部搬迁，移入各村的其他六个祠堂库房。于是，从春天到冬天，用了半年时间，请匠人扩大了各祠堂库房的面积，再用近一个月的时间，把古佛寺中的文物全部搬走。寺中空疏了，只剩下一老一少两个和尚。

古佛寺从来就过于冷清，还是后来只剩下两个和尚？对我而言是一个谜。我从魏老师的书中获知，1950年庙宇垮塌，老和尚圆寂，姓李的年轻和尚形单影只，还俗成家了。我去考察时见到的古佛寺，院门紧锁，院中是否有长明灯默默摇曳，或有香烟寂寞上升，不得而知。路口似牌坊的门框上方和村中那家院子的门头上，明明白白镶了"古佛寺"三个字，至少是一份历史的眺望。

一批为故宫文物万里迁移艰难工作的人，神经绷紧的士兵，拖家带口的文物专家，在遥远的异乡找到了安身立命之所。远方炮声不绝，危险的硝烟悬浮在大地之上，阳光被遮蔽，白云被污染，世界在撕裂、流血和呻吟，时间疲惫地缓慢流逝。

故宫工作人员在乐山安谷乡的村子里偷得一点战争年代的喘息之机，与村民相处甚好。守卫的士兵纪律很严，少与村民接触。某日一个六十多岁的老者坐滑竿来到，离宋祠库房十几米远时，被站岗的士兵拦住，不准跨过马路。那人从滑竿下来，远远地站着大声解释，说是来找乐山的办事处主任欧阳道达，士兵也不准走近库房。待欧阳道达来到，方知此人是来检查文物存放的安全工作，他可是亲身经历了名副其实的守卫安全工作。

故宫博物院的院长马衡，也从重庆来到乐山的安谷乡，由秘书陪同，进村看望故宫人员和查看库房，同样因士兵不认识，被拦在路外，不得接近。事后马衡高兴地表扬了尽职的守卫士兵。

故宫的专业人员和内部警卫，生活自由度较大，下班后可去村民家串门，跟村民拉家常，在村民家吃饭，也帮村民家做事。有村民免费提供出自家的一大块菜地，供故宫的工作人员种菜，自产自食。有村民经常接受故宫管理人员的雇用，为库房打扫卫生，搬运货物，维修门窗墙壁和梁柱，制作各种木器和铁器。

九十八　文物的晾晒和参观

几年过去，故宫工作人员带来的孩子渐渐长大。故宫职员梁廷炜是个画师，他的祖父就是皇宫画师，父亲也是，他自己同样在父亲的教导下学得一手好画技。梁先生带着妻儿来到乐山安谷乡，两个儿子在村中疯跑，大儿子梁匡忠很快长到了十七岁，没地方继续读书，也找不到工作，就做了故宫文物的库房保管员。十八岁时，梁匡忠调到峨眉县，负责看管搬迁到土地庙里的文物，与县城糖果店老板的女儿相爱结婚，先在峨眉县生了一个儿子，后在安谷乡生了一个女儿，梁家在此有了第三代传人。

故宫职员孙家畔，上海人，毕业于重庆国立艺术专科学校，学习雕塑，1945年与安谷乡铁匠之女相爱结婚。警卫冯昌运，陆军学校毕业，到安谷时二十四岁。这个青年非常好学，休假时不辞辛苦，远去城里的武汉大学听课。他也与安谷某村的农家女孩相爱结婚，生下了几个孩子。一个湖北姓鲁的警卫，1944年也在安谷找到感情归宿，与村里的赵姓姑娘结为夫妻。故宫负责乐山文物管理的最高领导欧阳道达，在乐山添了一个女儿，取名嘉生。乐山古代叫嘉州，此名意为嘉州生人，也表明添丁是一个喜讯，上天的嘉奖。

生活平缓地延续，工作却不可大意。防鼠防虫和防湿，是日常管理中的最大难题，乡村老屋，漏雨少不了，老鼠和虫子也很多。管理规定要求，每天派人打扫库房，巡查所有木箱，清扫灰尘并检查鼠害。发现漏雨鼠啃虫蛀等危害现象，要赶紧报告，立即采取处理措施。

湿气也会无孔不入地渗透，细菌更会借助水汽繁殖，顽固地霉害古籍字画和腐蚀金属器物，解决办法就是开箱，通风晾晒。这触动了安全管理的警报开关。文物开箱出库，要办理一系列烦琐手续，要有人签字和按手印。出库开箱的文物移到院子里，显出了真面目，要有持枪士兵在旁边守护。

魏老师在书中介绍说，这项晾晒操作叫出组。每次出组，需组长、组员和工友五六人同时到场，按程序进库启封，提箱开箱，对照清册逐件核实无误，再搬到院子里摊开晾晒。发现霉斑和虫蛀迹象，马上登记报告。这是北平故宫早就熟悉的操作，古代皇宫里的宝物，也长久遭受老鼠虫子和湿气生霉的困扰，也要经常取出来在阳光下晾晒。宫中是否有如此严格的操作程序，不得而知。有些宫中的宝物，是否曾在晾晒时丢失，或者被假货换走？只有天空中飞过的小鸟和站在树上的乌鸦看得清楚。

故宫文物出库开箱晾晒，有时间规定，早上10点出库，下午3点收回。出库有手续，收回要清点核验，明明白白地装箱，打上封条，写好日期，搬回原处，不厌其烦地操作完一整套程序，才能封库上锁。一天下来，其实做不了多少事，夏天阳光灿烂的日子里，就要经常出组，一派忙碌。

抗战时武汉大学迁移到了乐山，诸多学者会聚于这块四川的风水宝地。学者们对故宫文物的重要价值太了解，朱光潜、叶圣陶等一批学者教授闻知存放于乐山安谷乡村里的故宫文物要定期晾晒，马上提出申请，在晾晒日赶来参观。据说齐白石抗战时避难于重庆，因事到达过乐山，也赶在文物晾晒日来参观过古代名画和书法真迹。

负责峨眉文物的故宫人员那志良，被峨眉县中学聘为兼职英语老师，也算是故宫人才被当地及时重用。他的几个县中学学生，小心跟在那老师身后，有幸在文物晾晒日看到了士兵守护下在院子里翻晒的皇室服装、玉器、兵器和神秘的奏折。所有文物都铺在白布上，强烈的阳光照射，玉器反射出铁针似的尖锐光芒，著名的翡翠玉白菜似真似幻，让那几个少年看得目瞪口呆。

丰子恺来乐山拜访国学大师马一浮，也借机在晾晒日去安谷参观了故宫文物。马一浮出生于四川成都，十五岁县试时名列第一，后成为最著名的国学大师之一。他去过日本、美国、德国和西班牙，懂多国外语，抗战时应竺可桢之邀，在广西和贵州为浙江大学学生讲课。但他又彻底不认可西方的现代教育体系，1939年离开浙江大学，前往四川乐山的乌尤寺，创办传统书院复性书院，意在通过中国古代经典知识和思想的传授，恢复人的本心。

恰好故宫文物迁移到乐山，其中一件文物是《四库全书》，那是中国古代规模最大的丛书，三百六十多位高官和学者编撰，三千八百多人抄写，耗时十三年编成，有经史子集四部，故名"四库"。全套共七万九千余卷，三万六千余册，约八亿字。

马一浮三十岁前，用三年时间，读完了西湖文澜阁所藏的《四库全书》，无法计算他一天要读完几卷书，但众多篇目他记忆犹新，确是事实。他来乐山创办复性书院，要编写教材，就开出篇目，他向安谷的故宫管理人员提出申请，请求同意自己派人来文物库房，抄写《四库全书》中的一批文本。他的申请得到了批准，于是马一浮派来的人，一百九十多天伏案不起，不辞辛劳，抄录了《四库全书》中的大量文字，含《武编》《眉庵集》《颐山诗话》《荆川集》《李文公集》《诗集传》《石鼓论语答问》《皇极经世索隐》等等。

魏老师的书中，有一幅文件的照片，是公函。我读后获知，当年乐山专署的人，在故宫文物存放安谷后，曾小心翼翼地发出一份公函，请求在故宫文物出库晾晒的时候，准许公署职员集体参观故宫宝物。那张公函的日期，是1946年2月，这是很晚的一个日子了。半年之前，1945年8月15日，日本天皇通过广播声波，向世界宣布无条件投降。半年之后，1946年9月，中国迎来了第一个抗战胜利纪念日。

安谷乡村子里的故宫文物在晴朗日子里开箱晾晒，渗进文物的湿气在阳光下飞升，被时间之风吹散。每年夏天晾晒文物，次年再晒，孩子们就长大一岁，老人的额头添了一根皱纹。稻谷栽下又收割，小鸡长大了，又育出更多小鸡。

漫长的痛苦日子流逝，枪炮声停息，战争将要结束，这个时候，乐山公署的职员才提出请求，希望能得到允许，一睹故宫文物的精妙。可见这项工作的管理极其严格。我推测，乐山公署的职员大概这样想，再不去参观，故宫文物运走，就看不见了。早年，出行一趟京城，极不容易，何况在自家门口的院场里观看真实的故宫文物，意义非同寻常，能写进地方史，自己也就成了历史的见证人。

九十九　功侔鲁壁

在战争炮火中被迫迁移的故宫文物，流转异地的同时，也在传播文明之光，照亮无数孤单的心灵，照耀着中国的黑夜。日本宣布投降后，战争结束，黑夜散尽，天色大亮。故宫博物院决定先把存放于巴县、峨眉和安谷的文物迁移重庆，再迁回南京和北平。

这是重大喜讯，也是不可大意的日子。根据魏老师查阅的资料，在乐山专署提出参观安谷故宫文物的申请之时，故宫重庆总办事处已发函四川省，告知存放于当地的文物要东归运走，四川省政府随即给乐山专署发出协助运送文物的电报。

巴县石油沟离重庆只有五十公里，文物数量少，租用四川油矿探勘处的两辆卡车，用了八天时间，来回跑十五趟，文物运出，存放进重庆向家坡山顶的仓库，工作就结束了。峨眉的文物数量不小，那志良是峨眉办事处主任，他于1946年5月中旬发出第一辆运载文物的卡车，送出一辆车的二十箱文物后，确定了峨眉、乐山、荣县、内江、重庆的运送线路，按许氏祠堂、土主祠、武庙的顺序，开始了文物的转运工作。动用卡车二百五十六辆次，分三十三批运送，用三个月时间，也把文物全部运出了峨眉县。

但那志良这边运货，遭遇了一件伤心事，荣县到内江的公路坑洼不平，文物运送途中，警卫连长郭植楠坠车死亡。我在魏老师的书中，读到一份亡者妻子写给峨眉县县长的信。信的内容很简略，只说了丈夫因公亡故的结果，未讲述事件过程。根据多方资料查证，文物没有损失，车上警卫如何坠亡？缺乏细节介绍。但又一位工作人员以身殉职，确是重大遗憾。

1946年9月10日中秋节，安谷乡开始了第一期文物的运出工作。六百二十只装满文物的木箱，从四号库的易祠搬运出来，送到江边的码头。安谷跟巴县和峨眉县相比，文物数量最大，运输路线最远，交通也最复杂。工作计划是，先用水运把文物从安谷乡送走，存在乐山一个叫马鞍山的地方，再从那里用卡车转运重庆。

从安谷把文物装船运出，进展缓慢。第一天把文物木箱从库房顺序搬出，清点后送到江边的渡口，忙到天黑，只有一只竹筏上的八十箱文物运走，送到了乐山岷江边的马鞍山，暂时存放进一个粮仓。另有五百四十箱文物，找不到木船运输，竹筏和筏工也不够，文物堆放在安谷大渡河边的竹筏上，无法运出。夜色降临，士兵持枪守卫，为防露水打湿，竹筏上的木箱都覆盖了油布。

后来做顺了，摸出规律，效率才高起来。安谷的故宫文物，先后分两期搬运，共二十一批，雇用竹筏一百三十八只，总载货量九千四百余箱。第一期自9月10日至30日，中间遇上大雨，停工了五天，实际转运了十六天。文物顺大渡河而下，在马鞍山粮仓转运时，车辆不够，粮仓里存不下木箱，曾让安谷乡江边的文物暂停出库运送。

我有一个疑惑，故宫的重要文物，早年用轮船运来，再用木船拉纤送到安谷乡渡口，现在运出去，为何选择竹筏？木船宽大安全，有船舷护栏，有艄公掌舵。竹筏总是给我们这些没有水边生活经验的人过于简陋的印象。有一句歌词曾广为人知，小小竹筏江中游，感觉竹筏是一个水中的玩具。我在广西桂林调查，看到很多资料，知道江边渔民一人划着竹筏，竹筏上站了几只鸬鹚，在江中捕鱼，过着悠闲的小日子，怎么可能用竹筏运送大批量的文物？

我翻阅资料，从魏老师的书中再次找到了答案。最初确是木船运送，可安谷村中的文物太多，木船不够，就租用竹筏参与工作。前面运送出三批文物后，故宫人员发现，木船运送与竹筏运送相比，竹筏优势更大，这个认识超出了他们的经验。首先竹筏的载重量比木船大，每只木船只能运载四十至五十箱文物，一只竹筏却能运载八十至九十箱。其次竹筏没有边栏，装卸比木船方便得多，速度更快。竹筏装载量大的原因是比木船宽大，在湍急狂野的大渡河中，竹筏的平稳性胜过木船。于是，第三批之后安谷江边顺水而下的全部文物运输，都用竹筏完成。

竹筏四米宽，三十至五十米长，用宜宾地区江安县产的直径十七至二十厘米的大楠竹制作而成。并排二十多根粗大的竹筒，加上横向的勒木，再用韧性很强的竹篾条捆扎，筏头昂起一米多高。每只竹筏有七名筏工，各人手持一根长长的篙竿撑行。竹筏没有舵，前进中的方向调节，全靠筏工用手中的篙竿完成。一般五六只竹筏为一组，共同承运，互相照应，有时候一组竹筏的三四十名筏工要统筹调配使用。

运送文物任务紧急，来不及道别，但故宫的工作人员不会无声离去，他们得到安谷人多年的无私庇护，由衷感激。文物运走后，故宫博物院乐山办事处的欧阳道达，亲笔写了一封特别感谢信，寄给乐山地方政府，对乐山的爱护和安谷乡的大义，致以真诚谢意。

故宫又支付费用，安排人员对安谷各库做了认真清扫和修缮，跟各家祠堂的执事分别办理交接手续。1946年12月，欧阳道达再做一件大事，给安谷乡六祠一寺授匾，郑重表明态度，对安谷乡保护中国文明之功永世不忘，也让这份功劳永远记录在案，高悬于头顶，照耀和平安宁的世界。

他委托刘钊乡长，请了安谷的匠人宁君甫、李贵荣夫妇制作大匾。刘钊陪同欧阳道达面见匠人夫妇，欧阳道达现场讲解了图样要求，支付了三万多元国币。匠人宁君甫感谢故宫的信任，赴外地买来了最好的云杉板。云杉易于雕刻，很少开裂，宁君甫按要求精心做出了七块匾，六块匾黑底金字，一块匾金底黑字。

黑底金字的六块匾，足够肃穆庄重，承载着故宫的深情，也包含千秋万代铭记之意，授给了古佛寺和五家祠堂。金底黑字这块匾，格外盛大庄严，是授给刘钊的朱潘刘三氏祠。乡长刘钊大义深情，打破世俗的犹豫沉默，在历史的关头挺身而出，为存放故宫文物这件事承受的压力最大，付出的劳动最多，朱潘刘三氏祠中存放的文物数量也是各村第一，金底黑字匾光芒万丈，他当之无愧。

匾上刻了"功侔鲁壁"四个楷体大字，每字高近半米，是马衡院长手书题写，落款表明是国家颁发，非故宫的表彰。功侔鲁壁出自一个典故，说的是秦始皇统一六国后，焚书坑儒，孔子的九代孙孔鲋把《礼记》《尚书》《论语》《孝经》《春秋》等儒家经典藏于曲阜孔府的一堵夹墙中，迅速逃走，隐居嵩山。很多年过去，汉武帝时，鲁恭王刘馀在曲阜扩建王宫，拆除孔子故宅旧墙，听到墙内漏出金石丝竹之声，再挖，断墙里滚出许多丝线穿起的竹片，竟是竹简大书，赶紧跪地捡拾。那就是当年孔鲋所藏之书，鲁壁的藏书为古文经学的发展提供了重要依据，引发了两汉时期至今的今古文经学之争，为研究儒家思想和中国古代文化提供了重要资料。

现在，山东曲阜的孔府，在当年藏书的夹墙前，还立着刻有"鲁壁"两个大字的石碑，以示此壁为保存儒家思想和人类文明成果立下了大功。故宫授予安谷乡"功侔鲁壁"巨匾，"侔"是比之意，匾上四字的崇高含义，一目了然。

故宫在安谷乡举行了隆重庄严的授匾仪式，刘钊乡长出席，各宗族的族长、房长、执事全部在场，人人衣冠整齐，神情庄重。接过巨匾的一刻，悬浮在祠堂宅院空气中的杂音忽然消散，时间凝固，世界寂静，只有众人整齐的心跳，敲击着无限温柔安宁的大地。

一百　地球嗡嗡摇颤

2024年中国各省气温偏高，四川乐山的桂花开放迟了两个月，我10月在乐山寻访调查时，桂花刚刚开放。桂花仿佛是在等我，迎接我对安谷的寻访，送出香气，纪念一段发生在乐山安谷的大义深情往事。

我住的酒店在岷江边，花园里种了很多桂花树。白天外出采访，晚上回来，一片幽暗中，影影绰绰，香气微熏。桂花树的花台上安装了射灯，灯光朝上投射到树的枝叶间，光线被树枝割碎，飘散在夜空，随风而逝。向上是一种仰望，包含了敬重。我听到遥远的足音，四处张望，并无所见，只看到公路上的汽车亮着车灯疾驰而过。

我在安谷乡寻访时参观了村民王联春自费建的一个故宫文物南迁史料陈列馆。魏老师告诉我，早很多年，他正在研究和调查这段隐秘历史时，安谷乡村里的王联春找来了，告诉魏老师自己也在研究这段历史，想请他作为专家，指导自己在村中建一个纪念馆。王联春是村里的一个能干人，做煤炭生意赚了钱，想开发本村的历史文化。一个人有钱有情怀，另一个人有知识也有情怀，两人一拍即合，在魏老师的指导和帮助下，王联春在村里建成了故宫文物南迁史料陈列馆。

我没能拜访到王联春，听说他快九十岁，生病住院，不便打扰。村里的故宫文物南迁史料陈列馆设在一个大院里，我进院子时，门口有一个女人，要我购票。陈列馆建成很多年，王联春已经老了，无暇管理，她承包管理这个院子，是一份勇气。购买门票是必须的，因为不赚钱，很难维持管理。那天的参观者只有我和作家夏书龙及紫兮，我们不来，平时大约不会有多少人参观。我跟卖票的女人聊天，知道村里有人会租用这个院子办红白喜事，可此类生意又会有多少呢？

陈列馆非仅仅陈列故宫史料，陈列的更是一份文明史记忆和守护者的责任。院里有石碑介绍历史事件，有一排若干个近一人高的红砂石人物雕像，雕像由上下两部分组成，下方一块一米高的方石，雕刻了人物姓名和简历，方石上方，端正立着半米多高的人物半身雕像，雕的全是早年的故宫工作人员。陈列馆把这批人物雕像命名为"护宝功臣雕像群"，雕像完成，搬入院内整齐摆放。十三年前的某天，北京故宫博物院院长和来自海内外的雕像人物后代，共同出席了这里的剪彩揭幕典礼。

院里廊檐下一个拐弯形的大房间，是名副其实的陈列室。墙壁是深褐色，幽暗庄重，墙壁上贴了文字介绍和图片，大约有魏老师提供的资料，玻璃柜里放了些本地的旧物件。房间里没有多少可以展示的实物，空洞荒疏，恰如远去的历史。

我慢慢绕了一圈，参观到最后的拐弯处，蓦然一怔，看到深褐色墙上挂着同样深褐色的木板残片，上有横写的"功侔鲁"三字，另有竖写的"乐山县安谷乡陈氏宗祠"一行小字。这是后来搜寻到的巨匾残片，由三截散失的木板拼接而成。七块大匾，只剩下墙上三截残片拼成的半块，据说找到过一块完整的大匾，也许太珍贵，收藏于某个密室，不可示人。我在陈列室中看到的只是拼接起来的残片，匾上原来的四个大字只找到三个，"壁"字不知所终，大约封闭在鲁壁中，或已弥散为粉尘，融入了世间所有守护文明之屋的坚固墙壁。

出了陈列室，可进入一个后院，后院有池塘，空寂无人，大约长久没打理，破损的竹浮桥一半泡在水中，莲花枯萎，池塘边杂草丛生。池塘上方，有木头搭成的弯弯拐拐小桥，游廊连接着一个钢铁的过街天桥，天桥跨过村外的公路，通向对面的山坡。我站在天桥上，看到了下方小路边的古佛寺牌坊。

我脚下方的乡村公路上，一辆黑色摩托车疾驰而去，一辆红色的电动三轮车颠动着驶来，两车各往不同的方向消失，公路上恢复了空洞。我沿天桥凌空跨公路走过去,爬一个山坡,山坡上砌了台阶,两边树木生长,野草摇曳,上坡后沿小路去到一个院子里,肃然起敬,院子正中立着一个几十米的高大方尖碑,碑上刻有马衡题写的"功侔鲁壁"几个大字。记忆在这里凝固成方尖碑,向上刺入寂静的天空。

再往前又是一个小院,四周围了石栏,留了一个不起眼的小口,小口子两边有金色的泥塑小狮子,做得不像。有几级台阶贴墙角拐一个弯,通往下方的水泥平台,平台被一个不锈钢框子围起,上方有蓝色彩钢瓦顶,顶上堆满了黄色的落叶。夏书龙带我下台阶,女作家紫兮跟在后面。朝下的几级台阶走完,进入一个山洞,湿气和黑暗迎面撞来,把我抱紧。

我慌忙摸出手机,打开电筒,手机电筒光射出,立即被强大的黑暗吞没。夏书龙声音从黑暗中传来,他告诉我,这个山洞,早年也收藏过一些故宫文物。我朝声音传来的方向再送出自己的声音,站在黑暗中问,这个洞是天生的吗?他回答不知道,大概人工整理过。

我在洞中站了几分钟,眼睛适应了黑暗,能看见夏书龙的身影,也能看到前方极细小的微光。山洞不高,抬手就可以摸到顶。我举着手机电筒朝前走,山洞的顶上挂了些塑料树叶,洞壁上有一些塑料小人和小房子,大约这个洞曾开发成一个什么游戏密室之类。洞不大，很快走到拐弯处，看见了前面出口处的亮光，我释然一笑，快步走过去，发现出口处有一个高大的泥塑人像，全身金色，靠墙而坐，面向洞外的光明，人像下方有"朱元璋"三个字。我很蒙，不知乡村隐蔽的山洞里为何藏了一个明朝皇帝？

那天晚上，我从酒店房间独自走出，闻着轻摇的桂花香气，趴在不远处岷江边的围栏上，注视着黑夜中模糊流淌的江水，注视着江对岸散乱的城市灯火，再把目光移向左边，寻找岷江边的大佛。大佛的方向有大片彩色灯光发散出来，那里大约夜晚也能游览。我住的这家酒店离大佛不远，但我没去参观。早很多年我就去过了，现在当然可以再去。大佛是人类文化的一个珍品，也是一份凝固成高山的愿望。但它变成大众游览的风景名胜区，我就不爱去，只是遥望，默默祈祷。

我的目光在夜晚的江面上长久停留，心有不安，脑袋发晕。夏书龙告诉我，江水暴涨的某年，洪水淹没了酒店附近的几条街，临街一楼的房间里全是水，汪洋一片。我扒在江边的石围栏上，想象着洪水滚滚的场面，忽然听到了巨大的水声，看见早年运送故宫文物的竹筏骑着滚滚江水，在夜色中朦胧重现，浩荡而来。场面很模糊，也很壮观。宽大的竹筏像大鱼从水底升起，深紫色的宽厚脊背时隐时现，有大片细碎的金属微光在大鱼的背上跳跃。竹筏上的文物木箱是一大团黑影，木箱两边站满了人。

　　月光模糊，可辨出那些人是上身赤裸的筏工，河水扑打筏工的背脊，哗啦把人吞没，闻其声不见其人，水流走，人影恍惚出现，那些筏工两腿叉开，铁棍一样钉在竹筏上，风吹不动，浪打不移。筏工手持的长篙似一把剑，看准黑夜中有江底的水怪冒头，一剑刺杀。

　　水急浪涌，涛声不绝，水底升起的大鱼不止一条，是前后无数条，每条大鱼都露出深紫色的宽厚脊背，每条鱼的背上都堆着一大团木箱黑影，站满了手持长篙的筏工。大鱼强壮呼吸，喷吐出冲天的水花，托着人类文明之光，在大渡河的激流中穿行，直达大佛凝视的漆黑岷江。更远处，天色微明，太阳在地平线下拱动，地球发出嗡嗡的摇颤。

2024年12月26日初稿

2025年1月7日修改

跋

非虚构文学写作的实证原则

　　清晨8点的火车缓缓驶离北京西站，穿越河北平原，先去山东，再过安徽，最终将把我送到江苏省的南京市。我沉默地坐在高铁车厢里，衣着普通，貌不惊人，没有人注意到我。路途遥远，时间漫长，我曾拿出速写夹画画，打发寂寞时光。更多时候，我的目光穿过火车车窗的玻璃，投向铁道旁像时光一样快速后移的风景。我注视着车窗外的行人、汽车、公路、房屋、树林、田野和远山，正是这些构成了人类的欢乐与悲伤。

　　那次从北京出发的行程，是我2024年书房外田野调查的实证行动。从那天起，我纵贯中国十五个省共二十五个地区，进行了持续一百多天的田野调查。从北到南穿越几十座中国的城市，观察和考证，在火车的车厢座位、街道旁的石礅、江河边的地上，随时坐下，在手机上记录所见、所思和所感。我每天晚上回酒店房间，再打开电脑写调查日记，历时三个月的调查结束，我写下共十五万字的调查日记，整理出五十万字的现场录音采访文字。

我这样做，首先是为了回应一个电话，一份真挚的信任和一份写作期待。2023年冬天的一个夜晚，一个电话把我的记忆照亮，十月文艺出版社的总编辑韩敬群先生给我打来电话，熟悉的声音传出，我大为惊喜。

韩敬群先生约我写一本书，我很感动，也很惶恐。这是一部文学图书，它的背景是悲伤而壮烈的中国抗战史。韩敬群先生约请我从抗战大后方文化活动这个角度，讲述国破家亡时中国人守护文明的故事。文化活动我最感兴趣，也最能理解，但历史让我敬畏，很少触碰。

历史学是文学的基础，历史不只是年份和事件，更是人类过往的生活史和生命史，没有历史胸怀和历史见识，作家无法写出人类复杂的生活与情感。可历史非我所长，我更熟悉小说虚构。但韩敬群先生的信任，给了我巨大的鼓舞，促我思索。我找到了一个思路，抗战大后方的中国文化活动，就是战争时期人类文化的存续事件。山河破碎，文明仍在延续，炮火连天，人类的文化活动仍然存在。有人在战壕里写作，有人在炸塌的剧场唱歌。任何时刻，人类的文化活动都不会终止，后人应该追溯这些伟大的经历。于是我斗胆接受这个写作任务，开始做准备。

感谢本书的责任编辑田宏林女士,为我引荐了历史学者齐春风老师。齐老师专门研究抗战史,知识极其丰富,思想深刻,他无私地把自己收集的史学资料给了我,读了他的资料,我又购买了三十多部人物传记,用半年多的时间,把全部的历史资料读完并清理出相关线索,我开始出发,在整个中国调查、寻访,并到达事件的发生现场。

我这次写的是非虚构,不是小说,小说要写好,必向虚而实,要在强大的虚构中体现同样强大的生活逻辑实证性。非虚构文学写作,更要突出实证原则。我长途跋涉,行走半个中国,就是为了到达所有文中将会写到的事件现场,看到实物,即使是已经变化的现场,对我的写作也很重要。站在那个位置,我的内心会有触动,捕捉这种情感并加以较好的表达,是写好本书的关键。

我像一个抗战时的流亡文人,只身出发,慌乱辛苦,随时调整行动计划。我拖着一只行李箱,箱里装着笔记本电脑和录音笔,从北到南地行走。为了保证与大地接触的实际感受,距离较远的出行我全部选择火车。北京、天津和江西的调查,韩老师给了我帮助,李庄的调查,《十月》杂志主编陈东捷兄给过我帮助。广西、四川、贵州和重庆的调查,涉及县村偏远地区，我求助过当地文学界的朋友，也得到巨大帮助。其他省的调查，我都是独自行动，在陌生的土地上摸索寻访，我需要迷茫感，需要人在漂泊绝望中的孤立无助感。

文学是一种态度，没有态度，好作品不会产生，文学又是一种合作，没有朋友的帮助和各种生活角色的助力，写作无法进行。感谢韩敬群老师对我的信任，感谢责任编辑田宏林、王若凡的工作，感谢《十月》杂志主编陈东捷老师、广西省作协主席东西老师、江西省文联副主席李晓君老师、云南省作协主席范稳兄弟、《四川文学》主编罗伟章老师、《山花》主编李寂荡兄弟、南开大学陈卫民教授、广西作家黄土路和河池学院的诗人陈代云老师、广西作家光盘兄弟、广西地方文史专家凌世君老师、乐山市作协副主席林雪儿、乐山历史学专家魏奕雄老师、乐山作家夏书龙、吉安市作协主席龚奎林及副主席郭远辉和邓小川、宜宾的黄敏和任华先生、贵州湄潭县的黄正义和张宪忠老师等，没有这些朋友的无私帮助，这本书不可能完成。感谢全部参考书目的作者和编者，以及网络上查阅但无法一一列举文章的整理者和作者朋友，没有他们的著作为我照亮时间的黑夜，我无法在写作中找到文字前进的道路。

文化也是一种态度，它表明人类在认真生活，反省存在的意义。文化还是人类生活的灯塔，人类从蒙昧走向文明，依靠智慧和思想凝结成的文化来指引。写这部书，研究了人类生活与文化的关系，我获益很多。这是一次艰难而美好的经历，写作帮助我成长，将给我带来长久的激励。

张庆国

2025年4月28日

参考书目

《论抗战戏剧运动》，郑君里著，生活书店，1939年

《抗战八年木刻选集（1937—1945）》，中华全国木刻协会编选，开明书店，1946年

《桂林文化城纪事》，广西社会科学院主编，漓江出版社，1984年

《中国抗战文艺史》，蓝海著，山东文艺出版社，1984年

《费孝通传》，[美] 戴维·阿古什著，董天民译，时事出版社，1985年

《国统区抗战文艺运动大事记》，文天行编，四川省社会科学院出版社，1985年

《桂林文化城史话》，魏华龄著，广西人民出版社，1987年

《抗战时期的中国新闻界》，中国社科院新闻研究所编，重庆出版社，1987年

《国统区抗战文学运动史稿》，文天行著，四川教育出版社，1988年

《武汉抗战文艺史稿》，章绍嗣、程克夷、胡水清、刘炳泽、阳海清著，长江文艺出版社，1988年

《抗日战争时期的宣传画》，中国革命博物馆编，文物出版社，1990年

《抗战诗歌史稿》，苏光文著，四川教育出版社，1991年

《抗日烽火中的中国报业》，穆欣著，重庆出版社，1992年

《剑桥中华民国史》，[美]费正清编，中国社会科学出版社，1994年

《国魂，在国难中挣扎：抗日时期的中国文化》，冯崇义著，广西师范大学出版社，1995年

《抗战时期重庆的文化》，苏光文主编，重庆出版社，1995年

《抗战时期重庆的新闻界》，重庆抗战丛书编纂委员会编著，重庆出版社，1995年

《王礼锡传》，顾一群（执笔）、王士权、王效祖著，四川大学出版社，1995年

《逻辑哲学论》，[奥]路德维希·维特根斯坦著，贺绍甲译，商务印书馆，1996年

《中国电影史》，陆弘石、舒晓鸣著，文化艺术出版社，

1998年

《艾青传》，程光炜著，北京十月文艺出版社，1999年

《京剧厉家班史》，刘沪生、张力、任耀翔著，北京图书馆出版社，1999年

《抗战时期文化名人在昆明（一）》，昆明市政协文史学习委员会编，云南美术出版社，2000年

《抗日战争时期中国高校内迁史略》，侯德础著，四川教育出版社，2001年

《抗战时期文化名人在昆明（二）》，昆明市政协文史学习委员会编，云南美术出版社，2002年

《中国西部抗战文化史》，唐正芒等著，中共党史出版社，2004年

《李庄往事：抗战时期中国文化中心纪实》，岳南著，浙江人民出版社，2005年

《重庆抗战文化史》，民革中央孙中山研究学会重庆分会编著，团结出版社，2005年

《抗日战争时期解放区高等教育》，曲士培著，北京大学出版社，2005年

《抗战时期的中国文化》，涂文学、邓正兵主编，人民出版社，2006年

《穆旦传》，陈伯良著，世界知识出版社，2006年

《乱世浮生：1937—1945中国知识分子生活实录》，帅彦著，中华书局，2007年

《抗日战争与中国知识分子：西南联合大学的抗战轨迹》，闻黎明著，社会科学文献出版社，2009年

《中国文学史资料全编·现代卷·抗日战争时期延安及各抗日民主根据地文学运动资料》，刘增杰、赵明、王文金、王介平、王钦韶编，知识产权出版社，2010年

《张元济评传》，张荣华著，百花洲文艺出版社，2010年

《国史大纲》，钱穆著，商务印书馆，2011年

《一个时代的斯文：清华校长梅贻琦》，黄延复、钟秀斌著，九州出版社，2011年

《丰子恺自述：我这一生》，丰子恺著，中国青年出版社，2015年

《京剧厉家班小史》，郭宇主编，厉慧森著，唐少波整理，中西书局，2015年

《救亡美术：中国抗日战争美术作品精选集（1931—1945）》，陈天白主编，江苏凤凰美术出版社，2015年

《抗战时期的中国文艺口述实录》，李丹阳主编，刘南虹副主编，中国社会科学出版社，2015年

《大师的抗战》，陈虹著，当代中国出版社，2016年

《故宫国宝南迁纪事》，魏奕雄编著，故宫出版社，2016年

《先父张伯苓先生传略》，张锡祚著，南开大学出版社，2016年

《大学与大师：清华校长梅贻琦传》，岳南著，中国文史出版社，2017年

《十大华人科学家丛书：竺可桢传》，孟宪明主编，张清平编著，河南文艺出版社，2017年

《西北联大：抗战烽火中的一段传奇》，张在军著，金城出版社，2017年

《中国近代史》，蒋廷黻著，江苏人民出版社，2017年

《中华帝国的衰落》，[美]魏斐德著，梅静译，民主与建设出版社，2017年

《烽火绿洲：桂林抗战文化城影像志》，桂林市档案局（馆）编，广西师范大学出版社，2019年

《钱穆传》，杨明辉著，江苏人民出版社，2019年

《西南往事：梅贻琦西南联大时期日记》，梅贻琦著，石油工业出版社，2019年

《张伯苓：一人一校一国家》，张伯苓等著，中国文史出版社，2019年

《梁思成与林徽因：我的父亲母亲》，梁再冰口述，于葵执笔，庞凌波、潘奕整理，中国建筑工业出版社，2021年

《禄村农田》，费孝通著，生活·读书·新知三联书店，2021年

《中国近现代音乐史》，徐元勇主编，东南大学出版社，2021年

《西南联大求学日记》，许渊冲著，中译出版社，2021年

《浙江大学在遵义要事纪略》，遵义市档案馆、遵义市历史文化研究会编，中国文史出版社，2021年

《中国建筑史》，梁思成著，海峡书局，2023年

《维特根斯坦私人笔记（1914—1916）》，［奥］路德维希·维特根斯坦著，［美］玛乔丽·佩洛夫编，刘楠楠译，广西师范大学出版社，2024年

图书在版编目 (CIP) 数据

绿色的火焰 / 张庆国著. -- 北京：北京十月文艺出版社，2025.8. -- ISBN 978-7-5302-2490-8
I. I25
中国国家版本馆CIP数据核字第2025270SW8号

绿色的火焰
LÜSE DE HUOYAN
张庆国　著

出　　版	北京出版集团	
	北京十月文艺出版社	
地　　址	北京北三环中路6号	
邮　　编	100120	
网　　址	www.bph.com.cn	
发　　行	新经典发行有限公司	
	电话 010-68423599	
经　　销	新华书店	
印　　刷	北京盛通印刷股份有限公司	
版　　次	2025年8月第1版	
印　　次	2025年8月第1次印刷	
开　　本	850毫米×1186毫米　1/32	
印　　张	16	
字　　数	276千字	
书　　号	ISBN 978-7-5302-2490-8	
定　　价	68.00元	

如有印装质量问题，由本社负责调换
质量监督电话　010-58572393

版权所有，未经书面许可，不得转载、复制、翻印，违者必究。